Knaur

Von der Autorin ist außerdem erschienen:

Zurück ins Nest

Über die Autorin:

Janine Boissard ist eine der beliebtesten und bekanntesten Schriftstellerinnen Frankreichs. Sie hat vier Kinder und findet trotzdem immer noch Zeit, Romane zu schreiben, die ihr weibliches Publikum begeistern und rühren.

Janine Boissard

Der Ruf des Meeres

Roman

Aus dem Französischen
von Angelika Weidmann

Knaur

Die französische Originalausgabe erschien 1998
unter dem Titel »Marie-Tempête« bei Robert Laffont, Paris

Besuchen Sie uns im Internet:
www.knaur.de

Deutsche Erstausgabe 2002

Redaktion: Ilse Wagner
Umschlaggestaltung: ZERO Werbeagentur, München
Satz: Ventura Publisher im Verlag
Druck und Bindung: Clausen & Bosse, Leck
Printed in Germany
ISBN 3-426-61665-3

2 4 5 3 1

Danksagungen

Dank an Admiral Michel Merveilleux de Vignaux, Präsident der SNSM, *Société nationale de sauvetage en mer*, der nationalen Gesellschaft zur Rettung Schiffbrüchiger.

Dank an Maurice Yven, Kapitän des Allwetterboots *Amiral Amman* von der Rettungsstation Audierne.

Dank an Scarlette Le Corre, einziger Meister an Bord der *Mon Copain Jean-Pierre*.

Sie haben mich mit Herz und mit Erfolg über das Meer geleitet.

ERSTER TEIL

1

Der Wind ist ohne Vorwarnung am späten Nachmittag aufgekommen, ein Südwestwind, der in Böen weht und die Wellen aufpeitscht: Dann ist es, als ob das Meer kocht.

Der Fang war mittelmäßig gewesen: Ein paar Langusten, einige Seezungen, Fische, die als Stockfische geeignet waren und ein schöner Seehecht, den Pierre fürs Abendessen nach Hause gebracht hatte. Wir hatten ihn gerade verzehrt. Pierre hat seine Nase an die Scheibe gedrückt: Der Himmel verschwand hinter dem aufgepeitschten Wasser.

»Wahrscheinlich wird es ein Weilchen dauern, bevor man wieder rausfahren kann«, hat er geseufzt.

Dann hat er mir zugezwinkert.

»Was ist damals bloß in dich gefahren, einen Fischer zu heiraten, Marie?«

Der Scherz diente uns nun schon seit achtzehn Jahren: Es war seine Art, sich zu vergewissern, dass die Liebe andauerte.

»Glaub mir, das frage ich mich täglich«, gab ich im gleichen Tonfall zurück. »Und dazu einen Fischer mit einem eigenen Schiff, einen Baas, auf dem sämtliche Sorgen lasten!«

An jenem Abend waren wir allein zu Hause. Die Kinder verbrachten die Herbstferienwoche bei meinen Eltern in der Roseraie, in der Nähe von Guilvinec. Annaïs und Quentin, achtzehn und siebzehn Jahre alt – ich sollte aufhören, sie »die Kinder« zu nennen.

Mama hatte vorgesehen, sie in Quimper ins Kino einzuladen, und ansonsten gab es ein Videogerät und eine hübsche Kassettensammlung. Die beiden, insbesondere Annaïs, waren gern bei ihren Großeltern.
Es tat gut, ausnahmsweise mal allein zu zweit, nur mit dem Meer als Nachbarn, zu Abend zu essen; doch sogar das Schweigen ist beredt: Das Meer, das ist ein verborgener Schatz.
Eine heftige Windbö hat das Haus erzittern lassen.
»Morgen«, hat Pierre beschlossen, »kümmere ich mich um das Regal deiner Tochter. Als Überraschung, wenn sie nach Hause kommt.«
Er hat mich mit seinen blauen Augen verwundert angeschaut.
»Alle diese Bücher, also wirklich, ich frage mich, was sie damit macht!«
»Sie verschlingt sie. Sie erzählen ihr Liebesgeschichten.«
Wo Märchenprinzen hübsche junge Mädchen mit hellen Augen und schwarzem Haar entführten und so weit wie möglich vom Meer wegbrachten. Begeistert von Lektüre und Theater, kam es mir manchmal so vor, als träume Annaïs ihr Leben. Und seit sie zur Frau wurde, hätte man meinen können, dass sie ihren Vater einschüchterte.
Nach dem Essen haben wir uns im Salon niedergelassen: Pierre war es, der ihn so getauft hatte, während hier alle Frauen das Zimmer »living« oder ganz einfach Wohnzimmer nannten. Da man bei meinen Eltern »in den Salon wechselte«, hatte er einen solchen für mich gewollt. Und da ich als Kind Klavierunterricht bekommen hatte, hatte er mir zu unserem

ersten Hochzeitstag ein Klavier geschenkt. Zweifellos war ich die einzige Fischersfrau, die sich damit brüsten konnte, einen Salon mit Teppichboden und einem Klavier zu besitzen. Grund für so manche Eifersüchteleien!
»Hast du nicht Lust, mir unser Stück zu spielen?«, hat Pierre mich gefragt.
Er hat sich auf dem Schaukelstuhl niedergelassen, den sein ebenfalls zur See fahrender Vater von fernen Ufern für einen Ruhestand, der ihm durch seine Krebserkrankung nicht vergönnt war, mitgebracht hatte, hat seinen Kopf an das Kissen gelehnt, die Augen geschlossen und gewartet. Wenn ich ihm eines Tages zu verstehen geben wollte, dass unsere Liebe zu Ende war, wäre das ganz einfach. Ich brauchte mich nur zu weigern, ihm »unser« Stück vorzuspielen: Beethovens Mondscheinsonate. Wie jedes Mal hat die Musik seine Augenlider anschwellen lassen. Er hat diskret sein Taschentuch darauf gedrückt, und ich habe so getan, als hätte ich es nicht gesehen.

Ich hatte gerade den letzten Akkord angeschlagen, als das Telefon läutete. Ich bin drangegangen. Es war Jean-Yves, der Baas des Rettungsboots von Kersaingilles, unserem Hafen. Ein Segelboot war auf der Höhe der Roches Blanches in Not. Einige dieser Felsen sind hohl, und wenn der Südwestwind weht, hört man sie grollen. Es ist gefährlich, sich ihnen zu nähern. Jean-Yves wartete auf Pierre.
Der war schon ins Schlafzimmer hinaufgegangen, saß auf unserem Bett und zog sich die dicken Socken an. Ich habe seinen wärmsten Pullover aus dem

Schrank geholt. Ich hatte einen Stein in der Brust. Man gewöhnt sich nicht daran! Jeder Alarm trägt einem den Sturm ins Herz. Als Pierre sein Gesicht zu mir hob, habe ich bemerkt, dass seine Schläfen grau zu werden begannen. Also wirklich, an diesem Abend entging mir nicht eine Kleinigkeit. Ich habe meine Lippen auf die kleinen hellen Löckchen gedrückt.

»Weißt du, genau besehen bereue ich nichts, was den Fischer-Baas angeht.«

Seine Augen haben geglänzt.

Bevor er ging, ist er noch einmal in den Salon gekommen und hat den feinen gestickten Seidenläufer über die Tastatur des Flügels gebreitet. Er tat es gern, es gab ihm das Gefühl, auch ein bisschen ein Musiker zu sein. Und jedes Mal, wenn ich seine abgearbeiteten Hände auf »unserem Stück« sah, schmolz mir das Herz.

»Ich hätte sie gern noch ein zweites Mal gehört, deine Sonate. Das werden wir morgen nachholen«, hat er gesagt.

Ich habe Geschirr gewaschen, die Küche aufgeräumt und alles vorbereitet, um den Kaffee kochen zu können, sobald er nach Hause kam, zweifellos in Begleitung von ein paar anderen Männern, bis auf die Knochen durchweicht und mit klappernden Zähnen. Wenn Pierre sie mir ins Haus brachte, auch wenn sie nach Angst und Dieselöl rochen, kam mir das vor wie eine Art von Huldigung, die er mir darbot.

Unter den Böen des Sturms krachte es in allen Fugen, unser mit den Farbresten des väterlichen Boots angepinseltes Haus. Morgen würden wir ein paar zerbrochene Schiefer auf der Allee finden. Da ich

nicht einschlafen konnte, lieh ich mir einen von Anaïs' Liebesromanen aus.
Es war schon nach vier Uhr morgens, als mich das Öffnen des Gartentors aufweckte. Schritte auf dem Kies, aber keine Stimmen. Es klopfte an der Tür. Pierre hätte mit seinem Schlüssel aufgeschlossen.
Als Erster trat sein Bruder ein. Man hätte ihn für einen Fischer halten können, hätte er nicht ein kleines silbernes Kreuz an seinem Pullover getragen. Benoît, der Pfarrer; für die Jungen und die Touristen der »Herr Pfarrer«.
Sie sind direkt in die Küche gegangen, um mit ihren Stiefeln keinen Schmutz zu machen. Benoît hat meine Hände genommen. Die anderen haben weggeschaut. Sie waren gekommen, um mir zu sagen, was so viele Frauen hier zu Lande vor mir gehört haben: Das Meer hatte mir meinen Mann genommen. Er war als Held gestorben.

2

»Du versaust dir dein Leben!«

Das war es, was meine Eltern erklärten, als sie erfuhren, dass ich die Absicht hatte, Pierre Delaunay zu heiraten. Ich war achtzehn und machte eine Ausbildung als Sekretärin, um eines Tages in der Konservenfabrik zu arbeiten, die von meinem Vater in Guilvinec geleitet wurde: Sardinen, Tunfisch, Makrelen. Das begeisterte mich kein bisschen! Ich liebte die Weite des Meers, das Salz im Gesicht, den Geruch der Ebbe, das Aufspüren eines Taschenkrebses unter seinem Felsen und das Klimpern von romantischen Akkorden auf meinem Klavier, indem ich kräftig auf das Pedal trat.

Sich in einen Fischer zu verlieben war in den Augen meiner Mutter das Allerletzte vom Letzten.

Meinen Fischer hatte ich an einem Tag einer großen Ebbe kennen gelernt, als das Meer so tief abgesunken war, dass man die Muschelinsel, reich an knisternden Überraschungen unter dem Tang, zu Fuß erreichen konnte. Die Zeit, ein paar Venusmuscheln, die nach Haselnuss schmecken, zu verzehren, hatte ausgereicht, dass die Flut die Insel wieder erreicht hatte. Zum Glück für meine Beute und die neue Hose, die ich unvernünftigerweise angezogen hatte, kreuzte Pierres Schiff in der Nähe. Die Liebe, das ist ganz einfach. In seinen azurblauen Augen entdeckte ich meine Kleinmädchenträume wieder. Und er fand in den meinen, goldfarben, wie er versicherte, die

Wärme, die dem Herzen des kleinen Jungen gefehlt hatte: ich, die Bucht, er, der Korsar. Und da er es nie gewagt hätte, um die Hand einer Bürgerstochter anzuhalten, die zudem Klavier spielte, hatte ich die Sache in die Hand genommen. Sein jüngerer Bruder Benoît, damals noch im Priesterseminar, war unser Trauzeuge.
Er, Benoît, ist es, der, sobald es Tag geworden war, meine Eltern angerufen und beauftragt hat, die Kinder in Kenntnis zu setzen. Etwas, das er mit Sicherheit besser machte als ich, die ich bei jedem Schritt auf dem Kies, bei jedem Klingeln an der Haustür, jedem Anruf glaubte, es sei mein Fischer, da seine Leiche nicht gefunden worden war.
Und schuldete ich ihm nicht noch ein zweites Mal die Mondscheinsonate?

Benoît war fortgegangen, um seine Messe zu lesen, als die Kinder ankamen. Das Haus war voller Fischer, deren Frauen sich um den Kaffee kümmerten und Galetten oder bretonischen Far anboten. Annaïs hat alle Leute beiseite gestoßen und sich in meine Arme gestürzt, was mir die letzte Kraft, die ich noch hatte, nahm. Seit einiger Zeit zeigte sich unsere Tochter eher geizig mit Gefühlen: Man musste sie überraschen, wenn man sie umarmen wollte. Ich habe ihr gesagt: »Dein Papa hatte vor, heute das Regal für deine Bücher aufzustellen.« Und das machte die Sache kein bisschen leichter.
Quentin war direkt in sein Zimmer hinaufgegangen. Ich bin ihm gefolgt. Er lag bäuchlings auf dem Bett, das Kopfkissen auf dem Kopf, und versteckte seine Tränen wie ein Siebzehnjähriger, der versucht, ein

Mann zu sein, ohne schon zu wissen, dass ein Mann es sich erlauben kann, zu weinen.
Ich habe mich neben ihn gesetzt und meine Hand auf das Kopfkissen gelegt. Es gab nichts zu sagen: Sein Vater war seinem Beruf zum Opfer gefallen, eine Welle hatte ihn mitgerissen, als er ein Seglerpaar zu retten versuchte, für die das Meer die große Erholung darstellte. Man ist kein Seemann, wenn man nicht gleichzeitig Lebensretter ist, darum sind alle jene Männer Helden, die jeden Tag aufs Meer hinausfahren, um das Brot für sich und ihre Familien zu verdienen.
Das Meer. Es war überall in diesem Zimmer, dessen Wände mit Taucherfotos tapeziert waren. Denn auch Quentin begehrte seine Schätze; er träumte davon, Schiffswracks zu erforschen. Nach einer Weile hat er sich umgedreht.
»Sein Kahn!«, hat er gebrummt. »Das hat er nun davon, dass er ihn so geliebt hat. Was wird jetzt daraus werden?«
Unten drängten sich die Männer in der Küche. Sie mieden den Salon, wo meine Eltern auf mich warteten. Mama saß als füllige, etwas zu stark geschminkte Dame auf dem Sofa, Annaïs an ihre Schulter gelehnt. Papa stand beim Fenster, eine Tasse in der Hand, und schaute in den Sturm hinaus, der sich noch immer nicht gelegt hatte, und dachte zweifellos an meine Zukunft, da er sich immer Sorgen um mich gemacht hatte, auch wenn er wenig geschickt darin war, seine Zuneigung zum Ausdruck zu bringen.
Pierre wäre es seltsam erschienen, sie zu so früher Stunde hier zu sehen, da sie nicht besonders gern in dieses – wie Mama es nannte – »Häuschen« kamen:

Das Haus, in dem Pierre geboren war und das er geerbt hatte. Im Grunde war uns das eher lieb! Pierre war steif wie ein Besanmast, wenn sie zu Besuch kamen. Und wenn wir zu ihnen in die Roseraie fuhren, war es keineswegs besser. Mein Fischer hatte schließlich eingesehen, dass meine Eltern ihn, selbst wenn er mir einen Konzertflügel geschenkt hätte, nicht höher geschätzt hätten. Trotz seiner Größe von ein Meter siebenundachtzig war er niemals auf der Höhe ihrer Ansprüche. Schließlich sahen wir sie nur zu den unvermeidlichen Festen.

Zu Mittag sind die Leute wieder nach Hause gegangen. Quentin ist nach unten gekommen, die Seemannsmütze seines Vaters bis auf die Augen heruntergezogen. Benoît war zum Mittagessen wieder zu uns zurückgekommen. Der bärtige Priester, der wie Christus aussah und nur das Wort Liebe auf der Zunge hatte, trieb meine Eltern, praktizierende Katholiken, in die Enge ihres Glaubens, oder besser, in den Glauben ihrer Kindheit. Es entstand immer eine Atmosphäre der Verlegenheit, wenn sie sich begegneten, denn wenn Benoît auch aus der gleichen bescheidenen Fischerfamilie wie Pierre stammte, mit dem gleichen Sandhändler als Großvater, so schuldeten sie ihm, dem Priester, ihren Respekt.

Er erzählte uns von ihrer Kindheit, ihren unschuldigen Streichen, dem fröhlichen Eifer, den Pierre in alles steckte, was er unternahm, von der bedingungslosen Liebe, die er schon damals für das Meer hatte. Quentin hing an seinen Lippen. Annaïs mochte zwar den Blick abwenden, aber ich sah, wie sich ihr die Worte einprägten, die es ihr vielleicht eines Tages

gestatteten, stolz auf ihren Vater zu sein. Meine Eltern schwiegen.
Während ich den Kaffee machte, ist mir Papa in die Küche gefolgt. Er trug eine elegante Sportjacke und selbstverständlich eine Krawatte. Mama erklärte, dass man seinesgleichen an der Kleidung erkennt. Trotz seiner sechzig Jahre hatte er kaum mehr graues Haar als Pierre. Er hat mir die Hand auf die Schulter gelegt.
»Hör zu, mein Schatz, du sollst wissen, dass wir da sind. Wir werden dir helfen, alles zu regeln.«
Mein Körper hat sich aufgebäumt.
»Was zu regeln? Pierres Fall?«
»Entschuldige, wenn ich dich gekränkt habe«, hat er geseufzt, »aber manchmal weiß man einfach nicht, wie man dich anfassen soll.«
»Nicht mit der Pinzette«, warf Mama einst dem kleinen Mädchen vor.
Ich habe mich an die Brust meines Vaters sinken lassen. Er roch nach Aftershave, nach dem Mann aus der Stadt und außerdem nach einer Sicherheit, die ich immer verweigert und manchmal gleichzeitig ersehnt hatte, so wie jetzt.
»Es ist noch zu früh, um über das Nachher zu sprechen«, habe ich gemurmelt. »Lass mir Zeit, mich an heute zu gewöhnen.«

Dann ist es vier Uhr – und ich hätte so gern, dass sie alle fortgingen, damit ich endlich meinen Tränen freien Lauf lassen kann –, als jemand das Gatter aufstößt. Schritte knirschen auf dem Kies, nicht die Schritte eines Seemanns. Man hört ein Husten. Nicht das von Pierre. Der Unbekannte ist um die vierzig,

einen Arm in der Schlinge, die Züge verhärmt, das Gesicht eines Schiffbrüchigen.
»Madame Delaunay?«
Ich begnüge mich mit einem Kopfnicken und lade ihn nicht ins Haus; ich habe verstanden.
Mit erstickter Stimme sagt er, dass er von meinem Mann erfahren hat, er sagt »Verzeihung« und »Danke«. »Ohne Ihren Pierre …« Mit welchem Recht nennt er ihn bei seinem Vornamen? Seine Frau stehe noch immer unter Schock, man habe sie zur Beobachtung im Krankenhaus behalten. Sie sei es, die ihn zu mir geschickt habe. Da ich unfähig bin, zu antworten – stehe ich nicht noch unter Schock? –, zeigt er auf das »Häuschen« und fragt, ob er etwas tun könne. Diese Bäume, die vom Sturm gepeitscht werden, sehen Sie, Monsieur. Pierre hatte die Absicht, sie zu beschneiden; diese Schieferplatten, die auf dem Weg verstreut liegen, die hätte er da oben ersetzt; wenn Sie gestern nicht mit Ihrem Segelboot aufs Meer hinausgefahren wären, wäre er jetzt dabei, das Regal für Annaïs zu bauen.
Eben hatte ich noch mit Quentin über die Risiken des Berufs gesprochen, jetzt überkommt mich Ablehnung, Empörung.
Benoît rettet uns.
Wir haben zugeschaut, wie dieser Mann sich entfernte und aus unserem Leben verschwand, dessen Verlauf er für immer verändert hatte. Ich habe bemerkt, dass der Pfarrer ebenfalls zitterte. Aber das hat ihn nicht daran gehindert, mir eine Moralpredigt zu halten.
»Weißt du, Marie, dass es ihn verdammt viel Mühe gekostet hat, herzukommen? Ein anderer hätte sich

mit einem Telefonanruf oder einem hübschen Brief mit einem Scheck begnügt.«
Was das betrifft, hat er sich der Kasse der Rettungsmannschaft gegenüber sehr großzügig gezeigt.
Man hat Pierres Leiche nicht gefunden; in gewissem Sinn ist das besser so: Hier zu Lande weiß man, in welchem Zustand das Meer einen Fischer zurückgibt, der sich am Meeresboden aufgehalten hat. Aber ohne Leiche und ohne Sarg, ohne Beerdigung, wie kann ich da um ihn trauern? Ich habe geträumt, Pierre die Augen geschlossen zu haben, und das war eine Erleichterung.
Ein Gottesdienst fand an der Stelle statt, wo die Welle ihn mitgerissen hatte. Sämtliche Kollegen hatten um die *Sonate*, unser Schiff, die Anker geworfen. Da waren die *Joyeuse*, die *Intrépide*, die *Sarcelle*, die *Diana*, die *Minerva*, die *Amazone*, die *Pastourelle*. Das Meer war ohne Runzeln, ruhig, hinterlistig, man konnte es sich einfach nicht vorstellen. Es war das erste Mal, dass meine Eltern an Bord kamen, selbst mein Vater, der ja im Fischhandel arbeitete. Pierres Mutter, Opfer der Alzheimerschen Krankheit, hat nicht kommen können. Als ich sie in ihrer Spezialklinik besucht hatte, hatte sie mich nicht erkannt, und obgleich ich eigentlich deswegen gekommen war, brachte ich es nicht übers Herz, ihr zu sagen, dass ihr Ältester tot war. Irgendwo in der Tiefe eines umnebelten Geistes würde er weiterleben, und das war besser so.
Benoît hat das Gebet für die auf See umgekommenen Seeleute gesprochen, man hat Blumensträuße ins Wasser geworfen, irgendwer hat Schifferklavier gespielt. Und ich, ich hörte die Mondscheinsonate,

diese Noten, unablässig wiederholt wie das Meer, dieses quälende, resignierte Warum? Warum das Leben? Warum der Tod? Bis der letzte Akkord in den inneren Meeren meiner Seele die Totenglocken läuten würden?

Auf dem Kai erwarteten mich die Frauen, Colette, Denise, Marguerite, Annick und die anderen. »Freundinnen« kann ich sie nicht nennen, obwohl wir seit Jahren Seite an Seite Fisch verkauft und die gleichen Ängste ausgestanden, die gleichen Hoffnungen gehegt haben. Aber ich stamme aus Rennes, aus einer Familie ohne Fischer. Da war dieser Salon, dieser Teppichboden, dieses Klavier – und vor allem, dass ich darauf zu spielen wusste.

Sie haben mir ihre Hilfe angeboten. Einen Augenblick lang kam es mir so vor, als ob ich, indem ich Pierre verloren habe, endlich meine Beförderung zur Seemannsfrau erhalten und sie mich als eine der Ihren aufgenommen hätten. Einen Augenblick lang …

Am nächsten Tag hat der Krieg angefangen …

3

Mir gegenüber steht Monsieur Baudoin, um die fünfzig, Anzug, Krawatte, glattes Haar, Brille.
Er ist aufgestanden, als ich eingetreten bin, und hat mir lange die Hand gedrückt.
»Was für ein Drama, Madame Delaunay! Mein aufrichtiges Beileid.«
Er hat sich nach den Kindern erkundigt. Sich für die Familie zu interessieren, gehört das zu seinem Beruf?
»Ich fahre mal schnell nach Guilvinec«, erklärte Pierre, frisch gekleidet, wenn er seinen Bankier aufsuchte.
Einmal hat er mich gefragt, ob es nicht besser wäre, wenn er seinen Schlips anzöge.
»Willst du dich verkleiden?«, hatte ich protestiert.
Der Seemannspullover, Ölzeug und Stiefel waren in meinen Augen die Schönste aller Uniformen; er brauchte sich dafür nicht zu schämen.
Den Schlips ... wie viele davon hat Monsieur Baudoin in seinem Schrank hängen?
»Ich habe Sie hergebeten, weil wir ein Problem haben«, sagt er.
Er klimpert auf der Rechnertastatur, und weiße Zeilen erscheinen auf dem blauen Bildschirm. Was für ein Problem? Pierres Lebensversicherung deckt die Hypothek, die auf dem Schiff lastet, und das ist Teil des Gemeinschaftseigentums; es gehört mir also.

»Monsieur Delaunay hat sich mit den Raten verspätet.«
»Das ist ausgeschlossen!«
»Aber leider wahr!«, seufzt der Mann. »Und wie Sie sich denken können, deckt die Versicherung nicht die unbezahlten Rechnungen.«
»Sie belaufen sich auf wie viel?«
Die Summe ist enorm, niederschmetternd. Ich verstehe es nicht. Ich bemühe mich, eine gute Figur zu machen, aber meine Stimme klingt zittrig, als ich frage: »Geht das schon lange so?«
Der Bankier befragt wieder seinen Rechner.
»Seit ungefähr drei Jahren. Seither sind die Zahlungen unregelmäßiger eingetroffen.«
»Hat mein Mann Ihnen gesagt, warum?«
»Er sprach von neuen Belastungen.«
Jede dieser Enthüllungen zog mich noch ein Stück tiefer hinab. Ich hatte keine Ahnung. Und dabei war ich es, die die Konten der Fischerei führte und mich um die Finanzen des Haushalts kümmerte. Pierre nannte mich seinen »Finanzminister«.
»Glauben Sie in der Lage zu sein, zu bezahlen, Madame Delaunay?«
»Aber wie soll ich denn?«
Er schweigt für einen Augenblick, seufzt dann: »Das Problem ist, dass die Zinsen weiterlaufen.«
Zinsen: ein Wort, das mit Schulden einhergeht. »Ein Fischer ohne Schulden, so was gibt es nicht«, pflegte Pierre zu sagen. Und er sagte außerdem, dass der Arbeiter auf dem Meer im Gegensatz zum Bauern ein Gelände pflügt, das ihm nicht gehört. Er besitzt nur seine Hände und ein Schiff, das allein schon den Preis von einem Dutzend Traktoren kostet und von

dem jeder vergehende Tag ein Stück seines Wertes wegfrisst.
Monsieur Baudoin beugt sich mit leuchtenden Augen zu mir. Ihm ist eine Idee gekommen.
»Vielleicht von Seiten Ihrer Eltern …«
»Lassen Sie meine Eltern aus dem Spiel!«
Im Gesicht meiner Mutter würde ich ein unerträgliches »Wir haben dich ja gewarnt« lesen. Papa würde wieder mit seinem Angebot vorpreschen, in der Konservenfabrik zu arbeiten.
»Dann sehe ich nur eine einzige Lösung«, bedauert der Bankier. »Die *Sonate* verkaufen.«
»Nennen Sie sie nicht die *Sonate!*«
Er schreckt zusammen. Ich habe es geschrien. Aber die *Sonate*, das war unser geheimes Stelldichein, Pierres Stolz, wir! Indem er davon spricht, sie zu verkaufen, zerstört er alles, erstickt, was mir an Licht bleibt.
»Entschuldigen Sie bitte, wenn ich Sie gekränkt habe, Madame. Glauben Sie mir, ich kann das sehr gut verstehen, Madame.«
Er schaltet den Rechner aus und geduldet sich, die Hände unter dem Kinn gefaltet. Das Berufsrisiko besteht für ihn darin, der Verzweiflung zu begegnen, die hier gang und gäbe ist: Seeleute, die auf dem Meer umkommen, jene, die zu Grunde gehen, weil sie nicht mehr hinausfahren können, jene, deren Schiff, deren Leben, deren Leidenschaft man verschrottet, zur »Tilgung der Passiva«. So heißt das hier zu Lande.
Müssen Pierres Passiva getilgt werden?
Ich stehe auf.
»Bitte lassen Sie mich darüber nachdenken. Ich rufe Sie an.«

»Nicht zu lange«, rät er mir.
Er begleitet mich zur Tür. Als er mir die Hand drückt, lächelt er zum ersten Mal.
»Und das Klavier? Spielen Sie noch immer? Ihr Mann war so stolz auf Sie: Er sagte, Sie seien eine Virtuosin.«

Der Hafen wartete auf seine Fischer. Sie waren heute früh vor Tagesanbruch hinausgefahren, und der Einbruch der Nacht würde sie uns wiederbringen. Der Hafen war ein tiefes Becken, der seine Blüte zur Zeit der Sardinen gehabt hatte. Jetzt fischte man die blauen Fische in Portugal und Marokko, und in Kersaingilles war nur ein knappes Dutzend Trawler übrig geblieben. Darunter die *Sonate*.
Was für ein Fest anlässlich des Stapellaufs unseres Schiffs! Alle Seeleute waren gekommen, halb glücklich, halb neidisch. Ich glaube, Monsieur Baudoin war ebenfalls eingeladen worden. Und Benoît, natürlich, mit seinem Weihwasserwedel. Er hörte nicht auf zu segnen: den Rumpf, das Schleppnetz, den Steg, den Baas. Wenn das Schiff gut startet, funktioniert es gut.
Es war wie ein Prinz gestartet.
Ich habe den Wagen am Ende des Kais geparkt. Die schmalen, grau gedeckten Häuser, das Café Au Poisson Bleu, das Postamt, der Friseur schauten aufs Meer hinaus. Dahinter gab es die Kirche und ein paar Geschäfte. Das war alles; ein Bild der Vergangenheit, wo die Touristen im Sommer gerne flanierten.
An ihrem Eisenring langweilte sich die *Sonate* neben der *Amazone*. Na so was, die *Amazone* war also

heute nicht hinausgefahren? Ich bin die Eisenleiter hinuntergestiegen und auf Deck gesprungen. Wer hatte es so blitzeblank geputzt, mein Schiff? Keine Seilfaser, keine Muschel, kein in einer Ecke vergessener Seestern. Ein Schiff, bereit, auszufahren und zu arbeiten.

Oder verkauft zu werden?

Ich habe mich auf die Kommandobrücke begeben. Wie stolz Pierre auf die Elektronik gewesen war! Computer, Lot, Radar, Kompass. Nichts von alledem hatte es auf dem Schiff seines Vaters gegeben, auf dem er mich mit Geduld und Begeisterung an das Leben an Bord gewöhnt hatte. Wie oft waren wir vor der Geburt der Kinder zusammen hinausgefahren: Am Anfang hatte er mich seinen Schiffsjungen, später dann Kapitän genannt. Damals gab es reichlich Fisch, wir verdienten gut.

Ein welker Blumenstrauß lag auf dem Sitz. Ich habe das Ruder mit den Händen angefasst, ich habe Pierres Hände angefasst: in welchem Mist lässt du deinen Kapitän-Finanzminister jetzt sitzen! Warum hast du mir nichts gesagt?

»Marie, was tust du denn hier?«

Abel, der Bootsmann auf der *Sonate*, ist im Eingang der Brücke aufgetaucht.

»Wie du siehst, bin ich gekommen, um mich wieder vertraut zu machen. Sind die Blumen von dir?«

»Nicht von mir, vom Matrosen.«

Jeannot, der dritte Mann der Besatzung.

»Hat man dir gesagt, dass er sich wieder hat anheuern lassen?«, berichtet mir Abel. »Auf einem Hochseedampfer. Er sticht bald in See. Er wagt es nicht so recht, davon zu sprechen.«

»Da irrt er sich. Ich weiß doch, dass er nicht arbeitslos bleiben kann.«
Mit dem Ärmel wischt der Bootsmann einen imaginären Staub von einer Ablage, zu diskret oder auch zu schüchtern, um mich zu fragen, was ich mit dem Schiff machen werde, eine Frage, die sich der ganze Hafen seit Pierres Tod stellt und auf die Jeannot geantwortet hat, indem er sich woanders anheuern ließ.
»Und du, Abel, hast du irgendwelche Pläne?«
»Ich?«
Er gibt ein zerborstenes Lachen von sich.
»Wer will denn einen alten Kerl haben, der drei Jahre vor der Pensionierung steht? Und so oder so, ohne Pierre, verstehst du, weiß ich nicht, ob ich imstande wäre, auf See zu fahren. Wir waren wie zwei Baase. Aber es ist traurig, sich auf dem Trockenen zu wissen.«
Wir gehen wieder auf Deck. Mit der Hand über den Augen sucht Abel den Horizont ab. In dem müden Tageslicht hat das Meer die kräftige Farbe eines guten Weines. Sagt man nicht »ein Meer zum Trinken«?
»Sie werden bald zurück sein!«, bemerkte der Bootsmann.
Auf dem Kai wird es lebendig, die Karren sind näher gebracht worden, um die Kisten mit Fisch aufzunehmen. In der Markthalle, eher einem kleinen Schuppen, hört man die Frauen. Sie bereiten die Auslage vor, kümmern sich um das Eis und überprüfen die Waagen. Ich müsste unter ihnen sein. Die Kunden werden nicht auf sich warten lassen, meine Stammkunden, meine Restaurants. Mehrere haben mich angerufen, um mir ihr Beileid auszudrücken; aber

man streicht den Fisch nicht von der Speisekarte, weil ein Trawler nicht mehr hinausfährt. Sie kaufen bei der Konkurrenz.

»Da sind sie!«

In der Ferne am Horizont, zwischen einem Streifen Schaum und einem Vogelschwarm, tauchen die Schiffe eines nach dem anderen auf. Es sieht aus, als ob eine einzige große Woge das Ganze trägt, als ob das Meer sich entrollt, um uns die Fischer hereinzubringen, während durch das Geschrei der Möwen und Kormorane das Dröhnen der Motoren immer lauter wird.

Wie jedes Mal nach dem Fang machen die Trawler einen Wettlauf: Wer zuerst ankommt, verkauft zuerst. Fünf Glockenschläge grüßen den zukünftigen Sieger.

»Wetten, es ist die *Joyeuse!*«, sagt Abel mit belegter Stimme voraus. »Sie sollten lieber aufpassen, die Kervélecs. Eines Tages werden sie ihr die Knochen brechen.«

Die *Joyeuse* muss gut zwanzig Jahre alt sein, und alle Welt meint, Jean-Louis und Alain, die Brüder Kervélec, gehen zu hart mit ihr um.

Die Frauen erscheinen auf dem Kai und erwarten das Schiff ihrer Männer. Ich hätte für Pierre gewettet, ich hätte mich für ihn schön gemacht, er hätte sofort meine Augen gesucht, vielleicht hätte er mir, während ich ihm beim Ausladen half, zugeflüstert: »Sag mal, Marie, was ist bloß in dich gefahren, einen Fischer zu heiraten?«

Es ist nicht die *Joyeuse*, sondern die *Intrépide*, die als Erste ankommt. Der Bootsmann hat verloren. Wütend putzt er seine Brille. Der kleine Sprühregen, der sie beschlagen hat und jetzt seine verwaschenen

Augen füllt und durch die Furchen seiner Wangen rieselt, ist der Wind daran schuld?
Dieser Wind, der mir plötzlich die Brust bläht und mein Leben zu tragen scheint, wie das Klangpedal.
»Abel, und wir, wann fahren wir wieder los?«

4

»Ein echter Schuft, dein Bruder!«
Der Herr Pfarrer zuckt nicht mit der Wimper. Kraftausdrücke, die einzigen Wörter, die die Verzweiflung auszudrücken vermögen, an die ist er bei seinen Pfarrkindern gewöhnt. Er legt mir die Hand auf die Schulter.
»Weißt du, wir alle haben früher oder später mal die Gelegenheit, ein Schuft zu sein. Was ist los, Marie?«
»Pierre hat mich hintergangen. Er hat die Raten für das Schiff nicht mehr bezahlt. Ich verstehe endlich, warum er so schlecht schlief; er behauptete, es sei wegen seines Rückens. Ein guter Vorwand, der Rücken! Er hat mir nicht mehr vertraut, das ist alles!«
»Vielleicht wollte er dich nicht beunruhigen.«
Seltsamerweise wirkt Benoît erleichtert. Was hatte er erwartet?
»Komm, wir gehen ins Pfarrhaus. Ich mache dir einen Kaffee.«
Glücklicherweise hatte ich ihn in unserer winzig kleinen Kirche angetroffen. Er versorgt ein Dutzend davon. Zu viele Sünder und nicht genügend Kapitäne für die Flut der Seelen!
Ich habe ihn sozusagen seinem Beichtstuhl entrissen; bevor wir hinausgehen, dreht er sich zum Altar um und macht das Kreuzzeichen, nicht ein hastiges, sondern eines, das bis zum Bauchnabel, bis zur Nabelschnur geht, die ihn, wie es scheint, mit der Heili-

gen Jungfrau verbindet. Und was mich betrifft, ein bärtiger Pfarrer, ein Priester, der die blauen Augen seines älteren Bruders hat, das schnürt mir nach wie vor die Kehle zu.
Das »Pfarrhaus« ist eines der schmalsten Häuser am Hafen: ein Wohnraum im Erdgeschoss, ein Raum, um zu lesen und sich zu waschen, darüber. Im Ersteren schnarcht eine Gestalt auf etwas, das einst ein Sofa gewesen sein muss und das Benoît wie das restliche Mobiliar von der Müllkippe geholt hatte. Die Schatzsuche ist eine Spezialität der Familie. Auf Regalen eine eindrucksvolle Sammlung von Comicbüchern. Ein Mittel wie irgendein anderes, um die Jugend anzulocken.
Ich zeige auf den Schnarchenden.
»Wer ist das?«
»Weiß nicht. Jedenfalls ein unglücklicher Mensch.«
Ich dagegen weiß, dass man, da er grundsätzlich keinen Schlüssel benutzt, eines Tages unseren Pfarrer mit durchgeschnittener Kehle finden wird.
Wir steigen hinauf zum Küche-Badezimmer. Er zündet die Flamme unter der Kaffeekanne an.
»Wie ist es möglich, dass Pierre die Raten nicht mehr bezahlt hat? Wusstest du, dass er Geldsorgen hatte?«
»Er hat mir nichts davon gesagt«, gab er kurz Antwort. »Aber bleib doch nicht stehen, setz dich.«
Ich setze mich auf einen Hocker an den Tisch. Mein Schwager füllt zwei Schalen mit Kaffee und setzt sich mir gegenüber. Man hat schnell kältestarre Hände bei ihm, denn er hat auf seinen Müllkippen noch keine Heizung gefunden.
»Es gibt etwas, woran du nie zweifeln darfst, Marie:

Pierre hat dich geliebt! Du warst alles für ihn. Mit den Kindern natürlich.«
»Warum erzählst du mir das? Ich weiß, dass er uns geliebt hat! Ein Grund mehr, mir seine Sorgen nicht zu verheimlichen. Wenn man wirklich liebt, teilt man alles miteinander, oder?«
Benoît antwortet nicht. Weiß er mehr, als er mir sagen will oder kann?
»Wie hast du es erfahren?«
»Vom Bankier natürlich! Wenn ich nicht zahle, wird die *Sonate* verkauft.«
»So oder so, was willst du denn mit deiner *Sonate* anfangen?«
Er hat das Recht, sie bei ihrem Vornamen zu nennen, er hat sie getauft.
»Was ich damit machen will? Die Nachfolge antreten. Fischen.«
Das haut ihn um, unseren Pfarrer. Er macht die Augen halb zu und konzentriert sich. Wie ich ihn kenne, konsultiert er jemanden dort oben, ehe er mir seine Meinung mitteilt. Was haltet ihr davon, Jesus-Maria-und-Joseph?
Es wird schwer sein, antworten diese Leute.
»Pierre hat mich gelehrt, zu steuern, ich kenne die Küste wie meine Westentasche, das Meer flößt mir keine Angst ein und die Arbeit auch nicht.«
»Das ist es nicht«, sagt Benoît. »Es sind die anderen. Du wirst sie alle gegen dich haben.«
»Wir werden schon sehen.«
Allerdings.

Um zu uns zu gelangen, brauchte nur man nur den Schnäpper des weißen Gatters zu lösen, drei Schritte

über den Kies zu machen und an die Tür zu klopfen. Um in die Roseraie einzudringen, musste man am Tor klingeln, eine von Hecken gesäumte Allee entlanggehen und wieder klingeln: wie bei den sieben Geißlein die weiße Pfote zeigen.
Das Steinhaus meiner Eltern, ganz nah bei Guilvinec, hatte drei Etagen. Aus meinem Jungmädchen-Zimmer konnte ich in der Ferne das Meer sehen wie jemanden, der in einem blauen oder grauen Gewand mit weißen Rüschen tanzt, jemand, der manchmal ruhig, manchmal wütend war, der die Gerüche der Liebe an sich hatte, den die Seeleute als Schlampe beschimpften und ihr gleichzeitig zuflüsterten, dass sie ohne sie nicht konnten.
Ich war zehn Jahre alt, als wir nach Kersaingilles zogen, wo Papa die Direktion der ganz neuen Konservenfabrik übernommen hatte. Mama hatte viel geweint, als wir Rennes verließen. Sie schien unendlich traurig. Für mich, die ich im Gegensatz zu Anaïs nur Abenteuerromane gelesen habe, war es, als würde das Leben dort anfangen.
»Du bist völlig wahnsinnig, mein Kind. Wahnsinnig, und außerdem leichtfertig!«
Das war es, was Mama mir erklärte, nachdem ich ihr meine Absicht mitgeteilt hatte, mich auf der *Sonate* einzuschiffen. Papa starrte mich entgeistert an. Ich hatte mich zum Mittagessen eingeladen und bis zum Nachtisch gewartet, um ihnen das Mahl nicht zu verderben. Es ist so, als wäre ich um achtzehn Jahre zurückversetzt, als ich ihnen von Pierre erzählt hatte. »Einen Fischer heiraten, bist du wahnsinnig geworden?«
»Also wirklich, du änderst dich wohl nie!«

Mama hat ihre Serviette auf den Teller geknallt und ist hinausgegangen.
»Hast du dir das wirklich gut überlegt?«, fragt mein Vater.
Ich stehe meinerseits auf und trete ans Fenster, um mir das Lügen zu ersparen. Wie schön der Herbst ist in seiner Melancholie. Wie eine Melodie von Schubert. Nein, ich habe es mir nicht »gut« überlegt. Das Meer, ein Schiff, ein Mann, der weint, dass er auf dem Trockenen sitzt, haben meine Entscheidung bestimmt. Ich habe das Gefühl gehabt, keine andere Wahl zu haben.
»Das ist kein Beruf für eine Frau.«
»Ich kenne solche Frauen.«
»Nicht auf einem Zwölfmeterschiff, das eine Mannschaft braucht.«
»Ich habe Abel, um mich zu führen. Ich habe das Ruder hundert Mal gehalten.«
»Das ist es nicht, mein Liebes, es ist hart, zu hart.«
»Nicht für mich.«
»Ich … ich … immer denkt sie nur an sich«, stöhnt Mama, als wir in den Salon kommen, wo sie sich auf das Sofa hat fallen lassen. »Hört sie euch an!«
»Hört sie euch an …« Versucht nicht, sie zu verstehen … Hat meine Mutter mir je zugehört? Zu fern von dem, was sie für meine Person erträumt hatte. Ich habe lange Zeit gehofft, sie davon zu überzeugen, dass es nicht unbedingt ein Beweis von Egoismus sein musste, meinem eigenen Weg zu folgen, diesmal ist es endgültig verpatzt, und auch, wenn ich mich längst damit abgefunden habe, überkommt mich die Traurigkeit eines kleinen Mädchens.
»Und die Kinder? Was halten die Kinder davon? Hast

du sie überhaupt um ihre Meinung gefragt? Dich den ganzen Tag auf dem Meer zu wissen, um in was für einem Zustand nach Hause zu kommen – mein Gott! Glaubst du, dass ihnen das Freude machen wird? Annaïs …«

»Das ist nicht deine Sache, Mama, das ist eine Angelegenheit zwischen ihnen und mir.«

Ich weiß sehr wohl, was sie erhofft hat, ich habe es ein paar Andeutungen von Annaïs entnommen: Ich würde in der Konservenfabrik arbeiten, sie würde uns in der Roseraie eine unabhängige Wohnung einrichten, damit wir aus dem »Häuschen« ausziehen können. Sie geht nicht ganz so weit, es als gesundheitsschädliches Elendsquartier zu bezeichnen.

Im Augenblick starrt sie ihren Mann an, fordert von ihm, dass er intervenieren und ihre Partei ergreifen solle. Er räuspert sich.

»Was nicht geschehen darf, mein Liebes, ist, dass sie Angst um dich haben müssen, verstehst du? Nach dem, was ihrem Vater widerfahren ist …«

»Das Schiff ist sicher. Ich gehe kein Risiko ein.«

In der Stimme meines lieben Papas konnte ich hören, dass er es war, der Angst hatte.

Wir haben den Kaffee schweigend getrunken. Mir war das Herz schwer: Man kann einen Unterschied akzeptiert und geltend gemacht haben und die Einsamkeit ertragen. Gleichzeitig den Schutz der Muschel und den Wind des Abenteuers haben wollen, nicht mit der Pinzette angefasst werden zu wollen und gleichzeitig die Zärtlichkeit der Seinen zu suchen. Beim Abschied hat Mama sich damit begnügt, meine Stirn mit den sorgfältig geschminkten Lippen zu

streifen. Auch das … Ich habe nie mehr als ein paar Minuten dem Schminken gewidmet. Hier zu Lande rötet der Wind einem die Wangen, ohne dass der Regen alles abwäscht.
»Ich begleite dich«, hat Papa beschlossen.
Als wir an den frisch geschnittenen Rosen entlanggingen, hat er sich wieder geräuspert.
»Du tust das doch hoffentlich nicht aus finanziellen Gründen, oder? Die Versicherung deckt doch das Schiff, nicht wahr? Und auf deinem Haus lastet keine Hypothek? Möchtest du, dass wir zusammen zu deinem Bankier gehen?«
»Auf gar keinen Fall!«
Ich habe heute Morgen bei Monsieur Baudoin angerufen und ihn meine Entscheidung wissen lassen. Überflüssig, zu sagen, dass er nicht begeistert war. Er hat dennoch akzeptiert, die Schulden auf ein Jahr zu verteilen. Wenn in der Zeit die Beiträge nicht abbezahlt wären, würde die Bank ihr Verkaufsrecht geltend machen.
Erstaunt sieht Papa meinen Lieferwagen.
»Du bist nicht mit Pierres Wagen gekommen?«
»Den habe ich zum Verkauf angeboten. Er hat einen guten Wert als Gebrauchtwagen und dieser hier genügt mir.«
Der Verkauf würde die ersten Raten decken und mir ein bisschen Luft lassen. Papa hat geseufzt. Ich hatte offenbar tatsächlich Geldsorgen! Aber welche Witwe hat die nicht?
»Wenn mein Gedächtnis mich nicht trügt«, habe ich ihn erinnert, »habt ihr, als Pierre seinen Wagen gekauft hat, von Wahnsinn gesprochen. Ich werde den Wahnsinn wieder gutmachen.«

»Bist du sicher, dass du das nicht bereuen wirst?«
»Annaïs wird es bedauern.«
Es ist mir gelungen, zu lachen.
»Niemals, solange ich ein Schiff habe! Und vergiss nicht, dass Pierre mich seinen Kapitän nannte.«
»Und ich nenne deine Mutter manchmal Boss«, hat mein Vater mit einem Blick auf die Fenster des Salons geseufzt.
Es tat gut, sich mit einem verschwörerischen Augenzwinkern zu trennen.

5

»Alle werden gegen dich sein«, hat Benoît vorausgesagt.
Bei Annaïs hatte ich es erwartet, aber nicht mit dieser Heftigkeit, nicht so gnadenlos. Ihr Vater ist erst vor zwei Wochen gestorben …
»Wenn es so ist, dann ziehe ich in die Roseraie.«
»Kommt nicht in Frage; wir werden unser Leben kein bisschen verändern.«
Meine Tochter lacht.
»Sie nennt das: kein bisschen verändern! Wir werden eine Fischerin zur Mutter haben, und alles geht so weiter wie vorher!«
»Eine ›Baas‹ zur Mutter«, berichtigt Quentin ironisch.
Von ihm hatte ich eine positive oder wenigstens eine neutrale Reaktion erwartet. In Pierres Schaukelstuhl, den er zu seinem Privatbesitz gemacht hat, meidet er meinen Blick. Hatten nicht seine ersten Worte nach dem Drama dem »Kahn« seines Vaters gegolten? Ich werde mich um den Kahn kümmern.
»Warum hast du es abgelehnt, in der Konservenfabrik zu arbeiten?«, attackiert mich Annaïs aufs Neue.
»Ich fische lieber, als Fische in Dosen zu packen.«
»Du hättest sie nicht in Dosen getan, du hättest in einem Büro gearbeitet.«
»Mir ist das Meer lieber als vier Wände.«
Sie zuckt erbost die Schultern. Wie seltsam das Leben sein kann: Als ich so alt war wie sie, lernte ich

Pierre kennen und stieß aus den entgegengesetzten Gründen mit Mama zusammen. Annaïs träumt davon, in der Stadt zu leben, sie liebt die Caféterrassen und ihre Freunde, das Kino. Und vor allem das Theater. Sie ist in der Theatergruppe ihres Gymnasiums. Die Bretter, nicht die, die aufs Meer gehen, die sind ihr Traum! Aber seien wir gerecht: Sie ist in keiner Weise leichtfertig. Im vergangenen Jahr hat sie ausgezeichnete Noten im Vorabitur gehabt. Wetten, dass sie dieses Jahr ihr Abi schafft? »Sie will es!«, sagen ihre Lehrer. Kann ich ihr verübeln, dass sie nicht dasselbe will wie ich?

Sie ist hinausgegangen und hat die Tür hinter sich zugeknallt. Ich habe einen Kloß im Hals und drehe mich zu Quentin um.

»Das ist wegen Alexandre«, murmelt er.

»Alexandre?«

Mein Sohn hasste es, zu »petzen«, aber er möchte mich trösten.

»Ihr Freund. Sein Vater ist Anwalt, verstehst du?«

»Eine Fischerin zur Mutter, das macht sich nicht gut, ist es das?«

Quentin bejaht. Er weiß so gut wie ich, dass Annaïs mit ihren Freunden lieber von ihrem Großvater, dem Direktor, spricht, als von ihrem Vater, und wenn sie sie einlädt, dann in die Roseraie, nicht ins Häuschen. Ich habe mich immer gezwungen, das zu akzeptieren. Mit achtzehn ist man seiner selbst so wenig sicher, und man versucht, mit Hilfe der anderen zu glänzen. Und es ist eher Mama, die sie in dieser Richtung unterstützt und der ich das übel nehme.

Quentin reißt sich aus seinem Sessel los und kommt zu mir auf das Sofa. So harmonisch Annaïs' Bewegungen sind, so tölpelhaft ist er, sehr groß, genau wie Pierre, aber noch ohne die Fülle. Ach, mein Pierre!

»Ist das wegen des Geldes, dass du fischen willst?«

Mein Herz tut einen Sprung. Was weiß er?

»Warum fragst du mich das?«

»Papa hat ständig wiederholt, dass alle Seeleute Schulden haben.«

»Papa …« Quentin hat das Wort ausgesprochen, als würde er wiederkommen, als sei er nur auf Reisen. Auch er hat seine Trauer noch nicht abgeschlossen. Wird er das wohl je? Er lebte auf seinen Vater fixiert, und zweifellos war es, um ihn zu beeindrucken, dass er beschlossen hatte, Taucher zu werden und schönere Schätze zu heben, richtige!

»Ich tue das, um die *Sonate* zu behalten. Sonst müsste ich sie verkaufen.«

»Meinst du, er wäre damit einverstanden?«

»Keine Ahnung. Vielleicht würde auch er mich für verrückt erklären, aber in einer Hinsicht bin ich sicher. Wenn er von dort oben zuschaut, wie ich in die Roseraie zurückkehre, als ob alle diese Jahre nicht gezählt hätten, als sei das nur eine Art von Zwischenspiel gewesen, dann wäre er sehr unglücklich.«

In Annaïs' Zimmer dröhnt die Musik. Ihre Art, mir zuzuschreien: »Ich existiere.« Ich tat das über das Klavier. Das habe ich übrigens seit einer gewissen Sturmnacht nicht mehr aufgeklappt …

»Nimm mich mit«, bittet mich plötzlich Quentin. »Du wirst sehen, ich kann das. Du wirst es nicht bereuen.«

Das ist es also! Er akzeptiert meine Entscheidung

unter der Bedingung, dass ich ihn mitnehme. In seinem Alter war sein Vater schon lange Matrose.
Mir ist das Herz schwer. Ich werde ihn enttäuschen.
»Das kann ich nicht, Quentin. Du weißt, dass Pierre wollte, dass du so lange wie möglich lernst.«
Im vergangenen Jahr ist er auf das maritime Gymnasium von Guilvinec gekommen. Unter anderem lernt er dort Mechanik. Pierre hatte für ihn die Handelsmarine erträumt. Sprach von technischem Offizier.
»Und wenn ich selber keine Lust habe, weiterzumachen?«
»Dann tust du es ihm zuliebe.«
Er schaut mich vorwurfsvoll an.
»Du betrachtest mich als kleinen Jungen. Du meinst, ich sei nicht stark genug.«
Und plötzlich kann ich nicht mehr, es ist zu viel. Ich will nicht, dass Pierre tot ist, ich habe keine Lust, alle gegen mich zu haben, kalt im Herzen, kalt im Bett. Ich habe nicht ein einziges seiner Kleidungsstücke wegwerfen können, ich trage nachts seine Pullover, sie riechen nach Salz, nach Meer, nach uns. Im Grunde bin ich nicht mehr so sicher, ob ich überhaupt Lust habe, zu leben.
Quentin sieht entsetzt meine Tränen, die ich bis dahin erfolgreich versteckt hatte. Er legt den Arm um mich, ich drücke meinen Kopf an seine Schulter.
»Natürlich weiß ich, dass du stark bist. Der Beweis? Bei dir kann ich es mir erlauben, zu weinen.«

Im Wartezimmer des Arztes für die Seeleute warten mehrere Männer, manche noch mit nassem Haar von der Dusche. Hierher ging Pierre für die Pflichtuntersuchung. Als der Arzt mich entdeckt, winkt er mir, ihm zu folgen, ohne zu warten. Ich zeige auf die, die vor mir da waren, ich würde warten, bis ich an der Reihe bin. Ich hatte mir ein Buch mitgebracht, aber es gelang mir nicht wirklich, mich darauf zu konzentrieren; ich spürte die Verwunderung der Seeleute: Gehen die Frauen nicht eher zum Frauenarzt?

»Nun, wo drückt denn der Schuh, meine kleine Madame?«

Das »kleine« hat mir nicht gefallen. Ich habe mich vorgestellt: die Frau von Pierre Delaunay. Er hatte in der Zeitung von seinem Tod erfahren.

»Mein aufrichtiges Beileid.«

»Ich habe beschlossen, die Nachfolge auf dem Schiff anzutreten. Ich bin zur Untersuchung gekommen.«

Ich war direkt zur Sache gekommen und war – in Erwartung der üblichen Reaktion – bereit, mich zu verteidigen; so oder so konnte er sich nicht weigern, mich zu untersuchen.

Er hat sich die Brille auf die Stirn geschoben und dann eine Karteikarte hervorgeholt.

»Auf geht's. Wir werden das hier ausfüllen und dann sehen, ob Sie diensttauglich sind.«

Leber, Herz, Lungen, alles war gesund. Ich wusste, dass ich ausgezeichnete Augen hatte. Und ich war vor kurzer Zeit beim Zahnarzt gewesen. Als wir wieder in sein Sprechzimmer zurückkehrten, hat er mir listig zugezwinkert.

»Ohne die ärztliche Schweigepflicht zu brechen – wissen Sie, dass eine ganze Reihe von denen, die mich aufsuchen, gerne eine solche Gesundheit hätten wie Sie?«

Er war der Erste, der Vertrauen in mich hatte. Unerwartet haben mir Tränen in den Augen ge-

brannt. Ihm gegenüber konnte ich mir erlauben, zu zweifeln.
»Sie meinen also, ich sei tauglich?«
»Während des Krieges haben überall Frauen die Nachfolge ihrer Männer übernehmen müssen. Sie haben es geschafft. Manchmal haben sie sich sogar besser durchgeschlagen als wir. Wenn man seinen Mann verliert, ähnelt das, glaube ich, ein bisschen dem Krieg, nicht wahr?«
Ja. O ja! In jedem Augenblick ein Kampf gegen den Schmerz, die Einsamkeit, das Unbekannte. Und der Krieg mit denen, die man liebt, auch der Tochter, zum Beispiel. Und kein Krankenhaus, kein Refugium. Aber das Herz blutet.
Der Arzt ist aufgestanden. Ich wäre gern noch geblieben. Er hätte mich, sooft es ihm gefällt »kleine Madame« nennen können. An der Tür hat er meinen Kopf gehoben.
»Versprechen Sie mir nur eines: Schützen Sie diese schöne Haut. Es wäre ein Jammer, sie zu verderben. Und passen Sie auch auf Ihre Hände auf. Wenn ich mich recht entsinne, spielen Sie Klavier, oder?«
Eine Welle von Zärtlichkeit hat mich überflutet. Wem gegenüber hatte Pierre nicht damit angegeben? Ich habe im Geiste seine Hände gesehen, wie sie den Seidenläufer auf die Tastatur legten.
»Ich hatte einen Musiker zum Mann«, habe ich gesagt.

6

Genug Zeit verloren, vierzehn Tage, ein Wahnsinn! Ich habe Abel beauftragt, einen Matrosen für uns zu finden, und habe meinerseits die Kunden übernommen. Ein Teil des Fangs war für ein paar Restaurants, die Pierre treu waren, bestimmt sowie ein paar Fischgeschäfte im Landesinneren. Ich habe mein Telefon genommen und angekündigt, dass die *Sonate*, wenn das Wetter es erlaubte, am Montag ausfahren würde. Um fünf Uhr wäre ich an meinem Stand. Ich habe mich nicht in Einzelheiten ergangen.

Wir belieferten auch eine kleine Firma für Gefrierfisch, Trèsfrais, mit Kabeljau, Merlan und Schellfisch; ich war es, die ihnen immer die Ware geliefert hatte. Ich bin hingegangen, und das war gut so.

Der Verantwortliche für die Bestellungen konnte seine Überraschung nicht verhehlen, als er mich sah.

»Man hat mir gesagt, die *Sonate* solle verkauft werden!«

Mein Herz machte einen Satz.

»Wer, in aller Welt, hat Ihnen das erzählt? Davon ist nie die Rede gewesen.«

»Sie wissen, wie das ist«, hat er sich entschuldigt, »Gerüchte ... aber selbstverständlich erwarten wir Sie am Montag, Madame Delaunay.«

Er hat nicht gefragt, wer den Baas ersetzen würde.

Auf dem Heimweg in dem Lieferwagen, von eiskalten Windböen gepeitscht, die die Schiffe am Auslaufen

gehindert hatten, überkam mich die Wut. Wer hat es gewagt? Welcher »Freund« von Pierre hatte es auf seinen Platz abgesehen? Dieser Krieg, von dem der Arzt gesprochen hatte, mussten wir den auch untereinander führen?
Auf dem Anrufbeantworter ist eine Nachricht: der Kapitän. Er möchte mich sprechen und ruft etwas später wieder an.
Er ist der Baas der *Intrépide*, dem Achtzehnmeterschiff, das er mit seinen Söhnen teilt. Der Kapitän, mit Vornamen André, war Pierres bester Freund. Er ist Frührentner, doch die Tatsache, dass er seinen rechten Arm irgendwo in der Irischen See verloren hat, hindert ihn nicht daran, das Ruder zu halten. Er hat sogar das Schreiben mit der linken Hand gelernt.
Er will mich sprechen? Ich ihn auch. Es ist erst fünf Uhr, ich weiß, wo ich ihn finde, ich fahre hin.
Das einzige Café von Kersaingilles, das Poisson Bleu, ist voll. Da die Schiffe am Kai geblieben sind, kann man sicher sein, um diese Uhrzeit dort die Fischer anzutreffen. Ihre Frauen begleiten sie nie; wenn Frauen anwesend sind, dann die der Touristen. Sie wollen wissen, wer der blaue Fisch ist, und lachen, wenn man ihnen erklärt, es sei die Sardine, da sie nicht ahnen können, dass dieser unbedeutende, kleine Fisch einst den Reichtum des Hafens ausgemacht hat.
Ich habe kaum die Tür aufgestoßen, da sehe ich sie schon im hinteren Teil des Cafés um zwei aneinander gerückte Tische sitzen. Sie spielen weder Karten noch Würfel. Sie diskutieren. Ich erkenne die Brüder Kervélec, Jean-Louis und Alain; Loïk Labbé und noch andere. Und als ich mich nähere, glaube ich

den Namen meines Schiffs zu hören. Sie verstummen, als sie mich sehen. Ich wende mich an den Kapitän.

»Du wolltest mich sprechen, André?«

»Ah, Marie! Du hast meine Nachricht gekriegt?«

Er steht auf.

»Lass uns lieber zu dir gehen, ja?«

Ich rücke einen Stuhl an den Tisch.

»Wir können auch hier bleiben, oder? Ich hatte den Eindruck, dass ihr gerade von der *Sonate* gesprochen habt. Das trifft sich gut. Ich habe eine Frage.«

Sie brennt mir auf der Zunge, diese Frage, und auf dem Herzen. Wahrscheinlich kann man das spüren. Die Männer rutschen verlegen auf ihren Stühlen herum.

»Wie du willst, Marie. Was möchtest du trinken?«

»Einen Kaffee.«

Niemand sagt ein Wort, bis ich meinen Kaffee serviert bekommen habe. Loïk Labbé, der junge Baas der *Pastourelle*, hat sich ein neues Bier bestellt – eines zu viel, wenn man die leeren Flaschen zählt, die vor ihm stehen. Seit dem tragischen Unfall seines älteren Bruders Antonin, als sie zusammen fischten, trinkt er mehr als vernünftig ist. Warum mustert er mich mit solcher Feindseligkeit?

»Ich komme gerade von Trèsfrais. Es heißt, die *Sonate* stünde zum Verkauf. Komisch, davon wusste ich gar nichts.«

Die Entrüstung hat meine Stimme rau gemacht. An den Nachbartischen ist man verstummt. Der Kapitän lässt seinen Blick um den Tisch wandern.

»Das stammt nicht von uns, glaub mir. Sicher haben sie bei Trèsfrais was missverstanden. Aber es ist ge-

nau das, worüber wir reden wollten. Wir haben ein paar Interessenten für dein Schiff. In Guilvinec. Jemand, der hier bleiben würde, wenn du es ihm verkaufst. Wir möchten sie nicht verlieren, deine *Sonate*. Wir sind auch so nicht gerade viele!«
»Es ist nie die Frage gewesen, sie zu verlieren, André. Abel hat euch doch gesagt, dass ich Pierres Nachfolge antrete.«
Natürlich hat Abel es ihnen gesagt. Haben sie einen Käufer gesucht, um mich daran zu hindern? Eines ist gewiss: Sie wissen nichts von den Schulden. Wenn sie es wüssten, würden sie vorsichtiger über einen Verkauf reden.
»Das ist kein Frauenberuf, Marie. Das schaffst du nie.«
Die gleichen Worte wie von meinem Vater.
»Mit Pierre habe ich es oft genug bewiesen.«
»Ja eben, da war er dabei, dein Pierre! Das warst nicht du, der das Kommando geführt hat.«
»Du hast ja so oder so keine Lizenz«, unterbricht Jean-Louis, der ältere der beiden Kervélec, derjenige, der die *Joyeuse* – und angeblich auch seine Frau – ein bisschen zu grob anfasst.
»Die Lizenz ist kein Problem, eine Frage von ein paar Wochen. Ich habe mich schon eingeschrieben, und die geforderten Navigationsstunden habe ich längst.«
»Eine Frau als Baas einer Zwölfmeter, so was gibt es nicht«, erklärt Alain, der andere Kervélec, der jüngere. »Der Kapitän hat Recht, du schaffst das nicht.«
Frauen haben ihre Launen, ihre Tage, ihre Unpässlichkeiten. Ihnen steht es zu, sich um das Haus, die Kinder, den Verkauf, die Buchhaltung zu kümmern …

»Ihr klingt genauso wie meine Eltern!«
Sie ducken sich ein bisschen. In den gleichen Sack gesteckt zu werden mit denjenigen, mit denen sich, das wissen alle, Pierre nicht verstand, das war in gewisser Weise wie gegen ihn sein. Ich trage noch dicker auf.
»Sie drängen mich ebenfalls zum Verkauf. Sie wollen, dass ich in einem Büro arbeite; wenigstens hätte ich dann saubere Hände.«
»Und mit welcher Besatzung wollen Sie fahren?«
Es ist Loïk, der das gesagt oder eher gebellt hat; das »Sie« klang verächtlich.
»Abel macht weiter. Er sucht einen Matrosen.«
Loïk gibt ein Lachen von sich.
»Würde mich wundern, wenn er einen findet. Einen, der bereit ist ... mit Madame la Duchesse zu arbeiten.«
Die Bemerkung verschlägt mir die Sprache. Ich hätte beinahe selber Lust zu lachen. Man darf nicht vergessen, dass mich manche nach meiner Heirat mit Pierre die »Prinzessin« nannten; ich dachte, das seien alte Geschichten. Und was ist in den jungen Labbé gefahren, mich so anzugreifen? Was habe ich ihm getan?
»Halt's Maul, Loïk«, befiehlt der Kapitän. »Das ist nicht der Augenblick, und du weißt es. Vergiss nicht, was wir gesagt haben.«
Loïk senkt den Kopf, schaut mich aber nach wie vor an wie ein wütender Stier. Nicht der Augenblick für was? Was haben sie gesagt? Was war denn bloß passiert? Ach was, er ist besoffen, das ist alles. Und es ist nicht er, den ich überzeugen muss. Ich wende mich wieder dem Kapitän zu.

»Völlig klar, wenn ihr alle gegen mich seid, kann ich nicht rausfahren.«
Das Meer ist zu hart. Wenn man draußen ist, muss man einander beistehen; man muss die anderen sehen und hören können und wissen, dass sie eingreifen, wenn Not am Mann ist. Auch wenn sie einem, an Land zurück, den Rücken zudrehen.
»Wir sind nicht gegen dich, Marie. Wir wollten dich nur warnen.«
»Nun, dann lasst mich mein Glück versuchen.«
Er nimmt sich Zeit für die Antwort, zieht das Vergnügen in die Länge, fragt die anderen mit dem Blick: Das Meer gehört ihnen.
»Wenn es wirklich das ist, was du willst …«
Gern hätte ich ihn umarmt, den Kapitän. Aber das hätte Gesprächsstoff gegeben – »eine typisch weibliche Reaktion«.

Abel hat den Matrosen gefunden. Er heißt Noël Morvan, achtzehn Jahre alt. Sein Vater ist Ingenieur und kümmert sich um Nahrungsalgen. Sie sind viel zusammen auf See gewesen. Noël ist bereit, sofort anzufangen.
»Weiß er, wer der Baas sein wird?«
Der Bootsmann hüstelt ein bisschen verlegen.
»Vielleicht ist das der Grund, warum er will. Wie man sagt, ›provoziert‹ er gern.«
»Und die Provokation macht dir Sorgen?«
»Als ob wir so viel Auswahl hätten, Marie! Willst du, dass wir am Montag rausfahren oder nicht? Und außerdem ist er im Grunde ein armer Junge.«
Seine Welt ist zusammengebrochen, als seine Mutter im vergangenen Jahr mit einem schönen Sommer-

gast abgehauen ist und ihn mit seinem Vater hat sitzen lassen. Er hatte gerade sein Abitur bestanden und wollte Informatik studieren. Doch daraus wurde jetzt nichts.
»Du weißt aber viel, Abel!«
»Nicht ich, sondern Louise.«
Die Frau meines Bootsmannes.
»Nun ja, dann hoffen wir mal, dass er sich nicht an uns rächt«, habe ich ein bisschen besorgt gesagt.
»Es ist die ganze Welt, an der er sich rächen möchte«, hat der Bootsmann erwidert, um mich zu trösten.
So wurde Noël angeheuert.
Louise wird an meinem Stand den Verkauf übernehmen. Abel hofft, dass ihr das gut tun wird. Die Tatsache, keine Kinder zu haben, stürzt sie regelmäßig in Depressionen. Die Welt ist ungerecht! Wir sind zusammen die Liste meiner Stammkunden durchgegangen. Es geht darum, sie gut zu bedienen.
Meine Finger laufen über die Tasten des Klaviers, meine Augen weinen, Sturm tobt in meinem Herzen. Für dich, mein Geliebter, fahre ich morgen aufs Meer.

7

Fünf Uhr dreißig. Ostwind, ruhige See. Der Hafen schläft noch hinter den geschlossenen Fensterläden. Die Lichter der Straßenlaternen zittern wie Fackeln auf dem Wasser, die Besatzungen machen sich schweigend an ihren Schiffen zu schaffen.

Die *Joyeuse*, die alte Nussschale der Brüder Kervélec, hat einen Vorsprung. Sie zieht schon ihre Furche in Richtung der Hafeneinfahrt. Vor kurzem hat man ihnen angeboten, sie gegen eine Entschädigung zu verschrotten. Es heißt, man habe das Gelächter der Brüder bis nach Brüssel gehört: Heute, wo nach Jahren der Arbeit die Schulden endlich bezahlt sind, sollen sie das Todesurteil ihres Trawlers unterschreiben? Über wen machen Sie sich lustig, meine Herren Beamten?

Ich habe den Lieferwagen an seinem üblichen Platz geparkt. Auf der *Pastourelle* breitet Loïk Labbé seine Kisten vor; er fischt ausschließlich Langustinen und arbeitet seit dem Tod seines älteren Bruders Antonin allein. Sein »Madame la Duchesse« klingt mir noch in den Ohren; ich beschleunige meine Schritte.

Ein Stück weiter auf der *Intrépide* richtet der Kapitän sich auf, um mich zu grüßen: »Viel Glück, trotzdem, Marie!«

Ich lache.

»Und warum ›trotzdem‹, Kapitän?«

Da ist die *Sonate*.

Meine beiden Männer sind schon bei der Arbeit:

Abel im Laderaum, Noël, der neue Matrose, bei den Netzen.

»Guten Morgen, Noël.«

»Guten Morgen, Madame Marie.«

»Bitte keine ›Madame‹, Marie, sonst nichts.«

»Guten Morgen, Marie-sonst-nichts.«

Wird er uns wohl Probleme machen, wie der Bootsmann fürchtet, der aber gleichzeitig von ihm sagt, er sei ein ausgezeichneter Seemann? Mich rührt er jedenfalls, dieser Junge, der seine Verwundbarkeit hinter einem Indianerkostüm versteckt: Pferdeschwanz, buntes Halstuch, goldenes Ringlein im Ohr. Achtzehn Jahre alt! Ich muss an Quentin denken und kann nicht umhin, mich zu fragen: Wer wäscht ihm wohl die Wäsche, seit seine Mutter abgehauen ist, um die Hemden für einen anderen zu bügeln?

Ich halte die große Colaflasche in die Höhe.

»Siehst du, Noël, ich habe an dich gedacht. Mein Sohn nuckelt ebenfalls diesen amerikanischen Sprudel.«

Ein Wunder: Hat er gar gelächelt?

Die Elektronik der Kommandobrücke ist eingeschaltet. Auf dem Foto über dem Echolot lächelt Pierre mich an; wenn er das geahnt hätte, als er mich »Kapitän« nannte … Auf der *Sonate* weiterzumachen, das ließ ihn ein bisschen lebendig bleiben.

»Wir sind fertig.«

»Nicht ganz!«, unterbricht Noël. »Das Trawlergatt muss noch zugemacht werden.«

In seinem Blick liegt etwas Herausforderndes. Sollte er mich auf die Probe stellen wollen? Aber es war die Aufgabe des Baas, das Trawlergatt mit einem speziellen Knoten zu verschließen, ehe es auf mechani-

sche Art durchgeführt wurde. Also gut, an die Arbeit! Er sagt nichts mehr, der Indianer, während ich meine Talente unter Beweis stelle. Danke, Pierre, dass du mir das alles beigebracht hast.
Überprüfen des Ruders, Öffnen der Klappen, Vorwärmen des Motors. Alle diese Abläufe, bei denen ich ihm so oft zugeschaut habe, sind in mein Gedächtnis eingeschrieben. Überflüssig, dem Bootsmann zu gestehen, dass ich sie die ganze Nacht im Kopf wiederholt habe.
»In Ordnung. Los geht's.«
Noël hat die Leinen losgemacht, ich fahre rückwärts. Von seiner *Intrépide* aus beobachtet der Kapitän mein Manöver. Will er sich vergewissern, dass alles glatt geht, bevor er selber aufbricht? Wir entfernen uns sanft vom Kai. Normalerweise ist es verboten, ohne Lizenz das Ruder zu führen, aber als ich Abel vorgeschlagen habe, es ihm bis zur Hafenausfahrt zu überlassen, hat er nichts davon wissen wollen. »Ich bin nicht der Baas, Marie, das bist du.« Was mir einen kleinen Stich ins Herz gegeben hat: Hatte er nicht gesagt, dass sie mit Pierre zwei Baase gewesen seien?
Ganz allein und wie eine Große navigiere ich zwischen den Lichtern der Reede in dem regelmäßigen Rauschen des Meeres. Diesen Weg kenne ich ebenso gut wie den, der mich von zu Hause zum Hafen gebracht hat; ich könnte jede Boje benennen, beinahe jeden Felsen. Guten Morgen, Leuchtturm! Auf dem Bildschirm der helle Pfeil auf dem Weg ins offene Meer, das sind wir, das bin ich. Und als wir die Hafeneinfahrt passieren und auf die Bühne treten, schwillt mir die Brust. Wenn ich – manchmal ein

bisschen zu laut – geschrien habe: »Ich tu's!«, habe ich da wirklich fest daran geglaubt?
Und jetzt bin ich hier.
»Geschenkt«, würde Quentin sagen.
Heute früh war er schon auf, als der Wecker geklingelt hat. Wir haben zusammen gefrühstückt, er sein Müsli, ich meinen Kaffee und meine Schnitten. Er sagte nichts. Ich zwang mich, meine Aufregung zu verbergen. Wenn ich sie gezeigt hätte, hätte er mich gebeten: »Nimm mich mit.« Ohne Noël zu kennen, ist er eifersüchtig auf ihn. Sie sind beinahe gleich alt, also warum nicht er?
Wer redet von der Stille des Meeres? Wellen, die gegen das Schiff krachen, Motorgeräusch, pfeifender Wind, ohne in der Nacht das Geschrei der Vögel zu zählen. Und dazu noch die Stimmen der Seeleute im Funkgerät, die sich kreuzen, von allem und nichts reden, von den bevorstehenden Festen, von Weihnachten. Ausschließlich Männerstimmen, unter die ich mich noch nicht zu mischen wage.
»Alles klar, Marie? Nicht zu kalt?«
Wollmütze bis an die Brille heruntergezogen, das Ölzeug bis ans Kinn, steckt Abel den Kopf auf die Kommandobrücke. Kalt? Nein! Ich trage als zweite Haut Pierres allerdicksten Pullover.
»Wie wär's, wenn du uns ein bisschen Kaffee heiß machen würdest?«
Der Bootsmann verschwindet in Richtung Kombüse. Wir haben noch gut zwei Stunden, bevor wir in die befischbare Zone gelangen, etwa fünfzehn Meilen von der Küste entfernt. Wir werden genau richtig für die Langustine ankommen: »Der Faulpelz«, witzelte Pierre.

Sie jagt nur bei Sonnenauf- und -untergang und entfernt sich von ihrem fast zwei Meter langen Bau nur um wenige Zentimeter. Faul oder vorsichtig? Gejagte Jägerin.
Da erscheint Abel wieder und jongliert mit den zwei dampfenden Bechern. Schweigend, den Blick aufs Meer, auf den Tag, der uns erwartet, gerichtet, schlürfen wir den Kaffee und stellen uns die gleiche Frage: Wird der Fang gut sein? Mein erster?
Das Echolot wird es sein, das uns durch seine Färbung mitteilt, ob der Fisch da ist. »Aber nichts ersetzt das Gespür des Baas«, pflegte Pierre zu sagen. »Er weiß, was sich unter dem Bauch seines Schiffs abspielt, als wäre es sein eigener Bauch.«
Wenn er so sprach, hatte ich Lust, dass er mich doch in die Arme nähme: er die Pflugschar, ich die Ackerfurche.
»*Sonate*, bist du da?«
Mein Herz tut einen Satz. Ich greife nach dem Mikrofon.
»Ich bin da.«
»Hier die *Intrépide*, ruf, wenn du was brauchst.«
»Du auch, Kapitän, ruf du auch, wenn du was brauchst. Scheu dich nicht.«
Ein gutes, kräftiges Lachen tönt durch die Nacht. Mir ist warm ums Herz. Die anderen Fischer haben es hören müssen. Ich bin soeben offiziell anerkannt worden!
Schon sieben Uhr. Der Bootsmann hat sich zu Noël auf Deck begeben. Zu Hause steht Annaïs jetzt auf, packt ihre Schulsachen, räumt ihr Zimmer auf. Sie hat den Verkauf des Autos sehr übel genommen. Das Telefon, das links über mir hängt, macht mir zu

schaffen. Es wäre so simpel, sie anzurufen und ihr einen guten Tag zu wünschen. Das darf nicht sein. Beim Fischfang, so sagt Pierre, muss man die Familie außen vor lassen.

Und nun hat das Meer die Farbe gewechselt, es ist kostbar geworden. Der Tag kündigt sich an. Wir bewegen uns jetzt ganz sachte. Mit der Nase auf dem Echolot, untersuche ich die Farben. Es geht darum, richtig zu zielen. Die Lichter der anderen Schiffe kündigen an, dass sie alle beim Fischen sind. Alle außer mir! Ich kann mich nicht entschließen.

»Abel, schau mal, was hältst du davon?«

Abel beugt sich eine Sekunde über den Bildschirm, wo mir die Farben dichter erscheinen und das Rot dominiert, Zeichen, dass das Meer bevölkert ist.

»Es steht mir nicht zu, das zu entscheiden, Marie. Du bist der Baas.«

Es ist das zweite Mal, dass er mich daran erinnert. Die Enttäuschung schnürt mir die Kehle zu. Was hatte ich denn erhofft? Dass wir die Verantwortung zu zweit tragen würden? »Du bist wahnsinnig, mit einer Frau zu fahren!« Wie oft hat er das wohl hören müssen? Findet er es bestätigt, indem er sieht, dass ich unfähig bin, mich zu entscheiden?

»Also, los geht's!«

Ich drücke auf den Knopf, der das Herablassen des Trawls auslöst. Abel hat sich zu Noël ins Heck begeben, um das Manöver zu überwachen. Fangsignal: oben grün, weiß darunter. Fangzone an Land gemeldet. Die Würfel sind gefallen.

Jetzt bleibt nur noch, gut drei Stunden lang in regelmäßiger Geschwindigkeit zu ziehen, zu warten und zu hoffen. Und dabei zuzuschauen, wie der

Tag anbricht und das Meer unter der geräuschvollen Eskorte der Möwen irisierend zu schillern beginnt.
Was tust du heute anderes, Marie, als als Kind, wenn du ein für dich viel zu großes Netz gezogen hast, um ein paar Crevetten zu fischen? Statt der Crevette ist es heute die Langustine, und ich fange sie im Sitzen. Alles in allem viel leichter.
Heute bin ich in See gestochen. Sie gehört mir.

8

Das Meer gehört niemandem, und es verspottet die Hochmütigen. Ich hatte das Echolot nicht zu lesen verstanden, in den Maschen des Schleppnetzes auf Deck war ein kümmerlicher Fang: ein paar Langustinen, Seehecht, nichts Nennenswertes.
Abel wich meinem Blick aus, in Noëls Gesicht stand kindliche Enttäuschung, ich hörte im Geiste meine Kunden: »Wir erwarten Sie, Madame Delaunay.« Oh, meine Rückkehr wird ruhmreich sein! Ich … ich … ich … ich hatte Dünkel bewiesen.
»Die *Sonate*, bist du da? Wie ist es gelaufen?«
Diesmal war es die *Joyeuse*, die rief. Alain Kervélec, der jüngere der beiden Brüder, der weniger aggressive. Ich ließ meine Stimme sicher klingen.
»Nicht berühmt, aber wir haben unser letztes Wort noch nicht gesprochen. Und ihr?«
»Ganz hübsch, die Langustine. Viel Glück!«
Wünschte er mir wirklich viel Glück? Alain, der mich darauf hingewiesen hatte, dass es eine Frau als Baas eines Zwölfmeterboots nicht gebe!
Das soll es geben.
Mein Pierre hat immer gesagt, dass man, wenn man Widrigkeiten begegnete, nicht von Niederlagen, sondern von kommenden Siegen sprechen müsse; das zweite Auswerfen des Netzes müsste dieser Sieg sein. Diesmal durfte ich keinen Fehler machen, selbst auf die Gefahr hin, als Letzte in den Hafen zurückzukommen.

Aber es war schon zwölf, und das Echolot zeigte nicht mehr als heute früh, als ich mich von den Farben hatte täuschen lassen. Das Meer wartete, hütete sein Geheimnis, ruhig, kaum ein paar Kräusel, außer dort hinten, wo die Vögel ein wildes Spektakel machten und fröhlich tauchten.
Die Vögel!
Mein Herz hat zu klopfen angefangen. Waren sie dort nicht zahlreicher, obwohl kein Boot an der Stelle fischte? Und das Blau des Meeres ein bisschen anders, tiefer, dunkler gefärbt?
»Abel, komm mal gucken.«
Der Bootsmann hat sich schleppenden Schritts zu mir gesellt.
»Schau mal dort drüben, siehst du nichts?«
Er hat sich die Augen mit der Hand abgeschirmt.
»Und was soll ich dort sehen, Marie?«
»Ich bin sicher, dort ist ein Schwarm, das Meer kräuselt sich, schau doch!«
Es kräuselte sich, als würde es von unten her bewegt, als wäre es bewohnt …
»Es ist nicht meine Sache, das zu entscheiden.«
Die Wut hat mich gepackt.
»Ich frage mich, warum du mitgekommen bist, Abel, wenn du mich dann so im Stich lässt.«
An der von den Vögeln angezeigten Stelle haben wir das zweite Netz ausgeworfen. Und voll glitzerndem Silber wieder eingeholt.
»Die *Intrépide*, bist du da? Wie ist es bei dir gelaufen?«
Diesmal war ich die Erste, die sich voller Freude meldete.
»Einigermaßen. Und du, die *Sonate?*«

»Sehr gut. Wir fahren zurück.«
Die Unbrauchbaren ins Meer zurückwerfen, Sortieren, Ausweiden. Das Lachen der jungen, grau gesprenkelten Möwen, die wie Geschosse herunterstoßen und einem die Fische zwischen den Stiefeln stibitzen. Lachen, wenn ich zuschaue, wie sie davonfliegen und Noël sich wütend aufrichtet und mit den Armen schlägt, um ihnen ein Beispiel zu geben. In die Kisten packen, begießen, noch mal begießen, das Deck waschen, den Tag beenden.
Glücklich. Erschöpft.
»Siehst du, Abel, schließlich haben wir es doch geschafft.«
Er schämt sich ein bisschen, mein Bootsmann, so schnell aufgegeben zu haben. Und ich nehme mir meine Bemerkung von vorhin übel: Ohne ihn wäre ich nie losgefahren. Und er hat Noël für uns gefunden! Aber wenn er bereit wäre, mir seine Augen zu leihen, statt sich ständig die Brille zu putzen, so wäre das doch sehr nützlich.
Es war vierzehn Uhr, als wir gegessen haben. Normalerweise ist es der Baas, der das Essen für alle mitbringt. Aber um mir diese zusätzliche Arbeit zu ersparen, hatten meine Männer beschlossen, sich selber zu ernähren. Der Bootsmann ist in die Küche gegangen, um das von seiner Louise bereitete Essen aufzuwärmen, Louise, die sich jetzt darauf vorbereitete, an meinem Stand zu verkaufen. Auch da kam mir Abel zur Hilfe. Auf Deck verschlang Noël ein gewaltiges Sandwich. Ich habe meinen Salat und das hart gekochte Ei hervorgeholt. Aber Hunger hatte ich keinen. Ich habe mir vor allem das Gesicht mit Creme eingeschmiert, in Erinnerung an

den wunderbaren Arzt, der mir auf Anhieb vertraut hatte.
Auf dem Computerterminal habe ich sehen können, dass die anderen vor uns waren. Die Sonne sank tiefer, und das Blau des Meeres begann zu ermüden, als wir als Letzte die Fahrtrinne passierten.
»Wir haben das Rennen verloren«, bedauerte Noël.
»Verlang nicht zu viel.«
Schließlich hatten wir uns gar nicht so schlecht geschlagen, mehr will ich gar nicht. Vielen Dank, meine Herren! Mir würde es genügen, heute Abend zu Quentin sagen zu können, dass sein Vater alles in allem einverstanden gewesen wäre, dass ich die Nachfolge angetreten habe.

Auf dem Kai drängt sich die übliche kleine Menge. Man hört die Stimmen der Frauen, die ihre Ware anpreisen. Mich drängt es, Louise an meinem Stand aufzusuchen und ihr meinen Fisch zu zeigen. Schnell, die Kisten auf die Karre! Noël beharrt darauf, sie zu schieben, nicht wenig stolz auf seinen ersten Fang.
Aber wo steckt denn Louise? Was ist mit meinem Stand passiert? An seinem Platz türmen sich Müll, Kisten, Schrott, alte Kartons und anderer Dreck. Die Frauen an ihren üblichen Ständen strahlen in ihren bunten Schürzen und ignorieren mich. Noël ist stehen geblieben.
»Wo sind wir denn, Madame Marie?«
»Wo sind wir denn, Madame Marie?«
Eine Megäre hat ihn nachgeäfft, und Gelächter ertönt. Die Leute drehen sich nach uns um. Plötzlich sehe ich mich mit ihren Augen, mit glänzendem Ge-

sicht und zerzaustem Haar. Ich hatte es so eilig, anzukommen, dass ich nicht daran gedacht hatte, mich wieder zur Frau zu machen.

Und hier ist das Reich der Frauen. Ihre Blicke verkünden mir, dass man nicht sowohl fischen als auch verkaufen kann. Die Männer sind auf die Schiffe zurückgekehrt, um sie für morgen herzurichten. »Bist du da, *Sonate?*« Sie werden mir nicht zu Hilfe kommen, um mich gegen die Bosheit ihrer Gattinnen zu verteidigen: Ein mutiger Mann kann sich zu Hause als ein Feigling erweisen.

»Marie! He, Marie, sag mal, das ist ja ein Wunderfang!«

Benoît!

Er ist mit meiner Waage unter dem Arm neben mir aufgetaucht. Ist es Louise, die ihn benachrichtigt hat? Sie haben ihr schwer zugesetzt, diese Biester! Der Pfarrer schenkt ihnen seinen finsteren Blick stürmischer Tage auf der Kanzel. Das Gelächter verstummt.

»Räum mir das weg, Kleiner.«

Während Noël mit großen, wütenden Gesten meinen Platz frei räumt, macht Benoît die Runde bei den Verkäuferinnen – »Sie gestatten?« – und leiht bei jeder ein wenig Eis aus, um es unter meine Kisten zu breiten. Und danach krempelt er die Ärmel hoch und fängt an, die Ware anzupreisen, ohne dabei die Predigt zu vergessen.

»Unnötig, den Fisch zu vermehren, es gibt genug für alle Ungläubigen.«

Alle wurden bedient.

Zur gewohnten Stunde habe ich Trèsfrais beliefert: Seelachs, Merlan, Seeteufel. Es war kurz nach neun-

zehn Uhr, als ich die Haustür aufmachte. Quentin schaute fern.
»Nun?«
»Nicht schlecht.«
Er sah immerhin zufrieden aus, oder wenigstens erleichtert, aber er hat sich gehütet, weitere Fragen zu stellen. Mir lag ein Stein auf der Brust bei dem Gedanken, was ich vorhatte, ihm zu sagen.
»Ist Annaïs da?«
»In ihrem Zimmer.«
Ich habe mich geduscht, bevor ich an ihr Zimmer klopfte. Sie arbeitete, meine Kleine, über ihren Schulheften. Zärtlichkeit und Gewissensbisse mischten sich in mir. Sollte ich es mir gar übel nehmen, nicht die Mutter zu sein, die Annaïs gern gehabt hätte?
Ich habe gefragt: »Na, wie war dein Tag?«
»Wie immer.«
Und ohne den Kopf zu heben, hat sie hinzugefügt: »Ich habe sechzehn von zwanzig Punkten in Philo gekriegt. Die beste Note der Klasse.«
»Ich bin stolz auf dich, mein Schatz.«
Nicht besonders clever, meine Antwort! Ich würde eine Bemerkung von der Art »Das gilt aber nicht für mich!« oder etwas Ähnliches ernten. Ich habe meinen müden Fischerinnenrücken gereckt.
Sie hat sich abrupt zu mir umgedreht und mich mit einem Blick getötet.
»Ist dir klar, wie spät es ist, Mama? Wann essen wir endlich? Ich habe Hunger!«
Alles in allem eher eine angenehme Überraschung!
Kaum hatte ich den letzten Bissen geschluckt, habe ich mich ins Schlafzimmer geschleppt. Sieben Stun-

den bis zum Weckerklingeln. Das Doppelte hätte mir keine Angst gemacht, warum wohl? Gerade genug Zeit, an Pierre zu denken, und ich bin eingeschlafen.

9

An diesem Morgen beim Aufwachen meldete sich mein Körper. Er forderte Zärtlichkeit, Liebe. Pierre war nicht mehr da, um sie mir zu geben, mein Herz wusste es, mein Bauch wollte nichts davon wissen. Ich hatte nie einen anderen Liebhaber gehabt. Ich sage absichtlich »Liebhaber«, da sich in achtzehn Ehejahren keine Gewöhnung eingestellt hatte. Ich empfand immer die gleiche Lust, wenn seine rauen Fischerhände zart und präzise wurden, um meinen Körper darauf vorzubereiten, ihn zu empfangen. Und seine Lust, sagte er, bestand darin, meinen Pianistenhänden zuzuschauen, wie sie mit seinem Begehren spielten.

Fast ein Monat ist seit meinem ersten Fischfang vergangen. Ich habe gelernt, das Echolot besser zu lesen und nicht mehr vor Angst, schlecht zu zielen, gelähmt zu sein. Noël hat sich endlich dazu durchgerungen, mich beim Vornamen zu nennen; ich empfinde echte Zuneigung zu ihm, beinahe ein mütterliches Gefühl. Nur Quentin nichts davon sagen.

Mein Stand ist nicht mehr angegriffen worden, aber die Frauen sind nach wie vor feindselig.

»Du störst sie«, erklärt Benoît. »Du hast die Regel gebrochen: die Männer auf See, die Frauen an Land. Wer weiß, ob nicht die eine oder andere dich beneidet? Sie werden sich daran gewöhnen.«

Meine Sorge ist, dass Louise vorher aufgibt. Dann wäre ich gezwungen, jemanden zu finden, der sie er-

setzt, denn in diesem Punkt haben sie Recht: Man kann nicht fischen und verkaufen. Es kostet zu viel Zeit. Ich begnüge mich damit, Trèsfrais zu beliefern und es meinen Männern zu überlassen, die *Sonate* für den nächsten Tag herzurichten.
Meine vorschriftsmäßigen Ruhetage nehme ich vorzugsweise Sonntags und Mittwochs wegen der Kinder, aber meistens ist es das Meer, das entscheidet. Die Tage, an denen wir nicht hinausfahren können, müssen ja nachgeholt werden.
Mein Vater hat mir angeboten, sich um die Buchhaltung des Schiffs zu kümmern. Ich habe akzeptiert, ohne allerdings von den Raten zu sprechen. Von den zwölf noch ausstehenden werden fünf durch den Verkauf des Autos gedeckt. Die folgenden sollen durch die Einkünfte des Fangs abgezahlt werden: Mein gesamtes Einkommen geht darin auf. Das ist der Grund, warum ich beschlossen habe, einen Untermieter zu nehmen.
Die Anzeige war in der Seefahrtsschule von Guilvinec angeschlagen, dem gleichen Gymnasium, wo Quentin Mechanik lernt und wo ich meine Formulare für den Lehrgang als Baas für Anfang des kommenden Jahres ausgefüllt habe. Ein Lehrer an dieser Schule, Thibaut Vilmont, suchte ein Zimmer. Ich habe ihn angerufen. Was ich anzubieten habe, schien ihm angenehm, und wir haben sofort einen Termin vereinbart.
Ein Lehrer seiner Schule? Quentin hat die Nachricht höchst misstrauisch aufgenommen.
»Und was unterrichtet er, Mama?«
»Das habe ich ihn nicht gefragt.«
»Wird er fernsehen wollen?«

Die große Beunruhigung meines Sohnes besteht leider darin, dass man ihm seine Programme »stehlen« könnte. Schwierig, einem Jungen diesen Alters Grenzen vorzuschreiben. Vor allem, wenn man so erschöpft ist, dass man direkt nach dem Abendessen ins Bett fällt.

Annaïs war natürlich entrüstet. Einen Fremden im Haus? Das fehlte uns gerade noch! Ich betrachte meine Tochter mit mehr Nachsicht; ich glaube, die Gründe ihrer Aggressivität verstanden zu haben. Ihr Vater starb, bevor sie die Zeit gehabt hatte, ihn zu akzeptieren, wie er war: gut und anständig, aber ein Fischer.

»Wird der Mieter etwa mit uns essen?«

»Was hältst du davon?«

»Wenn ja, dann esse ich in meinem Zimmer!«

Die Kinder waren noch nicht aus der Schule zurück, als Thibaut Vilmont an der Haustür geklingelt hat. Noch nicht dreißig, ein breites Lächeln, die Kleidung gleichzeitig sportlich und klassisch, was meiner Mutter gefallen hätte.

»Madame Delaunay?«

»Die bin ich.«

Zu seinen Füßen bemerkte ich zwei große Taschen.

»Sie haben doch das Zimmer noch gar nicht gesehen!«

»Das im Hotel habe ich lange genug gesehen«, erklärte er lachend. »Und das Haus gefällt mir.«

Das kleine Zimmer, das ich ihm anbot, befand sich im Erdgeschoss und hatte einen Blick auf die Landschaft. Wir hatten ein Waschbecken installiert, als Pierres krebskranker Vater die Treppen nicht mehr

steigen konnte und sich dort eingerichtet hatte. Wir benutzten es als Büro. Ich hatte die Akten und die Schreibmaschine in meinem Schlafzimmer untergebracht.
Das Zimmer gefiel dem Lehrer. Vor allem der Tisch vor dem Fenster, wo er sich schon arbeiten sah, mit dem Blick auf das mit Ginster bestandene Heideland. Ich habe ihm gleich nebenan die Küche gezeigt.
»Sie können sie selbstverständlich benutzen.«
Ich dachte an Annaïs, ohne im Geringsten zu ahnen, dass sie bald versuchen würde, den »Fremden« beim Abendessen dabei zu haben.
Thibaut Vilmont hat mir nicht verschwiegen, dass er nur vorübergehend bei uns einzog. Freunde von ihm waren dabei, ein reparaturbedürftiges Haus für ihn zu suchen.
Ich habe ihn zu einem Kaffee eingeladen; ich musste mit ihm über die Kinder sprechen. Er hat zugehört, wie ich ihm unsere Geschichte erzählt habe; wie wenige Worte es braucht, um das Unglück zu beschreiben! Er ist nicht erstaunt darüber gewesen, dass ich die Nachfolge meines Mannes auf dem Schiff übernommen habe. Er hat nur gefragt.
»Ist das nicht zu hart?«
Und ihm, genau wie dem Arzt, der mir grünes Licht gegeben hatte, habe ich die Wahrheit antworten können.
»Hart ist es, aber mir bleibt keine andere Wahl. Und auf dem Meer finde ich meinen Mann wieder: Schließlich ist das Meer für uns beide ein und dieselbe Person.«
Als ich ihn gefragt habe, was er unterrichtet, musste er lächeln.

»Das Feuer.«
»Das Feuer?«
»Ich bringe den zukünftigen Sicherheitsoffizieren an Bord bei, wie man im Brandfall reagiert.«
Feuerlöscher, Atemgeräte, die Suche nach den Opfern und die erste Hilfe. Thibaut Vilmont, der mich gebeten hat, ihn beim Vornamen zu nennen, lehrte gleichzeitig Informatik, aber das machte ihm weniger Spaß.
»Als Kind nannte man mich den Pyromanen«, hat er mir erzählt. »Nichts erschien mir so aufregend wie ein loderndes Feuer, und ich hatte die üble Angewohnheit, ein Übermaß an Streichhölzern zu verbrauchen. Darum habe ich es vorgezogen, daraus meinen Beruf zu machen.«
Plötzlich hat er gelacht. Das erste Männerlachen in diesem Haus, seit Pierre es verlassen hat. Ich hatte das Gefühl, die Wände lebten auf, und mir sind die Tränen in die Augen gestiegen.
»Ich freue mich, dass Ihnen das Zimmer gefällt.«

Der Zufall ist schon ein seltsamer Vogel! Es ist schon nach elf, und ich schlafe tief, als das Telefon mich weckt. Ich habe einen Apparat neben dem Bett und hebe sofort ab; die Kinder schlafen. Mir klopft das Herz. Ein nächtlicher Anruf im Haus eines Fischers heißt, dass das Meer tost.
»Marie, kannst du zum Schiff kommen?«
Die Stimme des Bootsmanns; er hat schon wieder aufgehängt. Ich ziehe mich hastig an und springe ins Auto. Während ich zum Hafen fahre, erschallen die Sirenen der Feuerwehr. Ich habe Angst.
Der Kai ist voller Menschen, der rote Wagen hat in

der Nähe der *Sonate* angehalten. Männer mit Helmen steigen aus und springen an Deck. Es riecht nach verbranntem Holz. Abel stürzt auf mich zu.
»Das Feuer ist in der Küche ausgebrochen; wir haben noch mal Glück gehabt!«
Noël, der in dem kleinen Raum unten auf der Notpritsche schlief, ist glücklicherweise von dem Geruch aufgeweckt worden und hat Zeit gehabt, rechtzeitig von Bord zu gehen, Alarm zu schlagen und anzufangen, die Flammen zu löschen, die angeblich von der umgekippten Spirituslampe stammten.
Auf diese Weise erfahre ich, dass mein Matrose mein Schiff als Wohnung erkoren hat. Hat er das Feuer verursacht? Das ist der erste Gedanke, der mir kommt. Da steht er, struppig und mit geschwärzten Händen und Gesicht.
»Ich habe jemanden über mir laufen hören«, behauptet er. »Die Lampe war im Schrank, sie ist nicht von allein herausgefallen! Und das hier habe ich auf dem Kai gefunden.«
Er hält mir ein Feuerzeug hin. Ich nehme es widerstrebend in die Hand; ein altes Modell mit Hanfdocht. In mir ist das Leben wie erstarrt. Jemand soll die *Sonate* in Brand gesteckt, ihren Tod gewollt haben? Wer hasst mich in diesem Maße?
Die Feuerwehrmänner sind auf den Kai zurückgekommen. Der Leutnant begrüßt mich.
»Es ist alles in Ordnung, Madame. Sie haben Glück gehabt.«
Er führt mich beiseite.
»Ihr Matrose ist überzeugt, Schritte gehört zu haben«, sagt er mit leiserer Stimme. »Ich habe es in meinem Bericht erwähnt. Haben Sie jemanden in

Verdacht? In dem Fall müssten Sie bei der Gendarmerie Anzeige erstatten.«

Instinktiv ist mein Blick zur *Pastourelle* gewandert. Wo ist Loïk Labbé? Es heißt, er schläft an Bord, wenn er zu viel getrunken hat und seine Mutter ihn vor die Tür setzt. Das Feuerzeug brennt mir in der Hand; habe ich nicht ein solches im Poisson Bleu neben seinem Bierglas liegen sehen? An dem Tag, als er mich angegriffen hat? Und wie kommt es, dass er nicht hier ist?

»Marie! André hat mich eben benachrichtigt …«

Es ist Benoît, begleitet vom Kapitän. Der Herr Pfarrer ist ebenfalls aus dem Bett gerissen worden. Haare, Bart und Kleider sind zerzaust. Der Feuerwehrleutnant begrüßt ihn respektvoll.

»Es könnte sich um Brandstiftung handeln. Ich habe Madame Delaunay gefragt, ob sie jemanden in Verdacht hat …«

Die Neuankömmlinge tauschen einen Blick, ich spüre, dass sie angespannt sind.

»Ich muss darüber nachdenken«, sage ich. »So einfach kann ich darauf nicht antworten.«

Benoît ist erleichtert, scheint mir. Hat er ebenfalls an Loïk gedacht, und fürchtet er, dass ich eines seiner Gemeindemitglieder beschuldige? Der Vorname wäre beinahe über meine Lippen gekommen, aber wie kann ich eine so schwere Beschuldigung mit so wenig Beweisen aussprechen? Die Lampe hat umfallen können, nachdem Noël sie benutzt hat; und Feuerzeuge dieser Art werden in allen Tabakläden verkauft.

Da kommt mein Bootsmann wieder zurück, begleitet von Noël.

»Wir haben alles überprüft, Marie. Wir sehen keinen Grund, warum wir morgen nicht rausfahren sollten.«
»Ich auch nicht!«
Ich kreuze den Blick des Indianers: wenn es Brandstiftung war, so wird das unsere Antwort an den Brandstifter sein.

Das verhindert aber nicht, dass mir die Knie zittern, als ich zu meinem Wagen gehe. Steht mir gut, die Mutige zu spielen! Wenn Pierre wenigstens da wäre. Aber es ist ja passiert, weil Pierre nicht mehr da ist …
Das Haus hatte geschlafen, als ich es verließ, jetzt ist Licht in der Küche. Die Kinder und der Untermieter sitzen mit dampfenden Tassen und Kakao am Tisch, die Kinder in T-Shirts und bunt gemusterten Shorts. Bei meinem Eintreten stehen alle auf. Ich versuche zu lachen.
»Krisenstab?«
Quentin wirft mir einen verärgerten Blick zu.
»Erst das Telefon, dann fährst du wie eine Wahnsinnige davon, dann die Feuerwehrsirene – meinst du, da können wir weiterschlafen?«
»Können wir erfahren, was los ist?«, fragt Annaïs.
»Der Anfang eines Brandes auf dem Schiff, nichts Schlimmes.«
Das Zittern in meiner Stimme verrät mich. Ich nehme eine Tasse aus dem Schrank, um das Thema zu wechseln.
»Habe ich auch Anrecht auf eine Tasse Kakao?« Ich bemühe mich, so unbekümmert wie möglich zu klingen.

»Wo hat das Feuer angefangen?«, fragt der Untermieter in berufsmäßigem Tonfall, während Quentin mir Kakao eingießt.
Erst in diesem Moment fällt mir wieder ein, dass Thibaut Vilmont in seiner Schule das Feuer lehrt; wir haben noch an diesem Nachmittag davon gesprochen. Ja, der Zufall ist ein seltsamer Vogel!
Ich lächle ihn an.
»Angesichts Ihrer Leidenschaft für die Flammen könnte ich Verdacht schöpfen, wenn Sie nicht hier gewesen wären!«
»Du willst doch nicht behaupten, dass jemand absichtlich Feuer gelegt hat?«, ruft Quentin entsetzt aus.
»Sonst noch was? Wenn ich das glaubte, glaubst du, ich würde dann morgen rausfahren?«
»Heute«, berichtigt meine Tochter und weist auf die Uhr, die ein Uhr morgens anzeigt. »In genau vier Stunden. Gute Nacht, Mama!«
Ein wenig später wünscht mir auch Thibaut Vilmont gute Nacht und murmelt dazu: »Hüten Sie sich dennoch vor den Streichholzbesessenen.«
Daraus konnte ich entnehmen, dass er mir den Unfall nicht geglaubt hatte, und ich habe mich weniger allein gefühlt.

10

Siebzehn Uhr. Samstag, und es ist schon Nacht! Nach dem traditionsgemäßen Mittagessen in der Roseraie fahre ich nach Brest, um Geschenke für Weihnachten zu suchen. Eine Taucheruhr würde Quentin Freude machen. Annaïs wünscht sich eine Jacke, aber ich fürchte, nicht die richtige Wahl zu treffen. Es wäre besser, wenn sie mitkäme. Mittwoch?
Ein kräftiger Südwestwind bläst seit einigen Tagen, raue See, zerfetzt wie die Lumpen einer Hexe. Wieder einmal mussten die Schiffe heute im Hafen bleiben, und die Seeleute nutzen die Zeit, auf die eine oder andere Weise die Festtage vorzubereiten. Früher bastelte Pierre eine Garage oder ein Puppenhaus für die Kinder, ich übernahm das Bemalen, wir mussten uns verstecken, wir waren fröhlich. Weihnachten stirbt, wenn das Einkaufen der Geschenke zur Qual wird.
Mein Vater hat Annaïs und Quentin nach Hause gebracht, und ich bin schon fast dort, als die Sirene von Kersaingilles losgeht. Instinktiv trete ich auf die Bremse. Vier Stöße: Gefahr auf See. Unsere uralte Sirene wird nur eingesetzt, wenn der Baas des Rettungsschiffs, Jean-Yves, nicht genug Seeleute gefunden hat, sonst genügt der Pfeifton. Die Mannschaft der *Hirondelle* besteht aus acht Männern, allesamt Fischer, die die Küste genau kennen. Mehrere sind in erster Hilfe oder Wiederbelebung ausgebildet. Für Pierre gibt es noch keinen Nachfolger.
Die Sirene wiederholt ihren Ruf: Irgendwo draußen

auf diesem Meer zu meiner Rechten sind Menschen in Gefahr, Menschen, die Angst haben zu sterben. Ich wende und nehme die alte Straße zum Hafen.
Trotz der schneidenden Kälte hat sich eine kleine Menschenansammlung vor der *Hirondelle* gebildet, die aus ihrem Schuppen geholt worden ist. Auf Deck des Rettungsschiffs steht Jean-Yves am Telefon. Er gehörte zu jenen, die zu mir gekommen sind, um mir Pierres Tod mitzuteilen; mit Benoît waren sie zwei Bärtige.
In der ersten Reihe der Neugierigen entdecke ich den Kapitän. Ich bahne mir einen Weg zu ihm. Sämtliche Blicke sind aufs Meer gerichtet.
»Was ist los, André?«
»Ein Segler vor den Roches Blanches. Soll den Mast gebrochen haben. Sechs Passagiere an Bord.«
»Was, in aller Welt, haben die bei einem solchen Wetter dort zu suchen?«
»Angeblich sprechen sie Englisch und sind vermutlich von den Inseln gekommen und haben sich verirrt. Der Wind war nicht so schlimm angekündigt.«
Die Roches Blanches befinden sich nicht weit von der Fahrtrinne. Jedermann hier zu Lande weiß, dass man sie besser meidet.
Im Augenblick haben sich alle Köpfe zu den beiden Männern gewendet, die sich hastig auf das Rettungsschiff begeben: Jean-Louis und Alain Kervélec.
»Wo seid ihr denn gewesen?«, knurrt der Baas. »Seit einer Viertelstunde rennen wir euch nach. Und dabei ist noch längst nicht Weihnachten. Donnerwetter noch mal!«
Die Brüder Kervélec gehen wortlos an Bord und ziehen die Sicherheitsanzüge an. Der Baas ist auf der

Kommandobrücke verschwunden, und man hört ihn das Funkgerät beschimpfen. Da ist er wieder: »Ich kann niemanden erreichen …«
Er wendet sich an seinen Mechaniker: »Du rennst zum Poisson Bleu und bringst mir zwei Männer, irgendwen. Da sind Kinder an Bord!«
Mein Herz beginnt heftig zu klopfen. Kinder an Bord. Wie alt? Wie meine? Oder jünger? Kinder, die sich an ihre Mutter klammern, Mütter, die sie zu beschützen versuchen. Ich habe das Gefühl, ihre Entsetzensschreie zu hören. Man spricht von einer »schweren« See wie von einer schwangeren Frau. Heute Abend ist sie schwanger – todesschwanger.
»Himmel, wenn ich nur könnte«, wettert der Kapitän. Er hat gerade seinen vierten Enkel bekommen. Sein leerer Ärmel erlaubt es ihm nicht mehr, Lebensretter zu sein. Der Wind fegt über den Hafen und rüttelt die Schiffe an der Kaimauer, klack, klack, klack – die Kinnladen der See. Dort draußen bedeutet das die Hölle.
Die kleine Versammlung starrt jetzt zum Poisson Bleu, wo der Mechaniker verschwunden ist. Da kommt er schon wieder heraus. Ein Mann folgt ihm. Sie kommen außer Atem an.
»Ich habe nur einen gefunden, aber er kennt die Ecke.«
Der Baas des Rettungsschiffs drückt dem Neuankömmling die Hand.
»Wie war noch dein Name?«
»Pierre«, antwortet der Mann.
Mein Herz klopft immer heftiger.
»Also gut, auf geht's«, sagt Jean-Yves. »Wenn wir noch länger warten, lohnt es sich nicht mehr.«

Der Motor läuft, der Neuankömmling zieht sich an.
»Ich komme mit«, erkläre ich.
»Kommt überhaupt nicht in Frage, Marie!«, ruft der Baas.
»Und warum nicht? Ich kenne die Ecke genauso gut wie ihr, ich habe mein Lebensretterdiplom, was verlangt ihr sonst noch von mir?«
»Dass du Eier hast«, schnauzt Jean-Louis Kervélec. Die Grobheit seiner Worte und sein Tonfall lähmen mich. Irgendjemand bringt es fertig zu lachen. Tränen der Wut machen mich blind, das Schiff zieht schon seine Spur zur Fahrtrinne, stürzt sich in den Sturm.
»Marie, Marie«, seufzt der Kapitän. »Du übertreibst wirklich! Und deine Kinder, hast du an die gedacht?«
Ich stelle mich vor ihn. Ich nehme es ihm ebenso übel wie den anderen, wie dem Meer, wie dem Leben.
»Meine Kinder sind zu Hause im Warmen. Wenn du deinen Arm noch hättest, wären es nicht deine Kinder gewesen, die dich daran gehindert hätten, hinauszufahren. Fünf Retter sind nicht genug. Einer mehr, das kann ein gerettetes Kind bedeuten.«
»Du willst also immer noch mehr?«, fragt er.
»Ja!«
»Man ist kein Fischer, wenn man nicht gleichzeitig Lebensretter ist.« Pierres Worte trommeln in meinen Schläfen, während ich den Kai entlanggehe, getrieben von der Wut, der Erniedrigung und dem Wind.
»Du übertreibst, Marie ...« Ich sollte mich glücklich schätzen, als Fischer akzeptiert worden zu sein, man darf nicht zu viel verlangen. Für Lebensretter wie für Seemann gibt es keine weibliche Variante.
»Sie werden sich erkälten!«

Thibaut Vilmont hat mich eingeholt und geht neben mir her. Was tut er hier, der Lehrer? Es brennt kein Feuer. Nur in meinem Kopf, und mein Stolz.
»Sie nehmen sich alles so zu Herzen, Marie!«
Ich bleibe stehen.
»Geht Ihnen das nicht zu Herzen, dass da draußen Kinder vor Angst brüllen? Hören Sie sie nicht?«
»Ich habe nicht von den Kindern gesprochen, sondern von der Weigerung, Sie mitzunehmen.«
Er hat also die Worte von Jean-Louis gehört. Ich schäme mich. Die Spitze! Gedemütigt sein, weil ein Idiot mir gesagt hat, ich hätte keine Hoden. Ich bin wieder weitergegangen. Geflüchtet.
»Ich würde meiner Wirtin gern etwas zu trinken anbieten«, schlägt Thibaut vor. »Es sei denn, sie fürchtet, dass getratscht werden könnte.«
Ich bleibe stehen.
»So oder so wird schon getratscht. Wussten Sie das nicht?«
In den vierzehn Tagen, seit mein Mieter bei mir eingezogen ist, haben die Zungen längst Zeit gehabt, sich zu betätigen: Marie Delaunay beherbergt einen jungen Mann bei sich. »Das solltest du nicht tun«, hatten meine Eltern protestiert. Papa hat mir sogar angeboten, mir die Miete zu bezahlen, damit ich Thibaut kündigen kann. Sie wären beruhigt, wenn ich ihn »Monsieur« nennen würde. Sie verstehen nicht, dass seine Anwesenheit im Haus gut tut. Thibaut hat sich von Anfang gut mit den Kindern verstanden. Sie sagen nicht nur nicht »Monsieur«: zu ihm, sie duzen ihn sogar – unter jungen Leuten … Ihm ist es zu verdanken, dass wir Gespräche führen, die über den Alltag hinausgehen. Annaïs rennt nicht mehr in ihr

Zimmer, wenn sie nach Hause kommt: »Ist Thibaut schon da?«
Der Poisson Bleu ist rammelvoll. Alle, die der Abfahrt der *Hirondelle* zugesehen haben, sind hierher geströmt. Das Café wird sich erst bei der Rückkehr des Rettungsschiffes leeren. Als ich hinter Thibaut eintrete, werden die Gespräche leiser; Jean-Louis' Bemerkung muss bis hierher gedrungen sein. Thibaut wirft ein großes »Guten Abend« in die Runde, auf das einige antworten. Wir setzen uns an einen Tisch, und er bestellt zwei große Grogs, ohne mich zu fragen. Der Rum bekommt mir gar nicht, aber ich sage nichts. Manchmal ist es wohltuend, zu gehorchen, wenn man zu nichts anderem mehr Lust hat. Die Gespräche sind wieder in Gang gekommen, und der Wirt quält sein Funkgerät in der Hoffnung, irgendwelche Nachrichten aufzufangen.
»Erstens sind Sie eine Frau!«, erklärt Thibaut mit vorgetäuscht kummervollem Ton. »Und dann sind Sie auch noch schön. Wie können Sie denn von ihnen erwarten, dass sie Sie auf ihrem Territorium akzeptieren?«
Ich streiche mir mit der Hand durch das nasse Haar, das sich bei Feuchtigkeit kräuselt. Pierre fand das hübsch. Seit seinem Tod hat mir niemand mehr gesagt, dass ich schön bin. Bin ich es noch? Das Bild, das ich im Spiegel erhaschen kann, entspricht eher einer Schiffbrüchigen.
Der Grog ist gebracht worden. Ich trinke einen großen Schluck. Es brennt und tut gut. Wenn man bedenkt, dass dort draußen …
»Einer hässlichen oder einer nichts sagenden Frau verzeihen es die Männer, wenn sie sich in ihr Jagd-

revier begibt, denn sie müssen sich ja irgendwie beweisen«, fährt Thibaut im gleichen Ton fort. »Die schönen Frauen sollen den Mund halten. Was brauchen sie denn mehr?«
Ich konnte mir ein Lächeln nicht verkneifen. Thibaut hat so eine Art, alles mit Leichtigkeit zu nehmen. Ich habe nicht gesagt »auf die leichte Schulter«. Der Humor muss so sein, diese ernste Leichtigkeit.
»Dazu fehlte dann nur noch, dass Sie intelligent sind und Klavier spielen. Das ist geradezu unerträglich, das bringt das Fass zum Überlaufen. Man muss es verstehen.«
Diesmal habe ich gelacht. Sicher war daran auch der Rum nicht ganz unschuldig.

Ein wenig später ist Loïk Labbé hereingekommen. Bis zum Tod seines älteren Bruders gehörte er ebenfalls zu der Rettungsmannschaft. Man hatte ihn von der Liste gestrichen, als er zu trinken angefangen hat: die schlimmste Kränkung für einen Seemann. Er hat sich an die Theke gestellt. Ich habe mich ganz klein gemacht. Thibaut ist meinem Blick gefolgt.
»Wer ist das?«
»Loïk Labbé, der Baas der *Pastourelle*.«
»Was hat er Ihnen getan?«
»Er hat mich angegriffen, als ich gesagt habe, dass ich auf der *Sonate* weitermachen würde. Ich frage mich, ob er es war, der das Feuer gelegt hat. Ich weiß nicht, warum, aber man könnte meinen, dass er mich hasst.«
An der Theke waren die Leute von ihm abgerückt. Er sprach laut.

»Seit dem Tod seines Bruders Antonin tickt er nicht mehr ganz richtig«, füge ich hinzu.
»Wie ist er umgekommen?«
»Ertrunken. Antonin ist ins Wasser gefallen und konnte nicht schwimmen. Wie viele hier! Loïk hat ihn rausgefischt, aber es ist ihm nicht gelungen, ihn wiederzubeleben.«
Jetzt schlug Loïk mit der Faust auf die Theke. Der Wirt hat ihn aufgefordert, sich zu beruhigen. Thibaut hat genickt.
»Wegen des Feuers, haben Sie daran gedacht, Anzeige zu erstatten?«
»Ich bin nicht sicher, dass er es war. Und es würde die Kinder beunruhigen. Ich mute ihnen so schon reichlich viel zu.«
»Seien Sie trotzdem vorsichtig«, hat mir Thibaut geraten. »Auch wenn das offensichtlich nicht Ihre Art ist. Aber Pyromanen kommen immer wieder. Und, was die Kinder angeht, sie sind stolz auf ihre Mutter.«
Ich habe mich lachen hören, keineswegs leicht, und ohne jeglichen Humor.
»Annaïs mit Sicherheit nicht!«
»Vor allem Annaïs! Auch wenn sie es Ihnen niemals sagen wird.«
»Sie schimpft ohne Unterlass.«
»Es ist nicht leicht, eine Mutter zu haben, die so genau weiß, was sie will, wenn man selber in dem Alter ist, wo man zögert.«
Ich habe nicht geantwortet. Mir war die Kehle zugeschnürt. Ich liebte meine Tochter so sehr und wäre so gern in der Lage, ihr zu helfen, und ich kann nicht einmal mit ihr reden. Ich bin aufgestanden.

»Ich muss nach Hause. Sie warten auf mich. Wollen Sie mit uns zu Abend essen?«
»Den Grog habe ich Ihnen angeboten, damit Sie mich zum Essen einladen«, hat Thibaut geantwortet.
»Wollen Sie nicht noch einen zweiten?«
»Und der wäre gut gegen was?«
Ein echtes Lachen diesmal.

Die Passagiere des Segelschiffs, Engländer, sind alle gerettet worden: zwei junge Paare und zwei Kinder unter zehn Jahren. Die Väter waren gute Seeleute, aber sie kamen von weit her und hatten sich überraschen lassen. Das ist das Meer.
Es hat zehn Zeilen in dem lokalen Käseblättchen gebracht. Die großen Tageszeitungen hatten genug zu tun mit den Problemen in den Vororten, den Finanzskandalen, den politischen Mauscheleien. Die Geschichte von fünf Männern, die im Sturm ihre Fischerhaut riskiert hatten, interessierte sie nicht. Wenn wenigstens eine Berühmtheit zu retten gewesen wäre.
Annaïs und Quentin habe ich nicht erzählt, dass ich mit hinausfahren wollte und dass für einen Moment meine einzigen Kinder jene waren, die im Tosen der See weinten; ich hätte mein Leben für sie gegeben.
Ich habe ihnen auch nicht gesagt, dass, als Thibaut und ich den Poisson Bleu verließen, Loïk Labbé sich abrupt zu uns umgedreht hat. Er hat uns beide angestarrt und die Worte ausgesprochen, die ich nicht verstehen wollte: »Wie der Ehemann, so die Frau!«

11

Wer wagt es, zu behaupten, dass man sich auf dem Meer langweile? An Land, erklären manche, wechselt die Landschaft ohne Unterlass: hier ein Wald, dort ein Kirchturm, weiter weg ein Fluss, und Viehherden und Schlösser. Die Herden und die Schlösser und die Höhlen von Ali Baba, die erkennt derjenige, der die See liebt, unter ihrem Gewand, in ihrem Tanz. Er liest darin auch den Ursprung und das Schicksal, und darum wird er niemals müde, die See zu betrachten.

Meinen Indianer habe ich vollständig gezähmt. Der Panzer, hinter dem er sich seit dem Verschwinden seiner Mutter verbarrikadiert hatte, ist in der Nacht des Brandes gefallen, als ich ihm dafür gedankt habe, die *Sonate* gerettet zu haben. Er ist beinahe fröhlich geworden. Ich spüre in ihm ungehobene Schätze der Großzügigkeit, das Bedürfnis, zu geben. Er schläft weiterhin so oft wie möglich an Bord. Was hält sein Vater, der Ingenieur, davon? Noël spricht nie von ihm. Zweifellos wirft er ihm vor, seine Mama nicht zu halten gewusst zu haben. Ich würde ihn gern kennen lernen; denn ich hätte viel Gutes über seinen Sohn zu sagen.

Wie alle Jugendlichen begeistert sich Noël für Elektronik und leiht mir gerne seine Adleraugen. Ich sollte mit Abel über dessen Augen sprechen, denn manchmal frage ich mich, ob er wirklich so gut sieht. Hatte Pierre nicht von grauem Star gesprochen?

Heute ist Freitag, morgen Ruhetag. Nachdem das zweite Netz ausgeworfen ist, hat Noël wie immer gefragt: »Machen wir weiter?« Und wie immer habe ich geantwortet: »Kommt gar nicht in Frage.« Denn auf dem Meer wird der Fischer zum Jäger: das Beste, die Ausnahme, steht schließlich immer noch bevor; wenn der Fischer auf sich hörte, würde er niemals aufhören und die Quellen würden versiegen. »Nicht mehr fangen, als man verkaufen kann«, pflegte Pierre immer zu sagen.
Wir haben genug gefangen und sind auf dem Weg zurück in den Hafen. Das Meer ist grau-weiß und verschmilzt mit dem Himmel.
Ich will gerade meinen Salat verzehren, da ertönt eine aggressive Stimme aus dem Funkgerät: »Bist du da, *Sonate?*«
Loïk Labbé, gar kein Zweifel. Ich nehme das Mikrofon nur widerstrebend in die Hand.
»Hier die *Sonate*. Was wollen Sie?«
»Dein Pierre war ein verdammtes Schwein. Die Madeleine, die hat er schön reingelegt!«
Mein Atem ist blockiert. Madeleine, die junge Schwägerin von Loïk, Witwe mit zwanzig Jahren, noch im Jahr ihrer Hochzeit mit Antonin. Was wollte er damit sagen?
Aus dem Funkgerät tönt jetzt ein gewaltiger Radau. Zehn Stimmen protestieren gleichzeitig und befehlen Loïk, den Mund zu halten. Ich erkenne die des Kapitäns …
»Wirst du wohl deine große Schnauze halten? Was ist denn in dich gefahren, Loïk?«
Die große Schnauze lacht. Ich schalte ab.
»Wir sind fertig, Marie, wir essen.«

Abel hat den Kopf hereingesteckt. Ein Glück, dass er nichts gehört hat.
»Nur zu.«
Ich, ich kriege keinen Bissen runter; kann nur mein Schiff anflehen: »Schneller, schneller.« So schnell wie möglich an Land, um Genaueres zu erfahren.

Seit einer Stunde warte ich im »Pfarrhaus«, als Benoît endlich die Tür aufstößt. Ich habe Zeit gehabt, Sätze zusammenzufügen und darauf rumzukauen, die bei genauerer Überlegung alle wie Warnungen klangen. Der älteste? Der von Benoît, nur wenige Tage nach Pierres Tod: »Was auch immer passiert, vergiss nicht, dass du für Pierre alles warst.« Und ich hatte mich gewundert – als ob ich das nicht wüsste! Jetzt weiß ich es nicht mehr.
Benoît entdeckt mich und erstarrt. Ich greife sofort an.
»Madeleine Labbé war Pierres Mätresse, nicht wahr?«
Sein Schweigen fegt das bisschen Hoffnung davon, das ich noch gehabt hatte. Benoît zieht mich zum Sofa: Er hat nicht einmal seinen Mantel ausgezogen, ich trage noch immer den Anorak.
»Nein, Marie, nicht seine Mätresse! Es ist nur einmal vorgekommen, ein einziges Mal, ich schwöre es dir. Wie soll man es nennen? Jedenfalls nicht ›Liebe machen‹. Verzweiflung machen, vielleicht, oder Mitleid. Ein Augenblick der Schwäche.«
Ich habe die Augen geschlossen. Bilder ziehen blitzschnell vorbei, ehe sie verlöschen: Pierre und ich, ich und Pierre. Ich bin dabei, in meinem Kopf zu sterben. Benoît versucht, meine Hand zu nehmen, ich ziehe sie zurück.

»Das Unangenehme, wenn man es so nennen kann, das ist, dass dieses einzige Mal ein Kind zur Folge hatte, einen kleinen Jungen. Du musst dich doch daran erinnern, Marie.«

Ich erinnere mich.

Als Madeleine Labbés Bauch sich zu runden begann, kaum ein Jahr nach dem Tod ihres Mannes, hatte es allgemeine Entrüstung gegeben. Ich hatte mich nicht daran beteiligt, ich mag keinen Klatsch. Madeleine hatte sich immer geweigert, den Namen des Vaters zu verraten. Einige behaupteten, es sei ihr Schwager Loïk gewesen.

»Pierre hat mich aufgesucht«, fährt Benoît fort. »Er hat alles gestanden. Er wusste nicht, was tun. Madeleine war bereit abzutreiben.«

»Und du hast sie natürlich daran gehindert.«

Ich erkenne meine Stimme nicht wieder, sie klingt wie die einer Frau, deren Herz zu Eis wird.

»Das Leben war da!«, antwortet Benoît.

Ich lache. Er, er glaubt an das Leben. Sogar an das ewige. Ich nicht. Nicht mehr.

»Wenn du sagst ›ein einziges Mal‹ – woher weißt du das? Warst du dabei, um zu zählen?«

»Ich habe meinem Bruder geglaubt«, antwortet Benoît. »Ich habe seine Verzweiflung gesehen. Wenn du wüsstest, wie er es bereut hat. Ich habe ihm geraten, dir alles zu gestehen, aber er wagte es nicht. Er hatte Angst, dass du ihn verlassen würdest. Pierre hatte immer Angst, dich zu verlieren. Deine Eltern …«

»Meine Eltern hatten Recht. Ich hätte ihn nie heiraten sollen. Und wenn er es mir gesagt hätte, hätte ich ihn verlassen.«

Einmal oder zehn- oder hundertmal, was macht das

für einen Unterschied. Es ist das erste Mal, das zählt, beim ersten Mal findet der Verrat statt. Wenn man eine andere Frau in die Arme nimmt und die Liebe vergisst, um mit ihr zu schlafen. Die andere war zwanzig Jahre alt! Würde ich weniger leiden, wenn sie nicht so knackig gewesen wäre?
Wieder höre ich mein Lachen. Entweder das, oder Schreien. Ich schreie.
»Wie ich sehe, war jedermann auf dem Laufenden, nur ich nicht.«
»Nicht jedermann und auch erst seit kurzer Zeit, Marie. Madeleine ist nach Pierres Tod schwach geworden. Sie hat Loïk alles erzählt, das Allerschlimmste, das sie tun konnte. Er rächt sich jetzt an dir.«
»Das Feuer auf der *Sonate?*«
»Wahrscheinlich er, ja.«
»Und du hast abgewartet, ob er auch das Haus in Brand steckt, bevor du mir etwas sagst?«
»Das war falsch«, gibt Benoît zu. »Ich hätte dich sofort warnen müssen, aber ich dachte an deinen Kummer, an die Kinder ...«
Die Kinder. In meinem Schmerz hatte ich sie vergessen. Sogar postum ist die Eifersucht Säure auf der Erinnerung. Nicht mehr die Einzige, die Nummer eins für jemanden zu sein, fegt alles andere gleich mit weg.
»Und wegen dieser Madeleine bezahlte Pierre die Raten für das Schiff nicht mehr? Er hat ihr Geld zugeschoben, ja?«
»Auf ihrem Haus lag eine Hypothek; er hat das Notwendige getan, damit sie es behalten konnte. Das ist alles.«
Das ist alles. Eine Umbuchung. Genau genommen

hat Pierre das Dach ihres Hauses mit unserem Schiff bezahlt. Und ich bringe mich fast um, um es ihr zu erhalten! Was für eine dumme Figur ich mache. Ich frage: »Noch weitere gute Nachrichten?«
Benoît schüttelt verneinend den Kopf. Ich stehe auf und gehe zur Tür. Mir ist sehr kalt, wie würde das erst draußen werden …
Er tritt neben mich.
»Geh nicht einfach so fort, Marie«, fleht er. »Willst du nicht einen Augenblick hier bleiben? Oder möchtest du, dass ich dich heimbringe?«
Ich schaue den Pfarrer an, das gleiche Gesicht wie sein älterer Bruder, die gleichen Farben: Sie könnten einander nicht verleugnen, wie man so sagt.
»Nein, danke. Du hast zu blaue Augen, Benoît!«

Wie jeden Freitag waren die Kinder direkt nach der Schule in die Roseraie gegangen, wo ich sie am Samstag zum Mittagessen treffen würde. Das Haus schlief; auch hier herrschte Nacht. Ich brauchte eine Weile, um das Schlüsselloch zu finden.
Im Salon herrschte eine heilige Unordnung: schmutzige Tassen, Verpackungen von Süßigkeiten, Quentins Comicbücher – Mama räumt schon auf! Eine Strickjacke hing über Pierres Schaukelstuhl. Wenn ich unser Stück spielte und seine Augen sich röteten, dann glaubte ich, es sei aus Liebe. Es war gleichzeitig auch aus Reue und Angst. Beethovens Mondscheinsonate würde von nun an die Melodie des Verrats für mich bedeuten. Mama wäre gerne tot gewesen.
Ein wenig später knallte die Haustür ins Schloss; die jungen Leute verstehen es nicht, eine Tür geräusch-

los zu schließen, sie müssen schreien: »Da bin ich!« Sie haben den Eindruck, die Welt warte auf sie, um sich drehen zu können.

Thibaut hat den Kopf durch die Tür gesteckt. Ich lag auf dem Sofa und habe ihn angefleht: »Gehen Sie, lassen Sie mich bitte allein.« Er hat nicht hingehört, hat sich neben mich gesetzt. Ich hatte das Gesicht in den Händen vergraben, und zweifellos glaubte er, es sei die Einsamkeit. Einsamkeit war es, aber diesmal total, ohne Erinnerungen, an die ich mich klammern konnte. Vorher, wenn ich sie wachrief, waren sie Licht; auch wenn sie mich zum Heulen brachten, wärmten sie mir das Herz. »Die Erinnerungen kann einem keiner nehmen«, heißt es. Man kann sie aber besudeln.

Thibaut hat mich gezwungen, meinen Anorak auszuziehen, und hat mich an sich gedrückt. Wenn er Fragen gestellt hätte, wäre ich geflüchtet, aber er verstand es, zu schweigen. Es war um einiges wärmer als bei Benoît, trotzdem hörte ich nicht auf zu zittern.

»Warten Sie einen Moment.«

Der Schluchzer wurde zu einem Lachen – als ob ich etwas anderes tun könnte, als ob ich irgendwohin hätte gehen können. Er ist mit der Calvadosflasche zurückgekommen.

»Heute Abend bin ich Normanne«, pflegte Pierre lachend zu erklären, wenn er sich einen Schluck eingoss. Selten mehr, denn er misstraute dem Alkohol. Wenn man Loïk anschaut, so hatte er nicht Unrecht.

Thibaut hat ein kleines Glas gefüllt und es mir gereicht.

»Also wirklich«, habe ich gestammelt, »neulich der

Rum, heute ein Calva… Gegen was soll es diesmal helfen?«
Er hat nicht geantwortet. Er hat nur gesagt: »Ich werde Ihnen Gesellschaft leisten«, als er sich ebenfalls ein Glas eingoss, und das brachte die Tränen wieder zum Fließen, denn ich hatte meinen Gefährten verloren.
Ich habe mein Glas in einem Zug geleert und ihm hingehalten, damit er es wieder auffüllte. Ich hatte das Bedürfnis, mich zu besaufen, die Regeln zu brechen, und es dauerte nicht lange, die Bahn war frei. Ich hatte seit heute früh um fünf Uhr nichts mehr gegessen.
War das wirklich ich, die meinen Kopf an die Schulter des jungen Mannes gelegt, seine Lippen gesucht und meine Hand nach seinem Begehren ausgestreckt hat?
»Bist du sicher?«, hat er gemurmelt.
Liebe zu machen? Auf keinen Fall. Jene auf den Grund schicken, die Pierre ermordet hatte.

12

Neun Schläge vom Kirchturm, fern, wattig. An der Intensität des Klangs konnte Pierre das Meer lesen. Wenn sie wie Kristall klangen, brauchte er die Fensterläden nicht erst zu öffnen, um zu wissen, dass der Himmel strahlend blau war.
Neun Schläge: einen für jeden Monat, den Madeleine ihr Kind getragen hat.
Beim Fortgehen hat Pierre sie wie ein kleines Mädchen in den Arm nehmen müssen; bei seiner Ankunft hatte er einen Frauenkörper gefunden.
Pierre, der mich verraten hat.
Und ich, die die Seele verraten hat, von der man hier sagt, dass sie mit dem Wind seufzt, wenn die Leiche nicht gefunden wurde.
Qual.
Wie spät mochte es gewesen sein, als ich in mein Zimmer hinaufgegangen bin, um mich aufs Bett zu werfen, nachdem ich mich Thibaut hingegeben habe? Hingegeben? Nein! Das nicht. Mein Körper verweigerte die Lust, die Liebkosung seiner langen, schlanken Finger hatten mir nur noch zusätzliche Verzweiflung gebracht, und ich hatte mich ihm geöffnet, um es schneller hinter mich zu bringen, so wie man eine verlorene Partie aufgibt.
Was war nur los? Konnten etwa nur die Hände des Fischers mich erregen?
Das Telefon auf dem Nachttisch klingelt: mein Vater. »Deine Mutter hat mich beauftragt, dich zu bitten,

pünktlich zum Mittagessen hier zu sein. Die Kinder haben ein Soufflé bestellt.«
Glücklich jene, für die das Gelingen eines Soufflés das Ziel eines Vormittags ist.
Die Geräusche unten, das ist mein Geliebter. Nein! Nicht mein Geliebter, einmal, nur ein einziges Mal. Er hat Lust empfunden. Er sagte mir, dass ich schön sei, dass er mich vom ersten Moment an begehrt habe, aber dass er niemals gewagt … gehofft hätte … Wird er verstehen, dass er nicht hier bleiben kann? Dass ich in seiner Gegenwart meinen Kindern nicht ins Gesicht zu schauen in der Lage wäre, dass ich mich verraten würde?
Plötzlich wurde ich von Hast ergriffen, einem Gefühl von Gefahr. Heute Abend muss er das Haus verlassen haben.

Das Erste, was ich beim Hinuntergehen sah, waren seine Taschen im Eingang. Thibaut ist in der Küchentür erschienen.
»Ich habe auf Sie gewartet, Marie. Ich habe Kaffee gemacht, mögen Sie eine Tasse?«
Das »Sie« hat mich unendlich erleichtert, und eine Welle von Dankbarkeit brachte mich dem Mann näher, den ich mir noch vor wenigen Minuten so schnell wie möglich vom Hals schaffen wollte. Mir wurde klar, dass ich einen wertvollen Mann verlieren würde.
Er hatte den Frühstückstisch gedeckt, Brot, Butter und Honig bereitgestellt. Nachdem er mir Kaffee eingeschenkt hatte, hat er auf den Stuhl gegenüber dem meinen gezeigt. »Darf ich?« Ich habe ihm serviert. Ungewohnte Falten durchzogen seine Stirn. Sie wür-

den sich wieder glätten, achtundzwanzig, eine junge Haut. Ich weiß nicht, warum, vielleicht weil er durch meine Schuld sein Lächeln verloren hatte, habe ich gemurmelt: »Verzeihung.«
Hatte Pierre das auch zu Madeleine gesagt, nach dem einen, einzigen Mal?
»Still«, hat er protestiert. »Ich war es. Ich hätte mehr Stärke beweisen sollen.«
Ich habe mir gewünscht, dass er nie erfährt, dass es passierte, weil Pierre mich betrogen hat.
In der Zwischenzeit butterte er mir eine Scheibe Brot und zwang mich, sie zu essen. »Sie haben gestern nichts zu Abend gegessen!« Zu Mittag auch nicht. Das war vermutlich der Grund, warum sich mir der Kopf drehte und ich nur auf dem Boden blieb, weil mein Herz so schwer war wie ein Stein.
Ich habe auf die Taschen im Eingang gezeigt.
»Wo gehen Sie hin?«
»In mein Hotelzimmer. Es würde mich wundern, wenn es nicht frei wäre.«
Plötzlich war die Angst da.
»Was soll ich denn den Kindern sagen?«
»Dass ich mein Traumhaus gefunden habe. Sie wissen, dass ich danach suche. Annaïs hat mich sogar gebeten, mich nicht zu sehr zu beeilen.«
Auch sie fand es angenehm, einen Mann im Haus zu haben, einen jungen, intelligenten, fröhlichen Mann, vor allem fröhlich. War sie vielleicht in ihn verliebt?
»Sie werden fragen, wo das Haus ist, sie werden Sie besuchen wollen …«
Thibaut hat nachgedacht.
»Dann sagen Sie ihnen, dass ich nach Brest zurück musste; dort lebt meine Familie.«

Ich schämte mich für meine plötzliche Panik, aber meine Kinder waren alles, was mir blieb. Für einen kurzen Moment hat Thibaut seine Hand auf meine gelegt. Er lächelte endlich.

»Annaïs und Quentin … Die beiden werden mir fehlen, wissen Sie das? Und ihre Mutter ebenfalls. Darf ich ihr sagen, dass sie nicht nur schön ist, sondern für einen Fischer auch ausgesprochen sanft?«

Diesmal habe ich auch gelächelt.

Es war erst Mitte Dezember, und er hatte den Monat im Voraus bezahlt. Als ich es ihm zurückerstatten wollte, hat er es abgelehnt.

»Aber es gibt eines, wovon ich schon lange träume«, hat er gesagt. »Würden Sie es mir zugestehen?«

»Alles, was Sie wollen.«

Die Tollpatschigkeit meiner Antwort ließ ihn wieder lächeln. Ich spürte, wie ich rot wurde. Er nahm meine Hand und führte mich in den Salon. Er hatte meine Kleider auf dem Sofa zusammengelegt. Ich habe mich abgewandt. Er ist zu dem Klavier gegangen und hat es aufgeklappt. Die Noten schliefen unter ihrer Seidendecke.

»Ich habe Sie nie spielen hören, Marie. Es wäre mir eine große Ehre.«

Eine Woge hat mein Herz überschwemmt; auf seinem Schaukelstuhl schloss Pierre die Augen und die Tränen begannen zu fließen.

»Das ist das Einzige, das ich Ihnen nicht geben kann, Thibaut.«

Abel hat am späten Vormittag angerufen.

»Entschuldige, Marie, störe ich dich? Wir haben dich gestern nicht weggehen sehen, und dann bist du

nicht zurückgekommen, ich weiß, heute ist Ruhetag, aber der Kleine macht sich Sorgen.«
Zwischendurch räusperte er sich ständig, so wie er auch ständig seine Brille putzte. Der arme Bootsmann! Es war nicht schwer zu begreifen, warum er zum Telefon gegriffen hatte, obwohl er es nicht wollte: Loïks Worte über Funk mussten im Hafen die Runde gemacht haben, und die Sorgen des »Kleinen« – wie vermutlich seine eigenen – waren, dass ich aufgeben könnte.
Ich dachte tatsächlich daran.
Ich habe ihm geantwortet, dass ich im Augenblick nicht sprechen könne, dass ich auf dem Weg aus dem Haus sei, aber dass ich ihn am Nachmittag aufsuchen würde. Was ihn nicht besonders beruhigt haben konnte.

Madeleine Labbés Haus, weiß mit grauem Dach, war das letzte in der Siedlung, das einzige ohne Blumen, was ihm den Anschein gab, bestraft zu sein.
Ich war nur einmal hier gewesen, vor vier Jahren, am Tag nach dem Tod ihres Mannes Antonin. Viele Frauen waren da gewesen, wie bei mir wegen Pierre; mit dem Unterschied, dass die Leiche des Ertrunkenen im Schlafzimmer aufgebahrt war. Loïk wich seiner Schwägerin nicht von der Seite. Sie wirkte wie ein kleines Mädchen. »Wir werden dich nicht fallen lassen«, hatte Pierre versprochen.
Ich habe den Wagen ein Stück weiter weg geparkt und bin zu Fuß gegangen. Der Himmel hing tief, kein Licht, nicht einmal ein Wind, nichts als stumme Verzweiflung. Es war ein Wahnsinn, hierher gekommen zu sein, irgendjemand könnte mich erkennen. Sei's

drum! Ich musste dem Problem, das mich das Schiff opfern lassen würde, ins Gesicht schauen.
Wenn ich beschlossen hatte weiterzumachen, dann Pierre zuliebe, um ihm die *Sonate* zu erhalten, bestimmt nicht, um das Dach von Madeleine Labbé zu bezahlen. Diese Anstrengung, diese Erschöpfung, wozu war die eigentlich gut? Und wenn ich aufhörte, würde ich einige glücklich machen, in erster Linie meine Familie, mit Ausnahme von Quentin, bis hin zu den Fischern, die mich nur akzeptiert hatten, weil sie dazu gezwungen waren. Wenn ich das Schiff verkaufte, würde mir sogar noch etwas Geld bleiben. Worauf wartete ich also noch?
Als ich mich dem Gatter näherte, habe ich das Kind gesehen.
Der kleine Junge fuhr auf einem blaugrünen Kleinkinderdreirad herum und trug einen silbernen Kriegerhelm, wie man ihn in der Spielwarenabteilung findet. Als er mich entdeckte, blieb er stehen. Das Alter stimmte – etwas über drei Jahre alt. Ein Frühlingskind.
Hinter einem der Fenster des Hauses schien sich der Vorhang zu bewegen; ich hätte wieder gehen sollen, aber ich konnte nicht.
Der kleine Krieger hat mich einen Moment lang angeschaut, dann strampelte er auf mich zu – mit Vollgas, hätte Quentin gesagt –, bis er mit dem Vorderrad an das Gatter stieß.
»Wer bist du?«, wollte er wissen.
Das Visier des Helms versteckte sein Gesicht, ich habe es hochgeklappt. Die Augen waren Labbé, die helle Strähne Delaunay. So oder so konnte es nur dieses Kind sein, denn Antonin hatte nicht die Zeit ge-

habt, Madeleine eines zu geben, bevor er vom Meer verschlungen wurde.
Ich habe gemurmelt: »Wie heißt du?«
Er kniff die Augen zusammen – eine kleine Rosenknospe. Die ältere, hagere, dunkel gekleidete Frau, die auf der Schwelle des Häuschens erschienen war, antwortete statt seiner.
»Maximou! Komm sofort her, Maximou!«
Der Krieger hat sein Visier heruntergeklappt und gewendet, ohne sein Opfer eines weiteren Blicks zu würdigen. Als er an der Haustür angelangt war, hat sich seine Großmutter über ihn gebeugt, zweifellos, um mit ihm zu schimpfen. Ich hätte es mit meinen Kindern ebenso gemacht: »Man spricht nicht mit Fremden.« Sie sind im Haus verschwunden.
Pierres Großvater, der Sandverkäufer, hieß Maxime. Der Vorname und das blaugrüne Dreirad, das ich heute Abend nicht mehr auf dem Dachboden finden würde: Pierre hatte seinen Sohn nicht ganz leer ausgehen lassen.

13

Um ein prächtig aufgegangenes Soufflé die ahnungslose Familie – jetzt fühle ich wirkliches Alleinsein, eine tödliche Last, die man nicht teilen kann! Also tut man so als ob, und in gewisser Weise verliert man sich selber. Das bin nicht ich, diese Frau, die lächelt und die ohne Zweifel bald zu lachen in der Lage sein wird, ein Lachen, das wie die Totenglocke in meinem Herzen widerhallen wird, ohne dass irgendjemand es hören kann.
Dank der Anwesenheit meiner Eltern fällt es mir weniger schwer, mit meinen Kindern wieder anzuknüpfen. Anknüpfen ist das richtige Wort, denn in dieser Nacht habe ich eine Tür zugeknallt, einen Garten verwüstet, Steine auf das Dach geworfen, das die meinen »das Haus« nennen, ein geheiligter Ort, eine Zuflucht. Ich komme wie eine Diebin hierher zurück, ohne sicher zu sein, ob ich es verdiene.
Um Mama eine Freude zu machen – um mir verzeihen zu lassen? – habe ich mich als Dame verkleidet: Kostüm und Mokassins. Annaïs hat mir einen anerkennenden Blick geschenkt.
Man spricht von Weihnachten. Wir werden Heiligabend in der Roseraie verbringen; der Weihnachtsbaum ist schon im Salon aufgebaut worden, und es liegen ein paar Pakete darunter. Mama ist ganz stolz auf ihre Idee: für jeden ein anderes Einwickelpapier; so erkennt jeder auf Anhieb, was für ihn bestimmt ist.

Pierre war über jedes meiner Geschenke begeistert. Auch wenn er sich mit Knoten aller Art auskannte, hätte man seine dicken Finger sehen sollen, wie er sich mit dem goldenen Band abquälte, aber nichts durfte zerknittert werden, und das Warten machte die Überraschung umso größer. Und was seine Geschenke für mich anging, so vertat er sich jedes zweite Mal: zu viele Spitzen an der Unterwäsche, zu viel Glanz am Schmuck.
Ob er Madeleine und Maximou etwas geschenkt hatte?
»Du siehst blass aus«, bemerkte Papa. »Du wirst uns doch nicht etwa krank werden?«
Annaïs' entsetzter Blick schnellte zu mir. In ihrem Alter kann man sich seine Mutter nicht krank vorstellen, sie hat stark zu sein, damit man seine Krallen an ihr wetzen kann.
»Keine Sorge, ich habe nur nicht gut geschlafen.«
»Und dein Untermieter?«, fragt Mama und gibt mir die Gelegenheit, mich eines winzigen Teils meiner Last zu entledigen.
»Er ist heute früh nach Brest zurückgezogen, zu seiner Familie ... Ich fürchte, wir werden ihn nicht wiedersehen.«
»Na, bravo!«, entrüstet sich Annaïs. »Das hat man davon, wenn man nett zu den Leuten ist.«
Es gelingt mir, zu lächeln.
»Er hat mich beauftragt, euch herzlich zu grüßen.«
Quentin kann es nicht ganz glauben.
»Aber er hatte mir versprochen, mit mir einen Taucherfilm anzuschauen!«
Mein Sohn schaut mich vorwurfsvoll an, als sei ich Schuld an Thibauts Fortgehen. Ich bin es, und es

fällt mir nichts ein, was ich zu meiner Verteidigung sagen könnte. Mir glühen die Wangen.
»Ich bin sicher, dass es nur verschoben und nicht aufgehoben ist«, tröstet Papa ihn freundlich.
»Ich habe nicht die Ehre gehabt, diesem Herrn vorgestellt worden zu sein«, erklärt Mama, »aber wenn du unbedingt darauf beharrst, dieses Zimmer unterzuvermieten, Marie, dann nimm lieber eine Frau.«
Und jetzt muss ich lachen: Die Wahrheit schallt aus dem Mund der Mütter.

Die Hausangestellte hat die Lammkeule hereingebracht. Ich bekomme die Hälfte der »Maus«. Die Unterhaltung dreht sich jetzt um das Weihnachtsmenü, dann sprechen Mama und Annaïs über »Klamotten«, während Papa versucht, Quentin drei Wörter über seine Schularbeiten zu entlocken. Es war erst zwei Uhr, der Salat würde nicht auf sich warten lassen, dann die Käseplatte, eine Torte, Kaffee.
Ich habe mich zum Fenster gedreht.
Licht.
Gegen jegliche Erwartung, jegliche Wettervoraussage und selbst gegen das Glockenläuten an diesem Morgen lichtete sich der Himmel. Ein Sonnenstrahl drang durch die Wolkendecke, bis in mein Herz. Ich hörte mich sagen: »Morgen müsste man hinausfahren können.«
Die Gespräche wurden unterbrochen.
»Also wirklich, mein Kind, etwas anderes interessiert dich nicht!«, bedauert Mama.
»Das ist gut möglich.«
Ein heimliches Lachen entfaltete sich in meiner Brust, räumte darin auf, schmerzhaft und wohltu-

end. Was für ein Theater ich mir selber vorgespielt hatte, indem ich vorgab, aufhören zu wollen! Ich in vier Wände eingesperrt leben? Ohne das Meer leben? Die Wahrheit hat mich geblendet: *meine* Wahrheit. Sie war da, und ich hatte sie nicht gesehen, so, wie man sich selber ignorieren kann. Es war nicht nur für Pierre, und ich weiß nicht mehr, für welche Souvenirs oder welche Treue ich beschlossen hatte, seine Nachfolge anzutreten. Ich hatte es für mich getan!
Denn auf See lebt man wirklich, und selbst wenn man klein ist, wird man groß.

Als ich im Hafen angelangt war, liefen die Schiffe gerade ein. Die Kisten mit dem Fisch wurden in die Markthalle gebracht, das Meer rief meinen Namen. Auf Deck der *Sonate* waren meine Männer dabei, das Schleppnetz zu flicken, obwohl heute ihr Ruhetag war.
»He, Marie!«
Der Kapitän in Overall und Schiebermütze stürzte auf mich zu, als hätte er auf mich gewartet. Plötzlich bleibt er wie angewurzelt stehen, und sein Blick macht Inventur, wandert von den Mokassins über den Rock und die Jacke, und von dort zu der als Dame verkleideten Fischerin. Als »Duchesse« verkleidet? Auf Deck der *Sonate* haben sich die Männer aufgerichtet und mustern mich ebenfalls. Glauben sie, an der vertauschten Uniform meine Entscheidung ablesen zu können?
»Hör mal, Marie, du wirst uns doch nicht im Stich lassen? Wir brauchen dich«, deklamiert der Kapitän theatralisch.

Er sieht es nicht, aber mir wachsen Flügel. Hätte er mir schönere Worte sagen können, mir, die ich noch an diesem Morgen überzeugt gewesen war, nicht akzeptiert zu sein?

»Nur weil Loïk den Idioten rausgekehrt hat, wirst du doch nicht ...«, fährt André fort, während meine Leute zustimmend nicken.

Andere Fischer nähern sich neugierig, als wüssten sie von nichts, diese Scheinheiligen! Für sie alle werde ich antworten, sodass es ein für alle Mal gesagt ist.

»Bei genauer Betrachtung war es nicht Loïk, der den Idioten gespielt hat, sondern eher Pierre.«

Der Kapitän senkt den Kopf. Ich nutze es, um seinen leeren Ärmel zu packen, was ich schon lange erträume: den Mut anfassen, die Hartnäckigkeit, die Kriegsverletzung, auch wenn der Orden noch immer auf sich warten lässt.

»Du hast auch mit einem Arm weitergemacht, André. Ich weiß nicht, warum ein Herz in der Schlinge mich hindern sollte.«

Dem Kapitän ist die Luft weggeblieben. Und das will was heißen, jedermann hier zu Lande wird es bestätigen.

Benoît ist uns nach seiner Abendmesse besuchen gekommen. Als er uns, die Kinder und mich, im Salon Karten spielen sah, hatte er ein Lächeln im Gesicht wie jemand, der nach dem Erdbeben sein Haus unversehrt vorfindet. Es fehlte uns der vierte Mann, und ich habe ihn mit einbezogen, bevor er auf die Knie fallen konnte.

Später, als ich ihn zu seinem »Drahtesel« begleitete,

einem alten Briefträgerfahrrad mit Rücktritt und ohne Gangschaltung, dafür aber mit zwei großen, eines Himmelsboten würdigen Ledertaschen versehen, habe ich ihm erklärt, dass ich beschlossen hätte, den Kindern nichts zu sagen. Sämtliche Psychologen der Welt wären gegenteiliger Ansicht, denn früher oder später würde eine barmherzige Seele einen Weg finden, die Neuigkeit laut genug auszuplaudern, dass sie es hören mussten. Aber ihnen selber zu enthüllen, dass sie als Folge eines schwachen Augenblicks ihres Vaters einen Halbbruder mit Namen Maximou hatten, ging über meine Kräfte. Ganz abgesehen davon, dass ich mich in Fragen schwacher Momente jetzt ein bisschen besser auskannte, und mit dem Finger auf jemanden zu zeigen und sich als so weiß wie Schnee auszugeben war einfach nicht meine Art.
Dieses Detail habe ich für mich behalten; wir waren nicht im Beichtstuhl, und meine Zerknirschung war auch so schon tief genug, ohne dass der Herr Pfarrer mir noch eine zusätzliche Buße auferlegen musste.
Er hat mir zugehört, ohne mich zu unterbrechen.
»Maximou … Woher weißt du das?«, hat er gefragt.
»Der Heilige Geist. Er hat mir auch gesagt, dass, falls du nicht einverstanden seist, er dich ermächtige, es ihnen zu sagen. Schließlich war Pierre dein Bruder.«
Wie gewöhnlich hat Benoît seine Augenlider befragt, bevor er antwortete.
»Ich werde beten, dass sie es nicht erfahren, bevor du selber bereit bist, es ihnen zu sagen.«
»Na, da oben werden sie also nach wie vor von dir hören.«

14

Trotz einer mittelmäßigen Wetterlage unter einem ungewissen Himmel haben wir heute eine Ausfahrt riskiert; die Langustine verkauft sich gut für die Festtage.

Es ist Mittag, ein böser Südwestwind kommt auf, und wir beschließen, nach dem Einholen des ersten Netzes aufzugeben. Die anderen Schiffe sind schon auf dem Weg zurück in den Hafen: manche sind gar nicht erst ausgelaufen, man kann es ihnen nicht verübeln.

Ich habe die Regeln gebrochen und zu Hause angerufen, um anzukündigen, dass ich früher heimkäme. Die Kinder haben Ferien; Quentin wird mich am Hafen erwarten, damit wir seine Taucheruhr zusammen aussuchen. Es wird Zeit, übermorgen ist Weihnachten.

Annaïs hat schließlich eine Hose dem Anorak vorgezogen, und zwar nicht irgendeine, sondern eine Markenhose. Die Marke hat bei der Jugend große Bedeutung, die jungen Leute hofften, dank ihrer zu glänzen. Und eines Tages werden sie feststellen, dass nichts der eigenen, persönlichen Note gleichkommt, dass sie die äußeren Zeichen nicht brauchen, um anerkannt zu werden, wenn sie mit sich selber besser stehen.

Die Art von Themen, die wir gerne mit Thibaut diskutierten. Er fehlt uns.

Es ist fast ein Uhr, wir befinden uns zehn Meilen von

der Küste entfernt, ungefähr zwei Stunden vom Hafen; ich beiße in einen Apfel, als eine raue Stimme aus dem Funkgerät tönt.

»Hier ist die *Joyeuse*, ist irgendwer in der Nähe?«

Ich nehme das Mikrofon.

»Hier die *Sonate*, ich höre.«

»Wir haben ein Problem«, verkündet die keuchende Stimme von Alain Kervélec. »Wahrscheinlich eine Dichtung. Wir haben es zu spät gemerkt, wir nehmen verdammt viel Wasser auf.«

»Wo seid ihr?«

Ich habe die Position notiert. Ist dieser helle Punkt auf dem Radar die *Joyeuse?* Ich dachte, sie sei im Hafen geblieben.

»Wir haben die Seeüberwachung benachrichtigt«, fährt Alain Kervélec fort. »Der Heckmotor ist abgesoffen, es sieht schl…«

Schlimm? Die Stimme ist abgebrochen. Von dem Trawler ist nichts mehr zu hören, dafür explodiert das Funkgerät mit drängenden, beunruhigten Rufen von überall her …

»Hallo, hallo, *Joyeuse*, melde dich, Himmel noch mal, was ist los?«

Die *Joyeuse* antwortet nicht mehr.

Kehrtwende, Kurs auf den Trawler der Brüder Kervélec. Nachdem ich auf Autopilot geschaltet habe, renne ich zu meinen Männern, die im Heck essen, um ihnen die Lage zu erklären. Wir befinden uns offenbar dem Schiff in Seenot am nächsten, wir fahren hin!

»Bist du sicher?«, fragt der Bootsmann. »Die *Hirondelle* muss inzwischen schon unterwegs sein.«

»Und die *Joyeuse* ist inzwischen vielleicht dabei, zu sinken.«

»Ich geh nachschauen, ob ich sie sehen kann«, sagt er rasch.
Er lässt sein Sandwich zurück und verschwindet. Abel holt die Schwimmwesten. Ich kehre auf die Kommandobrücke zurück. Was den Wind betrifft, so ist er im Moment noch kein Problem.
»Hier die *Hirondelle*«, tönt die Stimme des Rettungskapitäns aus dem Funkgerät. »Hörst du mich, *Sonate?*«
Ich antworte und gebe meine Position an: »Wir steuern in Richtung der *Joyeuse*. Es scheint mir ziemlich dringend.«
»Pass trotzdem auf, Marie«, empfiehlt Jean-Yves. »Der Wind kann durchaus böse werden, ihr riskiert, selber Schwierigkeiten zu kriegen. Wir brechen gerade auf. Werden in einer guten Stunde da sein. Bleib in Kontakt.«
Ich hänge auf und konzentriere mich auf den Kurs. Eine gute Stunde! Wir werden lange vor ihnen dort sein. Was ist mit dir passiert, *Joyeuse?* Diese Spannung in meinem Kopf, diese plötzliche Stille in mir, wo rundum alles kracht. Das bedeutet, »da« zu sein. Wo? Wahrscheinlich bei mir selbst. Diese Kraft hat das Meer ebenfalls.
Es hat in kurzer Zeit sein Gewand verändert, seine Falten vertiefen sich, und es ist mehr Weiß in dem Graugrün. Wie gut du mir gehorchst, mein Schiff, Pierre wäre stolz auf dich. Auf mich? Ich habe meinen Eltern einmal versprochen, keine Risiken einzugehen. Ich hatte vergessen, dass man nicht immer die Wahl hat.
Plötzlich, ganz in der Nähe, leuchtet eine rote Rakete auf. Sie hat Mühe, sich den Weg in den Himmel zu

bahnen, verlischt zu schnell. Auf Deck brüllt Noël und wedelt mit den Armen: »Die *Joyeuse* ist dort, ich kann sie sehen!«

Ich auch.

Ungefähr fünfhundert Meter entfernt, angegriffen, überfallen, in die Tiefe gezogen von den Kinnladen der See, die ihr schon die Kisten und Kästen genommen hat; sie tanzen um das Schiff herum, kreischende Vögel schwärmen darüber.

»Zu starke Schlagseite, die *Joyeuse* kommt nicht wieder hoch«, konstatiert Abel mit rauer Stimme.

Er vergisst, seine Brille zu putzen. So oder so ist das Schiff verloren.

»Wir holen die Brüder, was anderes kann man nicht mehr tun.«

Wie zur Antwort kracht eine größere Woge auf Deck, ergießt sich über die Kommandobrücke, ertränkt für einen Augenblick die Windschutzscheibe mit ihrem Schaum.

»Bist du sicher, dass du das schaffst, Marie?«

»Alle zusammen schaffen wir das.«

Ich rufe die *Hirondelle* und gebe die Situation bekannt.

»Wir sind bald da«, verspricht Jean-Yves. »Haltet durch.«

Heute mag ich die Stimme des Rettungskapitäns. Ich würde sogar die von Jean-Louis Kervélec mögen, wenn ich sie hören könnte. Man kann die Brüder im Bug ihres Vierzehnmeterschiffs erkennen. Unseres misst nur zwölf Meter, andersherum wäre es einfacher. Zum Glück ist es noch Tag, und die See hält mit ihrem Zorn zurück.

Ich habe die Geschwindigkeit gedrosselt, das Anle-

gemanöver steht unmittelbar bevor. Ich muss mir nur vorstellen, dass ich mich dem Kai von Kersaingilles nähere und die *Sonate* an ein anderes Boot ankupple – warum nicht an die *Joyeuse?* Hinter meiner Schulter höre ich den kurzen Atem meines Bootsmannes. Auf Deck wartet Noël, breitbeinig und fest in seinen Stiefeln – eher ein Astronaut als ein Sioux –, darauf, das Tau, das uns mit dem anderen Schiff verbinden wird, auszuwerfen. Ich bemerke, dass nur Alain seinen Schwimmanzug trägt; worauf wartet denn Jean-Louis, um seinen anzuziehen?
»Sag mal, Bootsmann, glaubst du, sie können schwimmen?«
»Der Ältere jedenfalls nicht, er hat es nie lernen wollen.«
Für einen Seemann bedeutet schwimmen zu können unter Umständen, langsamer zu sterben. Ich entdecke die Lotsenleiter, die an der Flanke der *Joyeuse* hängt. Noël hat die unsere hergebracht. Nur noch ein paar Meter. Sachte, ganz sachte.
Da sind wir. Es wäre unvorsichtig, noch näher ranzugehen.
»Bravo, Baas!«
Abel stürmt auf Deck. Ich habe den Leerlauf eingeschaltet. Warum brüllt Noël so laut? Warum diskutieren die Brüder Kervélec, statt das Tau zu packen, das er ihnen zuwirft? Diskutieren oder streiten? Das ist wohl kaum der Augenblick dafür! Ich gebe keine Viertelstunde, bis es hier nur noch ein Schiff geben wird.
»Abel, vertritt mich hier.«
Diesmal denkt der Bootsmann nicht daran, sich zu weigern. Ich begebe mich zu Noël auf Deck.

»Was treiben die bloß?«, schimpft er. »Wollen sie, dass wir sie da rausholen, oder nicht?«
Plötzlich beschleunigen sich die Dinge, aber nicht im guten Sinn. Die Brüder fallen übereinander her, ringen einen Moment miteinander, dann befreit sich Alain, rennt, springt ins Wasser. Noël wirft ihm das Tau zu. Wir ziehen ihn bis zur Leiter. Er sackt auf Deck, klappert vor Kälte mit den Zähnen.
»Jean-Louis ist übergeschnappt«, keucht er. »Er will das Schiff nicht verlassen, er will, dass es abgeschleppt wird.«
Ich wende mich zu Noël.
»Schnell, das Schlauchboot!«
Alain heult und schluchzt. Blut rinnt seinen Ärmel entlang und tropft auf Deck.
»Bist du verletzt?«
»Nicht der Rede wert. Man muss Jean-Louis holen.«
»Wir holen ihn, keine Angst.«
Noël hat das Schlauchboot schon ins Wasser gelassen und springt hinein. Es ist mit einer Trosse an der *Sonate* befestigt. Ich springe ihm nach. Dort oben brüllt Jean-Louis, das Meer brüllt und zerrt die *Joyeuse* nach unten. Abel brüllt auf der Kommandobrücke, die Vögel … Schnell! Wir haben die Leiter erreicht, ich richte mich auf, um sie zu fassen, Noël steht ebenfalls auf. Das Boot schaukelt.
»Lassen Sie mich gehen, Marie!«
Ich kann ihn nicht einmal anlächeln, meine Lippen sind starr vor Kälte.
»Kommt nicht in Frage, Noël. Ich gehe.«
Zu lang zu erklären, aber ich weiß, ich fühle, während ich die Sprossen der Leiter erklimme, dass, falls irgendwer eine winzige Chance hat, diesen Wahnsin-

nigen zur Vernunft zu bringen, dann eine Frau, eine, »die keine hat«, wie er es mir neulich so schön ins Gesicht geschleudert hat.
Ich habe die letzte Sprosse erreicht. Gar nicht leicht bei dem Wind, der einen gegen den Schiffsrumpf presst, der Wellengang, das Herz, das zu heftig klopft. Angst? Nicht wirklich. Keine Zeit. Das sehen wir später. Trotzdem finde ich die nötigen drei Sekunden, um ein idiotisches Gelübde abzulegen, ehe ich mich auf das Deck der *Joyeuse* fallen lasse.
Auf die Füße, schnell, schnell! Man könnte meinen, auf einer Eisbahn zu sein: Wasser, Dieselöl und sogar Fische glitschen herum. Mit weit aufgerissenen Augen schaut Jean-Louis zu, wie ich mich an die Reling geklammert zum Angriff vorbereite. Dass er aufgehört hat zu brüllen erscheint mir schon wie ein kleiner Sieg. Vielleicht hat er mich wahrgenommen. Mir wäre es lieber, wenn er seinen Schwimmanzug angezogen hätte.
»Los, Jean-Louis, komm! Du kannst da nicht bleiben!«
Keinerlei Reaktion. Warum muss er sich taub stellen? Wut überkommt mich: Was heißt es für ihn, mutig zu sein? Die Waffen strecken und die anderen sich abstrampeln lassen? Ich brülle ihn an: »In zwei Tagen ist Weihnachten, hast du an die Stiefel deiner Gören gedacht? Willst du ihnen deine Leiche reinstecken?«
Ich würde darüber lachen, wenn ich das Herz dazu hätte: auf einem sinkenden Schiff von Weihnachten zu reden, das bringt nur eine Mutter fertig, eine, die Leben gibt. Aber bin ich nicht deshalb hier? Kein Seemann hätte so etwas gewagt. Schnell!

»Und deine Marguerite, wie soll die ohne dich zurechtkommen?«
Seine Marguerite, das scheint ihn geweckt zu haben, er blinzelt mit den Augen, aber er rührt sich nicht. Hinter mir taucht dieser Dickschädel von Indianer auf, den Sicherheitsgurt zwischen den Zähnen, den Rettungsring unter dem Arm. Jean-Louis schaut ihn böse an, die Knochen des Schiffs knirschen, das Ende ist nicht weit, schnell! Und plötzlich lässt Jean-Louis das Tauwerk los, an das er sich geklammert hatte, und gleitet zu mir. Ich halte mich noch immer an der Reling fest.
»Wir haben ihn!«, schreit Noël.
Wir versuchen es, aber Kervélec ist groß und klobig, ganz und gar fähig, uns mitzuziehen, wenn er will. Mir bleibt ein allerletztes Argument: Bei Männern wirkt es manchmal.
»Also, Jean-Louis, hast du Eier oder hast du keine? Wenn du welche hast, dann holst du uns jetzt hier raus.«
Er fasst nach meinem schwachen Frauenarm.

Er lag auf Deck der *Sonate* ausgestreckt, und ich hatte seinen Kopf hinter meiner Schulter versteckt, damit er nicht sah, wie das Meer sein Schiff auffraß. Ein letzter Happen, ein Weihrauchstrudel, der nach Diesel roch, ein blau-weißes Requiem für ein Hundeleben. Zu viert weinten wir wie die Idioten.
Nachdem ich mich umgezogen und, auf Abels Anordnung hin, einen halben Liter Kaffee mit einem guten Schuss Alkohol runtergegossen hatte, übernahm ich wieder das Ruder. Er war überall gleichzeitig, mein Bootsmann. Er hatte die Brüder in die warme Küche

gebracht und behandelte Alains Wunde: ein Stich von dem Messer, das zum Ausweiden der Fische diente, der von Jean-Louis stammte. Ich habe den Hafen benachrichtigt, dass wir einen Leichtverletzten an Bord hatten.

Die *Hirondelle* tauchte auf, als wir wieder auf dem Heimweg zum Hafen waren. Der Wind, der uns während des Anlegemanövers einigermaßen in Ruhe gelassen hatte, hatte jetzt mit doppelter Kraft wieder losgelegt. Die See tobte, als wolle sie sich für die Beute rächen, die man ihr entrissen hatte.

Es waren sieben Kerle in gelbem Ölzeug an Bord des Rettungsschiffs, fast vollzählig. Mir fiel nur ein Einziger auf, einer, der aufrecht stand, um sich vergewissern zu können, dass ich noch immer von dieser Welt war: derjenige, dem ein Arm fehlt. Er musste gewaltig gewettert haben, der Kapitän, damit man ihn an Bord gelassen hat!

»Man kann sagen, dass sie ankommen wie die Carabinieri!«, hat mein wundervoller, mutiger Noël mit einem Kinderlachen erklärt.

Ihr Angebot, unsere Schiffbrüchigen an Bord zu nehmen, haben wir stolz abgelehnt – unnötig, Zeit zu verlieren. Die *Hirondelle* hat uns eskortiert.

Wir haben beinahe zwei Stunden für den Heimweg gebraucht. Das reichte bei weitem aus, dass sich mein törichtes Gelübde, das ich beim Anlegen an die *Joyeuse* abgelegt hatte, in meinem Kopf ausbreitete. Noch so ein Ding von meinem Schwager.

Er, der Herr Pfarrer, sagt, wenn man sich schon auf eine Erpressung des lieben Gottes einlasse, an den man sich leider nur in extremen Fällen erinnere, dann müsse man etwas Extremes in die Waagschale

werfen, etwas, von dem man in normalen Zeiten sagt, »dass man lieber tot wäre«, als es zu geben. Tod gegen Tod, gewissermaßen. Ich hatte versprochen, dass ich, wenn es mir gelinge, diesen Grobian von Kervélec aus dem Schlamassel zu ziehen, einen gewissen Maximou nicht vollständig fallen lassen würde.
Zum Glück war es nicht ganz so wie bei den Raten: Es gab kein Datum auf dem Vertrag.
Als ich die Fahrtrinne passiert hatte und die Lichter des Hafens, des Kranken- und des Feuerwehrwagens und der Polizei und die Menschenmenge auf dem Kai sah, da begann ich zu zittern. Es heißt, dass man an den Nerven erkennt, »ob man Eier hat oder nicht«. Jean-Louis hatte sich nicht getäuscht, ich war wirklich eine Frau.
Zuerst wurde der Verletzte von Bord gebracht, ein banaler Unfall. Anschließend derjenige, dessen Seele verletzt war und der nicht mehr reagierte, der mit seiner *Joyeuse* untergegangen war.
Unter den Schaulustigen, den Neugierigen und den Gendarmen befanden sich zwei Jugendliche, von denen eine, das Mädchen, heulte: »Mama!«, hat sie geschrien. »Mama!« Und obwohl man mich kaum mit der Pinzette anfassen konnte, hat sie mich umarmt. Sie wollte mich nicht mehr loslassen.
Die Frau von Jean-Louis, das ist also Marguerite – die von Alain heißt Denise: Sie sind diejenigen, die mir am meisten Hass entgegenbrachten. Ich weiß nicht, was man ihnen erzählt hat, aber auch sie haben mich umarmt, und ich habe verstanden, dass es diesmal kein Judaskuss war.
Was mich verblüfft hat, war die Stille. Es gab Blicke,

Lächeln, Schniefer, aber niemand sagte etwas. Außer der See, natürlich. Es gab wahrscheinlich nichts hinzuzufügen.
Man ist kein Seemann, wenn man nicht auch Lebensretter ist, das ist alles.

ZWEITER TEIL

1

Heute ist das Klavier abgeholt worden. Ich habe mich an das Geschäft in Brest gewandt, wo Pierre und ich es gekauft hatten. Sogar nach all den Jahren erinnerte sich der Händler noch an uns. Pierre hatte darauf bestanden, dass ich alle Instrumente ausprobierte, er spitzte dabei die Ohren, mit halb geschlossenen Augen, und schenkte dem Verkäufer bedeutsame Blicke und zeigte auf meine Finger. Den Preis hatte er mir vorenthalten. Damals hatten wir die *Sonate* noch nicht gekauft, und die Fischerei war einträglich. Wir glaubten, das würde immer so sein. »So lange wie das Meer«, hatte er mit einem Kinderlächeln erklärt.

»Ihr Mann hat sich nicht über Sie lustig gemacht!«, hat mir der Eigentümer des Ladens versichert.

Er hat sich bereit erklärt, mein Klavier in Kommission zu nehmen, ohne mir zu verhehlen, dass die Liebhaber eher rar seien. Vielleicht von Seiten des Rathauses, oder ein Restaurant mit einer Bar … Ich habe ihm anvertraut, dass ich es nicht so gern sähe, wenn es nur zum Angeben gekauft würde; sein Klang war hinreißend, und der Gedanke, dass es stumm bleiben würde, quälte mich. Er hat gelacht. Zum Angeben schaue man heutzutage eher in Richtung Internet und dergleichen.

Es war Mittwoch, und die Kinder waren zu Hause, als die Spediteure klingelten, drei Männer in blauen Overalls. Den ganzen Vormittag haben mir die Finger gebrannt, noch einmal zu spielen, aber das wäre das letzte Mal, ein Adieu, doch ich hatte mich dazu nicht durchringen können. Ich hatte es auf Pierres Worten beruhen lassen: »Ich hätte es gern noch einmal gehört, dein Stück.«

Mich des Klaviers zu entledigen erschien mir schwerwiegender, endgültiger als das, was mit Thibaut geschehen war. Als würde ich ein Stück unserer Seele wegwerfen.

Die Männer waren dabei, den Deckel mit Klebeband zu sichern, als Annaïs herbeigestürmt kam: »Einen Augenblick!« Sie hat den kleinen bestickten Seidenläufer herausgeholt. »Der gehört nicht dazu!« Die Spediteure haben nichts zu sagen gewagt, vor allem, weil sie ihnen ihr charmantestes Lächeln schenkte.

»Du kannst ihn ja als Stola tragen«, hat sie gelacht. »Papa würde das zu schätzen wissen.«

Quentin hat, am Fenster stehend, den Männern zugeschaut, wie sie das Klavier wie die Leiche eines toten Tieres auf den Schultern davontrugen.

»Sind wir wirklich gezwungen, es zu verkaufen?«, hat er gefragt, obwohl er früher immer geknurrt hatte, wenn ich darauf spielte.

»Wirklich!«, habe ich geantwortet. »Vergiss nicht, in letzter Zeit habe ich nicht viel verdient!«

»Nur dein Diplom als Baas«, hat Annaïs gehänselt. »Und sogar mit der besten Note, sagt man!«

Annaïs' »Sticheleien« sind weniger spitz. Kommt das daher, dass die Zeit Wunden heilt oder dass ich während dieses ersten Trimesters selber wieder zur Schülerin geworden und häufiger zu Hause gewesen war? Es war sogar vorgekommen, dass wir Seite an Seite unsere Hausaufgaben gemacht haben.

Ich habe in der vergangenen Woche mein Diplom erhalten, am Frühlingsanfang. Gutes Omen!
Es war nicht leicht gewesen, die Gesten in Worte zu fassen, die meine Arme und Hände, wie mir schien, immer schon gekannt hatten. Nicht leicht, die älteste Schülerin unter überwiegend turbulenten Jugendlichen zu sein, von denen die meisten meine Söhne hätten sein können. Zum Glück war ich nicht in der gleichen Klasse wie Quentin, der sich schämte, dass seine Mutter in die gleiche Schule ging wie er, und sei es auch nur für drei Monate.
Ich muss zugeben, dass ich jetzt eine Seekarte oder andere Dokumente besser lesen kann und dass mir die Gesetze, die die Schifffahrt regeln, weniger rätselhaft erscheinen. Das kann nützlich sein.
Als ich Alain Kervélec, Waise seiner *Joyeuse*, vorgeschlagen habe, mich während meiner Ausbildungszeit zu vertreten, hat er keine Sekunde gezögert. Und seine Frau, Denise, ist es, die jetzt an meinem Stand verkauft, da Louise nicht weitermachen wollte. Während der Fortbildung habe ich ein kleines Salär bezogen, das ausreichte, um den Alltag zu finanzieren, nicht aber, um die Raten abzuzahlen.
Und deshalb ist heute das Klavier abgeholt worden.

»Na endlich!«, hat Noël gejubelt, als ich wieder an Bord kam. »Nur mit Männern zu fischen, das war nicht normal!«
Abel hat sich mit einem etwas feuchten »Willkommen, Baas« begnügt.
Im Dezember hatte ich eine ungestüme See verlassen und finde sie jetzt als Slowtänzerin wieder, auf der die Sonne Türkise und Diamanten sammelt. Es ist

Seezungensaison. Sie sind zahlreich und verkaufen sich in jeder Form gut, ganz oder als Filet. An jenem Tag haben wir mehrere Kästen voll gefangen. Der Matrose singt, als wir uns der Fahrtrinne nähern. Ich würde auch gerne singen: Meer, du hast mir gefehlt!

»Sag mal, Noël, würde es deinem Vater vielleicht Freude machen, wenn du ihm ein paar Seezungen mitbrächtest? Es sei denn, ihr wisst beide nicht, wie man sie zubereitet.«

»Ich weiß nicht, ob ich ihn sehe«, antwortete Noël knapp. »Ein andermal, vielleicht.«

Es ist immer »ein andermal«, wenn es um seinen Vater, Yann Morvan, geht. In den fünf Monaten, seit ich meinen Indianer angeheuert habe, habe ich nur eines erfahren: Er kultiviert *wakamé*, eine essbare Alge, die in Japan sehr geschätzt wird und deren Konsum sich langsam auch bei uns ausbreitet: das Gemüse der Zukunft, versichern gewisse Liebhaber. Ich habe ebenfalls erfahren, dass er ein erfahrener Taucher ist. Von Noëls Mutter ist natürlich nie die Rede gewesen.

»Machen wir ein Rennen?«, fragt er.

Ein Spiel zwischen uns. Wie die Frage, ob wir das Netz ein drittes Mal auswerfen. »Ein andermal.« Noël resigniert. Was ihn aber nicht daran hindert, es immer wieder zu versuchen.

Die *Diane*, die *Intrépide* und die *Sarcelle* sind, wie wir, auf dem Rückweg. Plötzlich entscheide ich mich anders.

»Warum eigentlich nicht? Halt dich fest!«

Ich beschleunige. Der Indianer kann es gar nicht fassen, dass das Wasser über seine Stiefel spritzt.

Als Galionsfigur, die langen Haare vom Wind gepeitscht, schreit er vor Lust. Und ich auch: Mein Diplom muss ja schließlich gefeiert werden, nicht wahr? Und jetzt, wo ich es in der Tasche habe, kann ich auch die Regeln ein bisschen dehnen.

Als die anderen mich vorpreschen sehen, beschleunigen sie ebenfalls. Die vergewaltigte See schäumt auf, es pfeift und kracht. Wegen der *Diane* und der *Sarcelle* brauche ich mir keine Gedanken zu machen, aber die *Intrépide* folgt uns auf den Fersen. Diesmal gibt es keine Rangordnung, Kapitän. Ich gebe Vollgas. Noël tanzt. Unter dem Applaus des Publikums kommen wir als Erste an.

»Wenn du dein Schiff weiterhin so quälst, wird es so enden wie die *Joyeuse*«, schimpft der Bootsmann – seine Art, ein Kompliment zu machen.

2

Marguerite Kervélec saß auf einer Kiste und nutzte einen Sonnenstrahl, während sie mit Flavie Labbé diskutierte – Flavie Labbé, die Mutter von Loïk und Schwiegermutter von Madeleine, diesem Waisenkind, in das sich, wie sie sagt, Antonin zu seinem ganz großen Unglück unsterblich verliebt hatte.
Ich hatte Madeleine vollständig aus meinem Kopf verdrängt. Sie hatte meine Erinnerungen überschattet, und ich würde sie nicht auch meine Zukunft verderben lassen. Die Wochen während der Ausbildung, fern vom Hafen und seinem Getuschel, hatten mir geholfen, einen Strich darunter zu ziehen. Manchmal durchquerte das Bild von einem kleinen Jungen auf einem grünblauen Dreirad mein Gewissen und erinnerte mich an ein unvorsichtiges Gelübde. Wenn ich mich diesem Kind zeigte, was würde ich ihm anderes bringen als zusätzliche Verwirrung? Es war besser, ihn in Ruhe zu lassen. Später würde man weitersehen.
Flavie, eine hagere Frau mit hartem Gesicht, die sich seit dem tragischen Tod ihres – wie es hieß – bevorzugten Ältesten schwarz kleidete, hat mir zugeschaut, als ich von meinem Schiff stieg. Sie hat sich zu Marguerite gebeugt und ihr etwas ins Ohr geflüstert, und ist, ohne auf eine Antwort zu warten, davongegangen. Das war mir nur recht, denn ich musste mit der Frau von Jean-Louis sprechen.
Jean-Louis ging es gar nicht gut! Sie hatten ihn nicht

im Krankenhaus behalten wollen, obwohl er, seitdem sein Schiff gesunken war, seinen Kopf nicht mehr beieinander hat. Er benahm sich wie ein verwöhntes Kind. Am schlimmsten war es, wenn er an Bord seiner *Joyeuse* gehen wollte. Dann musste man ihn anbinden, und seine Verzweiflung war bis ans andere Ende ihres großen Ackers zu hören.
Ich habe es meinen Männern überlassen, die Kisten auszuladen. Marguerite war auf dem Weg in die Markthalle, wo ihre Schwägerin unseren Fisch verkaufen würde. Ich habe sie aufgehalten.
»Ich muss dir etwas sagen, Marguerite. Kommst du?«
Ich zeigte auf den Poisson Bleu. Sie hat gezögert: Die Kervélec-Männer hätten ihre Frauen niemals dorthin mitgenommen.
»Es ist der Baas, der dich einlädt«, habe ich gescherzt.
»Und es wird nicht Jean-Louis sein, der mich rausholen kommt«, hat sie düster bemerkt.
Das Café hatte die Tische auf der Straße stehen, das erste Zeichen des Frühlings. Am nächsten Wochenende war Ostern, und wenn die Sonne schien, würden sich die Touristen drängeln, und wir wüssten nicht mehr, wo wir unsere Autos parken sollen. Wir haben uns drinnen niedergelassen; das Schauspiel des Meeres, die gute Luft – aber unser Luxus war eher ein bisschen Stille und das Halbdunkel. Ein paar Fischer im Ruhestand ließen, zum Wasser gewandt, die Zeit genußvoll mit einem guten Getränk verstreichen. Wir haben sie begrüßt.
»Was wünschen die Damen?«
»Zwei Bier, Louis.«
Der Kellner hat gelacht.

»Wenn die Fischerfrauen nicht mehr zu Hause bleiben und außerdem noch zu saufen anfangen, wo kommen wir da hin?«
Die Fischerfrauen haben ihn ausgebuht, und er hat so getan, als krümme er demütig den Rücken.
»Ein bisschen lachen, das tut gut«, hat Marguerite geseufzt.
»Wie läuft es auf dem Hof?«
Die Familie Kervélec teilte sich den elterlichen Hof. Drei Kinder bei Jean-Louis, drei bei Alain, unzählige Enkelkinder, viele Mäuler zu stopfen.
»Es ist hart. Bislang hatte wir die *godaille*, aber jetzt, wo Alain aufgehört hat …«
Die *godaille*, das ist der Fisch, den der Fischer für seinen persönlichen Bedarf behält. So wie einst der Bergarbeiter Anrecht auf Kohle zum Heizen hatte, wie der Bauer einen kleinen Teil seiner Produktion auf seinen eigenen Tisch bringt. Pierre war in dieser Hinsicht großzügig gewesen. »Es fehlte gerade noch, dass die Leute für ihre eigene Arbeit bezahlen!«, entrüstete er sich. Für viele Familien war die *godaille* überlebenswichtig.
»Ich habe schon daran gedacht, mir Arbeit zu suchen, aber mit Jean-Louis, den man keine Minute allein lassen kann, weiß ich nicht, wie ich das anstellen soll«, hat Marguerite gesagt.
Die Hände, mit denen sie ihr Bierglas hielt, waren die Hände einer Bäuerin. Zu der Zeit, als ich meine Tonleitern übte, kümmerte sie sich bereits um den Haushalt: Brüder und Schwestern, Putzen und Küche. Am Herd war sie ausgezeichnet, sodass sich die Sommergäste um sie rissen, wenn sie Gäste empfingen. Sie liebte es, für die anderen zu kochen. Es ist

nicht, wie Putzen gehen, es geht nicht auf Kosten des Stolzes. Man applaudiert nicht für ein gut gemachtes Bett, man feierte ein gelungenes Gericht.

»Du bist so gut, du könntest in der Küche eines Restaurants Arbeit finden.«

»Angeblich muss man dafür eine Schule gemacht haben.«

»Na, dann bleibt dir nur, dein eigenes Restaurant aufzumachen!«

Sie hat gelacht.

»Mit fünfzig? Und mit welchem Geld?«

Ich hatte eigentlich einen Scherz machen wollen. In ihrem Lachen spürte ich Bedauern. Ob sie wohl davon geträumt hat, ein Restaurant zu haben? Wir haben schweigend ein paar Schluck Bier getrunken.

»Ich wollte dir etwas vorschlagen, Marguerite. Wenn ich Alain auf der *Sonate* behielte? Er würde es ermöglichen, dass wir jeden Tag ausfahren und uns abwechseln. Du und Denise, ihr würdet euch mit dem Stand abwechseln. Unter der Bedingung, dass alle damit einverstanden sind, natürlich!«

Alle, das hieß nicht nur Abel und Noël, sondern auch die Fischer der anderen Schiffe. Wenn wir keinen Ruhetag einlegten, würden wir mehr verdienen; selbst wenn wir den Ertrag unter mehr Leuten teilen müssten, also bestand das Risiko, den einen oder anderen eifersüchtig zu machen.

Marguerite hat den Blick abgewandt. Ich wusste recht wohl, woran sie dachte. Sie und Denise hatten mir bei der Heimkehr nach meinen ersten Fängen ganz schön die Hölle bereitet.

»Warum tust du das?«, hat sie mit leiser Stimme gefragt.

»Weil mir das sehr gelegen kommt, deshalb! Ich könnte mir meine Ruhetage besser wählen. Die Kinder wären glücklich darüber. Vergiss nicht, Annaïs macht in diesem Jahr Abitur. Und irgendwo haben die Männer nicht ganz Unrecht, wenn sie sagen, dass eine Frau als Baas nicht ganz das Gleiche ist. Man kann weniger leicht die Familie vergessen. Manchmal fühlt man sich sogar schuldig.«
Ich habe sie angelächelt.
»Wir haben nichts zu verlieren, wenn wir es versuchen.«
»Wir haben nichts zu verlieren.«
Sie hat ein Taschentuch hervorgeholt und ihr Gesicht darin vergraben.
»Dieser verdammte Heuschnupfen, also wirklich! Jetzt hindert er mich sogar daran, die guten Nachrichten zu genießen.«

Ich frage mich noch immer, warum ich mich auf dem Rückweg scheinbar unbeteiligt erkundigt habe:
»Was hat dir Flavie Schönes erzählt?«
Ich hätte es besser lassen sollen.
Flavie, das war Madeleine, und Madeleine, das war Pierre gewesen. Die Ehefrau hatte sich da nicht einzumischen! Marguerite hat widerwillig geantwortet.
»Es war alles andere als schön, was sie mir erzählt hat. Loïk hat sich seit zwei Tagen bei Madeleine eingenistet. Sie macht sich Sorgen. Im Allgemeinen ist sie es, die sich um den Kleinen kümmert, wenn ihre Schwiegertochter arbeiten geht. Angeblich geht sie jetzt nicht mehr aus dem Haus.«
»Was arbeitet sie denn, die Madeleine?«
Auch diesmal ist Marguerite zusammengezuckt.

»Putzen hier und da, und auch ein bisschen Gartenarbeit. Vergangene Nacht, da wurde im Haus laut herumgeschrien.«
Mein Herz klopfte heftiger. Wer hat geschrien, das Kind?
»Worauf wartet Flavie, um nachzuschauen? Hat sie keinen Schlüssel?«
»Eben, Loïk hat ihn ihr weggenommen. Er will sie nicht reinlassen. Seit dem Tod von Antonin kann sie ihn nicht mehr halten.«
Marguerite verstummte.
»Ich dürfte dir das eigentlich nicht erzählen, aber weißt du, was man sagt? Dass Loïk die Madeleine ein bisschen zu gern hat.«
Ich konnte mein Lachen hören.
»Ich weiß. Man hat sogar gemunkelt, dass der Kleine von ihm stammte. Und, weißt du was? Mir wäre das ausgesprochen recht gewesen!«
Obwohl wir nur sehr langsam gingen und alle drei Schritte stehen blieben, waren wir schon bei der Markthalle angekommen. Man hörte Denises Stimme. Sie war besser im Verkaufen als die zaghafte Louise des Bootsmanns. Es waren viele Leute da. Die Seezunge musste sich gut verkauft haben. Für mich war es an der Zeit, Trèsfrais meinen Dorsch zu liefern, an der Zeit, aufzuhören, mich in Sachen einzumischen, die mich nichts angingen, und nach Hause zu gehen und mich um meine Gören zu kümmern.
»Nimm dir so viel Fisch, wie du für heute Abend brauchst, Marguerite«, habe ich ihr empfohlen, »und vergiss nicht, mit Alain über meinen Vorschlag zu sprechen.«
Sie hat genickt.

»Komm gut heim, Marie.«
Zwischen uns schwebte ein Wort, das man hier zu Lande nicht so leicht ausspricht, das uns aber die Herzen füllte: *Freundschaft.*

3

Solange sie ihre Arbeitswoche hatten und bei schönem Wetter der gesamte Fang verkauft wurde, sind Abel und Noël einverstanden gewesen, mit Alain Kervélec weiterzumachen. Aber wenn die schlechte Saison kam, wäre das eine andere Sache. Im Winter konnte man nicht so häufig rausfahren, und abgesehen von den Festtagen drängelte sich die Kundschaft nicht. Ich habe meine Männer beruhigt. Bis zum Winter würde sich Alain anderswo anheuern lassen.

Am Freitag ist die *Pastourelle* im Hafen geblieben.

Der Kapitän diskutierte mit Jean-Yves, der einen Sonnenstrahl nutzte, um seinem Rettungsschiff ein bisschen Orange hinzuzufügen. Der Farbgeruch mischte sich mit dem von Jod, den uns eine kleine Brise zutrug. Die *Hirondelle* war nicht mehr so ganz jung; jedes Mal, wenn der Schifffahrtsinspektor vorbeikam, zitterte der Lebensretter, sie könnte für untauglich erklärt werden. Was ist ein Hafen ohne sein Rettungsschiff?

Wir haben ein wenig geplaudert, dann habe ich André zu seinem Wagen begleitet. Er trug zwei schöne, in Zeitungspapier gewickelte Langusten unter dem Arm, die Luxus*godaille*.

»Weißt du, dass Loïk sich seit zwei Tagen bei Madeleine eingeschlossen hat?«

»Kümmerst du dich inzwischen um Madeleine?«, hat er mich ebenso entsetzt gefragt wie Marguerite.

»Nicht ihretwegen mache ich mir Gedanken, sondern

wegen dem Kleinen. Angeblich wird dort viel geschrien.«

Von meinem Gelübde würde ich ihm nichts erzählen. Obgleich … Seeleute neigen ehe als andere dazu, unbedachte Versprechen zu geben. Auf einer griechischen Insel soll es ebenso viele Marien-Kapellen wie Kieselsteine geben, zum Dank für gerettete Leben.

»Steck deine Nase da nicht rein«, hat der Kapitän angeordnet. »Meinst du nicht, dass Loïk dir schon genug angetan hat?«

Wir hatten seinen Wagen erreicht, ein deutsches Luxusauto, das allerdings genauso verrostet war wie unser Lieferwagen; man könnte meinen, das Meer sei eifersüchtig, den Fischer anderswo als auf seinem Rücken verkehren zu sehen. Mit einer Hand zu lenken störte den Kapitän nicht, und die Gendarmen drückten ein Auge zu. Ich habe auf die Langusten gezeigt.

»Lädst du mich ein?«

Der Arme geriet ins Stottern.

»Der Colette geht es im Augenblick nicht besonders.«

Es ging ihr überhaupt nie mehr besonders, der Colette, seit ihr Mann beschlossen hatte, trotz seines verlorenen Arms weiterzumachen, obwohl man ihm eine Arbeit im Büro angeboten hatte. Das nahm sie dem ganzen Hafen übel.

Er hat mir eine der Langusten hingehalten; die Zangen waren mit Draht zusammengebunden.

»Hier, nimm meinen Anteil. Es kommt von Herzen.«

Ich habe gelacht.

»Das war nur so gesagt, André, ich wollte einfach noch ein bisschen mit dir zusammenbleiben.«

Höchst verlegen hat er sein Krustentier wieder ein-

gewickelt und ist mit quietschenden Reifen losgebraust. Freundschaft, das sagt man nicht.
Die Nase in anderer Leute Angelegenheiten stecken, das tut man nicht.

Und deshalb habe ich mich dann bei Benoît wiedergefunden.
Sein Leben hatte sich verändert: ein Gemeindemitglied hatte ihm ein tragbares Telefon geschenkt. Meinen Sie, er hätte es abgelehnt? Keineswegs. Er war entzückt, zu den Seelen sprechen zu können, sogar von seinem Zweirad aus.
Er kauerte auf einer Leiter und war dabei, ein zusätzliches Regal für seine Comicbücher zu basteln.
»Man ködert die Jugend, so gut man kann«, hat er sich entschuldigt.
»Oder mit dem, was man selber liebt«, habe ich ihn korrigiert. »Zorro und Jesus – der gleiche Kampf?«
Er ist von seiner Leiter gestiegen. Ich habe meine Geschichte noch einmal erzählt: Madeleine, der Kleine, das Geschrei. Es schien ihn nicht zu beunruhigen.
»Loïk kann gar nicht reden, ohne zu brüllen, und zu Antonins Zeiten hatte er ein Zimmer in dem Haus.«
»Antonin ist nicht mehr da, und er ist seit drei Tagen nicht herausgekommen.«
Benoît hat mich besorgt gemustert.
»Warum mischst du dich da ein, Marie?«
Ich hatte nicht die Absicht, ihm, und vor allem ihm, von meinem Gelübde zu erzählen; er würde daraus ich weiß nicht was für Schlüsse ziehen.
»Ich habe nicht die geringste Lust, mich einzumischen, Benoît, aber keiner muckst, und in dem Haus lebt Pierres Sohn, in Klammern gesagt: dein Neffe.«

»Du bist ein sonderbares Mädchen«, hat er behauptet.
»Du hattest einen sonderbaren Bruder.«
»Und was soll ich deiner Meinung nach tun?«
»Hingehen und sehen, was da vorgeht. Dir gegenüber wird Loïk sich nicht weigern, die Tür aufzumachen.«
»Das glaubst du?«
Warum zitterten sie alle vor Loïk? Ich habe auf die Comicbücher gezeigt.
»Das ist also nur zum Angeben?«
Er ist ans Fenster getreten und hat ein Weilchen in den Himmel geschaut. Dann hat er sich wieder mir zugewandt.
»Ich werde Flavie heute Abend anrufen, aber du, du verhältst dich still. Wenn du wegen der Familie Labbé Wogen aufrührst, dann läuft alles Gefahr, an die Ohren der Kinder zu dringen, und offenbar hast du ihnen noch immer nichts gesagt.«
Zorn ist in mir aufgestiegen: Ich wusste sehr wohl, dass ich es ihnen hätte sagen sollen. Und zwar schon lange!
»Dann sag du es ihnen doch! Ich, ich bringe es nicht fertig. Kannst du dir vorstellen, wie ich ihnen verkünde: ›Euer lieber Papa hat euch hinter eurem Rücken einen kleinen Bruder beschert?‹ Ich habe es versucht, ich kann nicht. Sie fangen gerade erst an, aus der Talsohle den Abhang hinaufzuklettern. Alles müsste von vorn begonnen werden. Nur noch härter. Ich bin müde, Benoît.«
Ich bin ans Fenster getreten; er brauchte die Farbe meiner Augen nicht zu sehen. Die Lichter des Kais zitterten im Wasser wie Papierschwerter. Man spürte die Abendruhe. Es war so gut gewesen, wenn

Pierre nach Hause kam. Sein Blick suchte mich sofort. Ich brauchte ihn so sehr, dass es mir den Bauch zuschnürte.
»Einverstanden, Marie, ich werde mit ihnen sprechen.«
Benoîts Hände haben sich auf meine Schultern gelegt. Mich überlief ein Schauder.
»Aber wir werden es zusammen tun«, hat er hinzugefügt. »Wir werden zu zweit nicht zu zahlreich sein, um ihnen den Weg der Vergebung aufzuzeigen.«
»Vergebung?«
Ich habe zwei Kindergesichter gesehen, wie sie sich auflösten, zwei Leben, die aus den Fugen gerieten. Ich habe es nicht ertragen.
»Hör auf, wie ein Priester zu reden. Und willst du, dass ich meine Eltern dazu einlade?«
Ich habe die Tür zugeknallt.

Am Samstag hat sich die *Pastourelle* nicht von der Stelle bewegt.
Auf dem Hof des Kindergartens haben sich die Mütter eingefunden, es ist halb zwölf. Es sind ungefähr ein Dutzend, die darauf warten, dass die Kleinen herauskommen. Meine Kinder sind damals auch hier gewesen. Als Pierre noch lebte, als das Leben freundlich war. Das Gebäude hat sich nicht verändert, aber die Zahl der Schüler ist geschrumpft, es gibt nur noch eine einzige Klasse, nur eine Lehrerin. Seit der blaue Fisch in andere Meere geflüchtet ist und die kleine Fabrik geschlossen wurde, stehen viele Häuser leer.
Die Idee, hier vorbeizukommen, kam mir auf dem Markt. Wenn ich den Kleinen sehen würde und er

mir wohlauf erschiene, würde ich die Sache fallen lassen.

Weder Flavie noch Madeleine sind erschienen, als die Glocke klingelte und die Küken in die ausgebreiteten Arme ihrer Mütter flatterten. Kein Maximou.

Ich beschließe, aus meinem Auto zu steigen.

Die Lehrerin ist dabei, das Klassenzimmer aufzuräumen. Diese kleinen, runden Tische, umgeben von bunten Stühlen, diese Zeichnungen überall, diesen Korb mit Spielsachen, das erkenne ich alles wieder. Die Menge bemalter Eier deutet darauf hin, dass Ostern bevorsteht.

»Madame?«

Die junge Frau hat mir ein eher unfreundliches Gesicht zugewandt. Sie trägt eine Brille. Ich lächle sie an.

»Ich habe den kleinen Maximou Labbé nicht herauskommen sehen. Hat er heute gefehlt?«

»Die ganze Woche. Seine Mutter hat angerufen, er hat die Grippe.«

Die Grippe? Davon hat Flavie nichts zu Marguerite gesagt. Mein Herz zieht sich zusammen. Ich war hergekommen, um mich zu beruhigen, nicht, um mir noch mehr Fragen zu stellen. »Steck deine Nase da nicht rein … Misch dich da nicht ein …« Meiner Mutter zufolge gibt es niemand Dickköpfigeren als mich, aber was ist Dickköpfigkeit anderes als ein Schrei der Angst?

»Fehlt er oft?«

»Nicht mehr oder weniger als andere. Nach den Ferien kommt er wieder.«

Die Lehrerin hat sich wieder dem Aufräumen zugewandt. Auch sie hat es eilig davonzuflattern – es ist die Zeit der Lehrerinnen. Ich betrachte dieses Universum der sehr Kleinen, sehr Verwundbaren, Unschuldigen, und mein Gewissen schreit. Und man hört nicht auf, von misshandelter Kindheit, von schuldhaftem Schweigen zu sprechen – kein Wunder, dass man sich sofort das Allerschlimmste ausmalt.

»Was ist er für ein Kind?«

»Sie kennen ihn also nicht?«, wundert sich die junge Frau.

»Sehr wenig. Man hat mir gesagt, seine Mutter hätte Schwierigkeiten. Ich bin gekommen, um zu sehen, ob ich irgendwas tun kann.«

Sie nickt. Über die Schwierigkeiten ist sie im Bilde.

»Er ist sehr liebenswert«, sagt sie. »Und intelligent. Auf der Suche nach Liebe. Das Fehlen des Vaters ...«

Ich höre mich lachen.

»Sind wir nicht alle auf der Suche nach Liebe?«

Sie hat mit dem Aufräumen aufgehört, ein Lächeln erhellt ihr Gesicht, macht es beinahe hübsch, während sie ihr Schulzimmer, ihr Universum, ihren Lebensinhalt zeigt.

»Nur dass für die Kleinen, Madame, die Liebe lebensnotwendig ist, als Wachstumsvitamin. Und Maximou, wenn man ihn nicht daran hinderte, würde sogar die Steine küssen.«

Sogar die Steine ... *les pierres* – Pierre. Dieser Schuft hat mir befohlen: »Geh hin.«

4

Die Klingel funktioniert offensichtlich nicht, und auf mein Klopfen bekomme ich keine Antwort. Zugegebenermaßen habe ich nicht insistiert. Denn im Inneren des kleinen Hauses donnert eine Männerstimme, die ich gut kenne, und mein Herz klopft heftig. Zudem habe ich im Vorgärtchen einen Kinderhandschuh aufgelesen, wie einen kleinen roten Schrei, der es mir verbietet, zurückzuweichen. Auf gut Glück drehe ich den Türknauf, die Tür geht auf. Glück gehabt?

Der Eingang riecht nach Schmutz, Feuchtigkeit, Armut. Verschiedene Kleidungsstücke hängen an der Garderobe. Ob Pierre seine Jacke hier hingehängt hat? Die Tür zum Wohnzimmer steht offen; sie sind da.

Loïk sitzt am Tisch vor einer Pyramide aus Bierdosen, im Pyjama, obwohl es später Nachmittag ist, und dreht mir den Rücken zu. Madeleine kauert in der Ecke des Sofas, den kleinen Jungen an sich gedrückt. Die Ränder unter den Augen und das zerzauste Haar ändern nichts – sie ist bezaubernd. Sie ist die Duchesse, die Prinzessin. Woher hat sie die feinen Züge, diese kleine Nase, diese riesigen Augen? Man wird es nie erfahren. Vom unbekannten Vater und einer abtrünnigen Mutter ist sie ein Kind von Klasse, das durch Zufall unter dem Dach eines Fischers gelandet ist.

Sie hat mich entdeckt, und ihr Blick zeigt Entsetzen. Er fleht gleichzeitig um Hilfe und fürchtet den Au-

genblick, wo Loïk meiner gewahr wird. Sie drückt das Gesicht des Kindes an ihre Schulter. Damit er meine Anwesenheit nicht verrät? Oder eher, um den wahren Grund seines Fehlens in der Schule zu verbergen: ein dunkelblau unterlaufenes Auge.
Ohne irgendetwas zu merken, völlig eingenommen von der Wichtigkeit seiner Person, führt Loïk seinen Monolog mit schwerer Zunge weiter. Im Großen und Ganzen wirft er Madeleine vor, mit allen Männern rumzumachen, die ihr begegnen – aber er hat sie im Auge, er lässt es nicht zu, das soll sie sich hinter die Ohren schreiben! Er beschimpft sie als Nutte und schreit gleichzeitig, dass er sie liebt.
Hat er sie gehabt? Vielleicht. Aber der Blick der jungen Frau sagt unzweideutig, dass sie ihn nicht mehr will. Der Blick eines Waisenkindes in dem Gesicht eines Engels, der gleichzeitig den Wunsch, sie zu beschützen, und das Bedürfnis, ihr Gewalt anzutun, auslöst. Ist es das, was man die »Schönheit des Teufels« nennt? An dem Tag, als Pierre seinen »Anfall von Schwäche« hatte, hat sie ihn da mit diesen Augen angeschaut?
Der betrunkene Seemann hat soeben unter lächerlichen Vorsichtsmaßnahmen seine letzte Bierdose auf die Pyramide gestellt. Kaum getan, schlägt er mit der Faust auf den Tisch, und sein Werk bricht zusammen.
»Noch eins!«
»Gibt keines mehr, Loïk, du hast alles ausgetrunken«, antwortet Madeleine schwach.
»Dann eben Cidre.«
»Auch keiner mehr da.«
»Das behauptest du so …«

Und genau in diesem Moment hebt Maximou den Kopf von der Schulter seiner Mutter und zeigt mit dem Finger auf mich.
»Die Frau.«
Loïk hat sich abrupt umgedreht. Bei meinem Anblick bleibt ihm für mehrere Sekunden der Mund offen stehen.
»Was, in aller Welt, hat denn die Duchesse hier zu suchen?«
»Sie ist gekommen, um dir zu sagen, dass du verschwinden sollst.«
Ich habe alle Härte, derer ich fähig bin, in meine Stimme gelegt. Angst habe ich keine, Abscheu nimmt den ganzen Platz ein: dieses unrasierte Gesicht, dieser Gestank, und als er aufsteht, das Schlimmste, diese Geilheit, die seine Schlafanzughose wie eine ausgestreckte Waffe ausbeult. Er lacht. Ekel erregend.
»Verschwinden? Das wirst *du,* meine Schöne, ich bin hier bei mir zu Hause.«
»Ach, ich dachte, wir sind hier bei Madeleine! Es sei denn, du hast mit deinem Wunderfischfang das Haus bezahlt.«
»Als wüsstest du nicht, wer es bezahlt hat.«
»Dein Bruder und mein Mann, zwei Männer, zwei wahre Männer, die sich nie an einem Kind ausgetobt hätten.«
Ich möchte ihn verletzen. Wenn ich könnte, würde ich zuschlagen. Ich zwinge mich, nur das Gesicht des Gegners anzuschauen, wenn ich weiter unten hinschaue, fange ich an zu kreischen! Maximou hat sich hinter seiner Mutter versteckt. In ihrem Blick mischen sich Unglaube und Entsetzen.

Loïk kommt auf mich zu und packt mich am Handgelenk.
»Raus, du Arschgeige!«
»Gern, wenn du vorausgehst.«
»Oh, wie dickköpfig sie ist«, höhnt er.
Ich befreie mich. Ich wusste gar nicht, dass ich so viel Kraft habe; es ist die Verzweiflung, nichts mehr zu verlieren zu haben! Er sucht um sich herum, und als er sich zum Büfett begibt und einen Hammer packt, schreit Madeleine.
Genau in diesem Moment hält ein Auto mit quietschenden Bremsen vor dem Haus, und Wagentüren werden zugeschlagen.
»Lass den Hammer los!«, donnert der Kapitän, während Jean-Yves sich auf Loïk stürzt und dabei die Bierdosen tanzen lässt.
»Scheiß auf euch alle«, spuckt Loïk aus und schleudert den Hammer auf den Tisch, dass das Holz zersplittert.
Und da erscheint Flavie. Ihren gehässigen Blick auf Madeleine werde ich nicht vergessen! Jean-Yves hat Loïk am Arm gepackt.
Ich frage, um die Atmosphäre etwas zu entspannen: »Rettung zu Land?«
»Du solltest dich besser hinsetzen, Marie«, rät mir der Kapitän und drückt mit seiner großen Pranke auf meine Schulter, als meine Beine gerade nachzugeben drohen: die Freude, sie zu meiner Unterstützung hier zu sehen, wo ich mich mutterseelenallein auf der Welt fühlte.
»Geh dich anziehen«, befiehlt Flavie, mit einem Blick auf ihren Sohn.
Ich wage hinzuschauen: der Schlafanzug ist glatt.

Während Loïk sich unter »Mamas« Aufsicht ankleidete, haben mir meine Seeleute erzählt, wie die Nachbarin, die auf Flavies Bitte hin das Haus überwachte, sie alarmiert hatte, als sie mich hineingehen sah. Und Flavie, die ihren Sohn beschützen wollte und am Vorabend Benoît gegenüber behauptet hatte, alles sei in bester Ordnung, hatte sich dann doch entschlossen, den Kapitän zu benachrichtigen.
»Steck deine Nase da nicht rein … Misch dich nicht ein … Rühr dich nicht …« Die Guten wirkten nicht sonderlich stolz, als sie Maximous blaues Auge sahen. Der Kleine rannte von einem zum anderen und wollte auf ihren Schoß klettern: ein unverhofftes Glück, zwei Männer, zwei Fischer – zwei »Papas«? – im Haus zu haben.
»Wie hat er ihm das nur antun können?«, hat sich Jean-Yves entrüstet.
»Weil der Kleine sich weigert, ihn ›Papa‹ zu nennen«, hat Madeleine mit tränenerstickter Kleinmädchenstimme erklärt.
Sie ist aufgestanden. Ich weiß nicht, ob es ihre übliche Aufmachung war, aber sie trug ein T-Shirt, das ihr knapp über das Gesäß reichte, und offenbar nicht viel darunter. Loïk hat sie wahrscheinlich doch gehabt!
»Ihn ›Papa‹ nennen, das ist ja wohl übertrieben!«, hat der Kapitän, verloren bei all der Gefühlsverwirrung, geknurrt. Da ihm nichts hinzuzufügen einfiel, hat er seine Mütze abgenommen und dem Kleinen auf den Kopf gesetzt. Er war selig, der Kleine!
»Ich komme nachher, dein Schloss auszuwechseln«, hat Jean-Yves zu Madeleine gesagt, »aber du darfst ihn nicht mehr reinlassen.«

Loïk hat ihn gehört. Er war wieder aufgetaucht, in einer zu weiten Hose – von seinem älteren Bruder? Er hat dem Baas der *Hirondelle* einen giftigen Blick zugeworfen.
»Sieh dich vor!«, hat er gedroht.
Flavie war hinter ihm hergekommen, mit einem Bündel schmutziger Kleider unter dem Arm. Sie hat ihren Sohn zur Tür geschoben.
»Ich nehme ihn mit nach Hause.«
In ihrer Stimme lag Herausforderung, aber auch Angst. Ein Anflug von Mitleid hat mich gestreift; ihr war nur noch dieser Grobian geblieben.
»Und du, warte nur ab!«, hat Loïk gezischt, als er an mir vorbeikam.
»Stehe zur Verfügung.«
»Mach nur weiter so, dann übergeben wir dich den Gendarmen«, hat sich der Kapitän aufgeregt. »Ich habe dich gewarnt.«
Und die Mutter ebenfalls. Die beiden sind fortgegangen. Ich habe den Hammer auf dem Tisch betrachtet.
»Vielen Dank«, habe ich gesagt.
»Mir ist ein anständiger Sturm lieber«, hat Jean-Yves gemeint. »Der Himmel warnt einen wenigstens vor.«
»Sollen wir dich mitnehmen, Marie?«, bot der Kapitän an.
»Ich habe meinen Wagen hier, ich bleibe noch eine Minute.«
»Wie du willst.«
Er hat seine Mütze wieder an sich genommen, und sie sind hinausgegangen. Der Kleine ist ans Fenster gestürmt und hat ihnen nachgeschaut.

»Möchten Sie einen Kaffee?«, hat die Prinzessin gefragt.
Ich bin ihr in die Küche gefolgt. Ich begann allmählich mich wieder etwas sicherer auf den Beinen zu fühlen. Ich habe den Saustall betrachtet.
»Wenn du bei deinen Arbeitgebern ebenso sauber machst, wirst du deine Stelle nicht lange behalten.«
Sie ist in Tränen ausgebrochen.
»Ich habe einfach keinen Mut, nicht mehr, seit …«
Sie hat sich auf die Lippe gebissen. Seit Pierres Tod? Sie hat sich gerade erinnert, dass sie seine Frau vor sich hatte.
Als sie einen gebrauchten Kaffeefilter genommen und knauserig ein wenig frisches Kaffeepulver auf das alte gestreut hat, habe ich so getan, als hätte ich nichts gesehen. Hier herrschte Armut. Wenn es hier in der Gegend die Armenküche gäbe, hätte sie Anspruch auf Essen gehabt. Wir sind ins Wohnzimmer zurückgegangen, und ich habe einen Stuhl gewählt, nicht den von Loïk, in seinem widerlichen Pyjama und der aufgerichteten Geilheit: ein Anblick, den ich sobald nicht vergessen würde.
»Er wird wiederkommen«, habe ich Madeleine gewarnt, »aber ich nehme an, das weißt du selber. Und Jean-Yves kann deine Fenster und Türen noch so sehr panzern – wenn du ihm aufmachst, und dann noch in diesem Aufzug, dann lohnt sich das gar nicht erst.«
»Ich wollte nicht, ich schwöre Ihnen«, hat sie erklärt.
Viel konnte sie nicht wollen, diese ungepflegte Göre, auf die ich nicht einmal mehr eifersüchtig sein konnte. Und ohne das Ergebnis, dieser Kleine in einem alten Bademantel von Quentin, der um mich

herumwuselte, jetzt, wo keine Papas mehr verfügbar waren, hätte ich niemals glauben können, dass Pierre …

Apropos! Der Zweifel hat mich gepackt. Wieso hatte ich mir die Frage nicht einmal gestellt? Was weiß denn Benoît über Madeleine? Was weiß er über Frauen? Wenn man Loïk glaubt, dann sind alle Männer, die vorbeikommen …

»Komm her«, habe ich Maximou aufgefordert.

Ich habe ihn auf den Schoß genommen und mich wie Judas gefühlt.

»Schau mich an.«

Nichts lieber als das! Er hat mir sogar ein Lächeln geschenkt, das bis an seine Ohren reichte.

Die Ähnlichkeit, das ist nicht die Farbe von Augen oder Haaren oder die Form von Nase oder Mund. Es ist wie in der Musik; ob es sich um eine teuflische Gigue handelt oder eine Totenmesse, es sind die Feinheiten, die direkt vom Ohr ins Herz gehen, an denen man einen Komponisten erkennt.

Maximous Augen waren nicht blau und sein Haar kräuselte sich nicht so wie bei dem, den ich sehr geliebt hatte, aber die Arglosigkeit in seinem Blick und vor allem dieses Lächeln, das ihm die Mundwinkel hochzog, das trägt eindeutig Pierres Stempel.

Ich habe Madeleine versprochen, ihr Fisch zu bringen, und bin fortgegangen, ohne ihren ekligen Kaffee zu trinken, den sie ohnehin schon vergessen hatte.

Wie auch immer, ich konnte es nicht mehr hinausschieben: mit oder ohne Benoît musste ich diesmal die Kinder informieren.

5

»Wir haben wirklich Glück mit dem Wetter!«, freut sich Mama.
»Das heißt nicht Glück. Man sagt, Schwein, Dusel, Massel ...«, mischt sich Quentin ein.
Die Großmutter seufzt hin- und hergerissen, glücklich, dass ihr Enkel seine gute Laune wiederfindet, auch wenn ihr der Stil nicht behagt.
Wie jedes Jahr am Ostersonntag führt Papa die Familie aus. Nach der Frühmesse sind wir losgefahren. Das Ziel ist diesmal Quimper mit seiner Fayence, seiner Kathedrale und seinem Fisch. Dem Fisch des Bischofs Corentin, der ihn, nachdem er die Hälfte davon gegessen hatte, zurück ins Wasser warf, wo er sich regenerierte, um am nächsten Tag wieder intakt auf seinem Teller zu landen. Quimper-Corentin.
Der Himmel ist ohne Nuancen, leuchtend blau, jugendlich blau. Weder Möwen noch Meeresrauschen, die ihn trüben. Annaïs hat nicht Unrecht: Es ist erholsam, sich von Zeit zu Zeit von dieser Unruhe zu entfernen. Das Meer nimmt den ganzen Platz ein.
Mama trägt ein hübsches, neues fuchsiarotes Kostüm. Papa sieht sehr elegant aus in blauem Blazer und mit grauer Hose, die Saison für den weißen Flanell ist noch nicht gekommen. Annaïs hat ebenfalls ihre Aufmachung sorgfältig gewählt. Ihr Bruder trägt Jeans und Pulli, wie immer, aber ohne Löcher und Flecken. Ich habe mich als Dame verkleidet.
Pierre fand immer eine gute Ausrede, um der Spa-

zierfahrt zu entgehen, weil er sehr genau wusste, dass seine Anwesenheit für manch einen, genauer gesagt für »eine«, das Vergnügen schmälerte. Und der Knüller des Unternehmens – »top« würde Quentin sagen –, ein Sternerestaurant mit schweren weißen Tischdecken, einem Sortiment verschiedener Gläser, Silberbesteck und Maître d'Hôtel, brachte ihn noch mehr in Verlegenheit. Er mochte nicht bedient werden.
Aber um sie zu verdienen, diese Sterne auf dem Restaurantschild, verlangt die Regel, dass man damit beginnt, seinen Geist zu nähren; der Fahrer hat in der *Stangala* angehalten, einer Landschaft, wo sich das zarte Grün der neuen Blätter mit der Härte der Felsen mischt: Härte und Zartheit, wie das Leben. Annaïs amüsiert sich damit, Quentin zu verfolgen; sie lachen aus vollem Halse; mein Herz verkrampft sich.
Meine Kinder haben eine Galgenfrist.
Wir, Benoît und ich, haben beschlossen, am Mittwoch mit ihnen zu sprechen. In drei Tagen wird ihr Leben für immer die Farbe verändern: »Papa« wird gleichbedeutend mit »Lüge«, gleichbedeutend mit »Verrat«.
Quentin hockt auf einem Felsen und betrachtet die Landschaft. Sollte er empfänglich für etwas anderes werden als seine Rockmusik, seine Comicbücher und seine Taucherausrüstung? Er legt die Hände als Trichter vor den Mund.
»Für mich«, verkündet er, »könnt ihr ein Rindersteak mit Fritten bestellen.«
Als Annaïs ihre Aufmachung ausgewählt hat – Minirock, der ihre endlos langen Beine zur Geltung

bringt, sowie ein eng anliegender Pulli –, hat sie mit Sicherheit den Augenblick vorausgeplant, wo sie einen Speisesaal voller potenzieller Bewunderer betreten würde. Ihr Bruder folgt ihr, linkisch wie eine junge Möwe, die sich mit ihren Flügeln verheddert hat, und kaum hat er sich hingesetzt, fällt er über das Körbchen mit Brot her, was ihm den missbilligenden Blick seiner Großmutter einbringt. Pierre hätte das Gleiche getan. Der Oberkellner mit dem Bleistift in der Hand ist schon zur Stelle. Wir werden mit einer Schale Champagner beginnen, und Quentin kann statt des Brots Salzmandeln und Kekse essen.
»Du hast also dein Klavier zum Verkauf angeboten?«, fragt Mama.
Entschuldigung heischende Mimik von Papa in meine Richtung: Sie ist unverbesserlich! Weder aus Bosheit noch aus Ungeschicklichkeit tappt sie ins Fettnäpfchen, sondern aus übermäßigem Interesse. Sie muss einfach alles wissen über ihre kleine Familie. Wer von den beiden, Annaïs oder Quentin, hat ihr von dem Abtransport des Klaviers berichtet? Wahrscheinlich Quentin, denn es ist meine Tochter, die antwortet.
»Weißt du, Mamina, mit dem Fischfang hat Mama nicht mehr viel Zeit für ihre Tonleitern.«
»Und wenn es mich allzu sehr in den Fingern juckt, habe ich ja noch immer das alte Klavier in der Roseraie«, sage ich.
»Warum nennst du es nicht ›Klimperkiste‹«, antwortet Mama gekränkt. »Lass dir sagen, dass ich es regelmäßig stimmen lasse.«
Sie spielt selber ein bisschen. Ihr großer Kummer ist,

dass Annaïs als Hobby das Theater der Musik vorgezogen hat. Der Champagner wird genau im richtigen Moment serviert, um das Thema wechseln zu können.

Während wir unsere Lammkeule genießen und Quentin sein Rindersteak, begleitet von einem »Gratin Dauphinois« – Fritten stehen nicht auf der Speisekarte in einem Sternelokal –, ist Mama wieder ins Fettnäpfchen getreten.
»Wie auch immer, ich entnehme dem Verkauf, dass du die Idee, einen Untermieter zu nehmen, aufgegeben hast. Wenigstens etwas«, hat sie befriedigt erklärt. »Also wirklich, mit einem Fremden unter einem Dach zu leben ...«
»Thibaut war kein Fremder«, hat Annaïs feurig widersprochen. »Es war super, ihn im Haus zu haben.« Sie hat sich zu mir gedreht.
»Jedenfalls ist er nicht in Brest geblieben, wie du gesagt hast, Mama. Er hat den Unterricht im Gymnasium wieder aufgenommen.«
Es ist mir gelungen, meine Stimme zu kontrollieren:
»Woher weißt du das?«
»Ich habe ihn getroffen.«
»Du bist dort gewesen?«
»Warum auch nicht? Quentin hatte mir gesagt, dass er dort sei. Ich habe Alexandre gebeten, mich hinzufahren. Wir haben ihm guten Tag gesagt.«
»Alexandre?«, hat Mama entzückt gefragt. »Meinst du den kleinen Delmas? Den Sohn des Rechtsanwalts? Ein charmanter Junge. Wie geht es ihm?«
»Gut«, hat Annaïs gleichgültig erwidert. »Er hat ein Auto zu Weihnachten gekriegt, eine alte Karre, aber

nützlich. Übrigens, wenn ihr einverstanden seid, hätte ich gern die Fahrschule zum Geburtstag. Ich weiß, es ist teuer, aber man kann ja das Abi dazuzählen.«

»Warte erst mal, ob du es schaffst!«, hatte Quentin gespottet.

Seine Schwester hat ihm einen hochmütigen Blick zugeworfen.

»So gut wie in der Tasche. Thibaut hat versprochen, mir zu helfen.«

Thibaut … Thibaut … Ich habe das Gefühl, einen Albtraum zu träumen. Annaïs hat sich zu mir gewandt.

»Weißt du, dass er ein Haus gefunden hat, Mama? Er hat versprochen, uns einzuladen, aber er muss es noch renovieren.«

»Da helfe ich ihm dabei«, hat Quentin beschlossen.

»Der Arme, da steht ihm ja was bevor!«

Wieder hat Annaïs gelacht. In ihrem Gesicht strahlte ein neuer Glanz. Sie hatte Thibaut wiedergefunden. Sie trafen sich. Ohne Zweifel hatte ich es ihm zu verdanken, dass meine Tochter neuerdings so nett zu mir war. Danke schön, vielen Dank!

Während meiner Fortbildung war ich ihm einige Male begegnet. Er hatte insistiert, mich auf einen Drink einzuladen, aber ich hatte abgelehnt. Hatte er von Annaïs sprechen wollen?

Angst ist in mir aufgestiegen, vermischt mit Zorn. Ich hatte nur ein Bedürfnis: so schnell wie möglich nach Hause kommen und allein sein, um zu versuchen, klar zu sehen. War ich gar eifersüchtig? Die Antwort lautete nein, absolut nicht! Ich hatte für Thibaut nur Freundschaft empfunden und Bedauern wegen dem, was geschehen war. Aber indem er akzeptierte, Annaïs wiederzusehen, beging er eine ungute Tat. Er hatte mich im Arm gehalten, er war in mich eingedrungen … Und jetzt, nachdem er Pierres Andenken verraten hatte, schien es mir, als betrüge er meine Tochter.

»Isst du deinen Kuchen nicht, Mama? Hast du keinen Hunger mehr? Kann ich ihn haben?«

Ich schiebe Quentin meinen Teller zu. Annaïs fängt ihn ab.

»Wir teilen. Ich die Crème, du den Teig!«

Nach dem Essen sind wir durch die Stadt geschlendert, wo Mama einen Teller für ihre Sammlung erstanden hat.

Darauf sieht man einen kleinen Bretonen seiner Bretonin gegenübersitzen. Sie trägt die Trachtenhaube, er einen schwarzen Hut. Ein Blumenkranz umgibt sie. Man möchte gerne an ihrer Stelle sein. Man hätte so gerne, dass das Leben wirklich so ist! Sodass einem beinahe die Tränen kommen.

6

Ostermontag. Die heutige Besatzung: Alain, Noël und ich. Der Bootsmann pflegt seine Louise, die wieder eine Depression hat. Es ist ein Vergnügen, mit Alain zu arbeiten; wir lösen uns am Ruder ab, und das Echolot – an Bord der *Joyeuse* gab es keines – fasziniert ihn. Er gehört nicht zu denjenigen, die die Entscheidung darüber, die Fischereizone zu teilen, ablehnen würden! Aber für mich steht außer Frage zu vergessen, dass ich dank des sofortigen »Ja« von Abel heute hier bin. Hätte er auf seine Freunde gehört und sich geweigert, mich zu begleiten, stünde die *Sonate* heute zum Verkauf.
Das Wetter ist nach wie vor schön, und der Fang war ausgezeichnet: Seezunge, Seeteufel, Dorsch, das Beste. Noël hat gedrängelt, ein drittes Netz auszuwerfen, weil es noch immer hell und das Glück uns hold war. Gewiss, Alain war dafür, bei den vielen zu stopfenden Mäulern … Ich habe abgelehnt: nicht nur, dass die *Sonate* jeden Tag ausläuft, es wäre auch unnötig, es noch zu übertreiben, indem sie mehr Fische fängt als die anderen.
Ich habe dann zwei muffelige Seeleute an Land gebracht.
Später habe ich mir gesagt, dass meine Weigerung, weiterzumachen, vielleicht einen tieferen Grund hatte: diese plötzliche Mühe, zu atmen, als ich daran dachte, erst spät am Abend nach Hause zu kommen, als ob man mich dort gerufen hätte.

Annaïs erwartet mich im Eingang mit herausforderndem Blick.
»Loïk Labbé war hier. Stimmt es, was er erzählt über Papa und diese Madeleine?«
Mir bleibt die Luft weg. Es ist also passiert! Instinktiv strecke ich die Arme aus.
»Mein Schatz!«
Annaïs macht einen Satz rückwärts.
»Antwortest du mir?«, schreit sie.
Ich antworte. Oder eher, ich gestehe.
»Es stimmt. Aber gewiss nicht so, wie Loïk es gesagt hat.«
»Wie denn? Wie viele Arten gibt es denn, eine Familie zu besudeln?«
Ich stütze mich auf das Treppengeländer. Der Boden schwankt, und ich bin nicht auf See. Schuldig. Wenn ich mehr Mut bewiesen hätte, hätte Annaïs es mit Worten der Zärtlichkeit, der Nachsicht erfahren. Loïk hat es ihr mit Hass hingeschleudert, zweifellos mit den scheußlichsten Worten. Plötzlich verknotet mir die Angst den Magen.
»Quentin?«
»Keine Sorge, er hat seinen Teil abgekriegt. Er ist in seinem Zimmer.«
»Geh ihn holen, ich bitte dich.«
Es kommt selten vor, dass ich sie anflehe. Annaïs gehorcht.
Schnell, das Telefon! Meine Finger zittern, als ich Benoîts Nummer wähle. Dieser Dreckskerl von Loïk! »Wir sind noch nicht fertig miteinander...« Und ich hatte geantwortet: »Ich stehe zu deiner Verfügung.« Nicht schwer, den Helden zu spielen, wenn die Folgen die anderen treffen. Ich hätte niemals dorthin

gehen dürfen. Ich habe meine Kinder einem kleinen Jungen geopfert, der mir nichts bedeutet. In diesem Augenblick hasse ich dich, Maximou!

Schweigen im Pfarrhaus. Schweigen im Himmel. Stimmt ja, er hat ein Handy! Benoît antwortet sofort.

»Marie? Was ist los? Ich bin unterwegs.«

»Komm schnell. Loïk war hier. Die Kinder haben von Madeleine erfahren.«

Die Tränen hindern mich, weiterzusprechen. Geräusche auf der Treppe, ich lege auf.

Die Kleinere, die Zierliche, zerrt den Großen hinter sich her. Der Große trägt leuchtend neue Tennisschuhe. Geschenk des Weihnachtsmannes, in denen er sich ein Mann glaubte, ein harter Mann. Doch er ist noch ein Kind, dessen Universum zum zweiten Mal in wenigen Wochen zusammenbricht. Die Kleine zerrt ihn bis zum Sofa und stößt ihn gegen die Brust, sodass er daraufplumpst. Dann lässt sie sich daneben fallen. Jetzt warten sie, warten auf mich.

Wenn ich mich doch nur zwischen sie setzen und das bisschen Wärme teilen könnte, das mir noch bleibt, aber sie würden mich wegstoßen. Für Liebe ist es zu früh, es ist die Stunde der Barrikaden, des Hasses, der den Schutzwall gegen den Schmerz bildet.

Ich nehme ihnen gegenüber Platz. Sie schauen mich an, als wäre ich ihr Henker, als wären sie meine Richter. In ihren Augen und in ihren Herzen waren Pierre und ich aus dem Granit gewesen, aus dem man hier die unzerstörbaren Häuser baut. Der Granit bekommt Sprünge, und der Fehler liegt auch bei mir.

»Euer Papa war der beste, der mutigste und der

großzügigste Mensch, den es gibt. In seinem Herzen gab es nur drei Personen – uns drei.«
»Von wegen!«, explodiert Quentin.
Ich muss weitersprechen, auch auf die Gefahr hin, nicht gehört zu werden. Die Dinge müssen gesagt werden, das ist alles.
»Ich weiß nicht, was Loïk euch erzählt hat, aber Madeleine ist nie seine Geliebte gewesen. Es ist nur ein einziges Mal passiert, mehr nicht.«
»Warst du dabei und hast mitgezählt?«, keift Annaïs.
Ich hatte die gleichen Worte benutzt. Benoît hatte mich überzeugt.
»Benoît hat es mir gesagt. Pierre hatte sich ihm anvertraut, ich habe ihm geglaubt.«
»Und dir hat Pierre sich auch anvertraut?«
Ich schüttele den Kopf.
»Er hätte es irgendwann getan. Er hat keine Zeit gehabt.«
»Und wie ist sie?«, fragt Annaïs mit der Stimme einer betrogenen Frau, denn Pierre pflegte uns »seine Frauen« zu nennen.
»Ein armes, völlig hilfloses Geschöpf. Waisenkind. Sie hatte gerade ihren Mann verloren, als es passiert ist.«
»Einer verloren, zehn gefunden«, stänkerte Quentin mit seiner Angst vor den Mädchen, seinem unterdrückten Elan.
»Das reicht!«, befiehlt Annaïs.
Ihr Bruder steht auf. Er tigert eine Weile im Salon herum, rammt die Möbel im Vorbeigehen, mehr denn je von diesem schlaksigen Körper behindert, der ihn eher wie eine Raupe als einen Schmetterling wirken lässt. Ich kann ihn nicht einmal in die Arme nehmen,

das ist längst vorbei. Es kommt nur noch als Überraschung vor, um dann zu hören zu kriegen: »Hör auf, Mama, ich bin kein Kleinkind mehr!«
»Und der andere?«, fragt er mit dumpfer Stimme. »Wie ist er, der andere?«
»Der andere heißt Maximou, er ist drei Jahre alt und kann wirklich nichts dafür.«
»Sieht er ihm ähnlich?«
»Wie geht's, mein Sohn?«, fragte Pierre Quentin, wenn er vom Fischen heimkam und voller Stolz den zukünftigen Offizier, den er erträumte, vor seinen Büchern sitzen sah. Der einzige Sohn, das ist vorbei!
Annaïs springt auf.
»Willst du vielleicht ein Foto von ihm? Und außerdem, ich weiß nicht wie es euch geht, aber ich habe Durst: Ein solcher Schock ist wie Liebe machen, das trocknet einen aus.«
Im Vorbeigehen gibt Quentin dem Schaukelstuhl einen solchen Tritt, dass es ein Wunder ist, dass er sich nicht überschlägt.

Alles stand auf dem Tisch: Sprudel, Fruchtsaft, aber auch Kakaopulver, die Gläser, die Schüsselchen, jene, auf die man die Vornamen schreiben lässt, ohne je zu vermuten, dass eines von ihnen einem eines Tages im Herzen brennen würde.
Benoît traf ein, als ich gerade die Milch für das heiß machte, was wir früher, als »alles wie am Schnürchen« lief, ein »Schweizer Abendessen« nannten. Es war immer Quentin, der das Kakaopulver in die Schüsselchen tat, und manchmal, um uns zum Lachen zu bringen, kippte er den Inhalt der ganzen Dose hinein.

Quentin erstarrte mit dem Löffel in der Hand.
»Du hast also gewusst, dass mein Vater ein Schwein war?«, hat er seinem Onkel mit tränenerstickter Stimme entgegengeschleudert.
Benoît ließ seine viel zu blauen Augen über die Runde wandern, und ich verstand, dass in dem Wort »Mitgefühl« Schätze von Zärtlichkeit verborgen sein konnten.
»Ich wusste, dass mein Bruder eine Riesendummheit begangen hatte und euch deswegen umso mehr geliebt hat.«
»Das kann jeder sagen!«, spottet Quentin.
Benoît hat sich neben ihn gesetzt. Er hat sich nicht einmal die Zeit genommen, seine Jacke auszuziehen. Welche Worte würde er für ihn wählen? Er musste sich ja im Klaren darüber sein, dass die mit den ganz großen Buchstaben wie »Vergebung« oder »Liebe« bei einem Jungen nicht ankommen würden, dem gerade das Dach auf den Kopf gestürzt ist und der verzweifelt versucht, sich mit Hilfe von Spott ein paar Luftlöcher zu schaffen.
»Hör zu«, hat er ihn aufgefordert.
Und dann verstummt er! Blockiert. Und ich habe plötzlich kein Lust mehr, zuzuhören. Es ist sein Gesichtsausdruck, der eines Mannes, der Qualen aussteht, beinahe das Gesicht eines Angeklagten, um nicht zu sagen eines Christus am Kreuz. Annaïs ihrerseits hat sich die Hände auf die Ohren gelegt, als wolle sie ihm zu verstehen geben: »Das reicht für heute.«
»Ich als Priester«, hat Benoît mit dumpfer Stimme angesetzt, »ich habe den Keuschheitseid abgelegt, und ich glaube daran, auch wenn das für dich, Quen-

tin, hoffnungslos altmodisch ist – du hast dir nie verkniffen, mir das zu sagen –, nun …«
Wieder verstummt er mit diesem Gesichtsausdruck des Gekreuzigten.
»Nun, das, was meinem Bruder passiert ist, dieses kurze … Versinken an der Seite einer Frau, hm, also, das ist auch mir passiert. Und trotzdem hat man mich da oben nicht als Schwein tituliert und genau so wenig auch nur für eine Sekunde meine Liebe angezweifelt.«
Er hat dem Blick seines Neffen standgehalten. Dieser rührte sich nicht, atmete nicht und hielt noch immer den Löffel über die Schüssel, als wolle er die Kindheit festhalten, nur ein bisschen, ein ganz kleines bisschen. Von Annaïs sah man nur noch ihr Haar. Es war wirklich der Tag der verlorenen Illusionen. Und ich verstand endlich, was Benoît daran gehindert hatte, die Kinder zu informieren: Er – das bedeutet die Wahrheit, die ganze Wahrheit oder gar nichts. Diesbezüglich habe ich noch viel zu lernen.
Er ist aufgestanden. Wie viel Buße hat er sich selber auferlegt, er, der sich der Maria da oben verschrieben hat, um dann zumindest einmal dem Begehren nachgegeben zu haben, sich von den Armen einer Frau aus Fleisch und Blut umschlingen zu lassen? Er hat die Schale mit dem Namen »Pierre« aus der Tiefe des Schrankes geholt und Quentin hingehalten.
»Und ich hoffe, dass du dich deswegen nicht weigerst, mit mir zu trinken.«

7

»Marie, sind Sie es?«
Die Stimme von Thibaut, klar, leicht wie ein Lächeln.
»Ich bin's.«
»Sind Sie beruhigt?«
Widerwillig antworte ich: »Ich bin allein zu Hause, wenn es das ist, was Sie wissen wollen.«
»Also, es ist so«, entschließt er sich, diesmal mit Vorsicht in der Stimme. »Annaïs hat mir alles erzählt. Ihr Mann, das Kind … Sie war sehr verstört. Könnten wir uns treffen? Ich würde gern mit Ihnen über sie sprechen.«
»Nichts hindert uns daran, jetzt über sie zu sprechen. Wir müssen uns doch deshalb nicht sehen.«
Mein Ton ist trocken und hart. Ich nehme ihm übel, dass er mich hier anruft und ich sozusagen in der Falle sitze.
»Annaïs ist nicht so stark, wie sie scheint«, fährt er fort. »Ich glaube, ihr helfen zu können. Aber das möchte ich nicht ohne Ihre Genehmigung tun.«
Ich höre mich lachen.
»Meine Genehmigung? Aber, Thibaut, ist Ihnen denn entgangen, dass meine Tochter dabei ist, sich in Sie zu verlieben?«
»Ich weiß«, sagt er ruhig. »Darum habe ich Sie angerufen. Und ich kann mir auch denken, dass Sie fürchten, sie könnte es erfahren. Sie wird es nie erfahren, Marie! Übrigens …« Er zögert. »Übrigens ist nie etwas geschehen, und Ihre Freundschaft fehlt mir.«

Er hat das Wort Freundschaft betont. Wie einfach! Man radiert alles aus und fängt von vorn an. Ärgerlich ist nur, dass ich das nicht ausradieren kann. Und die Vorstellung, dass meine Tochter sich an einen Mann anschließt, der mich in den Armen gehalten hat, ist mir unerträglich.
»Hören Sie, Thibaut, ich bitte Sie, Annaïs nicht mehr zu treffen. Das nächste Mal, wenn sie Sie aufsucht, erfinden Sie irgendwas, aber schicken Sie sie fort.«
Er schweigt einen Augenblick. Er muss mich für eifersüchtig halten. Sei's drum! Von wo aus ruft er mich an? Aus seinem Gymnasium? Von Freunden aus? Aus einer Telefonzelle, damit ihn keiner hört?
»Ich werde für ein paar Ferientage nach Brest fahren«, lässt er mich wissen. »Wenn es Ihnen recht ist, sprechen wir noch einmal darüber, wenn ich zurück bin.«
»Wozu? Ich werde meine Meinung nicht geändert haben.«
Ich hänge auf. Mein Herz klopft heftig. Aus Protest. Aus Angst. Alle Mädchen, die er will, nur nicht meine Tochter! Wieso begreift er das nicht? Und wenn man bedenkt, dass ich ihn für einen Ehrenmann gehalten habe. Gewiss, es war Annaïs, die das Ganze wieder in Gang gesetzt hat, aber er hätte sich wehren müssen, ganz klar ablehnen. Es sei denn, auch er hat sich verliebt? Als er hier wohnte, hat er nicht aufhören können, Lobreden auf sie zu halten. Erst die Mutter, dann die Tochter: das reinste Vaudeville!
Als Annaïs acht Jahre alt war, hatte mich eines Tages ihre Lehrerin vorgeladen. Nicht ihre Arbeit war es, die zu wünschen übrig ließ, sie gehörte zu den besten Schülern ihrer Klasse. Ich erinnere mich noch

an die Verlegenheit von Mademoiselle Lefort: »Die Kleine erzählt überall, ihr Papa sei ein berühmter Schauspieler und sie sei Ihnen wegen der Paparazzi anvertraut worden.«

Ich war aus allen Wolken gefallen. Ich wusste, dass Annaïs verträumt war, aber in diesem Maße … Ich hatte mit Pierre darüber gesprochen, behutsam, um ihn nicht zu verletzen. »Das ist ihr Theater«, hatte er geseufzt. Sie gehörte bereits der kleinen Theatergruppe der Schule an. Nichts liebte sie so sehr wie Theater spielen, als ob ihre eigene Geschichte ihr nicht genug wäre.

»Ich kann ihr helfen«, hatte Thibaut gesagt.

Mit ihm hatte sie einen echten Dialog geführt, besser als mit Pierre, besser als mit mir. Thibaut ist der Erste, der auf der Höhe ihrer Träume mithalten kann.

Und ich werde ihr das verwehren!

Als sie heimgekommen sind, sie und ihr Bruder, war ich noch immer in meinem Schlafzimmer. Sie hat den Kopf durch die Tür gesteckt.

»Kann ich mit dir reden, Mama?«

»Komm rein!«

Ihre Wangen waren ganz rosig vom Fahrrad fahren, ein sehr hübsches junges Mädchen. Zehn Jahre jünger als Thibaut, und ich zehn Jahre älter … Wo ist die Norm? Sie hat sich auf die Bettkante gesetzt.

»Mamina hat schon wieder angerufen! Sie will wissen, wann wir meinen Geburtstag feiern. Wir haben sie seit dem Anfang der Ferien nicht besucht, und sie kann es nicht verstehen. Aber solange du ihr nichts über Papa gesagt hast, können wir ihr nicht in die Augen schauen. Quentin – das ist ganz einfach – er läuft Gefahr, zu explodieren. Und ich hätte den Eindruck, sie zu betrügen.«

»Am Samstag fahre ich in die Roseraie«, habe ich beschlossen. »Ich werde mit ihnen reden.«

Annaïs hat mich aufmerksam gemustert. Junges Mädchen oder Frau? »Das ist, wie wenn man Liebe macht«, hatte sie neulich geäußert. Hatte sie mit ihrem Freund Alexandre geschlafen? Ich war nicht einmal imstande gewesen, ihr die Frage zu stellen.

»Hast du Angst?«, wollte sie wissen.

»Ich habe Angst, dass Mamina es nicht hören will, dass sie schreit, dass sie mit Türen schlägt – du kennst sie ja! Mit deinem Großvater wird es gehen.«

Sie hat einen tiefen Seufzer ausgestoßen und in theatralischer Weise die Augen zur Decke verdreht.

»Die Männer sind so viel einfacher als wir …«

War es das, was Thibaut ihr gab? Die Art und Weise, das Leben zu akzeptieren, ohne sich Theater vorzuspielen? Ich hatte das Gefühl, ihn vor mir zu sehen, mit seinem ein wenig abwesenden Lächeln. Plötzlich hatte ich Angst, dass sie von ihm sprechen könnte. Ich bin aufgestanden. Ich war es, die den Eindruck hatte, zu betrügen, und ich konnte ihr nicht mehr ins Gesicht schauen.

»Fabelhaft, mein neunzehnter Geburtstag«, hat sie hochmütig erklärt.

Am Donnerstag ist die *Lazarillo* wiedergekommen. Es war nicht das erste Mal, dass sich der spanische Trawler in unsere Gewässer wagte: ein fünfunddreißig Meter langes Schiff, das den Seehecht mit Netzen

fing, die auch den jungen Fischen keine Chance ließen und die alles schluckten, ohne sich um die Größe zu scheren. Bei seinem ersten Auftauchen vor ungefähr vierzehn Tagen hatte Jean-Yves, der Baas des Seenotschiffs, die Behörde benachrichtigt. Als das Schnellboot der Küstenwache eintraf, hatte sich der Schuldige schon davongemacht.
Wir haben uns im Poisson Bleu eingefunden.
»Kriegsrat«, hat Noël festgestellt.
»Wenn er das nächste Mal wiederkommt, regeln wir das selber«, hat der Kapitän vorgeschlagen, und alle stimmten zu.
Wir waren bereit, die Fangquoten zu respektieren und die Regeln zu befolgen, um den Bestand zu schützen, selbst wenn das mehr als einen zum Aufgeben gezwungen hatte, aber wenn irgendwelche Spaßvögel und Piraten unseren Bestand vor unserer Nase zerstörten, dann war das Fass zum Überlaufen voll.
»Wenn ich die erwische, die *Lazarillo*«, hatte Noël gedroht.
»Was machst du dann mit ihr?«, hat Alain Kervélec gespottet.
»Ihr bringt sie zu Vernunft! Ich pfeffer ihnen eins« – er tut so, als lege er an – »peng, peng, peng, peng, peng …«
Alle lachen.
Wir haben beschlossen, die Augen offen zu halten. Sobald einer von uns den Spanier sichtet, würde er die anderen alarmieren, und diesmal würden wir ihn daran hindern, sich zu verkrümeln.
Als wir das Café verließen, versank die Sonne gerade im Meer. Es roch nach Feierabend, nach Abendruhe,

und ich hatte noch keine Lust, so schnell heimzugehen. Der Kapitän und Jean-Yves schienen es auch nicht so eilig zu haben.
»Wie diese Geschichte wohl ausgehen mag?«, hat sich der Lebensretter gefragt.
»Ich denke in erster Linie an die Kinder«, hat der Kapitän geseufzt.
So sehr er es vermied, von Colette, seiner Frau zu sprechen, so redselig wurde er, wenn es sich um seine Enkelkinder handelte. Seine große Sorge war, dass er nicht wusste, ob er sie ermutigen sollte, Fischer zu werden, das heißt, diesen Beruf auszuüben, von dem man immer öfter sagte, dass er keine Zukunft mehr habe.
Denn die *Lazarillo* war nur der letzte Tropfen. Es gab diese Fangschiffe, die eine ganze Fabrik beherbergten und Tonnen um Tonnen Fische fingen und ihren Fang teller- oder gefrierfertig lieferten, russischen Fisch, der heimlich auf europäische Trawler umgeladen wurde, Seeteufel, die per Flugzeug aus den Vereinigten Staaten eingeflogen wurden, argentinische Dorsche – all das auf unseren Märkten zu Schleuderpreisen angeboten. Der Küstenfischerei blieb bald nichts anderes mehr übrig, als ihren schönen Fang zu verschleudern, um daraus Katzen- und Hundefutter zu machen.
Eine Touristengruppe bestaunte unsere Schiffe. Abgesehen von Loïks *Pastourelle*, die einen frischen Anstrich nötig hatte, waren sie alle ungeheuer schmuck. Wir sind stehen geblieben. Trotz allem waren wir stolz auf sie und hatten Lust, ihnen ihre Besitzer vorzustellen.
»Sie werden sie uns noch abnutzen, wenn sie sie

noch lange so anstarren«, hat der Kapitän lachend erklärt.
Eine Frau hat sich genähert.
»Wären Sie so nett, ein Foto von uns zu machen?«
Sie haben sich vor den Schiffen aufgebaut, und der Kapitän hat sie verewigt.
»Danke«, hat die Frau gesagt. »Gibt es hier im Ort ein Restaurant?«
Der Poisson Bleu verdiente diesen Namen nicht.
»Noch nicht«, habe ich geantwortet, und sie sind enttäuscht abgezogen.
»Sag mal, Marie, habe ich richtig gehört? Hast du ›noch nicht‹ gesagt? Hast du gar die Absicht, eines zu eröffnen?«, hat Jean-Yves gelacht.
»Warum nicht? Die Köchin habe ich schon.«
»Und zwar?«
Die beiden hatten die Frage gleichzeitig gestellt.
»Marguerite.«
Ich hatte instinktiv geantwortet, ohne nachzudenken. Aber ein Restaurant, wo man frisch gefangenen Fisch oder fast noch lebendige Langustinen essen konnte, das fehlte wirklich hier in Kersaingilles.
»Du wirst mir einen Tisch für das ganze Jahr reservieren«, hat der Baas des Seenotschiffes erklärt. »Wir werden dir in deiner Spelunke sogar ein Klavier aufstellen, damit deine Finger nicht einrosten.«
Das war wirklich nett! Das Einzige, was mich ernsthaft quälte und mich in schlaflosen Nächten verfolgte, war die Frage, ob ich diese berühmte Sonate, unser Stück, noch immer zu spielen imstande wäre, für den Fall, dass Pierre danach verlangte.
»Was das Foto angeht«, hat der Kapitän erklärt, während er zuschaute, wie die Touristen in ihre schönen

Autos stiegen. »Wenn ihr meine Meinung hören wollt, so ist das kitschig. Für die ist das Meer nicht das Gleiche wie für uns. Wir kennen seine Kehrseite. Wir sind Berufsfischer. Was haben wir für ein Glück!«

8

»Zwei Sachen, Mama«, begrüßt mich Annaïs, als ich ins Haus komme. »Das Erste: Quentin hat Papas Truhe ausgepackt, und ich muss dich vorwarnen, es ist kein schöner Anblick, aber wir könnten die Gelegenheit nutzen, endlich mal gründlich aufzuräumen. Du redest schon so lange davon. Und das Zweite …«
Ich lasse meine Tochter nicht ausreden und bin schon auf der Treppe. Die Tür zu meinem Schlafzimmer steht offen, überall liegen Fischerklamotten verstreut: Pullover, Ölzeug, Overalls. Ausgepackt, eher verwüstet die eisenbeschlagene Truhe, Pierres Stolz, seine »Schatztruhe«, wie er sie nannte.
Der Küstenfischer-Vater hatte sie gleichzeitig mit dem Schaukelstuhl heimgebracht. Im vergangenen Jahrhundert bewahrte man darin die Heuer auf, geschützt vor der Habgier der Besatzung. »Wie viele davon mögen wohl auf dem Meeresgrund ruhen?«, fragte sich Pierre manchmal und weckte damit, ohne es zu wissen, in seinem Sohn die Berufung zum Schiffswracksucher.
Der Kleine hatte sie immer aufmachen wollen, um den berühmten Schatz darin zu finden, aber Pierre, der sein letztes Hemd hergegeben hätte, ertrug es nicht, dass man *seine* Truhe anfasste. »Ein bisschen Geduld, eines Tages wird sie dir gehören«, pflegte er mit einem entschuldigenden Lachen zu sagen.
Auf seine Weise hat Quentin sie sich heute angeeignet.

»Er kann die Sache mit Papa einfach nicht akzeptieren«, erklärt Annaïs, die mir ins Schlafzimmer gefolgt ist.
Wir nehmen alle beide auf der Bettkante Platz. Papa. Sie kann es sagen, doch das Wort kommt nicht mehr über die Lippen ihres Bruders.
Ich frage: »Hattest du nicht von zwei Dingen gesprochen? Kann ich jetzt die andere gute Nachricht erfahren?«
Sie holt ein Foto aus der Tasche.
»Es war tatsächlich ein Schatz in der Truhe. Allerdings nicht der, den wir erwartet haben.«
Auf dem Foto ein winzig kleiner Junge, kaum älter als ein Jahr. Mein Herz verkrampft sich bei dem Gedanken, dass Pierre es hierher in unser Zimmer neben unser Bett gebracht hatte. Wirklich nicht jemand, der vor seiner Verantwortung flieht, mein Gatte! Das Dach von Madeleines Haus, die Kinderkleider, das Dreirad … Früher oder später hätte er es uns gezeigt, dieses Foto, aus dem einfachen Grund, damit Maximou zu jemandem »Papa« sagen konnte.
»Benoît hat uns von ihm erzählt«, berichtet Annaïs. »Es stimmt, der Knirps kann absolut nichts dafür. Wann stellst du ihn uns vor?«
Mir bleibt die Luft weg.
»Wozu wollt ihr ihn denn kennen lernen?«
»Man neigt dazu, das, was man nicht kennt, zu vergrößern und zu verschönern«, erläutert sie. »Vor allem Quentin. Wenn er entdeckt, dass er ein kleiner Knirps ist, der ihm nicht einmal bis an den Bauchnabel reicht, schmerzt es ihn weniger.«
Sie nimmt das Foto, springt auf, wirft es in die Truhe zurück und zeigt auf die Kleiderberge.

»Wie ist das, bringen wir da ein bisschen Ordnung rein?«

Pullover, Socken, Mützen – der größte Teil der Kleider war vom Salz zerfressen und nicht mehr tragbar. Einige Stücke mussten Pierres Vater gehört haben. Pierre konnte nichts wegwerfen – er sah nicht die Abnutzung, sondern die Erinnerung, und je abgetragener etwas war, desto mehr steckte darin. Wir haben zwei Haufen gemacht, behalten und wegwerfen. Der zum Wegwerfen war der kleinere.
»Am Sonntag wird das verbrannt«, hat Annaïs beschlossen.
Dann hat sie sich geräuspert.
»Ach, übrigens, hast du noch immer vor, deinen Eltern am Samstag die große Neuigkeit zu verkünden?«
Wenn sie »deine Eltern« sagte und wenn sie mich beim Vornamen nannte, dann meistens, um sich Mut zu machen: Es war ihre Art, zurückzuweichen, um besser abspringen zu können. Was heckte sie aus?
»Steht nach wie vor für Samstag fest«, habe ich geantwortet. »Ich rufe sie nachher an und sage ihnen, dass ich zum Mittagessen komme. Ohne euch natürlich.«
»Unnötig«, hat sie erklärt. »Sie kommen hierher. Ich habe sie zu meinem Geburtstag eingeladen: zwei Tage im Voraus, weil Großvater am Montag arbeitet. Und du auch, nehme ich an.«
»Warte mal … da komme ich nicht ganz mit. Du willst, dass ich mit ihnen rede und dass wir deinen Geburtstag feiern? Wir können doch nicht beides gleichzeitig machen.«
»Warum nicht? Ich fände es nicht nett, dich das ganz

allein machen zu lassen. Und Mamina wird es nicht wagen, mit einer Krise so einen schönen Tag zu verderben. Ich habe Benoît dazu eingeladen. Er kommt.«

»Und dein Bruder? Ich dachte, der läuft Gefahr, zu explodieren?«

»Mein Bruder macht immer, was ich ihm sage.«

Ich habe es mit Ironie versucht, doch ich war völlig hilflos.

»Und der Augenblick der Wahrheit, findet der vor oder nach dem Kuchen statt?«

»Hauptsache, er findet statt«, hat Annaïs geantwortet. »Der Heilige Geist wird uns inspirieren. Und was den Kuchen betrifft: Meringue-Schokolade, bitte. Und neunzehn Kerzen, vergiss die nicht.«

Sie ist mit dem Bündel zum »Wegwerfen« hinausgegangen. Ich hätte sie gerne zurückgerufen und gebeten, die Einladung abzusagen. Wenn ich es nicht getan habe, dann wegen Thibaut. Sie ahnte noch nicht, dass ich ihm befohlen habe, mit ihr zu brechen. Indem ich mich ihrer verrückten Idee fügte, hatte ich das Gefühl, ein bisschen davon wieder gutzumachen.

Es ist Samstagmittag im April. Ich habe die Fenster weit aufgemacht, um Hilfe vom Himmel und von meinem Ginsterbusch voller goldener Versprechen zu erbitten. Ich habe den Tisch im Salon gedeckt, an der Stelle des Klaviers: eine schöne Festtagstafel. Die Lammkeule ist im Ofen, das Gemüse ist gekocht, die neunzehn Kerzen stecken auf dem Kuchen.

Ich bin allein.

Annaïs ist seit einer guten Stunde verschwunden.

Quentin betäubt sich in seinem Zimmer mit Musik. Seine Schwester und er haben gestern Abend bis spät in die Nacht diskutiert. Ich erwarte Benoît voller Ungeduld. Meine Eltern treffen vor ihm ein.
»Wo sind sie denn alle?«, wundert sich Mama, die sich zu Ehren ihrer Enkeltochter besonders fein gemacht hat.
Sie ist auch beim Friseur gewesen, das ist sehr deutlich zu sehen!
»Sie werden gleich kommen.«
In der Zwischenzeit akzeptiert sie einen Finger breit Portwein, Papa ein Glas Cidre. Ich habe ein Gefühl von Unwirklichkeit und den Eindruck, in eine Falle gelockt worden zu sein. Ich wünschte, es wäre schon Abend; der Horizont wäre klar, sie wüssten Bescheid.
»Wenn man vom Teufel spricht!«, ruft Mama aus.
Wir können sie durch das Fenster sehen. Man könnte sich im Theater wähnen: Annaïs vorneweg auf ihrem Mofa, gefolgt von Benoît auf seinem Briefträgerfahrrad. Mir bleibt die Luft weg: Maximou auf dem Gepäckträger des Pfarrers.
»Es sieht so aus, als hättest du einen zusätzlichen Gast«, bemerkt Papa, der daran gewöhnt ist.
Jedermann weiß, dass Benoît sämtliche Vereinsamten einsammelt.
Was haben sie wohl der Mutter von diesem Fest hier erzählt? Sie hat ihren Sohn angekleidet, als ginge er in den Buckingham Palace: Samthose, Spitzenjabot, Lacksandalen. Ich bin noch immer unfähig, zu sprechen, und suche den Blick von Annaïs. Vergeblich. Mit entschlossenem Gesicht und zusammengepressten Lippen hat sie sich zu ihren Großeltern gewandt.

»Ich stelle euch Maximou vor.«
»Wie hübsch er ist, ein richtiger kleiner Prinz!«, ruft Mama aus, entschlossen, an diesem Festtag alles mit Humor zu schlucken.
Sie hält Maximou eine Salzmandel hin, der sich daraufstürzt, aber genauso schnell wieder in Benoîts Schutz flüchtet. Benoît, den Annaïs ebenfalls eingewickelt hat und der jetzt aufzuwachen und sich zu fragen scheint, was er in dieser Maskerade zu suchen hat.
Es fehlt nur noch Quentin.
Er hat seinen Auftritt, mit Tauchermaske und Schlauch und allem ausgestattet, fehlen nur die Sauerstoff-Flaschen. Und plötzlich ist mir zum Heulen zu Mute. Wie gut ich verstehen kann, sich nicht sehen lassen zu wollen. Es ist zu viel! Und für mich es auch zu viel. Pierre, Madeleine, die Sonate, Thibaut … Und heute dieser Kleine. Wie Quentin wäre ich jetzt am liebsten unter Wasser. Er hat mir erzählt, dass man beim Tauchen ganz leicht wird. In gewisser Weise hat man das Gefühl, zu fliegen, der Zeit zu entgehen. Und die Zeit hat in unserem Fall nichts geheilt.
Quentins Taucherbrille hat meine Eltern ebenso wenig überrascht wie der zusätzliche Gast: Flegeljahre sind nun mal Flegeljahre! Nur Annaïs scheint für einen Moment aus der Fassung geraten zu sein.
»Setz dich hin, Mamina!«, befiehlt sie ihrer Großmutter mit erstickter Stimme, so als ob sie unter ihrer eigenen Maske keine Luft mehr bekäme: der Maske eines jungen Mädchens ohne Probleme, dem man gleich zum Geburtstag gratulieren wird.
Mama gehorcht. Annaïs kniet sich zu ihren Füßen hin.

»Hast du mich lieb?«
»Wie kannst du denn daran zweifeln? Du weißt es doch ganz genau.«
»Und heute feiern wir meinen neunzehnten Geburtstag«, fährt Annaïs fort.
Verwirrt betrachtet Mamina die Festtafel. Plötzlich glaubt sie, zu verstehen.
»Wenn es der Führerschein ist, worüber du dich sorgst, den schenken wir dir auf jeden Fall, Abitur oder nicht. Wir haben sogar schon gedacht, dein Großvater und ich, die alte Ente für dich herrichten zu lassen.«
»Das ist wundervoll. Vielen, vielen Dank, aber ich möchte dich um etwas anderes bitten, Mamina. Ich möchte, dass du mir versprichst, mir zuzuhören, ohne mich zu unterbrechen, nicht zu schreien und nicht mit der Tür zu knallen.«
»Du musst wissen, dass ich nie ohne einen guten Grund die Tür zuknalle!«, entrüstet sich ihre empfindliche Großmutter.
»Also nicht einmal mit einem sehr, sehr guten Grund«, beharrt Annaïs. »Versprichst du mir das?«
Mama wirft mir einen fragenden Blick zu. Ich mache eine Geste der Machtlosigkeit, warum nicht der Unwissenheit? Auch Papa tappt im Dunkeln. Er hat sich neben seine Frau gestellt. Wenn er wie ich unter Quentins Taucherbrille erkennen könnte, wie dieser den kleinen unschuldigen Jungen mit Blicken tötet, würde er vielleicht anfangen zu verstehen.
»Also gut, ich verspreche es«, beugt sich Mamina widerwillig. »Und können wir jetzt erfahren, um was es geht?«
Annaïs hat sich zu Maximou gewandt.

»Komm mal her, du.«
Benoît hinter sich herzerrend, nähert sich der Kleine mit knirschenden Sandalen, als hätte er seinen Auftritt auf der Bühne geprobt. Vor den Füßen der Königin des Buckingham-Palastes, die er staunend betrachtet, bleibt er stehen.
»Diese Frau, das ist Mamina«, erklärt ihm Annaïs. »Du kannst sie anfassen, wenn du willst.«
Mit einer Fingerspitze berührt das Kind die Perlenkette und dann ein wenig höher die Frisur und sagt: »Schön!«
Mama sieht aus wie ein großer Dorsch, der sich im Netz gefangen hat.
»Mamina, ich stelle dir deinen Enkel vor«, sagt Annaïs. »Vergiss nicht, was du mir versprochen hast. Wir werden alles erklären.«
Und als sich die weinende Schauspielerin an die Brust ihrer Großmutter wirft, wird mir klar, dass Thibaut richtig gesehen hat: nicht so stark, wie sie sich gibt, meine Tochter.

9

Diesmal bin ich einverstanden, das Netz zum dritten Mal auszuwerfen. Das zweite hat nicht so viel gebracht, wie wir gehofft hatten, und das Wetter ist ideal: wenig Wind und eine samtene See. Und außerdem ist Juni, und nachher in der Markthalle werden wir nicht nur die Stammkunden, sondern auch die Touristen haben, die »guten«, die Rentner, die gerne Fisch zubereiten und ein bisschen von allem kaufen: das Gewöhnliche für die Suppe, das Beste für die Pfanne.
An diesem Donnerstag hat Abel Ruhetag, also sind Alain und ich dran. Später werde ich mich fragen, ob, wenn der Bootsmann da gewesen wäre, die Dinge anders gelaufen wären. Er ist es, der Noël angeheuert hat, sich für ihn verantwortlich fühlt und ihn nie ganz aus den Augen lässt. Abel ist nicht einverstanden, dass der Matrose regelmäßig an Bord schläft. »Du verwöhnst ihn zu sehr, Marie, du machst ihm Hoffnungen«, wirft er mir vor. Was für Hoffnungen? Dass die Liebe mit der Fahnenflucht seiner Mutter nicht vollständig vom Erdboden verschwunden ist? Kann man einem jungen Menschen zu viel Hoffnung geben? Und außerdem wäre es die Aufgabe des Vaters, von seinem Sohn zu verlangen, dass er zu Hause schläft. Aber der »Ingenieur« scheint sich mehr für seine Algen als für seinen Sprössling zu interessieren. Wenn ich ihm einmal begegne, werde ich ihm die Meinung sagen.

Es ist zwei Uhr. Das Netz ist zum dritten Mal ausgeworfen, als die Stimme des Kapitäns aus dem Funkgerät donnert.
»*Sonate*, hörst du mich?«
Die Stimme klingt drängend, ja sogar erregt.
»Ich höre dich, André. Was ist los?«
»Er ist da!«
»Von wem sprichst du?«
»Von dem Spanier natürlich, von der *Lazarillo*. Ich bin sicher, dass er es ist. Seiner Route nach ist er beim Fischen.«
Ich suche den Horizont ab. Nichts als alle Schönheit der Welt, durchzogen von weißen Flügeln: Die Segler sind wieder da.
»Hast du an Land Bescheid gesagt?«
»Klar doch. Das Schnellboot der Hochsee-Gendarmerie ist unterwegs, aber sie waren ich weiß nicht wo auf Patrouille, und wir werden sie nicht so bald zu sehen kriegen. Wir täten besser daran, uns selber darum zu kümmern. Jean-Yves ist dabei. Die *Diane* haben wir ebenfalls erwischen können. Sie macht gerade kehrt. Diesmal werden wir sie daran hindern, sich zu verdrücken. Machst du mit?«
»Was für eine Frage!«
»Also, dann ab nach Westen!«
Ich schalte auf Autopilot und beeile mich, meinen Männern Bescheid zu sagen: Wir brechen den Fang ab und machen uns auf den Weg zu dem Spanier. Alain bleibt ruhig. So ist er, seit seine *Joyeuse* gesunken ist, es betrifft ihn nicht wirklich. Er arbeitet, weil er die Familie ernähren muss, aber es ist nicht mehr sein Schiff, also auch nicht mehr wirklich sein Fang. Noël dagegen ist aufgeregt für zwei: »Also

echt, das dritte Netz kriegen wir wohl nie ausgeworfen. Wie ein Fluch!« Ein Fluch, der ihm aber nicht zu missfallen scheint. Während das Netz an Bord geholt wird, nehme ich das Fernglas zur Hand. Dort drüben die *Intrépide*. Nicht weit davon die *Sarcelle*. Vier bis fünf Meilen entfernt, das muss die *Lazarillo* sein. Wir werden etwa eine halbe Stunde brauchen, um sie zu erreichen.
Das Netz ist fast leer. Noël wirft einen Seestern ins Wasser zurück.
»Bring uns Glück!«, ruft er ihm nach.
Diesmal erklingt die Stimme des Seenotdampfer-Chefs aus dem Funkgerät.
»Nun, Marie, du bist also mit dabei?«
»Und wie! Sag mal, Jean-Yves, ein Glück, dass du heute rausgefahren bist!«
»Allerdings. Das hätte ich nicht gerne verpasst. Und wenn ich denke, dass ich heute früh eine gewisse Faulheit in den Beinen verspürt habe!«
Der Baas des Rettungsschiffs ist im Ruhestand und geht nur an Bord der *Sarcelle* seiner Neffen, wenn er Lust dazu hat. Er hat genug zu tun mit seiner *Hirondelle*. Seenotrettung ist sein Universum geworden. Er behauptet, dass er das Meer nicht mehr anschauen kann, ohne nach irgendwelchen Unglücksraben zu suchen, die gerettet werden müssen.
»Wir werden sie aufhalten, bis die Gendarmen sie kontrollieren können. Diesmal entwischen sie uns nicht«, verspricht er.
Alain ist zu mir auf die Kommandobrücke gekommen. Ich reiche ihm das Fernglas.
»Was meinst du, wie viele Männer sie an Bord haben?«

»Bei der Größe mindestens ein Dutzend. Zumal sie nie Mangel an Seeleuten haben. Männer, die bereit sind, für einen Hungerlohn zu arbeiten.«
Und die es sich nicht nehmen lassen, uns mit unseren Löhnen und unserer Sozialversicherung als verwöhnt zu beschimpfen.
Nehmen wir an, es sind zwölf Mann an Bord der *Lazarillo*. Bei uns – der *Intrépide*, der *Sarcelle*, der *Diane* und der *Sonate* – kommen wir auf elf Mann.
»Wahrscheinlich sprechen sie nicht einmal Französisch«, bemerkt Alain voller Verachtung.
»Das hindert sie aber nicht daran, zu wissen, dass sie im Unrecht sind.«
»Marie«, funkt der Kapitän, »wir müssen ihnen einbläuen, dass sie nicht wiederkommen dürfen. Sie müssen zu Hause erzählen: ›Da oben vor Kersaingilles, da lohnt es sich nicht.‹ Die werden was zu sehen kriegen, diese gelben Hundeärsche.«
Die übelste Beleidigung.
In der Zwischenzeit scheinen sich die Hunde nicht aufzuregen. Sie fahren in aller Ruhe fort mit dem Fischen, obwohl sie uns gehört haben müssen. Und falls sie uns nicht verstanden haben, so haben sie uns jedenfalls gesehen. Sie gehen also das Risiko ein? Man hat es öfter als nur einmal gesehen. Nachdem man sie geschnappt hat, lässt man sie nach einer geringfügigen Strafe wieder frei.
Noël hat sich zu uns gesellt, aufgeregter denn je.
»Was werden wir mit ihnen machen, Marie?«
»Was meinst du denn? Wir werden mit ihnen zusammen auf das Schnellboot warten, was denn sonst?«
Er sieht enttäuscht aus, mein Indianer. Was für eine

Antwort hatte er denn erhofft? »Ihr bringt sie zur Vernunft! Ich pfeffer ihnen eines …« Das war es doch, was er im Poisson Bleu erklärt hatte, nicht wahr?
Ein paar schöne, motorisierte Touristenschiffe kreuzen im Umfeld. Mit denen muss man ebenfalls rechnen. Sie tun gut daran, das Manöver nicht zu stören.
Ich betrachte Pierres Foto: Du wärst auch mit dabei, sie zur Vernunft zu bringen!
Wir nähern uns. Das Ballett der Vögel dort drüben verrät die *Lazarillo.* Die *Intrépide* und die *Sarcelle* haben ihre Geschwindigkeit gedrosselt, um auf uns zu warten. Dahinter beeilt sich die *Diane:* die Gelegenheit für sie, ihren nagelneuen Motor einzuweihen.
»Marie, bist du da? Das Schnellboot kommt, so bald es kann«, sagt die Stimme des Kapitäns. »Wir werden in der Zwischenzeit um sie herumkreisen. Sie werden ja wohl nicht wagen, uns zu rammen.«
In ungefähr zehn Minuten sind wir da.
Auf der *Sonate* ist eine seltsame Stille eingetreten, erfüllt von innerer Unruhe. Bislang haben wir nur mit den Armen gefuchtelt. Heute setzen wir uns selbst ein.
»Du kannst mir ruhig das Ruder überlassen, wenn dir das lieber ist«, bietet Alain an.
Die Anspannung in seiner Stimme beweist, dass auch er sich auf das Spiel eingelassen hat. Das Spiel? Plötzlich habe ich einen sonderbaren Eindruck: Wir sind wieder Kinder geworden. Oder besser gesagt, die Kinder in uns haben nie aufgehört, sich in uns zu verstecken, die Kinder vom Pausenhof, bereit, sich zu prügeln, um ihre Muskeln zu zeigen oder ihr Terri-

torium zu verteidigen. Schon in der Schule habe ich lieber mit den Jungs gespielt.

»Im ersten Netz war ein schöner Seebarsch; den habe ich für dich für heute Abend zur Seite getan«, verkündet mir mein Kervélec.

Seine Art, mir zu sagen, dass alles gut ausgehen wird, dass ich heute Abend friedlich vor meinem Teller sitzen werde. Ist mein Herzklopfen wirklich so laut zu hören?

»Pass auf deinen Noël auf, der ist ein Draufgänger«, sagt die Stimme von Jean-Yves aus dem Funkgerät. Eine Warnung, die in meinem Bewusstsein weit weg, zu weit weg ist.

Man muss dazu sagen, dass wir alles vorhergesehen hatten: dass sie türmen würden, bevor wir sie umzingelt hatten, oder dass sie, wenn sie sich ertappt sahen, ihren Fisch über Bord werfen und die Unschuldigen mimen würden. Und warum nicht gar um Verzeihung bitten? Verzeihung, wir werden es nie wieder tun? Als ob ein Fischer sich dafür schämen könnte, seinen Kielraum gefüllt zu haben, selbst mit Verbotenem und gegen das Gesetz Gefangenem, angeordnet von Herren in Anzügen, für die sich das Meer in Ziffern und in am Strand geholten Sonnenbränden ausdrückt. Als ob in den Eingeweiden des Fischers nicht geschrieben stünde, dass das Meer dem Stärksten gehört, dem, der als Erster davon nimmt.

Wir hatten alles vorausgesehen, außer dass sie, als sie unsere vier kleinen Kähne – einschließlich der *Diane*, die sich wie ein Kind beeilte, um nichts zu verpassen – auf sie zukommen sahen, uns verspotten und uns demütigen würden.

Wir sind auf unsere Kosten gekommen!
Sie hatten sich immerhin entschlossen, ihre Netze einzuholen. Einige von ihnen konnten Französisch, und zwar nicht gerade die höflichsten Wörter. Sie ließen es sich nicht nehmen, sie Noël zuzubrüllen, den der Anblick des gestohlenen Fischs wütend machte und der gestikulierend Drohungen ins Leere schickte. Ich hatte Alain das Ruder überlassen. Wir umkreisten den Spanier mit geringer Geschwindigkeit, um ihn an der Flucht zu hindern. Nachdem sie ihre Netze versorgt hatten und Vollgas gaben, um uns zu entwischen, hat Noël das Gewehr hervorgeholt.
Wann hatte er es an Bord versteckt? Nach der Versammlung im Poisson Bleu, als wir über sein »Peng, peng, peng!« gelacht und dabei vergessen hatten, dass ein ungeschicktes Lachen einem Jungen mit achtzehn Jahren die Flügel brechen kann? Ich hatte auch gelacht, obwohl ich eigentlich durch meinen Quentin hätte wissen müssen, wie zerbrechlich diese Flügel sein können, vor allem, wenn er nur noch ein Elternteil zu Hause hat.
»Noël, hör auf! Du spinnst!«
Auf der *Lazarillo* war das Lachen verstummt. Ich habe mich auf ihn gestürzt, um ihm das Gewehr zu entreißen, er hat sich gewehrt, und der Schuss ging in dem Moment los, als ich die Waffe endlich in der Hand hielt. Da oben sind die Tapferen auseinander gestoben wie die Spatzen. Einige haben sich sogar auf den Boden geworfen. Überall wurde geschrien, und die Möwen taten noch das ihre dazu.
Und genau in dem Moment ist das Schnellboot angekommen.

10

Ich habe schon immer tief in meinem Inneren die entscheidenden Veränderungen in meinem Leben fühlen können. So, als ob unvermittelt alles still hält und ich nicht mehr richtig weiß, wer ich bin und wohin ich steuere. Und dann setzt sich die Maschine wieder in Gang, aber nichts wird je mehr ganz genauso sein wie zuvor.
Beim ersten Mal war ich zehn Jahre alt gewesen, und wir fuhren nach Le Guilvinec, dem Ort, wo wir bald in einem Haus wohnen würden, das La Roseraie genannt wurde. Plötzlich hinter einer Kurve war Ihre Majestät, die See, aufgetaucht. »Da ist es!«, hatte Papa mit ernsterer Stimme als üblich geäußert. Ich hatte gehört: »Da ist sie«, und etwas wie eine sanfte, aber gebieterische Woge hatte alles das fortgeschwemmt, was man in jenem Alter Mühe hat, »die Vergangenheit« zu nennen.
Was Pierre betrifft, so war es »Der ist es!« gewesen, als er mir seine Pranke gereicht hat, um mir auf sein Schiff zu helfen. Ich war wie alle achtzehnjährigen Mädchen in Erwartung des Mannes, der ein Feuer entfacht, wo Körper und Herz sich in unergründlichen Turbulenzen vermischen. Pierre reagierte auf beides.
Und vor kurzem, vor sehr kurzer Zeit, hatte es diese Sturmnacht gegeben und auf der Schwelle unseres Hause eine Hand voll Männer, deren Schweigen mir den Tod meines Mannes mitteilte.

Und dieses Mal.
An diesem strahlenden Juninachmittag im Möwenkonzert, dem Geschrei der Spanier, während die Sirene des Schnellboots der Küstenwache schrillte, habe ich ganz klar gefühlt, wie ein Strich in meinem Leben das Vorher von dem Nachher trennt.
Ich hielt noch immer das Gewehr in der Hand. Auf Deck der *Lazarillo* brüllte ein Mann und hielt sich den Arm. Neben mir stand nicht mehr der Indianer, sondern ein Junge im Alter meines Sohnes, der aufwachte und mit Entsetzen erkannte, dass der Albtraum nicht zu Ende war.
Die Gendarmen sprangen an Deck des spanischen Trawlers, umzingelten den Verletzten, man zeigte mit dem Finger auf uns.
»Wird man mich ins Gefängnis stecken?«, stammelte Noël.
»Wenn ich mich recht entsinne, so hattest nicht du das Gewehr in der Hand, als der Schuss losgegangen ist«, habe ich geantwortet.
War es ihm wirklich bewusst gewesen? Er hatte einen echten Anfall von Wahnsinn gehabt.
»Lass mich das regeln. Du gehst jetzt das Deck waschen, das ist vorhin nicht anständig gemacht worden«, habe ich angeordnet und bin nach vorn gegangen, als gerade ein Gendarm seinen Stiefel auf mein Schiff gesetzt hatte.
Wir kannten uns. Er war nach Pierres Unfall gekommen, um sich beschreiben zu lassen, was Pierre für Kleider angehabt hatte, und ich hatte ganz naiv geantwortet: »Na das, was er immer anhatte, Monsieur.«
Ungläubig zeigte er auf das Gewehr.

»Dann stimmt es also doch, was sie sagen? Sie waren es, die geschossen hat, Madame Delaunay?«
»Ich habe nicht geschossen«, habe ich so ruhig ich konnte widersprochen. »Der Schuss ist von allein losgegangen, als ich meinem Matrosen das Gewehr abgenommen habe. Er hat es im Laderaum gefunden: ein altes Gewehr, das meinem Mann gehört hat.«
Die Lüge war mir ganz natürlich über die Lippen gekommen. Wenn man wüsste, dass Noël die Waffe auf die *Sonate* gebracht hatte, hätte das nach Vorsatz ausgesehen, und das konnte ihm Scherereien einbringen. Und da ich es gewesen war, die »geschossen« hatte, wie der Gendarm eben geäußert hatte, was spielte da der Eigentümer der Waffe für eine Rolle?
Er hat ein tragbares Funkgerät aus der Tasche geholt.
»Ich habe die Waffe«, hat er denen auf dem Schnellboot mitgeteilt. »Alle zurück nach Guilvinec.« Dann hat er sich zu mir gedreht: »Ich muss Sie bitten, uns zu folgen, um Ihre Aussage zu machen, Madame Delaunay.«
Auf der *Lazarillo* war der Verletzte nicht mehr zu sehen, aber man schaute noch immer zu uns herüber. Ein Mann hat die Faust geballt.
»Wissen Sie, ob die Verletzung schwerwiegend ist?« Diesmal klang meine Stimme vollständig eingerostet.
»Offenbar nicht, aber es blutet ziemlich stark und er brüllt immer lauter.«
Der Polizist hat salutiert und ist mit dem Gewehr auf sein Schnellboot zurückgekehrt.

»Wo ist Noël?«, wollte Alain wissen.
Er hatte das Gespräch von der Kommandobrücke aus verfolgt und schien unter Schock zu stehen. Von dort, wo er sich befand, hatte er das Gerangel zwischen Noël und mir nicht sehen können.
»Er ist auf dem Achterdeck. Er hält sich tapfer, aber er ist noch ein Kind, und das alles hat ihm einen Schock versetzt. Ich halte ihn da lieber raus.«
»Aber wo kommt denn dieses Gewehr her?«, hat Alain gefragt. »Gehört es wirklich euch? War es wirklich hier?«
»Wenn ich es doch gesagt habe …«
Er schien nicht wirklich überzeugt zu sein.
»Kann ich dir noch einen Augenblick das Ruder überlassen?«, habe ich ihn gefragt.
Er hat genickt, und ich bin an die frische Luft gegangen. Plötzlich war ich schweißgebadet; so fängt es an, wenn man seekrank wird. Auf Deck ihrer Schiffe, aber zu weit entfernt, als dass ich sie hören könnte, winkten mir der Kapitän und Jean-Yves große Zeichen zu. Auch sie mussten raten. Das alles war in wenigen Sekunden passiert, und sie hatten ihren Blick auf den Spanier gerichtet, weil sie fürchteten, von ihm gerammt zu werden, falls er mit Gewalt zu fliehen versuchte. Was er auch zweifellos getan hätte, aber er war festgehalten worden.
Die *Lazarillo* hat sich als Erste in Bewegung gesetzt; Gendarmen waren an Bord geblieben, um Papiere und Ladung zu überprüfen. Dann folgte das Schnellboot, und dahinter kamen wir. Ich bin wieder nach hinten gegangen. Mein Indianer hatte überhaupt nichts geputzt. Er lag bäuchlings auf seiner Pritsche im Laderaum, den Kopf in das Kissen vergraben, was

mich an einen Jungen gleichen Alters erinnerte, dessen Vater uns sitzen gelassen hatte.
Ich habe mich, so gut ich konnte, hingesetzt oder, besser gesagt, hingekniet. Es war wirklich ein Rattenloch und außerdem stank es.
»Wo hast du diese Waffe aufgegabelt?«
Er hat sich umgedreht. Er hatte geweint.
»Von meinem Vater.«
»Liegt die schon lange hier rum?«
»Seit neulich, als wir gesagt haben, dass wir die *Lazarillo* festhalten würden. Ich wollte ihnen nur Angst machen.«
Er hatte Mühe, seinen Speichel zu schlucken. Er war es, der Angst hatte, und sie bildete einen dicken Klumpen in seiner Kehle.
»Die Gendarmen, sind die noch da? Und wo fahren wir jetzt hin?«
»Wir fahren nach Guilvinec, unsere Aussage machen. Die Verletzung ist nicht schlimm. Ich habe behauptet, dass das Gewehr meinem Mann gehört habe, damit man dich in Ruhe lässt. Wenn man dich irgendwas fragt, behaupte nicht das Gegenteil. Du hast es im Lagerraum gefunden, du hast den Spaniern Angst machen wollen, und der Schuss ist losgegangen, als ich es dir abgenommen habe, das ist alles. Das ist außerdem die Wahrheit. So ist es gewesen, nicht wahr?«
Er hat einen Moment überlegt. Er hatte alle Farbe verloren, mein Indianer, sämtliche Federn!
»Wenn Papa das erfährt …«, hat er gestammelt. »Er wollte schon nicht, dass ich bei Ihnen anheuere: Eine Frau als Baas, das findet er nicht normal!«
Ich musste trotz allem lachen. Was für eine Neug-

keit! So viel hatte er mir bisher noch nie über den Ingenieur gesagt.
»Und benutzt dein Papa das Gewehr jeden Tag?«
Er hat mit einem Kopfschütteln verneint.
»Also, dann sagst du ihm kein Wort. Mit ein bisschen Glück ist alles geregelt, bevor er merkt, dass es verschwunden ist.«
Er sah aus, als litte er ein bisschen weniger. Ich war sauer auf diesen Vater, der ihn terrorisierte.
»Warum tun Sie das?«, hat er mit kleinlauter Stimme gefragt.
»Weil ich es auch für meinen Sohn tun würde.«
Und während mein Sohn aufschrie, sobald ich in seine Nähe kam, ist mir dieser hier in die Arme gefallen.

Wir haben gute drei Stunden gebraucht, um nach Guilvinec zu kommen, und während der ganzen Fahrt haben meine Freunde die Frequenzen mobilisiert. Sie riefen von allen Seiten an. »Hörst du mich, Marie?«, »*Sonate*, bist du da?«, »Stimmt es, dass du jetzt auf die Leute schießt?«
Ungläubigkeit, Beunruhigung, Scherze, um sich Mut zu machen.
»Möchtest du, dass wir dich begleiten?«, hat der Kapitän angeboten.
Ich konnte sehr wohl spüren, dass er es sich übel nahm, mich in die Geschichte mit reingezogen zu haben. Vielleicht sagte er sich auch: »Ihr sind die Nerven durchgegangen.« Vielleicht dachte er wie der Vater von Noël, dass es nicht normal war, eine Frau als Baas zu haben.
Aus Stolz habe ich abgelehnt. Er solle mit seinem

Fang nach Kersaingilles fahren. Er würde mir einen größeren Dienst erweisen, wenn er den Kindern Bescheid sagte, dass ich heute erst spät heimkäme. Und wenn das Verhör sich in die Länge zöge, hätte ich in Guilvinec nicht mehr genug Wasser, um das Schiff zurückzubringen.
Ich habe Alain den ganzen Weg am Ruder gelassen. Ich hatte noch immer dieses Schwebegefühl: Nichts würde mehr sein wie zuvor. Ich sah bereits die Landschaft anders: Noch nie war sie mir so schön erschienen, das Meer so majestätisch in seinen Draperien, so überlegen der Himmel, dem wir völlig egal waren.
Wie zu erwarten war, umkreisten uns, vom Abenteuer angelockt, die Boote der Touristen, und ich geriet in Wut bei dem Gedanken, wie sie sich heute Abend in ihren Hotels oder ihren schönen Behausungen mit unserer Geschichte wichtig tun und von allem reden würden, außer vom Wesentlichen: wie es dazu kommt, dass man sich auf der See, die der liebe Gott für jedermann geschaffen hat, gegenseitig angreift und »peng, peng, peng!« macht.
In Guilvinec brauchten die Gendarmen nur mich; meine Männer konnten heimkehren, allerdings auf dem Landweg. Die *Sonate* ebenso wie die *Lazarillo* standen vorerst im Hafen unter Arrest.
Das Wort Arrest hallte in meinem Herzen wie eine Vorwarnung.
Ich habe Noël Alain anvertraut. Denise und Marguerite brauchten sie nur abzuholen. Sie konnten gleichzeitig den Fisch mitnehmen und verkaufen, falls noch Kunden da waren.
»Den Seebarsch solltest du mit nach Hause nehmen.

Ich glaube nicht, dass ich heute Abend noch Lust habe, mich ans Kochen zu machen. Marguerite wird euch etwas Wundervolles zubereiten.«
Ich habe gelacht, um Alain zu beweisen, dass alles nur halb so schlimm war. Dann bin ich den Gendarmen gefolgt.

11

Ein kleines, mit Akten voll gestopftes Zimmer, ohne Farbe, ohne Luft. Das Gewehr liegt auf einem Tisch. Mit flinken Fingern tippt ein Gendarm meine Aussage. Aussage oder Geständnis?

Ich habe meine Personalien gesagt: Name, Vorname, Geburtsdatum, Witwe, Baas, Mutter von zwei Kindern. Bei der Erwähnung von Annaïs und Quentin habe ich eine Art von Scham empfunden: Ich dürfte nicht hier sein. Ich müsste bei ihnen sein. Dann sind wir zum Kern der Sache gekommen: die mit der *Lazarillo* ausgetauschten Beleidigungen, der Augenblick, wo ich das Gewehr in die Hand genommen habe.

»Haben Sie speziell auf diesen Fischer gezielt?«

»Ich habe überhaupt nicht gezielt! Ich habe es Ihnen doch schon gesagt: Der Schuss ist von allein losgegangen.«

Als Noël schließlich die Waffe losgelassen hatte, war ich aus dem Gleichgewicht geraten, und in dem Moment ist es passiert. Musste ich das im Einzelnen angeben? Ich habe beschlossen, meinen Indianer da nicht mit reinzuziehen.

»Würden Sie bitte hier unterschreiben.«

Ich gehorche. Hat es sich damit für mich erledigt? Ein Polizist betritt das Zimmer: um die fünfzig, graues Haar, Orden an den Schulterklappen – der Chef der Gendameriebrigade.

»Lass uns allein«, befiehlt er seinem Untergebenen.

Ich bin aufgestanden. Er macht mir Zeichen, mich

wieder hinzusetzen, und nimmt mir gegenüber Platz.
»Ich habe eben das Opfer angehört. Oder eher seinen Chef, denn der Mann spricht und versteht kein Französisch … Er heißt Gomera, Jesus Gomera, und er hat beschlossen, Anzeige zu erstatten.«
Anzeige? Das Wort hallt düster in meinem Herzen und paart sich mit dem »Arrest« von vorhin. Der Brigadier zeigt auf das Gewehr.
»Haben Sie immer eine Waffe an Bord Ihres Schiffes?«
Meine Antwort hatte ich vorbereitet.
»Wegen der Kinder bewahre ich es lieber auf dem Schiff als zu Hause auf.«
»Haben Sie es schon mal benutzt?«
»Noch nie.«
»Wussten Sie, dass es geladen war?«
»Absolut nicht. Und ich hätte so oder so die Kugeln nicht herausnehmen können.«
Er lächelt kurz.
»Nicht die Kugeln, die Patronen«, berichtigt er mich.
»Kaliber zwölf, ein Jagdgewehr. Wo hatten Sie die Waffe versteckt?«
»Ich hatte sie nicht versteckt, sie war im Laderaum.«
»Und Ihr Matrose geht sie dort holen … Er bedroht die *Lazarillo* …«
»Er wollte ihnen nur Angst machen. Sie schickten sich an, abzuhauen, mit dem Risiko, einen von uns zu rammen.«
Sie hatten Noël verspottet. Der Indianer war außer sich vor Wut und Demütigung. Er hatte das Gewehr geholt. Wann hatte er es geladen? Hatte er die Absicht, zu schießen?

»Und in dem Augenblick, wo Sie dem Matrosen die Waffe abnehmen, geht aus Versehen der Schuss los.«
»So ist es, Monsieur.«
Der Brigadier wiegt den Kopf. Hat dieser Jesus Gomera erklärt, ich hätte absichtlich geschossen? Und die anderen, die um ihn herumstanden, die gesehen haben ... oder geglaubt habe, zu sehen ...
»Ich habe den Stellvertreter des Staatsanwalts benachrichtigt«, informiert mich der Brigadier. »Er kommt morgen Vormittag vorbei.«
Stellvertreter des Staatsanwalts ... das klingt wie die Totenglocke.
»In der Zwischenzeit sind wir gezwungen, Sie hier zu behalten, Madame.«
Ich stehe auf, mein Herz klopft zum Zerspringen.
»Aber ich schwöre Ihnen, es war ein Unfall.«
»Das wird die Ermittlung feststellen müssen.«
»Und ich kann nicht nach Hause gehen? Wenigstens für die Nacht? Meine Kinder ...«
Der Brigadier schüttelt verneinend den Kopf. Ich sinke auf meinem Stuhl zurück. Wie naiv ich gewesen bin! Nicht eine Sekunde lang habe ich daran gedacht, dass man mich festhalten könnte, ich habe nicht einmal meine Stiefel ausgezogen. »Willst du, dass wir mitkommen?«, hatte der Kapitän angeboten. Warum habe ich es abgelehnt? Er wusste es!
»Kann ich wenigstens meine Kinder anrufen, sie sind allein, mein Mann ...«
»Ich weiß, Madame Delaunay, hier wissen alle, dass Ihr Mann nicht mehr da ist.«
Ich höre meine raue Stimme.
»Alle, außer mir, Monsieur. Manchmal kommt es mir vor, als wüsste ich es nicht wirklich.

Er seufzt, nimmt den Hörer ab und reicht ihn mir. »Bitte. Aber fassen Sie sich kurz.«
Annaïs ist sofort dran. Sie musste neben dem Apparat auf Posten gewesen sein.
»Mama, was ist denn nun schon wieder los?«, protestiert sie.
Ich zwinge mich, meine Stimme zu kontrollieren.
»Nichts Schlimmes, mein Schatz. Der Kapitän wird es dir erzählen.«
»Schon geschehen, er ist hier gewesen. Es heißt, du hast auf einen Spanier geballert?«
»Ich habe auf niemanden geballert. Das war ein Unfall.«
»Und wann kommst du nach Hause?«
Ich kralle meine Fingernägel in meine Handfläche. Für sie muss ich Haltung bewahren.
»Heute nicht mehr, aber morgen.«
Zu Hause herrscht ein langes Schweigen. Der Brigadier steht auf: das Ende der Erlaubnis?
»Mach dir keine Sorgen, mein Schatz, und kümmer dich um deinen Bruder.«
»Herzlichen Dank für das Geschenk!«
Sie hat es geschrien: Das ist die Angst. Ich sage: »Ich habe dich lieb« und hänge auf und heule. Der Brigadier schaut in eine andere Richtung. Ob er wohl Kinder hat? Kann er sich vorstellen, wie es mich zerreißt, dass sie durch meine Schuld leiden und ich sie nicht sehen, nicht berühren, nicht trösten und mich nicht von ihnen beschimpfen lassen kann?
Ich stehe auf und gehe auf ihn zu. Ich habe sämtliche Würde verloren. Die Würde ist mir schnurzegal.
»Und Sie, Monsieur, glauben Sie mir wenigstens?«
Er zieht eine Schublade seines Schreibtischs auf,

sucht darin herum und holt eine Hand voll Papiertaschentücher heraus, die er mir hinhält.
»Wenn ich Ihnen antworte, riskiere ich, parteiisch zu sein: Mein Vater war Fischer …«

Es nannte sich der Raum für Polizeigewahrsam und war eine Art Gitterkäfig mit Bänken im Inneren. Ich hatte noch Glück im Unglück, ich hätte auch in eine Sicherheitszelle mit Panzertür gesperrt werden können. Der Käfig befand sich in einem kleinen Zimmer ohne Fenster neben dem Eingang zur Gendarmerie. Durch die offen stehende Tür konnte ich den wachhabenden Gendarmen sehen. Das Telefon klingelte ununterbrochen. Die ganze Zeit hoffte ich, es seien meine Freunde, die ganze Zeit träumte ich, sie würden mich hier rausholen.
Man hatte mir ein Sandwich und einen Kaffee gebracht. Und auch eine Decke. Wenn ich zur Toilette müsse, brauche ich nur zu rufen. In meiner Fischerkleidung fühlte ich mich allein, salzig, dreckig. Ich wusste nicht, wie spät es war, denn auf dem Meer trage ich keine Uhr, die Sonne genügt mir. Sie war sicher schon lange untergegangen.
»Danke für das Geschenk …« Annaïs hätte es im Plural sagen können. Thibaut, in dessen Arme ich mich grundlos geworfen hatte, Loïk, den ich bis zu Madeleine verfolgt hatte, und heute die Krönung: eine falsche Aussage, um meinen Matrosen zu schützen.
Spät in der Nacht wurde eine junge Frau mit grünen Haaren in den Käfig gestoßen, die die Gendarmen ausgiebig beschimpfte. Sie hat mich angeschaut, hat eine Schachtel Zigaretten aus ihrem BH geholt und mir auf den Schoß geworfen. Ich rauche

nicht. Zum ersten Mal habe ich es bedauert – angeblich soll die Zigarette wie eine Freundin sein, selbst wenn sie einen vergiftet. Ich habe die Sendung zurückgeschickt.

»Sie haben mir ohnehin mein Feuerzeug geklaut«, hat sie lachend erklärt. »Und du, was hat dich hierher gebracht?«

Ich habe geantwortet, dass es sich um einen Irrtum handelte. Ich hatte keine Lust, einer Fremden mein Leben zu erzählen und mich von ihr duzen zu lassen.

Sie hat wieder gelacht.

»Ein Irrtum … Das sagt man immer. Nur leider ist es niemals das, was diese Schweine sich merken.«

Ich habe ihr den Rücken zugedreht.

Wie viel Uhr mochte es wohl sein, als ich aufgewacht bin, die Panik im Leib? Es war stärker als ich, stärker als alles, ich habe gebrüllt. Ein Gendarm ist herbeigelaufen. Ich klammerte mich an die Gitterstäbe wie ein wild gewordenes Tier.

»Was ist los?«, hat er gefragt.

Ich habe gefleht: »Monsieur, ich bitte Sie, sagen Sie mir, wo es ist!«

»Wo was ist?«

Ich habe auf die Mauern gezeigt.

»Wo ist das Meer, in welcher Richtung? Bitte, ich flehe Sie an.«

Er hat sich um sich selber gedreht und hat dann mit dem Finger auf eine der Wände gezeigt.

»Es ist dort. Wenn Sie immer geradeaus gehen, kommen Sie hin.«

Ich bin wieder auf meine Bank gesackt. Das Mädchen hatte sich nicht gerührt: An Verzweiflung musste sie gewöhnt sein, das bewies ihr grünes Haar. Ich habe zum Hafen geschaut und bin immer geradeaus gegangen, wie der Gendarm gesagt hatte. Aber alles war schwarz, ich konnte mein Schiff nicht finden, ich hatte das Gefühl, völlig verlassen zu sein. Ich hatte allen Lebensmut verloren.

12

Verlassen!
»Ich will meine Mutter sehen!«
Die Stimme einer Schauspielerin im Eingang zur Gendarmerie reißt mich aus einem klebrigen Halbschlaf. Eine tiefe Männerstimme antwortet: »Ausgeschlossen, Mademoiselle, das ist verboten!« Mir ist übel, und alles tut mir weh. Ich richte mich mühsam auf. Meine Gefährtin im Unglück ist verschwunden.
»Sie können mich nicht daran hindern. Sie haben nicht das Recht dazu.«
Ich schreie: »Annaïs, ich bin hier, keine Sorge, alles in Ordnung.«
Und zwar so sehr in Ordnung, dass ich, als meine Tochter, gefolgt von einem Gendarmen, in den Raum gestürmt kommt, nicht mehr weiß, ob ich lachen oder weinen soll. Sie stürzt sich zu dem Käfig, klammert sich an die Gitterstäbe und liefert ihre Botschaft in Höchstgeschwindigkeit ab, für den Fall, dass die Obrigkeit sie daran hindern könnte.
»Alexandres Vater kümmert sich um dich, er kommt dich heute Abend besuchen, er ist Anwalt, erinnerst du dich? Der Kapitän unternimmt die nötigen Schritte, er hat mir aufgetragen, dir das zu sagen. Hältst du durch? Ist es nicht zu gruselig, Mama?«
»Mademoiselle, ich bitte Sie …«
Der Polizist, ein ganz junger Mann, zieht Annaïs am Arm, aber nicht zu stark. »Streichhölzer«, pflegte Pierre dazu zu sagen. Aber stahlhart im Inneren.

Ihre geschwollenen Augen deuten darauf hin, dass sie auch nicht viel mehr geschlafen hat als ich.
»Und dein Bruder?«
»Er ist nicht in die Schule gegangen. Er nutzt das aus, was denkst du denn?«
Sie schnuppert ein bisschen, zieht eine Grimasse und versucht tapfer, mich zum Lachen zu bringen.
»Findest du nicht, dass es hier nach Stockfisch riecht? Seltsam für eine Gendarmerie.«
Ich seufze: »Ein Königreich für eine Dusche!«
»Wo du gerade davon sprichst, die Dusche, die haben wir gestern abgekriegt, als der Kapitän vorbeikam. Eine eiskalte sogar. Du hältst dich inzwischen also für Calamity-Jane? Benoît hat bei uns übernachtet.«
Diesmal musste ich lächeln. Benoît und Calamity-Jane.
»Mademoiselle, ich muss Sie bitten …«
Annaïs beschließt loszulassen und zischt dem kleinen Gendarmen zu: »Nazi!«

Kaffee, Butterbrot und dann ein bisschen Toilette in einer winzigen Waschkammer, die, welch ein Wunder, ein Oberlicht hat, durch das man ein Stückchen vom blauen Himmel sieht. Noch ein schöner Tag – für den Fischfang verloren. Was hatte der Kapitän sagen wollen mit seinem: »Wir kümmern uns um alles?«
Und Quentin? Im gefährlichsten Alter verliere ich meinen Jungen aus den Augen. Ich habe mich mehr um Noël gekümmert als um ihn. Mich drängt es unbeschreiblich nach Hause! Ein dicker Knoten in meiner Brust: Wenn Maître Delmas, Alexandres Vater, mich heute Abend besuchen kommt, dann bedeutet das, dass ich noch hier sein werde und er es weiß.

Eine zweite Nacht eingesperrt? Ich kann es mir einfach nicht vorstellen.
Neun Uhr, der Chefbrigadier betritt meinen Käfig und setzt sich neben mich auf die Bank. Gehört sich das? Er wirkt zugänglicher als gestern, man muss ihm meine Großtaten der vergangenen Nacht berichtet haben.
»Der Stellvertreter des Staatsanwalts ist auf dem Weg«, lässt er mich wissen. »Er muss gleich eintreffen.«
Meine Stimme klingt zittrig: »Was ist der genaue Grund für sein Kommen? Gestern habe ich nicht alles, was Sie gesagt haben, registriert. Ich war zu schockiert, verstehen sie?«
»Von ihm hängt die Entscheidung ab, ob es eine Untersuchung geben wird oder nicht.«
»Und dann?«
»Angesichts Ihrer Akte kann er entweder einen Untersuchungsrichter bestimmen oder die Affäre *ad acta* legen. Ich habe meine Leute losgeschickt, Ihre Besatzung zu verhören. Ihre Aussage kann zu Ihren Gunsten beitragen.«
Ich schweige mit einem bleiernen Klumpen im Hals: Noël verhört? Und wenn er mir wegen des Gewehrs widerspricht? Der Brigadier, der glaubte, mich zu beruhigen, hat das Gegenteil erreicht. Müsste ich nicht meine Lüge zugeben, ehe sie entdeckt wird? Ich habe den Eindruck, dass dieser Mann mir helfen will. Aber man ruft ihn ans Telefon. Zu spät!

Im Stich gelassen?
Zehn Uhr. Im Eingang tönt diesmal eine Männerstimme, fest, bestimmt, die der großen Predigt.

»Nur eine Minute, Monsieur le Gendarme. Sie ist meine Schwägerin.«
Der Herr Pfarrer.
Er kommt mit gerunzelter Stirn auf mich zu.
»Warum hast du das getan, Marie?«
Ehrenwort, er schimpft mich aus. Glaubt er, ich hätte absichtlich den Abzug gedrückt?
»Aber es war ein Unfall, Benoît. Hat man dir das nicht gesagt?«
»Das meine ich nicht, ich rede von dem Gewehr. Warum hast du überall erzählt, das Gewehr stamme von Pierre? Du weißt ebenso gut wie ich, dass er Waffen und die Jagd hasste.«
»Mach nur weiter so, dann bezichtigt man mich der falschen Aussage.«
Er starrt mir in die Augen.
»Wem gehört das Gewehr, Marie?«
Ich gebe keine Antwort. Wir sind nicht im Beichtstuhl. Und außerdem habe ich es immer gehasst, zur Beichte zu gehen. »Hochmütig«, nannte Mama das.
Benoît seufzt.
»Also wirklich, ich werde dich nie verstehen.« Wieder das Stirnrunzeln.
»Ich verstehe mich auch nicht. Das macht schon zwei.«
Der Gendarm erscheint in der Tür.
»Herr Pfarrer, wenn Sie bitte so freundlich wären …«
Benoît beugt sich zu mir: »Im Laderaum von diesem Schiff haben sie zwei Tonnen Seehecht unter der Maschengröße gefunden«, zischt er mir zu, ehe er verschwindet.
Das Wunder! Nicht ich bin es, die vor Gericht kommen wird, sondern der Dieb!

Der Stellvertreter des Staatsanwalts ist gegen elf Uhr eingetroffen. So hatte ich ihn mir nicht vorgestellt: jung, lockere Kleidung – Hemdsärmel und Tennisschuhe. Es fehlte ihm nur der Tennisschläger unter dem Arm.
Er hat mich im Büro des Brigadiers empfangen und zu meiner Erleichterung ist dieser dageblieben. Der Stellvertreter des Staatsanwalts hatte soeben die Akte zur Kenntnis genommen: Ob ich meine Aussage bestätigte? Ob ich etwas hinzuzufügen hätte? Ich habe an diesen jungen Mann gedacht, der kurz nach dem Besuch von Benoît in eine der Sicherheitszellen gesperrt worden war und der Herz- und ohrenzerreißende Schreie ausstieß. Nein, ich hatte nichts hinzuzufügen. Offenbar hatte Noël nichts von dem Gewehr gesagt.
Der Stellvertreter ist aufgestanden. Er hatte es offensichtlich eilig: Brest ist ja nicht gerade nebenan. Er hat sich an den Brigadier gewandt.
»Ich werde Sie morgen anrufen und meine Entscheidung wissen lassen.«
Ich bin ebenfalls aufgestanden.
»Könnten Sie die nicht jetzt gleich treffen?«
Er hat mich verblüfft angestarrt. Ich hatte das Gefühl, er sehe mich endlich zum ersten Mal wirklich.
»Geben Sie mir die Zeit, die Akte zu studieren, Madame.«
»Mein Schiff steht unter Arrest«, habe ich beharrt. »Ich habe Männer, die warten: zwei.«
»Die *Lazarillo* steht ebenfalls unter Arrest, mit zwölf Mann an Bord«, ließ mich der junge Mann in ironischem Tonfall wissen.
Er ist auf die Tür zugesteuert. Ich bin ihm gefolgt.

»Die Raten für mein Schiff, die warten nicht. Wissen Sie, was mich ein Tag kostet, an dem ich nicht arbeite?«
Er ist wie angewurzelt stehen geblieben, er wirkte äußerst genervt. Der Brigadier machte mir beschwichtigende Zeichen.
»Das ist nicht meine Sorge, Madame.«
»Und das, was man im Laderaum der *Lazarillo* gefunden hat, ist das auch nicht Ihre Sorge?«
Diesmal war es der Brigadier, der verblüfft war.
»Woher wissen Sie das?«
Den Pfarrer wollte ich ja schließlich nicht verraten.
»Radio-Seebarsch«, habe ich geantwortet.
»Sie denken also nur an Fisch!«, hat der Stellvertreter ausgerufen.
»Ich denke an die Männer, die dafür arbeiten.«
»Hören Sie zu, Madame«, hat er mit äußerst gereizter Stimme gesagt, »die *Lazarillo* kann eine Tonne Gold im Laderaum versteckt haben, das würde nichts an der Sache ändern. Man nimmt die Gesetze nicht in die eigene Hand.«
»Wenn die Gesetze von denen durchgesetzt würden, deren Aufgabe das ist, wären wir nicht gezwungen, uns einzumischen.«
An dem entgeisterten Ausdruck des Brigadiers habe ich erkannt, dass ich eine gewaltige Dummheit begangen hatte. Der Stellvertreter hat mir den Rücken zugewandt und hat sich entfernt. »Gezwungen, uns einzumischen …« Beinahe ein Schuldeingeständnis, wenn man so will.
Danke für das Geschenk.

13

Im Stich gelassen?
Papa ist in der Mittagszeit vorbeigekommen. Ich nagte gerade an einem Schinkenbrot. Ich habe sehen können, wie er eine Reisetasche in das Büro des Gendarmen stellt, weit aufgeklappt für die Inspektion. Als hätte er nie etwas anderes getan, als seine Tochter im Polizeigewahrsam zu besuchen. Mein armer Papa, mein wundervoller Papa!
»Wie Sie feststellen können, handelt es sich nur um ein paar saubere Kleidungsstücke«, hat er erläutert, »darf ich sie ihr geben? Es dauert nur ein paar Minuten.«
Der Polizist hatte schon ein höchst erregtes junges Mädchen und den Pfarrer zu mir gelassen. Und wenn man einmal nachgegeben hat … Zudem scheint mein Vater den Weg zu kennen.
Er schaute mich mit ungeheurer Zärtlichkeit und Sorge an. Die Sorge versucht er, hinter dem Lächeln zu verstecken. Ich halte ihm meine Stirn zwischen den Gitterstäben entgegen.
»Wie hast du es erfahren, Papino?«
Früher hatte Annaïs sie so genannt, Mamina und Papino. Es klingt albern, aber es macht warm ums Herz.
»Aus der Zeitung«, antwortet er. »Deine Mutter ist heute Morgen auf den Artikel gestoßen. Ich war schon in der Fabrik. Du kannst dir denken, dass sie mich sofort angerufen hat. Der Lokalsender hat am

Mittag darüber berichtet, sie nennen es das »Zur Vernunft bringen« der *Lazarillo*. Sie sprechen von dir. Ich habe deinen Freund, den Kapitän, erreichen können. Er hat mich beauftragt, dir zu sagen, dass er das Nötige veranlasse. Und wir sind auch da, keine Sorge. Und deine Mutter wird sich um die Kinder kümmern. Wenn ich denke, dass sie beschlossen hatten, uns nichts zu sagen, um uns nicht zu beunruhigen!«

Er holt einen Rock und ein Oberteil aus der Tasche. In den Rock gerollte Unterwäsche und eine Seife. Außerdem noch ein Buch. Das alles schiebt er mir zwischen den Gitterstäben hindurch, so gut es geht. Es ist typisch Mama, sofort an die »Aufmachung« gedacht zu haben, und es freut mich so, dass mir zärtliche Tränen in die Augen steigen.

»Und wie hat sie die Geschichte aufgenommen, meine Mama?«

Das scheint Papino plötzlich verlegen zu machen. Er räuspert sich.

»Stell dir vor, sie ist sofort zum Friseur gegangen, für den Fall, dass man sie interviewen will. Sie sieht sich schon auf die Barrikaden steigen, um ihre Tochter zu verteidigen. In Schönheit!«

Die Tränen der Zärtlichkeit werden zu Lachtränen. Der kleine Gendarm versteht die Welt nicht mehr und noch weniger, als mein Vater, nachdem er auf die Uhr geschaut hat, wieder hinausgeht, noch ehe er zur Ordnung gerufen worden ist: ein Mann ein Wort.

Ich hatte in dem winzigen Waschkämmerchen große Toilette gemacht und – Gipfel des Luxus – saubere, frisch gebügelte Kleider angezogen. Ich war dabei,

den Roman zu lesen, den Mama ihrer Sendung beigefügt hatte, als eine mir unbekannte Männerstimme den Chef zu sprechen verlangte. Es handle sich um die *Sonate* und es sei dringend.
Die Tür war nur angelehnt, und auch wenn ich mir den Hals verrenkte, konnte ich nichts sehen. War irgendwas mit meinem Schiff passiert? Es wurde wieder still. Ich habe mein Buch zugeklappt.
»Madame Delaunay, würden Sie bitte mitkommen?«
Im Büro des Brigadiers befanden sich Noël und sein Vater.
Ich hatte mir den »Ingenieur« trocken, streng und mit Brille vorgestellt. Er war groß, breit, sonnengebräunt und sah aus wie ein Seemann, Kategorie Offizier. Seine grünen Augen, von der gleichen Farbe wie die seines Sohnes, schauten mich verblüfft an.
Ich bin eher zierlich. Mit meinem geblümten Rock und meinem Oberteil mit Bubikragen musste ich der Vorstellung, die er sich von einem Baas machte, nicht besonders ähnlich sehen. Ich trug immerhin meine Stiefel, weil Mama vergessen hatte, meine Stöckelschuhe einzupacken.
Noël stand am Fenster und drehte mir den Rücken zu.
»Setzen Sie sich«, hat der Chefbridagier mir befohlen, und ich habe nur bemerkt, dass das Gewehr wieder auf dem Tisch lag. »Monsieur Morvan, der hier zugegen ist, ist gekommen, um uns zu sagen, dass die Waffe sein Eigentum ist.«
Der Gendarm hat ein Papier in die Höhe gehalten: »Dies ist die Erklärung, die er der Polizei als der Eigentümer gemacht hat.«
Unnötig, es abzuleugnen. Im Grunde empfand ich

eine gewisse Erleichterung. Ich hatte langsam die Nase voll von diesem Gewehr.
»Wir erwarten eine Erklärung von Ihnen.«
Yann Morvan war stehen geblieben und fuhr fort, mich mit der gleichen Verblüffung und Gereiztheit zu mustern. Ich habe mich an den Gendarmen gewandt.
»Das ist ganz einfach. Da ich es war, die das Gewehr in der Hand hielt, als der Schuss losgegangen war, habe ich es für überflüssig gehalten, meinen Matrosen in die Sache hineinzuziehen.«
Der Matrose hat bei diesen Worten seinen Kopf noch ein bisschen tiefer zwischen die Schultern gezogen. Ich wusste, was in ihm vorging: das schlechte Gewissen, mich durch seine Schuld und wegen dieses verfluchten Gewehrs in dieser Lage zu sehen, und die Scham, sich als feige erwiesen zu haben, indem er mich alles auf meine Kappe nehmen ließ.
»Eine falsche Aussage, Madame Delaunay. Ihnen ist doch wohl klar, dass das schwerwiegend ist«, hat mich der Brigadier zurechtgewiesen.
»Ich habe befürchtet, dass es für Noël noch schwerwiegender wäre als für mich!«
Yann Morvan hat die Brauen hochgezogen.
»Aber das ist noch nicht alles!«, hat er ausgerufen, und in seiner Stimme lag Ungläubigkeit.
Der Brigadier hat sich an ihn gewandt.
»Was sonst noch?«
»Madame hat es unterlassen, darauf hinzuweisen, dass der Schuss losgegangen ist, als sie versuchte, meinem Sohn das Gewehr aus der Hand zu nehmen. Und mein Sohn gibt zu, dass er keineswegs die Absicht gehabt hatte, es ihr zu überlassen.«

»Es ist alles so schnell gegangen, dass ich keine Zeit gehabt habe, mir Fragen über seine Absichten zu stellen«, habe ich gesagt. »Die Absichten der *Lazarillo* dagegen waren eindeutig. Sie schickten sich an, mit Gewalt auszubrechen.«
»Aber Madame, sehen Sie denn nicht, dass das die Sachlage vollständig verändert?«, hat sich der Brigadier erregt. »Man sieht, dass Sie keine Ahnung von Waffen haben, was diesen Unfall erklärt.«
»Es war in der Tat das erste Mal, dass ich ein Gewehr in der Hand gehalten habe«, habe ich zugegeben. »Selbst auf der Kirmes hat mich das nie gereizt. Ich schaue mir lieber die Landschaft von dem Riesenrad aus an.«
Was ließ mich so großtuerisch reden, wo mir die Angst in den Knochen saß. Wen versuchte ich zu beeindrucken?
»Ist Ihnen klar, was Sie riskiert hätten, wenn Noël es nicht gestanden hätte?«, hat Yann Morvan gereizt gefragt.
»Ich mag das Wort ›gestehen‹ nicht«, habe ich erwidert. »Mir lag nur daran, Ihren Sohn zu schützen. Ich hatte den Eindruck, die einzige Person zu sein, die sich um ihn kümmert.«
Für einen Augenblick flammte Zorn in den Augen meines Gegenübers auf.
»Er hat einen Vater, Madame!«
»Bis heute hatte ich noch nichts davon gemerkt.«
Der Brigadier hat mit der Faust auf den Tisch geschlagen.
»Genug von diesen Streitereien! Madame Delaunay, ich nehme an, Sie sind bereit, Ihre Aussage zu ändern?«

»Mit Vergnügen, falls es Noël nicht schadet.«
Der Polizist hat sich erhoben.
»Vielen Dank, meine Herren, Sie können gehen.«
Noël ist zur Tür gegangen, wobei er sich im Krebsgang bewegte, um meinem Blick nicht zu begegnen. Ich hatte seine Stimme noch nicht gehört. Wie konnte ich ihn mit diesem Gewicht auf den Schultern gehen lassen? Ich habe ihn am Arm erwischt.
»Hör zu, Indianer. Beim nächsten Mal genehmigen wir uns das dritte Netz. Einverstanden?«
Er ist hinausgegangen, ohne zu antworten. Der Vater dagegen hat sich vor mir aufgepflanzt und hat mir die Hand hingestreckt. Ich habe sie genommen. Er hat sie fest gehalten.
»Warum ›Indianer‹?«, wollte er wissen.
»Weil Ihr Sohn mutig ist. Und verrückt wie jene, die meinen, nichts als ihr Leben zu verlieren zu haben.«
Yann Morvans Blick hat mich durchbohrt. Er schien in mir etwas Verborgenes, Geheimes lesen zu wollen, das mir vielleicht selbst unbekannt war. Ich fühlte, wie ich rot wurde.
»Bis bald«, hat er gesagt und sich entschlossen, meine Hand loszulassen. »Und vielen Dank, Madame.«
Der Stellvertreter des Staatsanwalts hatte ausgesehen wie ein Tennisspieler, der es eilig hat. Der Ingenieur hatte das Gesicht eines Seemanns. Maître Delmas, der Vater von Alexandre, sah wirklich aus wie das, was er war – ein Anwalt. Anzug, Krawatte, Brille, beruhigende Stimme. Er hat mir erklärt, dass Noëls Aussage von größter Wichtigkeit für uns sei. Er sagte »uns«, und ich fühlte mich schon weniger allein. Er würde versuchen, noch heute Abend den Magist-

rat zu erreichen, um ihn über die neue Gegebenheit zu unterrichten.
»Er wird Sie nicht anhören«, habe ich ihn gewarnt.
»Das wird er müssen!«
Dann habe ich ihn gefragt: »Sagen Sie mir die Wahrheit. Riskiere ich, im Gefängnis zu bleiben?«
Meine Stimme war ausgerutscht. Den ganzen Tag hatte diese Frage in meiner Brust geschallt wie ein Gongschlag.
»Das will ich doch nicht hoffen!«, hat der Anwalt erwidert. »So oder so werden wir es morgen wissen. Mehr als zwei Tage darf man Sie nicht hier behalten.«
»Und wenn der Stellvertreter des Staatsanwalts entscheidet, einen Untersuchungsrichter zu ernennen?«
»Dann würden Sie der nicht vorsätzlichen Körperverletzung bezichtigt und würden ein bisschen länger fern von Ihrem Schiff bleiben müssen.«
Ich habe nicht geantwortet. Es war mir unmöglich, mir eine solche Katastrophe auszumalen: fern von dem zu sein, was mein Leben bedeutete.
Der Anwalt hat kurz seine Hand auf meine Schulter gelegt.
»Machen Sie sich trotzdem keine allzu großen Sorgen. Vielleicht haben wir morgen eine gute Nachricht. Der Verletzte soll angeblich erwägen seine Klage zurückzuziehen.«
Hoffnung hat mich gepackt.
»Ist das denn möglich?«
»War es Ihnen denn nicht möglich, Ihre Aussage zu ändern?«, hat der Anwalt gelacht. »Und ich habe mir sagen lassen, dass sie auf der *Lazarillo* nur einen Wunsch hätten: zu verschwinden, sobald sie die

Strafe für den Inhalt ihres Laderaums bezahlt haben. Die Stimmung im Hafen sei nicht gerade herzlich. Hauptsache, der Seemann entscheidet sich, bevor der Stellvertreter seinen Entschluss gefasst hat.«

»Und wenn die Anzeige zurückgenommen wird?«

»Dann muss man wirklich ein sonderbarer Vogel sein, um noch weiterzumachen.«

Es klang so etwas wie Verlegenheit in seiner Stimme. Verheimlichte er mir etwas? Ich habe gefragt: »Und ist er ein seltsamer Vogel, der Stellvertreter?«

»Nun, sehen Sie, es ist sein erster Fall. Er kann versucht sein, übereifrig zu reagieren. Und angeblich war der Kontakt zwischen Ihnen beiden nicht besonders gut.«

»Er war miserabel, Monsieur! Nichts als Verachtung von seiner Seite. Im besten Fall Indifferenz.«

»Wer würde denn auf die abwegige Idee kommen, Sie zu verachten, Madame?«

In meinem Gefängnis wurde es Nacht. Ich hatte darum gebeten, die gelbe Glühbirne an der Decke brennen zu lassen, aber es war eher in mir selbst, wo es Licht gebraucht hätte.

Was war mit mir los?

Ein paar Worte, ein Blick, und schon wachen vergessene Gefühle und Empfindungen wieder auf: eine Frau zu sein, zu gefallen, Interesse zu wecken. Während ich am Vorabend kurz davor gestanden hatte, aufzugeben, überkam mich jetzt in schmerzhaften, leuchtenden Schüben ein Lebensgefühl, ein wieder gefundenes Verlangen, zu kämpfen.

Unglaublich!

Aber er hatte mich reingelegt, der Ingenieur! Da stellt man sich einen armen, von seiner Frau sitzen gelassenen Kerl vor, armselig an Leib und Herz, und dann steht man einem muskulösen Mann mit dem Gesicht eines Seemanns gegenüber, einem Mann im besten Mannesalter, im schlimmsten Mannesalter, verheddert in ungeschickter Liebe zu seinem Sohn, aber entschlossen, den Dingen ins Auge zu blicken und nicht mit der Wahrheit zu spielen. Stolz. Anziehend.

»Bis bald. Danke ...«

Kein Wunder, dass ich ein bisschen durcheinander bin, mich so reinlegen zu lassen!

Aber wie heiß seine Hand gewesen war, die meine nicht loslassen wollte!

Ich weiß nicht, wie spät es war, als der dumpfe Schrei eines Nebelhorns durch die Nacht drang. Instinktiv habe ich mich zum Hafen umgedreht, hinter dieser Wand, immer geradeaus, und habe auf ein zweites Signal gewartet und überlegt. Ein Schiff in Not? Eines, das auf Grund gelaufen war? Oder einer dieser verfluchten Frachter, die mit Höchstgeschwindigkeit vorbeikommen und nicht einmal merken, wenn sie am Rumpf eines Trawlers eine manchmal tödliche Spur hinterlassen? Aber das hätte man nicht so gut gehört. Und Nebel herrschte nur in meinem Herzen.

Ein weiterer, anderer Signalton ertönte, dann noch einer und noch einer, der ganze Hafen und sämtliche Schiffe schienen sich an dem Konzert zu beteiligen. Ich stand aufrecht da und zitterte am ganzen Leib.

Zwei Gendarmen sind erschienen. Um die Rührung zu vertuschen, hat einer gesagt: »Sagen Sie mal, Ihre Freunde liefern Ihnen aber ein unglaubliches Konzert!«

Ins Konzert bin ich nicht oft gegangen, aber ich habe viel Musik gehört. Weniger, seit mein Fischer nicht mehr da ist, um mich darum zu bitten, als noch einen weiteren Liebesbeweis. Ich hatte noch keine Ahnung, dass diese fantastische, meiner Person gewidmete Marine-Sinfonie nur die Ouvertüre zu einer grandiosen Oper war.

14

Offenbar sind die Ersten schon vor Sonnenaufgang eingetroffen. Ein Fischer fängt den Tag früh an, denn zu lange im Bett zu bleiben geht auf seine Kosten. Der Treffpunkt war am Hafen, und das Ganze begann an den Theken der Cafés.
Azurblau oben, türkis unten, eine sanfte Brise, und die Touristen waren ebenfalls zugegen, um die Fischer aufbrechen zu sehen. Sie sind nicht auf ihre Kosten gekommen, denn die meisten Boote sind im Hafen geblieben.
Der Zug hat sich um neun Uhr in Bewegung gesetzt. Zahlreiche Frauen haben sich zu ihren Männern gesellt, nachdem sie die Kinder in die Schule gebracht hatten. Sie hatten zu Essen mitgebracht; die Pessimisten sagten voraus, dass es den ganzen Tag dauern könnte. Ohne Spruchbänder und ohne Slogans haben sich die Demonstranten zur Gendarmerie begeben.
Maître Delmas hatte, wie am Vortag versprochen, den Stellvertreter des Staatsanwalts über die neue Entwicklung informiert, die Aussage von Noël. Später, als wir uns wieder und wieder die Einzelheiten des Abenteuers erzählten, sollte ich erfahren, dass der Beamte ausgerufen hat: »Und gelogen hat sie außerdem noch! Also wirklich, dieser Frau ist nicht zu trauen!« Maître Delmas hatte nichts erreichen können, außer dass er die Information zur Kenntnis genommen hatte.

Ich befand mich noch immer in meinem Käfig, hatte einen Kaffee getrunken und Brote gegessen. An der Spannung, die in der Luft lag, und dem veränderten Blick der Gendarmen, die sich nach meinem Befinden erkundigten, konnte ich sehr wohl spüren, dass etwas im Gange war, aber von dort, wo ich mich befand, konnte man die Geräusche der Demonstration nicht hören.

»Sieht aus, als wären da ein paar Leute für Sie!«, hat mich der Brigadier wissen lassen.

Hin- und hergerissen! Er musste fürchten, dass es im Falle schlechter Nachrichten zu Exzessen kommen könnte.

Der Fischer, das bedeutet Geduld und Hoffnung, das Los seines Lebens. Und wenn er nicht mehr aufs Meer hinausfahren kann, setzt er sich davor und fährt fort zu warten, den Blick auf seine Angel oder auf den Horizont fixiert.

Sie haben sich eingerichtet, so gut sie konnten, haben sich Tabak und Brot geteilt, ein Journalist ist dazugekommen, dann noch einer, bald waren es so viele wie die Möwen, die darauf warten, dass das Netz eingeholt wird.

Offenbar hat der Stellvertreter des Staatsanwalts in Brest, den man über die Demonstration unterrichtet hatte, erklärt, er ließe sich seine Entscheidung von niemandem diktieren.

Kurz vor Mittag hat ein Telefonanruf die Gendarmerie in Aufregung versetzt. Jesus Gomera hatte beschlossen, seine Anzeige zurückzuziehen, und ob er vorbeikommen müsse? Man hat ihm geraten, zu bleiben, wo er ist, und zwei Gendarmen sind hingefahren, um das Protokoll zu erstellen. Der Brigadier hat

versucht, den Stellvertreter des Staatsanwalts zu erreichen, doch dieser befand sich nicht im Gerichtsgebäude. Er hat eine Nachricht für ihn hinterlassen. Wie haben es die Demonstranten erfahren? Durch das Auftauchen der Gendarmen auf der *Lazarillo*? Manchmal genügt ein Lächeln oder ein Nicken mit dem Kopf. Es hat sich jedenfalls wie ein Lauffeuer bis vor die Gendarmerie ausgebreitet und ist dort in einem großen Freudengeschrei »Wir haben gewonnen!« und Applaus explodiert.
Wir hatten noch nicht gewonnen. Ich zitterte bei dem Gedanken, dass der Stellvertreter seine Entscheidung treffen könnte, bevor er erfuhr, dass die Anzeige zurückgezogen worden war.
Ich befand mich inzwischen in einem kleinen Büro im rückwärtigen Teil der Gendarmerie. Mich aus der Arrestzelle zu entlassen war nicht ganz vorschriftsmäßig, aber sie sagten mir, dass, seit ich meinen Fuß hier hereingesteckt hatte, die Vorschriften einiges abgekriegt hätten. Das Bürofenster führte auf einen kleinen Hof und die Wohnungen der Gendarmen und ihrer Familien hinaus. Ein paar Frauen machten mir Zeichen, eine zeigte sogar ein Sieges-V, was ganz sicher auch nicht vorschriftsmäßig war! Ich konnte meine Freunde nicht sehen, aber ich nahm das Gemurmel war, manchmal in Wellen lauter werdend, manchmal verstummend wie die Brandung, die sich an den Mauern brach. Manches schrille Lachen erinnerte an das Möwengeschrei.

In den Mittagsnachrichten im Fernsehen hat man die Demonstration gezeigt. Man sah alle diese eher friedlichen Fischer, die um die Gendarmerie herum

Brotzeit machten. Das Erstaunliche war, dass sie weder von Fangquoten, noch von Fischereiplänen, nicht einmal von den Beamten in Brüssel sprachen, was man sonst zu hören gewöhnt ist, wenn das Meer in Wut gerät. In die Mikrofone, die man ihnen hinhielt, sagten sie nur: »Befreit Marie!«

Der Staatsanwalt am Gericht von Brest ist benachrichtigt worden.

»Wer ist denn diese Marie?«, soll er gefragt haben.

Später sollte im Poisson Bleu erzählt werden, mein Vorname sei bis nach Paris gedrungen. Doch das sind Ausschmückungen, denen sich in Eifer geratene Gemüter gerne hingeben, denn jeder hat irgendwann einmal das Bedürfnis, sich als Held zu fühlen. Kersaingilles war durch eine der Ihren bis auf den Teppich des Marineministeriums gelangt.

Eines ist sicher: Der Staatsanwalt hat seinen Stellvertreter angerufen, um zu erfahren, wie die Sache stünde. Letzterer hatte soeben erfahren, dass die Anzeige zurückgezogen worden war. Sie haben zusammen ihre Schlüsse daraus gezogen.

Mein Brigadier betritt mit einem breiten Lächeln den Raum. Mir scheint, als seien seine Wangen stärker gerötet. Mit klopfendem Herzen stehe ich auf.

»Sie sind frei, Madame!«

Die Nachricht trifft mich wie ein Brecher, und ich schwanke zwischen Erleichterung und Angst. Zum ersten Mal berühre ich meine Freiheit und ertrinke ein wenig darin. Dann denke ich an meine Kinder, und die Erleichterung gewinnt die Oberhand.

»Monsieur, ist die *Sonate* ebenfalls frei?«

Hinter der Tür, die offen geblieben ist, höre ich den Brigadier lachen.

»Ich dachte, dass für Sie das eine nicht ohne das andere geht!«
»Kann ich mich dann jetzt umkleiden?«

Ich habe in dem winzigen Waschraum, an den ich mich immer wie an eine Oase erinnern werde, meine Arbeitskleider wieder angezogen und dann Abschied genommen. Viele Leute mögen keine Uniformen, aber diese hier, die gefällt mir recht gut. Ich wusste nicht, wie ich es ihnen verständlich machen sollte, also habe ich den Brigadier für alle anderen auf die Wange geküsst.
»Möchten Sie, dass jemand Sie begleitet?«, hat er mit belegter Stimme gefragt.
»Auf keinen Fall!«
Er schien erleichtert.
»Sie wissen es noch nicht, passen Sie auf sich auf«, hat er mich nur gewarnt.
Und zum ersten Mal, seit ich hier war, habe ich von Herzen gelacht: Glaubte er tatsächlich, dass meine Freunde mir Angst machten?
Als ich in der Tür der Gendarmerie erschien, sind diejenigen, die vorn waren, aufgestanden, die Geschwätzigen und die Großmäuler sind verstummt, und ein gewaltiges Geschrei ist ausgebrochen. Er hatte wirklich das Nötige in die Wege geleitet, mein Kapitän, mein André. Eine wahre Menschenflut. Das hatte ich nun doch nicht verdient. Und dann wurde mir klar, dass es nicht ich war, der ihre Ovation galt. Mein Sieg war der Ihre, und meine wiedergefundene Freiheit ihr Stolz.
Meine beiden Familien standen in der ersten Reihe. Die vom Lande: meine Eltern, meine Tochter, Benoît.

Die von der See: darunter André, Jean-Yves, Marguerite, so rot wie vor dem Kochherd. Da war auch der Indianer mit seinem Vater. Ich glaube, einen Rechtsanwalt erkannt zu haben. Kurz, alle waren da, außer Quentin, den ich vergeblich suchte.
Die Journalisten haben sich auf mich gestürzt. Mama war ihnen zuvorgekommen: sie kam wirklich allzu frisch vom Friseur! Sie hat mich für die Kameras umarmt, aber ihre Tränen waren echt, ich habe sie auf meinen Wangen gefühlt.
Man hielt mir Mikrofone vor das Gesicht und bombardierte mich mit Fragen: »Nun, Marie, wie ist es, wieder frei zu sein? Gesiegt zu haben? Sind Sie anständig behandelt worden?«
Ich antwortete mit »ja«, »es geht«, »danke« …
»Und werden Sie das jetzt feiern?«, hat einer der Journalisten gefragt.
Ich habe die Sonne konsultiert. Wenn ich zu lange wartete, hatte ich nicht mehr genug Wasser, um den Hafen zu verlassen. Ich habe geantwortet: »Ich werde erst einmal mein Schiff heimbringen.«
Auf der *Lazarillo*, größer als alle anderen, waren die Spanier an Deck gekommen, um zu schauen: Seeleute mit dunklen Augen und groben Händen, die das Meer ebenso liebten wie wir und die noch härter und für noch weniger arbeiteten. Ich habe ihnen kein Zeichen gemacht, denn das hätten sie als Provokation verstanden. Und wie auch immer, diese hier waren wir los. Und wir hatten gesiegt: Bei ihnen würde es sich herumsprechen, dass es sich nicht lohnt, in unseren Zonen die Piraten zu spielen. Jetzt brauchten wir es nur noch den Engländern, Russen, Argentiniern und allen anderen beizubringen.

Abel wartete auf der *Sonate*. Es fehlte nicht viel, und er hätte mir vorgeworfen, dass ich zu spät gekommen sei. Sobald er mich gesehen hat, hat er den Motor angelassen. Ich habe noch ein paar Wangen geküsst und danke gesagt. Und als Annaïs mir gefolgt ist und wie eine Katze von Deck zu Deck gehüpft ist, um auf unserem zu landen, da habe ich mir ein Versprechen gegeben.
Zwei Tage in Polizeigewahrsam, und man sieht die Dinge in anderem Licht.
Die Kameras haben das Manöver verfolgt. Noch nie ist die *Sonate* so geehrt worden, nicht einmal an dem Tag ihrer Taufe. Ich hatte ein bisschen ein schlechtes Gewissen. Hatte ich jene, die so lange auf mich gewartet hatten, nicht zu schnell verlassen? Hatte ich sie nicht um ihr Fest gebracht? Aber es steht noch immer nicht in meiner Macht, die Gezeiten zu ändern, und das Fest, das würden wir in Kersaingilles feiern, sobald mein Schiff am Kai lag.
Das Meer war heiter, kein Wind, der es gereizt hätte, eine weite, silbrige Decke, unter der ich Akkorde klingen hörte, die mir allein bestimmt waren. Gewiss, das alles hört sich ein bisschen wie ein Märchen an. Außer dass es im Märchen nicht nach Dieselöl riecht und dass die Heldin immer zu ihrem Märchenprinzen findet.

15

War es, um den Sohn zu überreden, wieder mit mir fischen zu gehen, oder um den Vater wiederzusehen, dass ich an die Tür der Morvans geklopft habe, nachdem ich mehrere Tage lang vergeblich auf meinen Matrosen gewartet hatte?

»Lass ihm doch noch ein wenig Zeit«, riet mir Abel. »Überstürze nichts.«

Aber Zeit hatte ich nicht.

Es war sieben Uhr an jenem Abend. Nachdem ich Trèsfrais beliefert hatte, war ich kurz zu Hause vorbeigefahren, um mich frisch zu machen. Ich habe ein Weilchen gebraucht, um die Behausung desjenigen zu finden, den ich im Geiste noch immer den Ingenieur nannte, wenn auch nicht mehr mit Zorn, sondern mit Humor.

Auf einer Anhöhe auf halbem Weg zwischen unserem Dorf und Le Guilvinec schaute es aufs Meer hinaus: weiße Mauern mit verwaschenen Hortensien davor, blaue Fensterläden und ein graues Schieferdach, ganz und gar ein typisches Häuschen unserer Gegend. Ich hatte mir etwas im Zeitgeschmack Zurechtgeflicktes vorgestellt, doch auch da hatte ich mich geirrt.

Yann Morvan hat mir aufgemacht. Er trägt eine Cordhose und einen dicken Pullover. Sein üppiges pfefferundsalzfarbenes Haar umrahmt sein – trotz scharfer, wie mit dem Messer geschnitzter Falten – jung gebliebenes Gesicht. Als er mich sieht, erstarrt

er. Hätte ich meinen Besuch ankündigen sollen? Plötzlich lähmt mich Schüchternheit.
»Ich hätte gern mit Noël gesprochen. Ist er da?«
Er hat mit dem Kopf genickt.
»Kommen Sie herein. Es ist kalt.«
Der Wind war am Nachmittag aufgekommen. Das Meer war unruhig geworden, und wir waren erleichtert gewesen, wieder im Hafen zu sein. Das Zimmer, in das Yann Morvan mich führte, war ebenfalls ein Hafen. Es lud zum Anlegen ein, zum Wohlfühlen. In allen vier Ecken erhellt und mit Feingefühl möbliert. Nur eine Frau konnte diese zart getönten Lampenschirme und die feinen Stores ausgewählt haben. Eine Frau mit Geschmack. An den Wänden hingen auch mehrere Gemälde.
»Setzen Sie sich. Ich gehe Noël holen.«
»Warten Sie!«
Mein Gastgeber ist stehen geblieben. Ich habe gefragt: »Könnten wir vielleicht vorher über ihn sprechen?«
»Wozu soll das gut sein, da ich mich doch nicht für meinen Sohn interessiere?«, hat Yann Morvan ironisch geantwortet.
Ich habe mich zu einem Lächeln gezwungen und die Worte des Brigadiers wiederholt: »Genug Zeit mit Streitereien verloren …«
Er hat gelächelt. Zum ersten Mal.
»Also ein Glas auf den Frieden?«, hat er vorgeschlagen und auf den Sofatisch gezeigt, auf dem ein paar Flaschen aufgereiht standen.
»Gerne. Aber für mich ohne Alkohol, bitte.«
Mein Mund war trocken. Der Wind, die Erwartung. Welche Erwartung? Yann ist verschwunden. Ich

habe gehört, wie eine Kühlschranktür geöffnet und wieder geschlossen wurde. Wie ernährten sich ein allein stehender Mann und ein notwendigerweise hungriger Jugendlicher? Wer kaufte ein? Wer kochte? Das waren typische Fragen einer Frau.
»Grapefruitsaft, ist Ihnen das recht?«
Er hat sich einen Whisky eingegossen. Ich habe mich in eine Ecke des Sofas gesetzt und an handbestickte Kissen gelehnt. Er hat sich mir gegenüber auf einen Sessel gesetzt.
»Was ist mit Noël los?«, habe ich gefragt. »Ich warte jetzt schon über eine Woche auf ihn. Ich habe mehrfach hier angerufen, aber sobald er meine Stimme hört, legt er auf.«
Yanns Gesicht hat sich verdüstert.
»Ich nehme an, das ist die Scham. Er fühlt sich für Ihre Inhaftierung verantwortlich. Er fürchtet, Ihre Wertschätzung verloren zu haben. Seit Ihrer … Freilassung ist er nicht mehr aus dem Haus gegangen.«
»Um Himmels willen! Man kann ihn doch nicht so lassen. Er muss fürchterlich unglücklich sein.«
»So einfach sind die Dinge nicht«, hat Yann Morvan geantwortet.
Er ist aufgestanden und ans Fenster getreten.
»Es hat angefangen zu regnen!«, hat er bemerkt.
Er hat den Vorhang zurückfallen lassen und ist durchs Zimmer gelaufen. In seinen Bewegungen lag so etwas wie Ungeduld, eine nur mit großer Mühe gezähmte Kraft. So schön, oder besser, so hübsch dieses Zimmer auch sein mochte, es entsprach ihm nicht, er erstickte darin.
»Noëls Mutter ist vor achtzehn Monaten mit jemandem fortgegangen, der ihrem Geschmack besser ent-

sprach als ihr Mann«, erzählt er. »Noël macht mich für ihr Fortgehen verantwortlich. Zweifellos hat er nicht ganz Unrecht.«
Er hat mit einer Armbewegung auf den Salon gewiesen.
»Wie auch immer, ich habe nicht mehr das Recht, irgendetwas anzufassen. Sehen Sie das Scheit im Kamin? Sehen Sie die Staubschicht, die darauf liegt? Das ist so, seit Anne gegangen ist. Feuer wird erst wieder angezündet, wenn sie zurück ist.«
Mir schnürte sich die Kehle zu.
»Noël glaubt, dass seine Mutter wiederkommt?«
»Er versucht, es sich einzureden.«
Ich hatte große Lust, zu fragen: »Und Sie?«
Erwartete Yann ebenfalls Annes Rückkehr?
»Als sie uns im Stich gelassen hat, hatte Noël gerade sein Abitur bestanden«, fuhr er fort. »Er hat alle seine Projekte fallen lassen. Er wurde in eine Geschichte mit Ecstasy verwickelt; kennen Sie dieses Sauzeug? Ich wusste nicht mehr, was ich mit ihm machen sollte. Er ließ sich vollständig gehen.«
Er hat wieder mir gegenüber Platz genommen. Jetzt schaut er mich erneut so an wie in der Gendarmerie, wie mich seit Pierre niemand mehr angesehen hat. Mit Intensität, mit Neugier. Ich hätte beinahe gesagt – ist das möglich? – mit Hunger.
»Und dann hat ihn eine Baas angeheuert. An dem Tag, als er seinen Rasierapparat wiedergefunden hat, habe ich gefühlt, dass der Wind sich drehte. Im guten Sinne. Ich war erleichtert, und gleichzeitig nahm ich es dieser Frau übel. Noël war ein äußerst brillanter Schüler gewesen. Er hat sein Abitur mit ›Sehr gut‹ bestanden.«

»Wenn Sie es mir übel nehmen, warum haben Sie zu mir dann neulich ›danke‹ gesagt?«
»Weil ohne Sie dieser Blödian im Gefängnis säße. Er hätte geschossen, er hat es mir bestätigt! Vorsätzliche Körperverletzung, und dazu noch mit Planung.«
Durch die Tür schallte Gelächter. Noël stand auf der Schwelle. Der Blick, den er auf seinen Vater warf, den kannte ich nur zu gut. Quentin setzte ihn mir gegenüber ständig ein, seit er von Pierre erfahren hat: vorsätzliche Körperverletzung. Zweifellos verübelten es sich diese Jungen, nicht liebenswürdig genug gewesen zu sein, das heißt, würdig geliebt zu werden, damit die Liebe nicht aus dem Haus verschwand.
Das las ich alles darin und bin aufgestanden und auf Noël zugegangen, wie ich es mir bei Quentin nicht erlauben kann, mit offenen Armen und offenem Herzen. Er hat mir keine Zeit gelassen, etwas zu sagen. Er hat auf einen großen Sack hinter sich gezeigt.
»Der brillante Blödian folgt Ihnen.«

16

Die Prozession bewegt sich ganz langsam, halb unter Gebeten, halb unter Geplauder, die Hitze gehört zur Buße. Selbst das Meer brennt, aufgefrischt hier und da durch den Kegel eines weißen Segels. Es ist elf Uhr, und an diesem letzten Sonntag im Juli, dem Tag des Versöhnungsfestes, steigen Gläubige und Ungläubige zu der Grotte von Notre-Dame de la Lumière und ihrer wunderkräftigen Quelle hinauf.

Im Chorhemd, die Stola um den Hals, führt der Pfarrer die Prozession an. Gleich dahinter in dichten Reihen die Bürger von Kersaingilles, mehr Sünderinnen als Sünder. Aber mein Abel ist da und auch der Kapitän mit Colette, seiner Gattin, neben sich. Und Jean-Yves, der Rettungskapitän, mit einer nagelneuen Mütze.

Dann folgen die Ferienhausbesitzer, deren Häuser und deren Kinder wir kennen, die sich im Dorf und an unseren Ständen verpflegen und die sich in Ermangelung echter bretonischer Wurzeln wenigstens ein paar kleiner Seitenwürzelchen rühmen können. Und schließlich am Ende des Zuges die Touristen, einheimische wie ausländische, die man an den Fotoapparaten erkennt, die vor ihren Bäuchen baumeln. Letztere denken in erster Linie daran, den »richtigen Blickwinkel« zu erwischen, statt sich um ihre Seele zu bemühen.

Es ist die Zeit der großen Ferien.

Der Weg ist kaum als solcher zu erkennen. Wir

schlängeln uns zwischen Stechginster und Brombeergestrüpp hindurch, die Insekten surren, sie scheinen aus dem Rumpf der vom Sommer weiß glühend erhitzten Erde zu schwärmen. Vorsicht mit den nackten Beinen! Die Einheimischen haben vorgesorgt, sie tragen lange Röcke oder Hosen. Die anderen werden zu leiden haben wie jene, zum Beispiel, in winzigen Shorts und einem Büstenhalter, der mehr zur Schau stellt als schützt. Gut, dass sie ihn wenigstens anbehalten hat.

»Tag der Versöhnung, aber auch des Dankes«, sagt Benoît.

Mein erster Dank gilt Annaïs, sie hat ihr Abi bestanden, kein besonders gutes Zeugnis, aber was soll's.

Das Gefängnis bringt einen zum Nachdenken: Ich habe ihr Thibaut zurückgegeben.

Als ich ihn anrief, um ihm die Erlaubnis zu geben, meine Tochter zu sehen, sooft er wollte, das heißt, zu lieben, war er so gerührt, dass er kein Wort mehr hervorbrachte. Aber am nächsten Tag hörte ich Annaïs singen. Er hat wirklich keine Zeit verloren! Er gibt ihr offenbar Fahrstunden in der alten 2CV-Ente der Roseraie, und Mama hat ihr Urteil revidiert: Der Mieter ist ein anständiger Junge. Wenn sie wüsste!

Notre-Dame de la Lumière, hilft, dass Annaïs nie erfährt, was zwischen Thibaut und mir geschehen ist. Für sie nur ja nicht »die Wahrheit, die ganze Wahrheit und sonst nichts!«. Auch wenn es dem Herrn Pfarrer nicht gefällt.

Meine Eltern haben die Messe besucht, aber sie sind den Pilgern nicht gefolgt. Zum ersten Mal hat Quentin sich geweigert, mich zu begleiten. Als er klein war, nahm Pierre ihn auf seine Schultern, während

Annaïs es auch damals schon »ganz allein« schaffen wollte. Seit ich meine Zelle verlassen habe, weicht Quentin mir aus. Er weiß, dass ich dort gelandet bin, um Noël zu schützen. Ich habe versucht, mich mit ihm auszusprechen, aber er will nichts hören. Er verbringt seine Zeit im Taucherclub. »Das Beste, was ihm passieren kann«, erklärt seine Schwester.
Wir nähern uns der Grotte. Früher kamen Leute mit Augenproblemen, um ihre Augen im Wasser der Quelle zu baden. Und wenn die Quelle ausgetrocknet war, begnügten sie sich damit, mit dem Finger über den feuchten Fels zu streichen und sich die Augenlider damit einzureiben. Jedenfalls ist es ohnehin der Glaube, der zählt. Wenn man die Alten hört, so sind viele Menschen geheilt worden.
»Man muss auch um das innere Licht bitten«, sagt Benoît.
Notre-Dame de la Lumière, erleuchte mir mein Herz: Yann Morvan nimmt den ganzen Platz darin ein.
Am Ende der Prozession habe ich soeben in einer Gruppe von jungen Leuten Madeleine Labbé entdeckt, hübscher denn je in einem langen, eng anliegenden Kleid. Marguerite hat ihr geholfen, eine Stelle in einem Ferienhaus zu finden. Laut der letzten Informationen verhält Loïk sich still.
Vor der Grotte ist ein Stück Gelände gerodet worden. Die Frauen legen ihre Blumensträuße zu Füßen der Jungfrau nieder, dann machen sie Platz für die Kleinen, die Benoît in seiner Nähe haben möchte. Sie sind schüchtern. Wird Maximou eines Tages dabei sein? Benoît hat ihn unter seine Fittiche genommen. Seit seiner »Beichte« vor Quentin sehe ich meinen Schwager nicht mehr genauso wie vorher. Er er-

scheint mir größer. Man bemitleidet die Priester, dass ihnen die Frauen versagt sind, und denkt weniger daran, dass sie gleichzeitig darauf verzichtet haben, Kinder zu haben. Wenn ich Benoît mit den meinen und mit Maximou beobachte, kann ich das Opfer besser verstehen, das es für ihn bedeutet.
Gesang und Gebete. Versöhnung und Dank. Das Ganze zerhackt von Blitzlichtern und begleitet vom Surren der Kameras. Benoît hat schon mehrfach den Touristen funkelnde Blicke zugeworfen. Der Kapitän zwinkert mir zu: Der göttliche Blitzschlag wird nicht mehr lange auf sich warten lassen.
Er schlägt ein.
Nach einem ausgiebigen Kreuzzeichen wendet sich der Pfarrer an die Ungläubigen. Die junge Frau in Shorts ist auf einen Felsbrocken geklettert, um besser zu sehen, die anderen haben ihre Augen an ihre Sucher gedrückt. Benoît zeigt auf das magere Rinnsal der Quelle.
»Ihr habt Evian«, donnert er, »ihr habt Vichy, ihr habt die Thalassotherapie und die Schlammbäder. Dieses Wasser hier ist zu teuer für euch. Es kostet ein Gebet und ein bisschen Stille.«
Die Touristin ist von ihrem Hochsitz gestiegen. Sie weiß nicht mehr wohin mit ihrem Busen. Die Fotoapparate sind auf die Bäuche zurückgesunken. Hinter ihrer frommen Miene verbergen die Versöhner einen heimlichen Jubel. Es ist jedes Jahr das Gleiche! Und manchmal explodiert es auch in der Kirche. Aber dort ist es nicht nach Vichy, sondern nach Sankt Peter in Rom, wohin Benoît die Bildjäger schickt.
Der Aufmarsch beginnt. Jene, die etwas Persönliches zu erbitten haben und sich nicht zu sehr schämen,

werden nun nacheinander in die Grotte gehen und der Jungfrau die Füße küssen. Die Alten, ganz in Schwarz gekleidet, drängen sich. Für einige von ihnen mag es das achtzigste Pilgerfest sein.
»Und sie haben noch immer nicht genug ...«, seufzt mir Jean-Yves ins Ohr.
Als Marguerite an der Reihe ist, ahnt man, dass es um ihren Jean-Louis geht. Die Überraschung liefert uns allerdings Abel. Statt sich, wie die meisten Männer, zu verbeugen und weiterzugehen, nimmt er die Brille ab, vertraut sie Louise an, geht direkt an die Quelle und benetzt ausgiebig seine Augenlider, bevor er sich bückt und seine Stirn auf die Füße *Unserer Lieben Frau des Lichts* drückt und geraume Zeit so verweilt.
Abels Augen.
Das schlechte Gewissen sticht mir ins Herz. Seit so langer Zeit mache ich mir Gedanken über Abels Sehkraft ... Darf ich ihm glauben, wenn er behauptet, dass er den Arzt aufgesucht hat und alles in Ordnung ist? Warum zeigt er mir die Papiere nicht? Morgen entwischt du mir nicht, Bootsmann. Wir werden das morgen klären. Versprochen!
Benoît macht mir ein Zeichen. Will er, dass ich auch drankomme? Ich weiß sehr wohl, dass ich für das verstrichene Jahr ein paar Entschuldigungen zu erbitten sowie ein paar Dankeschön auszusprechen hätte. Nur, ich bin nicht mehr so sicher, ob ich das alles noch glaube. Um dem Schwager eine Freude zu machen, knie ich mich vor die Füße von Notre-Dame de la Lumière, und da es nichts kostet, streife ich mit den Lippen die Füße mit den verblichenen Farben und lege insgeheim ein Gelübde ab, aber ohne etwas

im Tausch dafür zu versprechen. Bei Maximou hat man ja gesehen, wohin das führt.
»Siehst du«, flüstert mir Benoît ins Ohr, als ich mich aufrichte. »Das Wichtigste ist nicht so sehr, dass du an Gott glaubst, sondern dass Er an dich glaubt.«

17

Er stand am Kai und schaute in Richtung des Poisson Bleu. Wenn ich ihn nicht erwartet oder, besser gesagt, herbeigehofft, insgeheim herbeigehofft hätte, hätte ich ihn wahrscheinlich nicht bemerkt, denn es herrschte großes Gedränge. Viele Touristen ziehen unser kleines Dorffest vor, das, wie sie meinen, bunter und spontaner ist als die Feste in den größeren Städten.

Ein paar Trachtenhauben und runde Hüte und Samtwesten waren für diese Gelegenheit aus den Schränken geholt worden. Man hatte den *jabadao* getanzt, eine Art Hexentanz, der einst vom Klerus untersagt worden war, und den schrillen Klang der bretonischen Sackpfeifen gehört. Der Cidre floss in Strömen. Der Kapitän, Jean-Yves, die Familien, alle Freunde waren zugegen, und alle jene, die auf dem Weg zur Grotte geschwitzt hatten, schienen noch mehr Recht darauf zu beanspruchen, sich zu amüsieren. Marguerite hatte ihren Jean-Louis mitgebracht. Seit dem Untergang der *Joyeuse* vermied sie es, ihn aus dem Haus zu lassen, vor allem in Hafennähe, aber er war in letzter Zeit wesentlich ruhiger geworden, und sie hatte den Versuch riskiert, indem sie ihm die Dosis seines Beruhigungsmittels verdoppelt hatte. Bislang war er friedlich geblieben.

Und nun, genau in dem Augenblick, wo ich Yann Morvan am Kai entdecke und mich frage, wie ich zu ihm gelangen sollte, ohne dass es auffällt, stößt

Jean-Louis einen Schrei aus, der einem das Blut in den Adern gerinnen lässt, fegt mit einer Armbewegung die Biergläser vom Tisch, steht auf und rennt zu den Schiffen, verfolgt von der ganzen Tischrunde. Ich nutze die Gelegenheit, um mich zu verkrümeln.
»Was ist los?«, hat Yann gefragt.
»Nichts«, habe ich geantwortet. »Das heißt, nichts Ungewöhnliches: das Elend eines Fischers. Ich werde es Ihnen erzählen.«
Sein Blick hat die Gruppe verlassen, die sich um Jean-Louis gebildet hatte.
»Kann ich Sie entführen? Ich möchte Ihnen gern etwas zeigen.«
Da gibt man zu Füßen einer Gipsmadonna, abgenutzt von den Lippen so vieler unglücklicher Menschen, so vieler Jean-Louis, einem Wunsch Ausdruck, ohne wirklich daran zu glauben, und kann sich selbst dennoch nicht daran hindern, in der Tiefe des Herzens ein Fünkchen Hoffnung zu fühlen wie das spärliche Rinnen der Wunderquelle. Und ein paar Stunden später geht der Wunsch in Erfüllung. Yann Morvan war meinetwegen gekommen.
Und der Verzweiflungsschrei des armen Jean-Louis und das nicht erhörte Gebet von Marguerite heute Morgen in der Grotte konnten das Aufbranden von Glück oder Lebenslust in meiner Brust nicht verhindern, das ich seit … seit wann? … nicht mehr empfunden hatte. Wagen wir, es zu sagen: seit Pierres Tod.
Ich bin dem »Ingenieur« bis zum Ende des Kais gefolgt. Ich nannte ihn insgeheim noch immer so. Wenn man bedenkt, dass ich ihn mir an Leib und Seele verdörrt vorgestellt hatte! Es kann manchmal

angenehm sein, sich an die Zeit zu erinnern, wo man auf dem Holzweg war.
Er hat auf ein Schiff am Anlegeplatz der Besucher gezeigt.
»Mein Schiff, das ist jenes dort!«, hat er stolz verkündet.
Gleichzeitig schlank und bauchig, weißer Rumpf mit einer roten Wasserlinie, gekrönt von einer Kommandobrücke aus lackiertem Holz – ein wunderschönes altes Motorboot. Es hatte nichts gemein mit diesen mit Lenkrädern versehenen Plastikbadewannen, die heutzutage so großen Erfolg haben. Und sein Name steht ihm gut, die *Honoré*.
»Also jetzt verstehe ich überhaupt nichts mehr!«, habe ich ausgerufen.
»Was verstehen Sie nicht mehr?«
»Noël hat mir nie von diesem Prachtstück erzählt!«
»Und dabei ist er verrückt darauf«, hat Yann geantwortet. »Keinen Fuß mehr draufzusetzen ist Teil der Strafe, die er mir auferlegt. Wie auch, mich allein zu Hause zu lassen, vor einem staubigen Holzscheit, das ich nicht anzünden darf.«
Noël verbrachte nach wie vor die meisten Nächte auf der *Sonate*. Ich hatte versucht, mit ihm über seinen Vater zu sprechen, aber er weigerte sich. Wenn er aufhörte, ihn für das Fortgehen seiner Mutter verantwortlich zu machen, würde das dazu führen, dass er sich selber anklagte?
»Wie geht es ihm?«, hat Yann mit belegter Stimme wissen wollen.
»Er findet langsam seine Ruhe wieder. Noch ein bisschen Zeit, und Sie werden sehen, dass sich die Dinge regeln werden.«

Das war es, was ich mir in Bezug auf Quentin immer wieder sagte.
Yann hat einen Seufzer ausgestoßen. Dann hat er sich geschüttelt und auf sein Schiff gezeigt.
»Bereit, an Bord zu gehen?«
Ich habe auf meine weiße Hose und meine leichte Bluse gewiesen.
»Die Aufmachung lässt zu wünschen übrig und mir dreht sich der Kopf. Ich habe ein bisschen viel Cidre getrunken.«
»Was die Aufmachung betrifft, so werden wir etwas finden. Und was das Getränk angeht, solange Sie nicht seekrank werden …«
Ich habe mich nach den Kervélecs umgeschaut. Sie stießen Jean-Louis gerade in das Auto der Familie, dessen vier Türen offen standen. Wie eine Falle.
»Es ist eher an Land, wo es mir im Augenblick übel wurde.«
»Na, dann schnell an Bord!«
Er hat den Motor angeworfen, und ich habe auf sein Zeichen gewartet, die Taue zu lösen. Er hat eine Jacke für mich gefunden. Wir haben uns zu beiden Seiten des Ruders aus Teakholz niedergesetzt und haben still und heimlich den Hafen verlassen.

Es war die allerschönste Tageszeit, zu der ich gewöhnlich müde von meinem Arbeitstag heimkehrte. Seit wann war ich nicht mehr zum reinen Vergnügen auf dem Meer gewesen? Der Motor der *Honoré* gab ein leises Geräusch von sich, und man hörte hin und wieder Fetzen der Musik aus dem Poisson Bleu. Plötzlich wurde mir bewusst, dass wir noch drei gute Stunden Tageslicht vor uns hatten, drei Stunden

von solch wundervoller Schönheit, dass ich von Lebensfreude überschwemmt wurde.
Nachdem wir die Fahrtrinne passiert hatten, ließ Yann die Küste backbord liegen und beschleunigte. Er lenkte das Schiff, als hätte er sein ganzes Leben lang nichts anderes getan. Abgesehen von ein paar Booten, die die Reusen einholten, gab es vor allem Freizeitjachten, von denen manche beim Fischen waren. Und diese konnten fangen, was sie wollten, und manchmal sogar ihren Fang schwarz verkaufen, sie würde man nicht zur Ordnung rufen.
Man mag sich übrigens fragen, aus welchem Grund!
»Kann ich nicht irgendetwas tun?«, habe ich angeboten. »Ich bin es nicht gewöhnt, ohne Arbeit zu sein.«
»Die Berufsfischer haben am Sonntag Ruhetag«, hat Yann erklärt. »Und vor allem am Versöhnungsfest.«
»Und so oder so ist das kein Frauenberuf, nicht wahr?«, habe ich widerwillig gescherzt.
Er hat eine Braue hochgezogen.
»Hat Noël das gesagt? Noch eine Art, seinen Vater runterzumachen.«
»Ist das nicht Ihre Überzeugung?«
»Ganz und gar!«
Obwohl ich es vorher wusste, hat mich seine Antwort enttäuscht.
»Ich meine, ich bin gar nicht so schlecht!«
»Ich habe nicht gesagt, dass Sie unfähig sind, ich meine nur, der Beruf ist zu hart für Sie.«
An manchen Abenden hatte ich körperlich und seelisch die Nase voll, aber um nichts in der Welt hätte ich das zugegeben.
»Für die Männer ist es nicht minder hart.«
»Der Zufall will, dass die Männer mehr aushalten.«

»Der Zufall will, dass meine Tochter Sie für einen Macho halten würde.«
»Sagen Sie ihr mit einem Gruß von mir, dass ich nichts dagegen hätte, wenn ihre Mutter zum Beispiel … Marineministerin wäre.«
Ich habe gelacht.
»Leider habe ich weder für das Ministerium noch für die Fischerei wirklich die Wahl gehabt.«
Ich war erleichtert, dass er nicht weiter nachfragte. Ich hatte nicht die geringste Lust, über unbezahlte Raten und über Verrat zu sprechen.
Ungefähr zwei Meilen von der Küste entfernt war ein Gebiet mit roten und orangefarbenen Bojen gekennzeichnet. Yann hat den Motor gedrosselt.
»Wir sind da.«
In der Mitte des Gebiets hat er den Motor abgestellt und Anker geworfen.
»Kommen Sie!«
Ich bin ihm auf die Kommandobrücke gefolgt, die Elektronik war eindrucksvoll. Von dort sind wir über eine Leiter in eine bequeme, geräumige Kabine hinuntergestiegen. Yann hat mir Zeichen gemacht, mich auf die Bank zu setzen. Er hat ein Fernsehgerät eingeschaltet und eine Kassette in das Videogerät geschoben. Er hat sich geheimnisvoll gegeben und konnte sich ein Lächeln nicht verkneifen. Mir drehte sich der Kopf. Ich hätte gewünscht, dass er mich in die Arme nähme.
»Was Sie jetzt sehen werden, befindet sich direkt unter uns«, hat er angekündigt. »Sie sind bei mir, in meinem Arbeitsfeld.«
Ich hätte eher gesagt, ein Wald. Er bestand aus braunen Algen mit langem Stiel, die sich wie an Tauen

entlangwiegten. Fische schwammen majestätisch darin herum. Ich habe ein paar goldene Meeräschen erkannt.
»Haben Sie schon einmal *wakamé* probiert?«, wollte Yann wissen.
Ein bisschen verlegen habe ich geantwortet, dass ich nicht wirklich auf Algen … stünde.
»Das muss sich ändern«, hat er bestimmt. »Stellen Sie sich köstlich knackige grüne Böhnchen vor, voller Vitamine. In Japan gelten sie als Luxusprodukt. In Frankreich rümpft man die Nase. Bislang … Wer weiß, ob die Algenkultur nicht eines Tages Ihren Fischerfreunden Arbeit verschaffen wird? Und, lachen Sie nicht, aber in großen Mengen erwirtschaftet, könnte sie helfen, das Welthungerproblem zu lösen.«
Mir war nicht zum Lachen zu Mute. Ich hatte das Gefühl, das würde einen Traum zerstören. Und während der Wald vor uns seine Farben entfaltete, erklärte mir mein Ingenieur, dass die Alge überall zu finden war. Im Straßenbelag und unter den Sohlen unserer Schuhe. Sie diente dazu, die Babywindeln wasserundurchlässiger zu machen. Man aß sie, ohne es zu wissen, in manchen Süßspeisen.
Als die Kassette abgelaufen war, stand ich noch immer in ihrem Bann.
»Wer hat das aufgenommen?«, habe ich gefragt.
»Ich selber. Ich bin viel getaucht. Auch heute noch. An traurigen Tagen …«
Quentin hätte ihm nicht widersprochen.
»Mein Sohn taucht ebenfalls. Er ist in einem Club. Was Sie mir da erzählt haben, hätte ihn begeistert. Sämtliche Schätze des Meeres interessieren ihn.«

»Diese Schätze hier, die muss man pflegen. Mehrere Male im Jahr tauche ich hinein. Jeder, der guten Willens ist, ist herzlich willkommen.«
Ich, Noël. Er, Quentin! Ich musste tief durchatmen. Mit Yann musste ich ständig nach Atem ringen, so als hätte ich meine Brust von einem alten Gewicht zu befreien, als würde ich sagen »endlich«. Wir sind wieder an Deck gestiegen.
»Wie sind Sie auf die Idee gekommen, Nahrungsalgen zu kultivieren?«, habe ich gefragt, während wir zurückfuhren.
»Eine alte Geschichte. Ich verbrachte meine Ferien auf dem Hof meines Großvaters Honoré. Er lebte von der Seetangernte. Zu jener Zeit diente die Alge noch als Dünger auf den Feldern. Wenn es nichts anderes zu essen gab, ernährte sich die Familie davon. Das Niederste vom Niederen. Mein Vater schämte sich dafür. Er hatte sich geschworen, erfolgreich zu sein! Bei seinem Tod vor drei Jahren besaß er mehrere Apotheken in Bordeaux. Ich habe das Erbe vergeudet, um hier ein nicht besonders rentables Unternehmen zu starten.«
»Und Honoré zu rächen, indem Sie die Alge auf jedermanns Teller bringen?«
Yann musste lachen.
»Vermutlich. Ich habe ihn wirklich bewundert! Er hat mich gelehrt, was Mut ist. Meine Großmutter arbeitete mit ihm zusammen. Stunden um Stunden in dem eiskalten Wasser, entrissen sie dem Meer den Tang mit der Harke oder der Sichel. Können Sie sich das vorstellen? Sie hieß Katrina und war fast so schön wie Sie. Sie ist lange vor ihrer Zeit gestorben, mit dem Gesicht einer Hexe.«

»Das war kein Beruf für eine Frau?«, habe ich leise gefragt.
»Sie haben es erfasst.«

War das dort hinten schon die Fahrtrinne? War es schon sieben Uhr? Rosa Wolken formten sich am Himmel, wie hier häufig am Abend. Als Kind nannte Quentin sie Zuckerwatte.
»Das muss sich ändern«, hatte Yann gesagt. Ein Versprechen, dass wir uns wiedersehen würden? Was, in aller Welt, drängte mich so stark zu diesem Mann hin? Er hätte meiner Mutter gefallen, der Gipfel! Der Gipfel ebenfalls, als mir eine Bemerkung von Thibaut, meinem einmaligen Liebhaber, in den Sinn kam: »Wir haben alle mehrere Personen in uns, und es sind Begegnungen mit anderen, die sie uns enthüllen.«
Als er hinzugefügt hatte, dass manche für immer unerkannt blieben, hatte es mir einen Stich ins Herz versetzt.
Im Kontakt mit Yann erwachte in mir eine andere Frau, eine, die Aufmerksamkeit und Sanftheit forderte, die ihrer selbst weniger sicher war als die Draufgängerin, die Pierre geliebt hatte. Aber gab es Pierres Frau überhaupt noch? War sie nicht in gewissem Sinn von Madeleine getötet worden? Man kann irgendwann Verständnis aufbringen, man kann sogar verzeihen, aber niemals kann man vergessen, und sei es auch nur für einen kurzen Moment, dass man nicht die Einzige für jemanden gewesen ist.
»Ist alles in Ordnung, Marie?«, hat Yann gefragt.
Ich habe gemurmelt: »Alles in allem mag ich die Sonntage.«

Er hat seine Hand auf mein Knie gelegt. Es ist mir wie ein Licht aufgegangen – der Strich! Dieser Strich, der sich in meinem Leben gezogen hat, als ich bei der Auseinandersetzung mit der *Lazarillo* das Gewehr dieses Mannes in die Hand genommen habe, das war zwischen vor ihm und nach ihm.

Als wir in die Nähe der Fahrtrinne gelangten, kreuzten wir zwei Segelschiffe. Ihre Passagiere machten uns Zeichen. Yann hat ihnen geantwortet.

»Freunde von mir. Darf ich sie Ihnen vorstellen?«

Und dann steht er auf, legt seine Hände als Trichter vor den Mund und richtet sich an die weißen Flügel, die hinter den Felsen verschwinden, aber auch an den Wind, und warum nicht an Honoré?

»Dies ist Marie«, ruft er. »Sie ist eine Frau, die ich gerne küssen möchte. Wenn sie nicht einverstanden ist, soll sie es mich sofort wissen lassen.«

Unsere Lippen kommen zusammen. Es ist nicht so sehr ein Besitzergreifen als das Erkunden des Territoriums. Ich lasse meine Lippen geschlossen, um den unergründlichen Augenblick vor dem ersten richtigen Kuss festzuhalten, den Augenblick, wo man sich auserwählt und auserkoren fühlt, den Augenblick der perfekten Musik vor dem Glück oder der Enttäuschung.

Und dann bricht alles zusammen.

Mit dem Getöse eines auf Vollgas laufenden Motors rast ein Trawler direkt auf uns zu.

»Was ist denn in den gefahren?«, ruft Yann und ändert den Kurs.

Der Trawler tut das Gleiche. Mein Herz und mein Kopf explodieren. Ich stehe, Yann ebenfalls. Mit der Hand auf dem Ruder, schaut er mich fragend an. Ich

kann nicht sprechen. Die *Pastourelle* nähert sich, die *Honoré* schaukelt, das Meer ohrfeigt ihre Flanken. Loïk ist auf Deck. Er lacht. Und als sein Schiff haarscharf an unserem Rumpf entlanggleitet, macht er eine Geste von abgründiger Vulgarität, indem er die Faust mit ausgestrecktem Mittelfinger schwenkt, und weckt die Erinnerung der brutalen Geilheit, vermischt mit Hass, und schleudert mir das gesamte »Vorher« ins Gesicht und zerstört die keimende Liebe.
»Wer war das denn?«, fragt Yann, sehr bleich, mit dem Blick auf das brodelnde weiße Kielwasser, das die *Pastourelle* hinter sich lässt.
Er hat die obszöne Geste gesehen, sieht meine Bestürzung, die Tränen in meinen Augen. Ich stammle: »Ich kann es Ihnen nicht sagen … nicht jetzt. Eines Tages.«
»Wie Sie wünschen.«
Seine Stimme ist trocken, das Gesicht verschlossen. Yann hat voller Vertrauen und selbstlos gesprochen. Was habe ich ihm als Gegenleistung gegeben? Nichts. Sein feindseliges Schweigen zerreißt mich, bis zu dem Moment, wo er mich am Kai absetzt und ich mich zitternd, in seiner Jacke, wie eine Diebin davonstehle.
Der Strich wird nicht gezogen. Mehr schlecht als recht lebt man weiter und schleppt die Niederlage hinter sich her, und ich habe keinen Mut mehr. Am Ruder der *Pastourelle* habe ich Quentin erkannt.

DRITTER TEIL

1

Grünes Meer. Nicht ruhig, nicht bewegt, dazwischen. Wir nähern uns dem Ende des Monats August und nehmen schon die Düfte des Herbstes wahr. Es ist jedes Jahr das Gleiche: Mariä Himmelfahrt gibt das Zeichen, als ob die Jungfrau, indem sie in den Himmel zurückkehrt, den Sommer in den Falten ihres Gewandes mitnimmt. Hier und da haben die Ferienhäuser schon die Fensterläden zugemacht. Auf dem Sandstrand sind weniger Menschen, der Himmel wirkt größer. Der Poisson Bleu hat einen Teil der Tische hereingeholt.

Bald wird der Verkauf weniger gut sein, und Alain hat angefangen, sich nach einer neuen Anstellung umzuschauen. Nur für ein paar Monate; im kommenden Frühjahr geht er in den Ruhestand. Es macht ihm keinen Spaß; er hat sich an uns gewöhnt.

Heute sind es Abel, Noël und ich. Es ist kurz vor zwölf. Das erste Netz war gut bestückt: Dorsch, Seeteufel und Sardinen. Im Winter ist die Sardine auf hoher See, aber wenn das Wasser sich erwärmt, nähert sie sich dem Land. Die Kunden mögen sie zum Grillen.

»Ich muss dir nachher ein Wörtchen über deinen Quentin sagen«, hat Abel gemurmelt, bevor er Noël helfen ging, das zweite Netz zum Auswerfen vorzubereiten.

Er hat sich ganz schnell davongemacht, als schäme er sich für seine Kühnheit. Das »Wörtchen« muss von Gewicht sein, da er sich in meine Angelegenheiten

mischt! Ich frage mich, um was es wohl gehen mag, als ein Schrei erschallt, der mir das Blut in den Adern gefrieren lässt, gefolgt von verzweifeltem Rufen von Noël, der mich anfleht, das Manöver zu stoppen. Ich tue es, bevor ich nach hinten renne.
Am Boden zwischen den Fischen, die darauf warten, sortiert zu werden, windet sich Abel vor Schmerzen.
»Sein Bein ist in die Winde geraten. Ich habe ihn im letzten Moment befreien können«, stammelt Noël, weiß wie ein Bettlaken.
Das rechte Bein. Aus dem zerfetzten Ölzeug rinnt Blut.
»Hol mir den Kasten, schnell! Den mit dem roten Kreuz drauf.«
Noël rennt. Mit wild klopfendem Herzen knie ich mich neben Abel. Abbinden. Ich muss sofort abbinden! Die erste Geste, die man dem Lebensrettungslehrling beibringt: das Blut stoppen, das spritzt, das Leben, das ausläuft. Abel stöhnt schwächer. Er hat seine Brille verloren.
»Ich kümmere mich um dich, Bootsmann, es wird schon werden.«
Wild auf all den Fisch, um den sich niemand kümmert, attackieren die Möwen das Deck. Da ist Noël mit der Kiste zurück. Zuerst die Schere, um das Hosenbein aufzuschneiden.
»Halte ihn!«
Als das zerquetschte Fleisch der Wade zum Vorschein kommt, wendet Noël sich ab und übergibt sich. Ich knote die Binde oberhalb des Knies fest. Abel schreit. Das Blut fließt noch immer. Wenn man es nicht vollständig stoppt, ist es nutzlos. In der Kiste befindet sich eine Art Schraubenzieher. Wozu? Es gelingt mir, die Binde damit enger zu drehen. Es

klappt. Ich merke mir die Uhrzeit: zwanzig nach zwölf. Wenn man den Druckverband länger als eine Stunde dran lässt, ist das Bein abgestorben.

»Du bleibst bei ihm, Noël. Hindere ihn daran, sich zu bewegen. Unbedingt. Ich rufe Hilfe.«

Wir tauschen einen Blick. Es gelingt mir, ihn anzulächeln.

Zuerst das Schiff stoppen. Dreiviertel gegen den Wind. Der Wind scheint nachzulassen, ein Glück im Unglück. Meine Finger zittern, als ich die sechzehn auf dem Funkgerät wähle. Und wenn man mir nicht antwortet?

»Hier CROSS. Sprechen Sie.«

Ich nenne Namen und Position. Meine Stimme kippt um, als ich melde, dass ich einen Schwerverletzten an Bord habe. Sehr schwer verletzt.

»Bewahren Sie Ruhe, Madame, ich höre Sie schlecht«, sagt ein Mann, der an Paniksituationen gewöhnt ist, mit fester Stimme. »Ich verbinde Sie mit dem medizinischen Beratungszentrum in Toulouse. Ihnen können Sie alles erklären. Wir bleiben in Verbindung.«

Ich schließe die Augen. Ich beiße mir auf die Lippe. Durchhalten! Pierre, wo bist du?

»Hier Doktor Roland vom medizinischen Beratungszentrum. Was ist Ihnen widerfahren, Madame?«

Ich berichte von der Winde und von Abels zerquetschter Wade. Ich habe das Bein abgebunden. Es blutet nicht mehr.

»Sie haben getan, was zu tun war«, sagt die beruhigende Stimme. »Haben Sie eine Schiene an Bord?«

»Ich fürchte, nein.«

»Dann versuchen Sie etwas zu finden, um das Bein stillzulegen. Wie alt ist der Verletzte?«

»Dreiundfünfzig, Doktor. Er leidet. Er leidet höllisch.«
»Das kann ich mir denken. Können Sie ihm ein Beruhigungsmittel geben?«
»Habe ich nicht an Bord. Aber Alkohol habe ich.«
»Auf gar keinen Fall!«, ruft der Arzt. »Er muss nüchtern sein für die Operation. Halten Sie durch, Madame. Wir schicken Ihnen den Hubschrauber.«
Schon fast zehn Minuten, seit ich das Bein abgebunden habe. Ich habe das Gefühl, in meinem Kopf heult eine Sirene. Eine Krankenwagensirene. Schnell! Ich kehre nach hinten zurück, wo Noël Abel stützt und gleichzeitig die Vögel zu verscheuchen sucht. Hätte er ein Gewehr, würde er ein Massaker veranstalten. Abel ist wachsbleich; als ob er nicht einmal mehr die Kraft zum Stöhnen hätte.
»Wir müssen sein Bein schienen. Such mir zwei Bretter, nicht zu groß. Schnell!«
Noël verschwindet in der Küche. In den Händen des Bootsmanns, gekreuzt auf seiner Brust, seine Brille mit einem zerbrochenen Glas. Überall liegt Fisch. Im Wasser kann man das halb eingeholte Netz sehen. Hier und da sind andere Schiffe beim Fischen, ohne das Drama zu ahnen, das sich hier abspielt.
»Marie ...«, stöhnt Abel, »Marie, was geschieht mit mir?«
Ich unterdrücke die Tränen und beuge mich an sein Ohr.
»Der Hubschrauber ist unterwegs. Wir bringen das wieder in Ordnung, Bootsmann.«
Er versucht sich aufzurichten, um sein Bein zu sehen.
»Du darfst dich nicht bewegen, der Arzt hat es verboten.«

Da kommt Noël mit zwei lackierten Brettchen zurück.
»Ich habe sie aus dem Küchenregal genommen. Geht das, Marie?«
»Es muss. Such mir etwas zum Binden.«
Während er sucht, ziehe ich meinen Pullover und mein Hemd aus, das ich um die Wade wickele. Es färbt sich augenblicklich rot. Meine Lippe blutet auch, weil ich darauf beiße, um angesichts dieser Wunde nicht in Ohnmacht zu fallen. Noël kommt mit einem Seil zurück. Ohne dass ich ihn diesmal darum bitte, legt er sich neben Abel und umarmt ihn, damit er sich nicht bewegt. Ich platziere die Brettchen und binde sie fest.
»Marie, Marie, du tust mir weh«, schreit Abel schwach.
Tränen rinnen über die Wangen des Indianers. Die Schiene scheint zu halten. Fünfundzwanzig Minuten seit dem Abbinden.
»Jetzt decken wir ihn zu und warten. Danke, Noël!«
»Oh, Marie, muss er vielleicht sterben?«
»Ganz gewiss nicht. Sei still.«
Ich gehe auf die Kommandobrücke zurück, wo es nicht aufhört zu klingeln. Bevor ich antworte, nehme ich mir die Zeit, einen Kittel überzuziehen: kein Wunder, dass ich schlottere, ich bin im Büstenhalter.
»Der Hubschrauber mit einem Arzt an Bord ist unterwegs«, informiert mich der CROSS. »Er wird nicht lange brauchen. Halten Sie durch, Madame?«
Und dann die kräftige Stimme von Jean-Yves, unserem Rettungskapitän an Bord seiner *Hirondelle*.
»Wir sind auf dem Weg, Marie. Sobald der CROSS

uns informiert hatte, haben wir uns aufgemacht. Der arme Abel! Kein allzugroßer Schaden?«
»Riesiger Schaden, Jean-Yves. Riesig. Ich habe Angst, er schafft es nicht.«
»Natürlich schafft er es«, tadelt mich der Lebensretter. »Er ist der Zäheste von uns allen! Und wir sind gleich da und helfen dir. Mut, meine Große.«
Das hatte mir gerade noch gefehlt »meine Große«! Und nichts kann einen sich so klein fühlen lassen wie die Freundschaft. Ich weiß nichts zu antworten und lege auf.
Fünfunddreißig Minuten seit dem Abbinden.
Dieses Pünktchen am Horizont, dieses Brummen, ist das endlich der Hubschrauber aus Quimper? Noël brüllt und fuchtelt mit den Armen. Der Bootsmann hat Atembeschwerden. Ich beuge meinen Mund an sein Ohr.
»Sie kommen, Abel, hörst du sie? Sie kommen.«
Ich habe nicht gewagt zu sagen: »Du bist gerettet.«
Und dann wird alles noch viel schneller und vor allem geräuschvoller. Die Vögel weichen zurück, der rote Helikopter, ein Dragon, überfliegt uns. Ein behelmter Mann, der Taucher in dunklem Overall, schaukelt am Ende des Seils, von oben geführt durch die Befehle eines Mannes, der die Winde bedient, halb aus dem Dragon gebeugt. Es geht darum, dass er auf Deck landet und nicht im Wasser. Da ist er! Er befreit sich aus den Gurten und stürzt zu Abel. In seiner Hast rutscht er auf den Fischen aus und wäre beinahe der Länge nach hingefallen. Er flucht. Er hebt die Decke hoch und lässt sie mit einer Grimasse gleich wieder fallen. Er richtet sich wieder auf und schaut Noël und mich an.

»Okay«, brüllt er, da man einander kaum hören kann. »Da ist der Arzt.«
Es ist der Arzt, der jetzt am Ende des Seils baumelt. Der Taucher hilft ihm bei der Landung und stürmt dann auf die Kommandobrücke, um per Funk mit dem Hubschrauber zu kommunizieren. Diesen Höllenlärm genieße ich; denn er bedeutet, dass ich nicht mehr allein bin. Der Arzt beugt sich über das, was von Abels Wade übrig ist.
»Seit wann ist das Bein abgebunden?«
»Fünfundfünfzig Minuten.«
Abel keucht. Der Arzt fühlt seinen Puls.
»Ich werde die Binde lockern, aber vorher werde ich ihm Morphium spritzen.«
»Keine Spritze!«, brüllt Abel plötzlich. »Ich hasse Spritzen.«
Wir lachen unter Tränen, Noël und ich. Ungerührt bereitet der Arzt seine Spritze vor und sticht sie in den Arm des Bootsmanns, der noch immer plärrt.
»Sie werden sich wesentlich besser fühlen, Alter, und es wird Ihnen helfen, die Reise zu überstehen.«
Der Taucher ist mit fragendem Blick zurückgekommen.
»Wir machen ihn fertig zum Hochwinden«, entscheidet der Arzt.
Einen Verletzten von einem Zwölfmetertrawler in einen Hubschrauber hochzuziehen, das ist ein gewagtes Unterfangen. Man muss wirklich dazu gezwungen sein.
»Ich habe die Trage schon angefordert!«, schreit der Taucher.
Er macht Noël Zeichen: »Hilf mir, die Fische wegzuräumen.«

Noël ist froh, sich beschäftigen zu können, während der Arzt die Binde lockert. Das Blut fließt wieder, und mein Magen revoltiert. Ich hätte das nie machen können. Ein Jahrhundert vergeht, ehe er sie wieder festzieht. Der Taucher hat die Trage in Empfang genommen. Abel sagt nichts mehr, als die Männer ihn hochheben und darauf betten. Dann schnallen sie ihn fest. Seine Augen sind halb geschlossen, und man könnte fast sagen, dass er lächelt, auf dem Weg ins Paradies.

Der Arzt wird als Erster in den Hubschrauber geholt, um von oben dem Mechaniker an der Winde bei dem Manöver zu helfen. Jetzt ist der Verletzte dran. Ich drücke meine Lippen auf seine Wange, ich möchte ihm »guten Wind« wünschen, ich möchte ihm sagen …

»Ich habe dir die Brille in die Tasche gesteckt«, schreit Noël, während Abel abhebt.

Wir folgen dem Bündel mit den Augen. Wir eskortieren ihn, bis die Männerhände sich seiner bemächtigen. Er verschwindet im Bauch des Hubschraubers.

»Er wird in einer knappen halben Stunde im Krankenhaus sein«, sagt der Taucher, während er sich anschnallt. »Dort dürfte man schon dabei sein, den Operationssaal vorzubereiten. Sie haben getan, was getan werden musste, Madame. Und Ihr Sohn ebenfalls.«

Hat der »Sohn« es gehört?

Ich frage: »Und sein Bein, wird er es behalten?«

Der Mann antwortet nicht. Ich habe zweifellos nicht laut genug gesprochen. Noël schaut weg, die Augen voller Tränen.

Solange der Hubschrauber zu sehen war, haben wir uns nicht gerührt. Die Möwen haben ihren Tanz wieder aufgenommen. Ich habe die Hand auf die Schulter meines Matrosen gelegt.
»Ohne dich hätte ich das niemals geschafft. Du warst fabelhaft.«
Er hat vage mit dem Kopf genickt. Er schlottert jetzt am ganzen Leib.
»Komm, lass uns einen Kaffee trinken, wir räumen nachher auf.«
Er ist mir auf die Kommandobrücke gefolgt. Nach diesem ganzen Getöse fühlten wir uns in gewisser Weise ziellos, wie beraubt. Ich hatte die Lampen angelassen, die anzeigen, dass wir fischen. Ich habe das Funkgerät ausgeschaltet. Ich musste den zweiten Becher Kaffee abwarten, bevor ich die Kraft hatte, meine Frage zu stellen.
»Wie ist das denn genau passiert?«
»Er ist mit dem Fuß am Kabel hängen geblieben«, hat Noël düster geantwortet.
Und er hat hinzugefügt: »Aber er sah nicht mehr so gut.«
Sein Sträuben, das Echolot abzulesen, sein ständiges Brillenputzen, sein Gebet in Notre-Dame de la Lumière und so viele andere Zeichen. Ich wusste es seit dem ersten Tag.
»Er wollte nicht, dass Sie es erfahren«, fuhr Noël fort. »Er wollte weitermachen. Man hatte ihm etwas von einer Operation gesagt, grauer Star, glaube ich. Er meinte, dazu sei immer noch Zeit, wenn er in den Ruhestand ginge.«
»Und Alain? Wusste er es auch?«
»Natürlich wusste er es! Und es machte ihm zu

schaffen. Er wollte mit Ihnen darüber reden, aber er hatte Angst, Abel würde ihm vorwerfen, er habe es auf seinen Platz abgesehen.«

Es ist Sache des Baas, von seiner Besatzung die Kontrolluntersuchung, einschließlich die der Augen, zu verlangen. Er hat die Atteste zu fordern und den Seemann auszumustern, der nicht mehr diensttauglich ist.

Noël hat mit dem Finger gezeigt.

»Da sind sie!«

Die *Hirondelle* war ganz nah, Jean-Yves auf Deck. Ich habe vor Scham die Zähne zusammengebissen. Noël hat mich angeschaut.

»Weinen tut gut«, hat er gesagt. »Du musst weinen, Mama.«

2

Die Frauen, noch immer mit Gummihandschuhen und den Schürzen voller Fischschuppen, sind aus der Halle gerannt, um die Neuigkeiten zu erfahren. Jean-Yves hat ihnen geantwortet.
Der Lebensretter, der für Abel nichts mehr tun konnte, hat es stattdessen für uns getan und ist auf die *Sonate* gekommen, um Noël zu helfen, dessen Hände beim Ausweiden der Fische so heftig zitterten, dass wir einen zweiten Verletzten an Bord riskierten. Danach hat er die Funkrufe beantwortet. Er wollte, dass ich mich in der Koje meines Matrosen hinlegte. Sonst noch ein Wunsch?
Die Geschichte ließ sich in wenigen Worten erzählen. Ganz Kersaingilles und zweifellos die Umgebung mussten sie schon kennen: Als wir das zweite Netz einholten, hat Abel sich mit dem Bein im Seil verfangen und die Winde hat ihn erwischt.
»Aber wie ist es möglich, dass er sich im Seil verfängt?«, wollten die Frauen wissen.
Sie wollten aus meinem Mund die genaue Ursache für den Unfall erfahren. Dann konnten sie sich trösten: So was kann ihren Männern ja nicht passieren! Nur Marguerite, deren Mann das Schlimmste durchgemacht hatte, hielt sich heraus und machte mir Zeichen mit den Augen, dass sie auf meiner Seite war und meinen Kummer verstand.
Sie konnte meinen Kummer nicht verstehen. Sie wusste nicht, dass ich für alles verantwortlich war.

Alain dagegen wusste es. Er half Noël, die fast leeren Kisten auszuladen, ohne irgendetwas zu fragen. Er wich meinem Blick aus. Der Kapitän hat mich gerettet.
»Marie!«
Er fuchtelte mit seinem einen Arm und spaltete den Kreis der Klatschweiber.
»Ich nehme dich mit nach Quimper. Louise ist schon mit Colette losgefahren. Ich habe auf dich gewartet.«
Ich habe mich von allen diesen Gesichtern und all diesen Fragen, die mein Herz steinigten, gelöst und bin ihm zu seinem Wagen gefolgt. Er ist sofort losgefahren.
»Schlimmer als die Möwen«, hat er geknurrt. »Man könnte meinen, sie genießen das.«
André war genauso alt wie Abel. Sie waren zusammen in die Schule gegangen. Manche zählten Jean-Yves dazu, um sie die »drei Musketiere« zu nennen. Nach Pierres Tod war es Abel gewesen, der den Kapitän überredet hatte, mir eine Chance zu geben. Ich wusste, dass wir das Gleiche dachten, die gleiche Angst fühlten.
»Wie hat Louise reagiert?«, habe ich gefragt, um anzufangen.
Er hat kurz aufgelacht.
»Es ist wirklich seltsam! Ganz und gar nicht so, wie man hätte erwarten können. Man rechnete mit einem Nervenzusammenbruch, aber nein, das Gegenteil: Man hätte meinen können, dass sie das aufleben ließ. Offenbar ist das so bei depressiven Menschen. Bei einem Unglück sind sie in ihrem Element. Das Glück ist es, das ihnen Unbehagen schafft.«

Ich habe gewartet, bis ich die Kraft hatte, die andere Frage zu stellen.
»Und die Operation, weiß man schon etwas?«
»Er lag auf dem Operationstisch, als Colette mich angerufen hat. Sie hat von schwerster Quetschung gesprochen. Es sieht nicht gut aus.«
Ich habe seine eine Hand auf dem Lenkrad angeschaut. Sein Unterarm war zerschnetzelt worden, als er in der Irischen See versuchte, ein Netz zu befreien, das sich in der Schraube verfangen hatte – der klassische Unfall. Er kam recht gut klar mit dem einen Arm, der ihm blieb.
Ein eigenartiger Gedanke ist mir gekommen: Niemals mehr würde er eine Frau mit beiden Armen umfangen können.
Er hat meinen Blick aufgefangen und ich hatte das merkwürdige Gefühl, er hätte meinen Gedanken gelesen – und ihn verstanden.
»Weißt du, warum ich meine Prothese auf den Dachboden verbannt habe?«
Ich habe den Kopf geschüttelt. Die Wörter wollten nicht mehr kommen.
»Jede Nacht habe ich geträumt, dass ich sie verliere, dass man sie mir klaut. Jetzt kann ich wieder schlafen.«
Wir sind einem Traktor begegnet, der vom Feld kam. Der Kapitän hat den Fahrer gegrüßt, der Seemann und der Landmann. Die Sonne sammelte ihre schönsten Farben am Ende des Tages, um eine friedliche, grün gesprenkelte Landschaft zu streicheln, bevölkert von singenden Vögeln. Ich hatte Sehnsucht nach Frieden.
»Ich bin nicht sicher, ob ich weitermache, André.«

Mir tat nicht das Unglück gut, ich brauchte das Glück.
»Marie, Marie, erzähl doch keinen Unsinn«, hat der Kapitän geschimpft. »Jeder von uns hat irgendwann einmal geschworen, dass er aufhören würde, und wir sind noch immer da, wie du siehst. Und wie auch immer, eine solche Entscheidung trifft man nicht, solange die Gemüter so erhitzt sind.«

Wir sind schnurstracks in die Unfallstation gegangen. Zahlreiche Personen warteten dort. Ein Junge mit der Hand in einem blutigen Taschentuch weinte. Seine Mutter sagte: »Es ist doch nicht schlimm«, aber sie weinte auch. Wir haben eine Weile gebraucht, bis wir jemanden fanden, der über Abel Bescheid wusste, eine Frau um die fünfzig, die Oberschwester.
»Die Operation ist vorüber«, hat sie uns informiert. »Monsieur Lecorre ist auf der Intensivstation. Sind Sie mit ihm verwandt?«
»Nein, aber so als ob«, hat der Kapitän geantwortet. »Wie ist es gegangen?«
Die Schwester hat gezögert. Sie schaute auf den leeren Ärmel.
»Man hat amputieren müssen.«
Die Hand des Kapitäns hat meinen Ellbogen gepackt und sehr fest gedrückt.
»Können wir zu ihm?«, hat er mit wütender Stimme gefragt.
»Jetzt nicht, Monsieur. Vielleicht morgen.«
»Und meine Frau? Die Frau, die Madame Lecorre begleitet hat, wo ist sie? Können wir sie wenigstens sprechen?«

»Folgen Sie mir.«
Colette saß auf einer Bank auf dem Korridor vor der Intensivstation. Als sie uns sah, ist sie aufgestanden. Der Kapitän hat meinen Arm losgelassen.
»Nun, hat man es euch gesagt?«, hat sie mit einer Art Triumph in der Stimme gefragt.
»Man hat es uns gesagt«, hat André geantwortet.
»Und er … weiß er es?«, habe ich gestottert.
»Noch nicht. Er schläft. Er wird es früh genug erfahren! Louise hat das Recht, über Nacht bei ihm zu bleiben.«
Sie hat mich böse angeschaut.
»Du hättest ihn nie und nimmer anheuern dürfen, Marie! Er war viel zu alt. Es konnte ja nicht anders kommen!«
»Halt den Mund, Colette«, hat der Kapitän gedonnert. »Rede keinen Quatsch. War ich vielleicht zu alt, als ich meinen Arm verloren habe? Glaubst du, das Meer schert sich um das Alter? Sag uns lieber, was wir für Louise tun können.«
»Das gibt es nichts mehr zu tun«, hat sie geschnaubt. Sie hatte noch immer diesen Ausdruck von Befriedigung im Gesicht. Das Unglück hat gesiegt? Das Unglück konnte nicht anders als siegen? Mein Kapitän tat mir Leid. Er, der die Freuden des Lebens genoss, für ihn konnte es mit einer solchen Frau nicht einfach sein.
Am Ende des Korridors ist ein Mann aufgetaucht. Ein Mann, den ich seit Wochen nicht gesehen hatte und den ich fürchtete, verloren zu haben. Ich habe gerufen: »Yann!«, und er hat seine Schritte beschleunigt. Ich habe geschwankt. Er ist vor mir stehen geblieben.

»Da bin ich, Marie. Noël hat mich hergeschickt. Er hat mir gesagt, Sie brauchten mich.«
Ich war zutiefst gerührt. Ich habe geschrien: »Sie haben ihm das Bein amputiert«, und die Tränen begannen endlich zu fließen. Die Tränen, die ich neben dem verletzten Abel zurückgehalten hatte, die unterdrückten Schluchzer, als Jean-Yves auf mein Boot gekommen war und mich an seine Brust gedrückt hatte, und später an der Seite meines Freundes André, der niemals mehr eine Frau umarmen konnte. Diese Tränen, die ich um nichts in der Welt Colette geschenkt hätte – lieber wäre ich gestorben!
»Weinen tut gut, Mama«, hatte Noël gesagt.
Und um mir zu erlauben, zu weinen, hatte er mir seinen Vater geschickt.
Yann hat die Arme ausgebreitet, und ich habe mich hineinfallen lassen. Egal, dass ich damit dieser Giftspritze von Colette etwas zu beißen gebe. Im allertiefsten Unglück gab es einen Hoffnungsschimmer.
»Und wenn Sie sie mitnähmen?«, hat der Kapitän mit barscher Stimme angeordnet. »Und geben Sie ihr unbedingt was zu essen. Meiner Berechnung nach ist sie seit bald vierundzwanzig Stunden im Hungerstreik.«

In Yanns Auto lief eine Kassette mit klassischer Musik. Er wollte sie abschalten, aber ich habe seine Hand fest gehalten. Sicher, die Geige steigerte den Kummer, aber in gewissem Sinn wurde er, indem er universell wurde, sublimiert, wie man so sagt.
»Bevor ich mich darum kümmere, Sie zu ernähren, möchten Sie zuerst bei sich zu Hause vorbeifahren?«, hat Yann angeboten.

»Bloß nicht!«
Der Schrei kam aus tiefstem Herzen. Meine Kinder sehen und das Ganze noch einmal von vorn erzählen ... das überstieg meine Kräfte.
»Wo ist Noël?«, habe ich gefragt.
»Er wartet zu Hause auf Nachricht.«
»Er darf es nicht von anderen erfahren. Wissen Sie, er war fabelhaft.«
»Daran zweifle ich nicht«, hat Yann mit bewegter Stimme geantwortet. »Wir fahren hin.«
Die Sonne war verschwunden. Im Scheinwerferlicht bevölkerte sich die Landschaft mit Hexen. Die guten Geister, die sind erst am Morgen dran. Ich habe die Augen zugemacht.
Aber Yann war da. Yann war in meiner Nähe.
Ich hatte ihn seit jenem Versöhnungsfest nicht wieder gesehen, seit jenem Tag, der ein Festtag hätte sein sollen und an dem alles zerbrochen war, als ich Quentin auf Loïks Schiff erkannt hatte. Ich war heimgerannt. Mein Sohn erwartete mich mit einer Dose Bier in der Hand, er, der früher niemals Alkohol trank. Ich hatte als Erste angegriffen.
»Was hast du auf dem Schiff dieses Schufts zu suchen?«
»Der Schuft ist nicht notwendigerweise der, der man denkt. Und du, was hast du auf der *Honoré* gemacht? Ist Morvan dein Liebhaber?«
Die Ohrfeige war mir ausgerutscht.
Ich fühlte, dass mir die Tränen wieder über die Wangen liefen. Yann hat meinen Kopf an seine Schulter gedrückt.
»Sagen Sie es mir, Marie. Sagen Sie es mir, ich flehe Sie an.«

Ich habe mit Quentin angefangen. Quentin und Loïk auf dem Schiff an jenem Tag.
Wenn ich von ihnen sprach, musste ich gezwungenermaßen von Pierre sprechen, mich als betrogene Ehefrau bezeichnen, von Madeleine und Maximou berichten.
Dann habe ich von Abel gesprochen. Wenn man ihm heute das Bein amputiert hat, so war das meine Schuld. Ich wusste, dass er nicht mehr gut sah. Womöglich hatte Yann Recht gehabt, als er meinte, Baas sei kein Frauenberuf; der Baas war der Sache auf keiner Ebene gewachsen gewesen.
Ich habe mit einem Lachen geendet: Ich hätte doch lieber Ministerin werden sollen!
Noëls Fahrrad lag quer über dem Weg und schrie gleichzeitig: »SOS, zu Hilfe!« und »Eintritt verboten!« Söhne sind so! Der Indianer saß im Salon, die Stirn gegen den Kamin gelehnt, wo das Holzscheit seit achtzehn Monaten auf die Rückkehr seiner Mutter wartete. Er trug Abels Mütze, sein großes Spiel: dem Bootsmann die Mütze zu klauen, um ihn schimpfen zu hören.
Er wandte sich uns zu.
»Ihr braucht nichts zu sagen. Ich weiß es, man hat ihm das Bein abgeschnitten.«
Ich bin zu ihm gegangen und habe seine Hand genommen. Sie war eiskalt. Die Hand eines Jungen in einem Haus ohne Frau.
»Ich bin hergekommen, um dich um etwas zu bitten.«
Er hat mich von unten her angeschaut. Voller Misstrauen. Er war es selber, dem er misstraute, und dem, was Dummköpfe »Schwäche« nennen, während es sich um ein großes Herz handelt.

»Darf ich dir einen Kuss geben?«, habe ich gefragt. »Das ist noch nie vorgekommen, und mir brennen die Lippen schon so lange …«
Ich konnte nicht weitersprechen, denn sie brannten auch für Quentin, aber ihn würde ich niemals darum bitten, auch wenn es mir schrecklich fehlte.
Noël hat sich zu mir gebeugt. Während einiger Sekunden konnte ich unter den Zügen des Jugendlichen die Schönheit des Mannes sehen, der er noch werden würde.
Ich erinnere mich nicht mehr, was Yann uns zu essen gemacht hat. Einen Namen konnte es nicht haben, dieses Gemisch aus allem, was im Kühlschrank vorhanden war: Eier, etwas Fleisch, irgendwelches Gemüse, und ich weiß nicht, was noch. Das Ergebnis war ganz und gar nicht schlecht, sogar eher wohlschmeckend für die Gaumen von zwei Überlebenden, die wieder genug Geschmack am Leben gefunden hatten, um ihren Hungerstreik abzubrechen.
Später im Salon – und das hoffe ich, werde ich nie wieder vergessen – hat sich der Indianer vor den Kamin gekniet, hat ein Streichholz hineingeworfen, und die Flamme hat das Scheit mit einem Happen verschlungen.

3

Das Klingeln des Telefons reißt mich aus dem Schlaf. Tiefschwarze Nacht. Ich taste nach dem Apparat. Es ist Alain Kervélec.
»Baas, wir erwarten Sie. Fahren wir raus?«
»Natürlich fahren wir raus!«
Ich mache Licht. Sechs Uhr. Beim Zubettgehen hat der »Baas« zum ersten Mal vergessen, den Wecker zu stellen. Aber es war auch schon nach Mitternacht, als Yann mich nach Hause gefahren hat. »Sie müssen schlafen, Marie. Sie müssen unbedingt schlafen.« Ich habe ihm gehorcht. Yann!
Ich schwinge die Beine aus dem Bett. Rückenschmerzen, Schmerzen am ganzen Körper. Und dennoch wie bengalisches Feuer in meinem Kopf: ja, Yann! Und seine Hand auf meiner Wange, und mein Kopf an seiner Schulter. Kann ich es wirklich glauben? Habe ich das Recht dazu?
Dusche, Kaffee. Meine Unterlippe, die ich gestern zerbissen habe, brennt. Das ist gut. Meine Strafe? Abel muss es inzwischen erfahren haben.
»Mama!«
Gefolgt von Quentin, schlüpft Annaïs in die Küche. Identische Aufmachung: lange Mickymaus-T-Shirts. Und sie behaupten, sie seien groß! An diesem Morgen schimpfe ich nicht wegen ihrer nackten Füße. Sie haben jeder zwei davon.
»Benoît hat uns gesagt, was mit Abel passiert ist. Das ist wirklich schrecklich.«

Sie lässt sich auf den Hocker neben mir fallen. Quentin bleibt stehen.
»Benoît wollte dich sprechen. Er hat dich überall gesucht. Wo bist du gewesen?«
Ich weiche aus.
»Ich war mit dem Kapitän in Quimper. Dort ist Abel operiert worden.«
»Wird er dir nicht allzu sehr fehlen?«, fragte meine Tochter. »Du hast immer gesagt, ihr wäret zwei Baase an Bord.«
Mir brennen die Augen.
»Das waren wir wirklich. Aber mir bleibt Alain. Falls er weitermachen will …«
»Vergiss Morvan nicht!«, wirft Quentin herausfordernd ein.
Morvan! Seine Eifersucht gilt jetzt dem Vater und dem Sohn gleichzeitig. Ich kann noch immer Noëls raue Wange auf meinen Lippen spüren. Wenn Quentin uns gesehen hätte! Seine Eifersucht ist vielleicht nicht ungerechtfertigt. Aber warum gibt er sich nicht wenigstens ein bisschen Mühe?
Verstockt füllt er Müsli in seine Schüssel. Plötzlich fallen mir Abels Worte wieder ein: »Ich muss ein Wörtchen über deinen Quentin mit dir reden.« Sie waren mir vollständig entfallen, aus verständlichen Gründen! Unbehagen überkommt mich. Werde ich es je erfahren, das Wörtchen?
Ich stehe auf.
»Ich muss los.«
»Und Benoît?«, erinnert mich Annaïs.
Mein Schwager antwortet sofort.
»Marie, wenn du irgendetwas brauchst …«
»Ich weiß, Benoît.«

»Ich werde heute die Messe für ihn lesen.«
»Das gibt ihm sein Bein auch nicht wieder.«
»Marie … Marie …«
Ich lege auf. Ich habe keine Lust, von Abel zu sprechen. Annaïs kommt, in der Hand mein Lunchpaket.
»Magst du immer noch Aprikosen? Ich habe dem Käse von Madame ein Dutzend Aprikosen hinzugefügt.«
»Ein Dutzend? Meinst du, das ist genug? Ich danke dir, mein Schatz.«
Noch vor wenigen Wochen hätte sie nicht daran gedacht. Es ist wirklich Zeit, dass sie mich als Fischerin akzeptiert! Ich gehe in die Küche zurück und lege meine Hand auf Quentins Schulter. Die Worte des Bootsmanns lassen mich nicht mehr los.
»Was wirst du heute tun?«
Er schüttelt meine Hand heftig von seiner Schulter. Annaïs antwortet statt seiner.
»Das große Blau natürlich! So weit wie möglich fort von diesem Elend hienieden.«
Sie folgt mir auf den Hof, unbekümmert wegen ihrer nackten Füße.
»Übrigens, Mama, könnten wir uns irgendwann demnächst mal unterhalten? Es ist sogar ziemlich dringend. Und da man inzwischen mit dir einen Termin vereinbaren muss …«
»Wann du willst, mein Schatz.«
»Dann also sehr bald. Frage der Zukunft.«
Wird mir meine Abiturientin endlich enthüllen, was sie zu tun vorhat? Bisher war es unmöglich, etwas darüber zu erfahren.
Ich gebe ihr einen dicken Kuss, »mit viel Krach« wie

sie es verlangte, als sie klein war. Ich küsse sie für zwei.

Es hat geregnet. Man hört es unter den Reifen, man riecht es am Duft des feuchten Laubs. So früh schon Herbst? Ich habe das Fenster heruntergekurbelt. Kein Wind. Das Meer muss samtweich sein, um sich für gestern zu entschuldigen.
Die *Diane*, die *Intrépide* und die *Amazone* sind schon unterwegs. Die *Pastourelle* ist noch da: Loïk fährt im Augenblick überhaupt nicht mehr hinaus. Wovon lebt er? Ist es Flavie, seine Mutter, die ihn füttert? Alain und Noël warten am Kai. Wir starten sofort.
»Nicht zu erschöpft, Baas?«, fragt Alain nur.
Ich versuche zu lächeln.
»Es wird schon gehen.«
Ich bin sicher, dass er es war, der Abels Ersatzbrille versteckt hat, die er für alle Fälle auf der Kommandobrücke aufbewahrte, die mit den veralteten Gläsern. Der verbeulte Becher, aus dem der Bootsmann seinen Kaffee trank, ist ebenfalls verschwunden. Und was Noël betrifft so ist er diskret, beinahe schüchtern. Die Verlegenheit nach all dem, was er mir gestern gegeben hat?
Um zehn Uhr sollen wir Nachricht von Abel erhalten. Er hat eine gute Nacht hinter sich. Heute können wir ihn noch nicht besuchen. Vielleicht morgen.
Feige fühle ich mich erleichtert.
Und als ich erschöpft heimkomme, entschlossen, einen Teller Suppe zu verschlingen und mich sofort danach schlafen zu legen, fährt ein Motorrad mit großem Getöse auf den Hof; Thibaut und Annaïs.

Annaïs kommt zu mir an die Tür. Thibaut bleibt zurück.
»Er wollte nicht kommen, Mama, aber ich habe ihn gezwungen. Hast du vergessen, dass wir vorhatten, miteinander zu reden? Und da du gesagt hast, wann ich wollte …«
Ich habe Lust zu protestieren: Wann du willst, aber nicht heute Abend und vor allem nicht mit Thibaut.
Er entschließt sich, näher zu kommen, und reicht mir leicht verlegen die Hand. Wir haben uns seit meinem Fortbildungslehrgang nicht wiedergesehen. Warum hat Annaïs ihn zu mir gebracht? Es geht um die Zukunft … Ein unerträglicher Gedanke schießt mir durch den Kopf.
»Ich habe es vom Bootsmann erfahren«, sagt er. »Es tut mir aufrichtig Leid, Marie. Er wird Ihnen sicher fehlen.«
Ohne zu antworten, gehe ich ins Haus. Mit welchem Recht nennt er Abel den Bootsmann? Es stimmt, wir haben oft über ihn gesprochen. Bevor ich alles verdorben habe … Ich fühle, dass ich eigentlich ungerecht bin.
In der Tür zum Salon bleibt er abrupt stehen.
»Das Klavier!«
»Nun ja, Mama hat es zum Verkauf angeboten«, erläutert Annaïs. »Aber es hat noch keinen Käufer gefunden. Sie will zu viel dafür haben. Wahrscheinlich hat sie nicht wirklich Lust, dass es verkauft wird.«
»Solange das Geschäft läuft …«
Ich hatte mich zu dem Verkauf entschlossen, um den Verlust der Miete wettzumachen …
»Ich hole was zu trinken, lauft nicht weg«, ordnet Annaïs fröhlich an.

Sie verschwindet in der Küche. Er musste ja einmal kommen, dieser Augenblick, wo ich mit meinem Liebhaber einer Nacht allein sein würde. Ich sitze auf dem Sofa, diesem Sofa, wo … Thibaut tritt näher.

»Ist es nicht zu hart, Marie?«

»Manchmal habe ich das Gefühl, von allen Seiten angegriffen zu werden.«

Er senkt den Kopf.

»Ich bitte um Verzeihung. Es ist wahr, dass ich nicht kommen wollte, vor allem nicht direkt nach Abels Unfall. Aber Sie kennen ja Annaïs! Wenn sie etwas beschlossen hat …«

Da ist sie wieder. Sie bedient uns alle mit Fruchtsaft und lässt sich neben mich fallen.

»Versprichst du auch, dass du dich nicht aufregst, Mama?«

Ich versuche zu scherzen: »Für wen hältst du mich denn? Für Mamina? Ich verspreche, dass ich nicht schreien und nicht mit Türen knallen werde. Reicht das?«

»Also dann«, erklärt sie. »Ich werde weder Sekretärin noch Buchhalterin noch Lehrerin werden, nichts von dem, was du dir für mich erträumt hast. Ich habe mich in einer Schauspielschule in Brest eingeschrieben. Du brauchst nichts zu bezahlen, ich komme allein zurecht.«

Zunächst bin ich erleichtert. Wovor hatte ich eigentlich so große Angst? Und dann kommt die Enttäuschung: ausgerechnet das Theater zu wählen, wo sie doch alles machen könnte! Und ausgerechnet in Brest.

»Und wie willst du allein zurechtkommen?«

»Thibaut hat eine Stelle für mich als Aupair-Mädchen gefunden. Seine Familie stammt von dort, vergiss das nicht. Er kennt alle Welt. Ich bekomme Unterkunft und Verpflegung. Als Gegenleistung kümmere ich mich um die Kinder. Die Überstunden werden es mir erlauben, die Schule zu bezahlen.«
Ich wende mich Thibaut zu.
»Und das erscheint Ihnen vernünftig, das Theater?«
Annaïs lacht: das Wort »vernünftig«.
»Na hör mal, Mama, einen Fischer zu heiraten, nennst du das vernünftig? Und seinen Platz auf dem Schiff zu übernehmen, hat Mamina das vielleicht zu schätzen gewusst?«
Thibaut macht ihr ein Zeichen, sich zu zügeln.
»Was Annaïs Ihnen noch nicht gesagt hat, Marie, das ist, dass es sich um eine Schauspielschule handelt, die anders ist als die anderen. Man legt dort den allergrößten Wert auf Französisch und die Allgemeinbildung. Es gibt sogar Philosophieunterricht. Es ist auf keinen Fall verlorene Zeit. Erinnern Sie sich, wir haben hier in diesem Salon oft darüber gesprochen, dass die heutige Jugend weder Wünsche noch Ziele hat. Annaïs hat noch mehr, sie hat eine wahre Leidenschaft.«
»Genau wie ihre Mutter«, sagt Annaïs freundlich. »Du füllst die Mägen der Leute, ich füttere ihre Träume.«
»Und wenn sie merkt, dass es am Ende doch nicht ihre Sache ist, kann sie noch immer wechseln«, unterstützt Thibaut meine Tochter.
Er hat Recht, sie ist erst neunzehn. Und ich neununddreißig. Bei mir sind die Würfel schon gefallen, nicht wahr?

»Ich komme an den Wochenenden heim«, verspricht Annaïs, »*no problem* mit der Ente.«
Sie hat ihren Führerschein Ende Juli gemacht. Sie ist fix, meine Tochter! »Und wenn sie etwas beschlossen hat …«, hat Thibaut eben selber gesagt. Sind die beiden ein Liebespaar? Bisher habe ich es vermieden, mir diese Frage zu stellen. Also gut, ich stelle sie mir. Wenn es noch nicht der Fall ist, so wird es nicht mehr lange dauern. Man braucht nur zu sehen, wie er sie anschaut, fasziniert von ihrer Jugend, von ihrem Enthusiasmus. Ist es eine gewisse Erinnerung, die ihn noch zurückhält? Muss ich auch dafür grünes Licht geben?
Aufgeregt steht sie auf: Es ist geschafft, ich weiß Bescheid! Und alles in allem ist es ja gut gelaufen. Sie hat eine Mutter, die auf der Höhe der Zeit ist.
»Wir müssen gehen. Müssen bei dem Lehrer noch eine Schicht Farbe pinseln!«
Ich nenne Yann den »Ingenieur«. Und die Würfel sind noch nicht gefallen, nein! Ich weigere mich, dass dies der Fall sein soll. Niemals!
Auf dem Hof setzt Annaïs ihren Helm wieder auf. Diese hellen Augen in dem sonnengebräunten Gesicht, dieser Mund wie eine Aprikose heute Morgen – sie ist bezaubernd.
»Ach, übrigens, Mama, für Quentins achtzehnten Geburtstag nächste Woche, was hältst du von einer Geburtstags- und Einweihungsfete bei Thibaut? Mamina ist einverstanden.«
»Auch mit der Schauspielschule?«
»Das haben wir ihr noch nicht gesagt. Wir werden die Fete dafür nutzen. Ein Geburtstag ohne Überraschung – da wäre sie enttäuscht.«

Sie lacht unter dem Helm, wedelt mit den Armen zum Abschied, ohne sich umzudrehen. Am Ende ist es das Glück, das einem die Kinder nimmt. Nicht eine Sekunde lang ist es Annaïs in den Sinn gekommen, dass der Tag nach einem gewaltigen Schock vielleicht nicht der günstigste Augenblick war, ihren Abschied anzukündigen.
Im Eingang streiche ich mit der Hand über die wild durcheinander hängenden Kleider am Garderobenhaken. Mein Herz zieht sich zusammen. Bald werden die ihren nicht mehr dabei sein. Aber dieses Haus, das meine Tochter verlassen wird – habe ich es nicht in gewissem Sinn als Erste verlassen?
»Mit dir muss man ja einen Termin vereinbaren.«
Fort, bevor sie wach sind, vor Müdigkeit umfallend, wenn ich das Abendessen mit ihnen teilte. Als ich beschlossen habe, Fischerin zu sein, habe ich das Band zu meinen Kindern abgeschnitten. Und wie kann ich es mir anmaßen, Annaïs ihre Wahl zu verübeln? Diese Liebe zum Theater, die ihre Quelle in ihrer Liebe zur Lektüre hat – war nicht ich es, die sie ihr vermittelte?
»Alle diese Bücher – ich frage mich, was sie wohl in ihnen findet?«, hatte Pierre gesagt.
Das, was wir alle darin finden, zumindest in den besten Büchern: uns selbst.

4

Mit einem Blumenstrauß in der Hand stehe ich vor der Tür, der Nummer Neun, und kann mich nicht entschließen anzuklopfen.

Auf der *Sonate*, als Abel verletzt war, hatte ich keinen Mut gebraucht, ich hatte keine Zeit zum Nachdenken gehabt. Und auch um Noël zu entwaffnen, der sich anschickte, auf die Kerle auf der *Lazarillo* zu schießen, hatte ich keinen gebraucht: die Not hatte Vorrang gehabt.

Jetzt liegt kein Notfall vor, und die Angst lähmt mich. Die Angst, mich meiner Schuld gegenüberzusehen – Abel amputiert. Angst, es in den Augen von Louise zu lesen. »Du hättest ihn nie mitnehmen dürfen.« Colette hat das mit Sicherheit auch hier verbreitet.

Louise hatte den Eindruck gemacht, zufrieden zu sein, dass ich weiterhin mit Abel arbeitete. Im Gegensatz zu der Frau des Kapitäns war sie nicht eifersüchtig auf das Meer. Zufrieden auch, in der Halle zu arbeiten. Bis sie wieder von dieser schweren Lebensmüdigkeit gepackt wurde, von der sie regelmäßig befallen wurde, seit der Chirurg ihr das entfernt hat, was einer Frau erlaubt, Kinder zu bekommen.

Zwei Krankenschwestern kommen aus einem Zimmer. Sie schauen mich fragend an. Ich entschließe mich.

Abel hat die Augen geschlossen. Ein halbrundes Gestell hebt das Laken über seinen Beinen hoch, seinem Bein! Was ins Auge springt, das sind sein Gesicht und seine Hände, dunkelbraun gebrannt, fast schwarz, die sich von der Blässe von Hals und Armen abgrenzen, als wären sie angemalt. Louise sitzt ganz nah am Bett und steht auf, als sie mich sieht. Mein Herzklopfen füllt mir die Ohren.

»Da bist du ja, Marie«, sagt sie. »Danke.«

Sie kommt auf mich zu, nimmt die Brille ab und küsst mich. Und die Erinnerung an alle diese Stunden überfällt mich, wo ich gefürchtet hatte, rausgeworfen zu werden. Um ganz sicher zu sein, dass Louise weiß, an wen sie ihr »Danke« gerichtet hat, springe ich ins kalte Wasser, versenke mich selbst.

»Es ist meine Schuld, Louise. Ich hätte ihn zwingen müssen, seine Augen untersuchen zu lassen.«

Und sie antwortet mir: »Ich habe ihn tagtäglich darum gebeten, aber er wollte nichts davon wissen.«

Sie nimmt mir den Blumenstrauß ab, Glockenblumen aus meinem Garten, zartviolette Glöckchen. Abel hat eine Leidenschaft für Blumen, in seinem Küchengarten wachsen mehr Blumen als Salate. »Das ist das Einzige, was dem Meer fehlt«, pflegte er zu sagen. Er hat die Algen noch nicht gesehen.

»Marie, bist du es?«

Eine schwache, graue Stimme, als käme sie vom Land, wenn man selbst auf dem Meer ist und Turbulenzen Störungen in dem Funkverkehr verursachen. Ich trete ans Bett. Mein Bootsmann hat die Augen unter dem stacheligen Gebüsch seiner Brauen aufgeschlagen. Sein Kopf kommt mir ganz klein vor, verschrumpelt. Aber man sieht ihn selten ohne seine Mütze.

»Meine Brille!«, verlangt er.

Ich nehme sie vom Nachttisch und setze sie ihm auf. Ich werde von Schluchzern geschüttelt.
»Du bist also heute nicht rausgefahren?«, erkundigt er sich.
»Heute ist Samstag, Abel. Und außerdem hatte ich es eilig, dich zu besuchen.«
»Und gestern, wie war der Fang gestern?«
»Normal. Ziemlich viele Sardinen. Und dazu Sardellen. Es hat einige Zeit gebraucht, um sie zu sortieren.«
Ich fühle mich wie auf dem Kamm einer Brandungswelle, darum spreche ich leise, um nicht mitgerissen zu werden. Er stimmt mit einer Bewegung des Kinns zu: Sardinen und Sardellen vermischt, das ist doppelte Arbeit. Louise kommt mit dem Blumenstrauß.
»Schau mal, Abel, was für schöne Blumen Marie dir gebracht hat. Glockenblumen.«
Er betrachtet sie einige Sekunden lang.
»Du bist also hier, um mir die Glocken zu läuten?«, neckt er mich. Dann wendet er sich an seine Frau. »Willst du nicht eine Vase holen?«
Louise verlässt das Zimmer. Abel weist auf den Stuhl.
»Komm her, Marie. Ich muss dir etwas sagen.«
Die Stimme hat sich überschlagen. Jetzt kommt es! Er hat gewartet, bis er mit mir allein ist, um die schrecklichen Stunden zu beschreiben und seine Verzweiflung zum Ausdruck zu bringen. Ich bekomme kaum Luft. Er legt seine vom Meer gefärbte Hand auf meine. Selbst wenn er seine Hände für den Rest seines Lebens unter dem Laken behielte, würde die Farbe nie wieder ganz verbleichen. Sie hat die

Haut angefressen. Und sie hat sicherlich auch das Herz angefressen.

»Hör mir gut zu«, sagt er. »Alain muss unbedingt den Motor der *Sonate* überprüfen. Den von Backbord. Er macht ein Geräusch, das mich stört. Wahrscheinlich ist der Keilriemen der Lichtmaschine locker. Wenn er ihn nicht bald anspannt, sitzt du demnächst mit deinen Sardinen fest. Vergiss das nicht, Baas!«

Es herrschte reger Verkehr auf der Straße zwischen Quimper und Kersaingilles. Es war ein schöner Tag gewesen, und die Leute kehrten vom Strand oder von einem Ausflug zurück. Ich fühlte mich seltsam, ein bisschen ausgehöhlt und mit vernebeltem Kopf wie nach einem hohen Fieber. Wie nach der Absolution? Und heute würde ich mit Yann zu Abend essen …

Er hatte mich am Vormittag angerufen und ins Restaurant eingeladen, ob mir das recht wäre? Ach, und wie recht mir das war! Er würde mich um sieben Uhr zu Hause abholen. Plötzlich wurde mir Angst. Zu Hause … Ich hatte es ihm vorgeschlagen, ohne weiter nachzudenken. Und wenn die Kinder zu Hause waren?

Aber was hatte ich mir denn zu Schulden kommen lassen? Einen Kuss auf einem Schiff, und nicht einmal einen richtigen. Wenn sie zu Hause wären, würde ich sie mit ihm bekannt machen. Sogar Quentin, jawohl! »Das werden wir in Ordnung bringen«, hatte Yann neulich Abend versprochen, als ich ihm von meinen Schwierigkeiten mit meinem Sohn berichtet hatte. Er würde das in Ordnung bringen.

Quentin war wirklich da. Er hörte in seinem Zimmer Musik. Die Tür zu Annaïs' Zimmer gegenüber dem meinen stand sperrangelweit auf und ließ den Blick frei auf das, was sie ihre »organisierte Unordnung« nannte. Wusste ihr Bruder schon, dass sie uns verlassen würde? Ohne ihre Fröhlichkeit, ihren Humor, würde das Leben im Haus trübselig werden. Und ich hatte nicht genug von meiner Tochter gehabt! Und warum sollte ich es mir nicht eingestehen – ich fürchtete schon jetzt das Alleinsein mit Quentin.

Während sich die Badewanne füllte, habe ich meine Aufmachung ausgewählt: ein Sommerkleid, voraussichtlich zum letzten Mal in dieser Saison. Und ich musste auch eine Jacke aussuchen. Ich habe die Kleidung auf dem Bett ausgebreitet und bin ins Badezimmer gegangen.

Auch mein Gesicht und meine Hände waren dunkler als der Rest, und das war wirklich nicht besonders sexy. Und ich hatte mir mein Gesicht noch so sehr mit Crème einreiben können, wie mir der Seemannsarzt geraten hatte, Sonne und Wind waren einfach stärker. Was hatte Yann über seine Großmutter gesagt? »Ein Hexengesicht …«

Na, komm schon, so schlimm ist es noch nicht!

Während ich in dem warmen Seifenwasser lag, glaubte ich Schritte auf der Treppe zu hören. Ich habe gerufen: »Bist du es, Annaïs?« Keine Antwort.

Und als ich in mein Zimmer zurückkomme, entdecke ich auf meinem Kleid einen Umschlag. »Nicht jetzt! Nicht heute Abend!« Ich habe es laut gesagt. Aber dieser Umschlag macht mir Angst, er löst Alarm in mir aus, und zurzeit habe ich meine Dosis an Alarm bereits gehabt!

In dem Umschlag ein Zettel mit Quentins Hand-

schrift »Für die Raten« und mehrere große Geldscheine.
Für die Raten?
Ich habe meinen Kindern nicht verheimlicht, dass Pierre mit der Abzahlung der *Sonate* in Verzug gewesen war und dass ich deshalb arbeitete. Aber ich habe ihnen nie den Grund dafür gesagt: Madeleines Haus. Warum heute dieses Geld? Diese Geste ist wie eine Herausforderung! Eine beträchtliche Summe für Quentin.
Ich habe mein Kleid übergestreift und habe an seine Tür geklopft. Die Musik war verstummt, er erwartete mich auf dem Bett ausgestreckt, die Hände im Nacken. Ich habe ihm den Umschlag gezeigt.
»Was hat das zu bedeuten?«
»Jetzt, wo du Abel verloren hast, wird es härter sein. Das da hilft, dass du weniger zurückzahlen musst. Brauchst du nicht zufällig einen Maschinisten?«
Ich habe nicht geantwortet.
»Woher kommt dieses Geld?«
»Von kleinen Gelegenheitsjobs hier und da.«
»Gelegenheitsjobs für wen?«
Er hat mich herausfordernd angeschaut.
»Wenn du es unbedingt wissen willst, für Loïk Labbé.«
Ich wusste es. Allein Loïk Labbé konnte ihm erzählt haben, dass Pierre das Haus von Madeleine bezahlt hatte, statt das Schiff abzuzahlen.
»Man muss schließlich die Dummheiten der anderen wieder gutmachen«, hat er verkündet.
Ich habe mich auf die Bettkante gesetzt. Da steckt etwas dahinter, das fühle ich ganz deutlich.
»Quentin, hör mir zu. Loïk hasst mich. Er hat es mir

nicht verziehen, dass ich ihn aus Madeleines Haus vertrieben habe. Wenn er dich geangelt hat, dann ausschließlich, um sich an mir zu rächen.«

»Er hat mich nicht geangelt, ich habe ihn selber aufgesucht. Ich hatte ihn was zu fragen. Ich hatte haufenweise Fragen. Und du warst es nicht, der ihn aus Madeleines Haus verjagt hat, mein Vater war es. Loïk hat Madeleine geliebt. Und er, er hatte das Recht dazu.«

»Geh nicht mehr zu ihm«, habe ich gefleht. »Das kann nur schlimm ausgehen. Treffe ihn nicht mehr ...«

Ein Wagen hielt im Hof an. Quentin ist vom Bett gesprungen und ans Fenster gestürzt. Ich bin ihm gefolgt. Yann!

»Verlange ich etwa von dir, deinen Morvan nicht mehr zu sehen? Hast du dich für ihn so fein gemacht?«

Er hatte ein dreckiges Grinsen, ein Grinsen à la Loïk. Das war nicht mehr mein Sohn. Yann hat geklingelt.

»Ich will das Geld nicht. Mach damit, was du willst. Ich fasse das nicht an. Das Geld ist vom Teufel.«

Er hat angefangen zu lachen. Ich war mit dem Teufel ziemlich weit gegangen, aber ich dachte das wirklich. Ganz ehrlich, ich dachte das im Ernst. Ich habe ihm den Umschlag ins Gesicht geschleudert.

Wie Quentin vorhin gesagt hatte, auch ich mache eine schöne Dummheit!

5

»Wo führen Sie mich hin?«
»Das ist eine Überraschung.«
Yann lächelt, und mein Herz entspannt sich, und ich atme wieder leichter. Wir fahren über eine Landstraße. Die Büsche haben Beeren angesetzt. Der August ist blau und golden, September gelb und rot. Ein Schleier von Laubfeuerrauch schwebt in der Luft. Ich kurbele das Fenster herunter, um es besser riechen zu können. Ich habe Lust zu sagen: »Nicht so schnell!« Es tut ausnahmsweise einmal gut, dem Meer den Rücken zu kehren. Das Meer ist zu sehr ein Krieg. Und seit einigen Tagen meine Niederlage.
Ich hatte meinen Ingenieur noch nie in Jackett und Krawatte gesehen. Das Hemd aus verwaschenem Blau bringt sein sonnengebräuntes Gesicht besonders zur Geltung. Er ist schön, er ist fröhlich, und wie er behauptet, hat er das mir zu verdanken. Ich habe ihm geholfen, mit seinem Sohn wieder anzuknüpfen.
Soll ich ihn da mit meinem Sohn langweilen? Die Heulmarie sein, gestern wegen Abel und heute wegen Quentin? Als Antwort auf seine Frage nach dem Bootsmann sage ich nur, dass der Backbordmotor der *Sonate* ein Geräusch macht, das ihn stört. Meine Stimme ist schwer geworden. Yann fragt nicht weiter.
Die Überraschung ist ein Schlossrestaurant am Ufer eines Weihers inmitten von üppigem Grün: »Le Duc

de Keroualle«. Jede Menge Sterne in den Führern. Es heißt, er habe Gäste, die eigens wegen seiner Spezialitäten aus Paris angereist kommen. Ich bin noch nie hier gewesen. Warum hat Yann dieses Feineleutelokal ausgesucht? Ich finde, das passt nicht zu ihm.
Er hält auf dem Parkplatz an. Ich bleibe sitzen. Erstaunt hält er mir die Tür auf.
»Gefällt es Ihnen nicht?«
»Es ist bei weitem zu edel für mich. Und ich bin auch nicht richtig angezogen.«
»Angezogen? Haben Sie die Touristen gesehen? Es fehlte nur noch, dass sie in Badeanzügen hereinbrechen. Am besten noch in nassen! Und nichts ist zu edel für Sie, Marie. Kommen Sie?«
Soll ich ihm den wahren Grund meiner Verlegenheit verraten? Der Küchenchef des »Duc de Keroualle«, der großen Wert auf die Frische seiner Ware legt, kauft bei mir in der Markthalle ein. Er kennt mich nur in Stiefeln, Ölzeug oder Schürze. Er nennt mich »Marie« und ich sage »Monsieur« zu ihm.
»Bitte …«
Ich ergreife die Hand, die er mir hinstreckt, und beschließe, den Mund zu halten. Außerdem kennt mich nur der Küchenchef, und der steht an seinem Herd. Und, bei genauerem Nachdenken, ist es eher spannend, herauszufinden, mit welcher Soße meine Krustentiere serviert werden. Denn es ist vor allem meine Langustine, für die das Restaurant sich interessiert. Und wenn ich Langusten, Hummer oder Seespinnen fange, dann sind sie automatisch für hier reserviert.
Gedämpftes Licht, Bilder an den Wänden, klassische Musik im Hintergrund: Man hat den Eindruck, vom Herzog persönlich empfangen zu werden. Es gibt

nur runde Tische, geschmückt mit Kerzen. An diesem Samstagabend sind fast alle besetzt. Der Oberkellner steuert uns zu unserem Tisch. Yann hat ihm die Hand geschüttelt. Er ist also ein Stammgast! Ein Kellner serviert uns beflissen zwei Schalen Champagner.

»Ich muss Ihnen etwas erklären«, sagt Yann, über mein Erstaunen lächelnd. »Ich bin schon als Kind hierher gekommen. Es war das Lieblingslokal meines Vaters. Nichts war edel genug für den Sohn des Tangverkäufers, über den man sich in der Schule lustig machte. Seine Rache bestand darin, dass man sich drängte, von ihm eingeladen zu werden. Aber an dem Tag, wo er sich in den Kopf gesetzt hatte, Honoré herzubringen, die totale Niederlage! Honoré ist nur bis zur Schwelle gegangen. Er hat sich umgeschaut und, wie Sie vorhin, erklärt: ›Das ist zu edel für mich‹, und ist nach Hause gegangen. An jenem Tag habe ich mir ein Versprechen gegeben.«

»Und zwar?«

Er legt den Finger auf den Mund.

»Seien Sie nicht so ungeduldig, das ist sie, die wirkliche Überraschung.«

Der Oberkellner bringt die Speisekarte. Yann nimmt sie und hält sie mir hin, indem er einen Teil mit seiner Serviette zudeckt, worüber ich lachen muss.

»Sie dürfen sich nur die Vorspeise aussuchen. Ich bestimme den Rest. Die Spezialität sind Meeresfrüchte, aber ich nehme an, Sie haben Lust, zur Abwechslung mal etwas anderes zu essen. Es gibt eine ausgezeichnete Foie Gras mit Feigen, die ich Ihnen wärmstens empfehlen kann.«

Ich beuge mich über die Vorspeisen. Es gibt fast alle

Arten von Krustentieren. Die *demoiselle*, wie wir hier zu Lande die Languste nennen, wird *en buisson*, das heißt, pyramidenförmig aufgeschichtet angeboten. Der Preis verschlägt mir die Sprache. Selbst wenn man es weiß, kann man es kaum glauben. Zu dem Preis verkaufe ich eine ganze Kiste! Wäre das nicht der Augenblick, Yann zu gestehen – aber wieso eigentlich gestehen? – dass dieses Fräulein aus massivem Gold aus meinem Schleppnetz stammt?
Zu spät! Da kommt schon der Oberkellner, mit seinem Block bewaffnet. Es ist besser so. Ich würde vielleicht riskieren, meinen Gastgeber in Verlegenheit zu bringen. Man behandelt ihn hier wie einen Prinzen. Der Prinz und die Fischerin … Wir entscheiden uns für zwei Foie Gras mit Feigen. Und was das Hauptgericht angeht, begnügt sich Yann damit, eine Zeile auf der Speisekarte zu zeigen, die ich nicht sehen kann. Der Oberkellner lächelt verschwörerisch.

Champagner zum Anfang, dann zur Foie Gras ein köstlicher Sauternes, ich schwebe! Die Leute an den anderen Tischen sprechen leise. Man hört Englisch, Deutsch. Alle sind eher elegant. Es muss mittags sein, wenn sie in nassen Badeanzügen kommen. Ich muss an jene Touristen denken, die ein Lokal suchten, um zu Abend zu essen und die wir mit dem Kapitän und Jean-Yves im Hafen fotografiert hatten. In den guten Zeiten, als Abel sein Bein noch hatte und ich keine verdächtigen Briefumschläge auf meinem Bett fand …
Ich sage: »Ein Jammer, dass es in Kersaingilles kein Restaurant gibt! Fisch und Meeresfrüchte direkt aus dem Netz auf den Teller. Unschlagbare Preise!«

Also wirklich, der Preis der Langustinen auf der Speisekarte ist mir quer im Hals stecken geblieben!

»Eröffnen Sie es!«, befiehlt Yann.

Ich habe wirklich gesagt »befiehlt«. Ich bin völlig verdutzt. Er hat es in allem Ernst gesagt.

Ich versuche zu scherzen.

»Und wo soll ich es eröffnen? Auf meinem Schiff vielleicht?«

»Wenn ich mich nicht irre, haben Sie in ein paar Wochen die Raten zu Ende abbezahlt, nicht wahr?«

»Ende November.«

Das Gnadenjahr, das mir der Bankier zugestanden hatte. Ende November wird mir die *Sonate* ganz gehören. Ohne Abels Unfall hätte ich die große Flagge gehisst.

»Nun, dann ist ja der Baas frei, eine … Chefin zu werden«, erklärt Yann, noch immer ernst. »Und warum nicht von einem Restaurant?«

»Sie meinen, ich soll mein Schiff aufgeben, nachdem ich mich derartig abgemüht habe, um es zu behalten?«

»Wer sagt denn was von aufgeben? Es kann sehr gut ohne Sie weitermachen … Frau Eignerin.«

Der Kellner wechselt unsere Teller. Ich bin ein bisschen verloren. Diese Idee mit dem Restaurant ist Yann nicht einfach so gekommen, das fühle ich. Und habe ich nicht selber schon daran gedacht? Aber vage, ohne mehr als ein paar Sekunden lang daran zu glauben.

»Achtung!«, bereitet Yann mich vor. »Der große Augenblick rückt näher …«

Auf einem Servierwagen, unter silbernen Glocken. Die Teller für die Überraschung stehen bereit, dann

lüftet der Kellner die beiden Glocken gleichzeitig und verkündet: »Wolfsbarsch nach Art Honoré.«
Yanns Lächeln reicht von einem Ohr zum anderen! Ein Kind, dem der Streich gelungen ist. Um den Fisch herum dieses braune, gezahnte Blatt, das ich unter dem Schiff seines Großvaters habe wachsen sehen. Und dieses Gemüse von einer schönen dunkelgrünen Farbe, das sind die Meeresbohnen. Ich frage ganz dumm: »Ist das wirklich der Name? ›Wolfsbarsch nach Art Honoré‹?«
Yann macht ein Zeichen, dass man ihm die Speisekarte reichen möge, und diesmal breitet er sie ganz vor mir aus.
»Sehen Sie den Stern? Es ist sogar die empfohlene Spezialität! Honoré hat niemals seinen Fuß hier hereinsetzen wollen, aber ich habe dafür gesorgt, dass er jeden Tag auf dem Teller der Gäste zugegen ist. Sie sitzen dem ständigen Lieferanten des Restaurants von Nahrungsalgen gegenüber.«
Und er der Lieferantin von Meeresfrüchten … Aber ist es nicht zu spät, das zu enthüllen?
Ein Bissen Wolfsbarsch, ein Happen *wakamé*: die Alge ist schmackhaft, mit einem deutlichen Austernparfüm. Und die Meeresbohnen, *al dente* gedünstet, gehen mit dem Fisch eine subtile Verbindung ein. Bis heute hatte ich davon nur widerstrebend gegessen, wenn man das so sagen darf. Und mein Fischer hatte nichts so sehr geliebt wie Kartoffeln in allen ihren Zubereitungsarten. Von den Kindern ganz zu schweigen.
»Seit ich mein Unternehmen gestartet habe, träume ich von einem Restaurant, das für alle Geldbörsen erschwinglich ist und das meine Produkte bekannt

machen würde«, erklärt Yann. »Und als Sie die Idee aufgeworfen und von unschlagbaren Preisen gesprochen haben …«

»Aber das war nur so ein Gedanke! Meinen Sie, man kann so einfach ein Restaurant eröffnen? Man muss doch eine Schule besucht, ein Diplom erworben haben.«

»Ganz und gar nicht«, widerspricht Yann. »Das Gaststättenwesen ist eines der letzten Gewerbe, das Autodidakten offen steht. Unternehmungsgeist, Mut und Begabung, mehr braucht es nicht. Und dass Sie das haben, haben Sie voll und ganz bewiesen, als Sie Ihre *Sonate* übernahmen, nicht wahr? Und wenn Sie es wissen wollen«, fügt er mit Feuereifer hinzu, »ich habe auch schon das Lokal!«

»Und ich die Köchin!«

Was ist bloß in mich gefahren, eine solche Lüge herauszutrompeten? Die arme Marguerite wird bereits an den Kochherd verbannt, ohne gefragt worden zu sein. Das muss der Wein sein! Zum Fisch hat Yann eine weitere Flasche bestellt, einen trockeneren Weißwein, und der Oberkellner hört nicht auf, mit unbewegtem Gesicht mein Glas nachzufüllen. Ein Komplott?

Yanns Augen leuchten.

»Schnell, erzählen Sie«, verlangt er.

Er kannte die Kervélecs schon lange. Als Kind verbrachte er seine Ferien mit all den Lausbuben der Umgebung. Marguerite hatte zwei blonde Zöpfe, die ihr bis zur Taille reichten. Schon damals ein unmögliches Leckermaul. Ich habe ihm berichtet, dass die Besitzer der Ferienhäuser sich in den Ferien um ihre

Dienste reißen, wenn sie einen Empfang geben. Kochen war tatsächlich ihre große Leidenschaft.
»Das einzige Problem besteht darin, dass sie wahrscheinlich mit der Alge nichts anzufangen weiß. Sie steht eher auf klassische Gerichte: Schwenkkartoffel, Zucchiniauflauf, Artischockenfondue ...«
»Apropos klassisch, lassen Sie sich sagen, dass man die Alge schon vor zehntausend Jahren verzehrte«, hat sich Yann ereifert. »Und wenn Ihre Marguerite über das Talent verfügt, das Sie ihr zuschreiben, so wird sie sich darauf stürzen.« Er hat eine Feinschmeckermiene aufgesetzt. »Möchten Sie, dass ich Ihnen die beste Zubereitung der Meeresspaghetti oder des Hexenbesens verrate?«
Wir waren voll damit beschäftigt, Speisefolgen zu erfinden und Händler und Händlerin zu spielen, als der Küchenchef uns begrüßen kam.
Mit der Kochmütze auf dem Kopf und einem ebenso roten Gesicht wie meine zukünftige Köchin, kam er, um sich zu vergewissern, dass Yann – er duzte ihn – und sein Gast zufrieden gestellt worden waren. Als er den Gast entdeckte, hat er eine Braue in die Höhe gezogen, weil er versuchte, die Verbindung zwischen der gestiefelten Marie aus der Markthalle und der Dame in Pumps zu finden, die Yann ihm als eine Freundin vorstellte, die seine Kochkünste zu entdecken wünschte.
Ich habe ihm Hilfestellung gegeben. Plötzlich hatte ich ungeheuren Spaß an der Situation.
»Ich bin geschmeichelt, zu sehen, dass meine Produkte in einem solchen Rahmen serviert werden.«
Er wurde noch röter, wenn das überhaupt möglich war.

»Ich danke Ihnen, Madame.«
Yann ließ neugierige Blicke von einem zum anderen schnellen.
»Darf ich Ihnen eine Frage stellen? Wie viele Langustinen sind in einer Pyramide?«
Der Küchenchef hat sich in dem – kaufmännischen – Sinn meiner Frage nicht getäuscht.
»Ein Dutzend.«
»Nur?«
»Sagt mal, ihr zwei, darf ich wissen, was hier vorgeht?«, hat Yann sich mit einem gespielt ärgerlichen Ton eingemischt.
Sein Freund hat sich viel sagend zu ihm gewandt.
»Wir haben das Vergnügen, bei Madame Delaunay einzukaufen.«
Das Lachen meines Ingenieurs hat die Gäste mehrerer Tische aufmerksam gemacht.
»Wenn ich das recht verstehe, so hast du hier zwei deiner wichtigsten Lieferanten vor dir. Was wäre der Duc ohne uns? Ein langweiliges Esslokal, das den Umweg nicht lohnt. Wenn man es bei Licht betrachtet, so sind wir deine Sterne. Es liegt ganz in deinem Interesse, uns gut zu behandeln.«
Was der Küchenchef tat, indem er uns zum Dessert einlud und es mit uns teilte.

6

Der Weiher schlummerte über seinen Karpfen. Die Flammen der rundum in Windlichtern verteilten Kerzen zierten seinen Spiegel mit einer zitternden Perlenkette. Vereinzelte Weidenbüsche schienen wie alte Mammutbäume in kräuselnden Gewändern über seine Ruhe zu wachen. Düfte von feuchter Erde, von Humus, stiegen auf. So etwas gab es also, Orte der Stille und des Friedens!

Und Männer, die sich um meine Zukunft sorgten, selbst wenn es dazu diente, Traumschlösser in der Bretagne zu bauen?

»Warum haben Sie mir verheimlicht, dass Sie dieses Restaurant kennen?«, hat Yann amüsiert gefragt. »Sie sind eine seltsame Frau! Stellen Sie sich vor, der Küchenchef wäre nicht gekommen – hätten Sie mich einfach im Dunkeln tappen lassen?«

»Ich habe es Ihnen bei der Ankunft beinahe gesagt, aber dann hatte ich plötzlich Angst vor – ich weiß nicht, was.«

Sein Lachen war voller Zärtlichkeit.

Die Tür zum Restaurant ging auf, und eine Wolke von Musik schlüpfte heraus.

»Laufen wir ein bisschen?«, hat er vorgeschlagen.

Ein Weg führte um den Weiher herum; wir haben das Gras gewählt, so nah wie möglich am Wasser. Das war nicht besonders praktisch mit meinen Absätzen. Was für eine alberne Idee, die Dame spielen zu wollen! Mit hohen Absätzen oder ohne, ich werde immer dieses Gör bleiben, das im Malheft über die Umrisslinien hinausmalte.

Yann hat seinen Arm um meine Taille gelegt.

»Ist sie vergangen, die Angst vor – ich weiß nicht, was?«

»Honoré hat sie verscheucht. Er hat in meinem Kopf alles durcheinander gebracht.«

»Das Wesentliche ist, dass er hineingedrungen ist, und ich mit ihm.«

Er ist stehen geblieben und ist vor mich hingetreten. Mein Herz hat heftig geklopft. Seine Lippen sind über mein Gesicht gewandert, die Stirn, die Wangen, den Hals. Dort haben sie verweilt. Seine Zunge …

»Man schmeckt ein wenig Salz hinter diesem Ohr«, hat er gemurmelt.

Er hatte diese dumpfe Stimme, die das Begehren den Männern verleiht, und diese Art Nacht in seinem Blick, die dunkle Vorzeit? Ich habe seinen Mund gefunden und habe mich voll und ganz hineinziehen lassen. Diesen wirklichen ersten Kuss, auf den habe ich gewartet, seit die *Pastourelle* die *Honoré* gekreuzt hatte und der Hass die Liebe zum Zittern brachte. Die Liebe – lange Zeit sind wir so geblieben und haben sie uns versprochen.

Dann sind wir weitergegangen, er mit seinem Arm um meine Taille, ich mit meinem Kopf an seiner Schulter, und ich habe gewagt, die Frage zu stellen, die mich beschäftigte, seit er im Duc wie ein Stammgast begrüßt worden war.

»Yann … haben Sie Ihre Frau hierher gebracht?«

»Niemals! Um Ihnen die Wahrheit zu sagen, Anne hatte ein gewaltiges Problem mit den Algen.«

»Was ist zwischen Ihnen geschehen?«, habe ich ge-

fragt. »Ich weiß, es ist nicht der richtige Augenblick, aber ich muss es wissen.«
»Eine ganz banale Geschichte.«
Anne und er hatten sehr jung geheiratet. Yann arbeitete damals in Rennes als Ingenieur in einer Firma für pharmazeutische Produkte, mit gutem Gehalt und regelmäßiger Arbeitszeit. Sie beschäftigte sich damit, für Freunde Innendekorationen zu entwerfen. Sie hatte viele Freunde in der Stadt, wo ihre beiden Familien lebten.
Nach dem Tod seines Vaters hatte Yann beschlossen, zu seinen Wurzeln zurückzukehren und hier sein Unternehmen zu starten. In Wirklichkeit hatte er nie aufgehört, davon zu träumen. Anne war ihm widerwillig gefolgt. Sie hätte nicht gewusst, pflegte sie zu sagen, dass sie einen Seetanghändler geheiratet hatte. Sie hatte sich tödlich gelangweilt. Und in dieser Hinsicht betrachtete er sich als schuldig; manche Entscheidungen sollte man gemeinsam treffen. Und schließlich war sie mit jemandem fortgegangen, der ihren Bedürfnissen besser entsprach.
»Sie ist nach Rennes zurückgekehrt. Offenbar lebt sie allein. Noël bekommt hin und wieder Nachricht von ihr.«
»Und er hatte keine Lust, zu ihr zu ziehen?«
Yann lachte kurz auf.
»Ich glaube nicht, dass sie ihm das angeboten hat. Und selbst wenn sie es getan hätte, hätte er abgelehnt. Noël ist noch allergischer gegen die Stadt als ich.«
Er hatte in unbeteiligtem Ton gesprochen, so als liege seine Trauer hinter ihm. Und mein Indianer? Ich habe mich an das Holzscheit erinnert, das er ver-

brannt hat: Adieu, Maman? Man sagt seiner Mutter niemals Adieu, ob man will oder nicht, und noch weniger, wenn man es will.
Hatte Yann an Scheidung gedacht? Diese Frage habe ich nicht zu stellen gewagt.

Aber wahrscheinlich, um meinen Platz zu definieren, um ein Datum in der Zukunft zu fixieren, habe ich gefragt: »Und das Lokal für das Restaurant, wann werden Sie es mir zeigen?«
Er hatte sich für die Antwort Zeit genommen. War ich zu voreilig gewesen?
»Sobald Sie einen echten kleinen Anfang, es versuchen zu wollen, verspüren ... ohne unter dem Einfluss des Weines zu stehen«, hat er humorvoll hinzugefügt.
Er las meine Gedanken.
Die Runde um den Weiher war schon vollendet. Neben seinem Wagen hat er mich an sich gedrückt.
»Was möchten Sie tun, Marie? Soll ich Sie heimfahren oder bleiben wir noch ein bisschen zusammen?«
Nicht nur ein bisschen, lange, sehr lange! Ich bin zu seinen Lippen zurückgekehrt, ich habe sein Verlangen gespürt. Es entsprach dem meinen.
»Ich würde Sie gerne mit zu mir nehmen, aber mit Noël ist das eher heikel.«
»Und bei mir, mit meinem Sohn, ist es völlig unmöglich«, habe ich ihn noch übertroffen. »Er hat ein gewaltiges Problem in Bezug auf die Morvans.«
»Unter Tauchern müsste sich das einrenken lassen«, hat Yann geantwortet, und ich habe seine Worte wie ein weiteres Versprechen genommen.
Ich konnte nicht genug kriegen von den Versprechen.

In der ersten Etage des Schlosses waren Lichter angegangen; er hat darauf gezeigt.
»Wir werden ja schließlich nicht im Duc nach einem Zimmer fragen, oder?«
Wir haben gelacht, kein natürliches Lachen: das Verlangen war da und verwirrte alles. Und der unangenehm prosaische Gedanke, dass wir ein Zimmer finden mussten, ein Bett.
»Bist du bereit, mir zu folgen?«, hat Yann plötzlich gefragt.
Das »Du« hat mich umgeworfen. Ich habe, ohne zu zögern, ja gesagt, ja zu dem Zimmer, seinen Projekten, zu seinem Leben.
Meine Mutter wirft mir nicht zu Unrecht vor, dass ich voreilig sei.
Im Auto haben wir nichts gesagt. Die Wörter, so wie unser Lachen eben, hätten falsch geklungen oder unangebracht. Wir waren unterwegs, um Liebe zu machen, das füllte alles aus und erstickte mich ein bisschen. Zweifellos war es in diesem Moment, fern von der verzauberten Atmosphäre im Park, als sich das Unbehagen in mir eingenistet hat. Ich wusste plötzlich nicht mehr, was ich wollte!

Das Unbehagen wuchs vor dem Motel, wo Yann angehalten hatte, während ich ihm zuschaute, wie er hinter der Glastür des Empfangs seine Brieftasche hervorholte, um dafür zu bezahlen, dass wir …
Es erdrückte mich, als wir das viel zu aufgeräumte Zimmer betraten, dass alles schrie, was ich hasste, das Provisorium, das Vergängliche, die Einsamkeit.
Yann lächelte.
Er las meine Gedanken nicht mehr.

Ich habe gestammelt: »Entschuldigen Sie mich einen Moment«, und bin ins Badezimmer gegangen.
Was hatte ich hier verloren?
Da gab es keinen Baas mehr, keine Wirtin, keine Reederin, nur noch im kalten Schein einer Neonlampe eine Frau mit müdem Gesicht und Körper, die vor nur wenigen Monaten ihren Mann verloren hatte und die sich jetzt, stellen Sie sich das vor, mit einem Mann in einem Hotelzimmer wiederfand, den sie, wenn es hoch kam, ein halbes Dutzend Mal gesehen hatte und der ihr noch nicht einmal gesagt hatte, dass er sie liebte.
Zu voreilig für Thibaut.
Zu voreilig für Yann?
»Der beste Weg, um ins Unglück zu rennen«, pflegte meine Mutter zu sagen.
Und nun?
Was tat eine Frau in diesem Fall? Sich ausziehen, waschen, sich in ein Handtuch wickeln und erregt, bebend, von der Lust getrieben, im Zimmer erscheinen, wo der Mann sie erwartet, seinerseits sicherlich schon entkleidet?
Nicht mehr die geringste Lust in mir.
Yann hat angeklopft. Ich habe nicht geantwortet.
Die Tür ist aufgegangen und er ist hereingekommen.
Er hatte nur sein Jackett ausgezogen, Gott sei gedankt! Entschuldige, Benoît! Er hat mich angeschaut, wie ich da auf einer Ecke der Badewanne hockte, mehr Schiffbrüchige als Sirene.
»Jetzt habe ich wieder Angst vor – ich weiß nicht, was«, habe ich gestanden.
Und schlagfertig gab er zurück: »Und was glaubst du? Ich habe höllisch Schiss.«

Ich habe mein Lachen gehört wie einen Schluchzer. Daraufhin nimmt er meine Hand und zieht mich ins Schlafzimmer, schiebt mich aufs Bett … geht ganz schön ran! Die Decke hatte er zurückgeschlagen. Er hatte auch sämtliche kalten Lichter ausgeschaltet und nur eine kleine Lampe mit einem rosa Lampenschirm auf dem Nachttisch brennen lassen, das ist schon viel angenehmer. »Weniger schlimm«, würde Quentin sagen. Das ist wirklich der geeignete Augenblick, um an meinen Sohn zu denken! Aber im Gegensatz zu dem, was häufig behauptet wird, selbst im Rausch, ebenso wenig wie man seiner Mutter Adieu sagen kann, vergisst man niemals alle, weder die einen noch die anderen, und vor allem nicht sich selber.
Er zieht mir die Schuhe aus, kickt sich die seinen von den Füßen – klack, klack! … streckt sich neben mir aus und schiebt seinen Arm unter meine Schultern. Sonst nichts.
Außer, dass er spricht.
Er erzählt, wie er an einem Sommerabend bei den Gendarmen eine seltsame Frau in einer Schulmädchenbluse und Fischerstiefeln gesehen hat, eine Frau, halb Kriegsheldin, wackelig auf den Beinen, halb stachelige Distel, halb sanftes Stiefmütterchen, und diese Frau, diese Blume, die hätte er vor den Augen der Gendarmen am liebsten gepflückt. Er bedauerte übrigens noch immer die verpasste Gelegenheit. Sicherlich seine exhibitionistische Seite.
Als diese Frau an einem frostigen Abend bei ihm angeklopft hat, war er traurig und schwermütig wie ein alter Weinstock oder besser, wie ein Baum, gekrümmt von diesen widrigen Winden, die in unserer

unmöglichen Gegend ihr Unwesen treiben. Dann ist sie eingetreten, und mit ihr das Licht, die Windstille. Und wenn er sich an jenem Abend eher kalt, vielleicht sogar aggressiv gezeigt hat, dann deshalb, weil er den Gedanken, sie sei nur gekommen, um ihren Matrosen zurückzugewinnen, nicht ertragen konnte.
Sicherlich seine possessive Seite, »Macho«, wie man heute sagt.
Wie naiv die Männer sind! Ich war nur seinetwegen gekommen.
Auf der *Honoré* hat er mich gehasst, als ich mich mit meinen Geheimnissen zurückgezogen hatte, während er mir das Innerste seines Herzens offenbart hatte, indem er mir seinen Unterwasserwald zeigte. Der Monat August war für ihn verdorben gewesen, und er hatte ihn damit verbracht, mich zum Teufel zu wünschen. Wohin ich mich störrisch weigerte, mich zu scheren …
Alle diese wundervollen Dinge hat Yann gesagt, ohne sich zu rühren, nicht die geringste Anstrengung, sich anzunähern, nicht die geringste Zärtlichkeit: wie ein Grabmal. Und ich habe, ganz beiläufig und in winzigen Etappen, meine Nase in Richtung seines Halses gedreht. Ein Pfefferduft steigt davon auf, Honigkuchen und Wildpflanze. Ich brenne darauf, meinerseits davon zu kosten. Findet man auch ein wenig Salzgeschmack hinter diesem Ohr?
Und da er mit seinem Plädoyer zu Ende gekommen zu sein scheint, starte ich das meine.
Ich habe mich schon für ihn interessiert, bevor sich die Gendarmen für mich interessiert hatten, als ich, neugierig und fantasievoll, meinen Matrosen über

seinen tyrannischen Vater aushorchte und davon träumte, ihm zu begegnen, um ihm gehörig meine Meinung zu sagen.
Und an jenem frostigen Abend war ich zu ihm gekommen, um mich zu vergewissern, dass ich dort den gleichen Mann vorfinden würde, der das Licht und die Windstille in meinen Käfig in der Gendarmerie gebracht hatte. Und auf seinem Schiff hatte ich, als ich seine Algen betrachtete, beglückt erkannt, dass das Meer für uns beide das gleiche Wesen war, für ihn, indem er es bepflanzte, und für mich, indem ich darin fischte.
An dieser Stelle des Märchens kann ich nicht mehr umhin – sei's drum, ich tu's! Ich koste mit der Zungenspitze hinter diesem Ohr. Kein bisschen salzig, aber eine ungeheure Reaktion. Ein Mann, der sich über einem aufrichtet wie ein Ungeheuer, das einen verschlingen will ... Warte, warte noch ein bisschen, ich habe meine Ängste noch nicht ganz überwunden! Vorhin im Badezimmer unter dem Neonlicht, das mich hundert Jahre alt machte – wenn es ein Fenster gegeben hätte, wäre ich rausgeklettert, das ist sicher –, konnte ich sehr wohl sagen, was mich lähmte: die Furcht, dass du mich leichtfertig findest, dir so bald nach Pierres Tod in die Arme zu fallen, und dass du mir verübeln könntest, mich so schnell getröstet zu haben. Aber das ist nicht das richtige Wort. Man tröstet sich niemals über eine schöne Reise während so vieler Jahre hinweg, aber man kann Lust haben, eine neue zu beginnen ... Warte, warte noch ein bisschen, mein Geliebter, ich habe die Ängste vor – ich weiß ganz genau, was, noch nicht überwunden!

Weniger schön zu sein als deine Frau, weniger vornehm, weniger intelligent, weniger alles. In den Malbüchern hat sie, dessen bin ich ganz sicher, nie die Linien übermalt, sicher, dass sie überall gleichmäßig braun gebrannt ist. Wenn sie ihrem Salon entspricht und ich dem meinen, wie soll ich da einem Vergleich standhalten? Und Angst auch, dass du dich in Bezug auf mich irrst, dass ich dich enttäusche und dass ich dann wieder allein sein werde, das heißt, mit allen anderen außer mit dir.

Diese Angst, nicht zu genügen, ist ein übler, im Kindesalter erworbener Virus, von der Art, der einen nie ganz loslässt und der sich in den ungeeignetsten Augenblicken wieder regt, um die strahlendsten Momente, wo man glaubt, das Glück zu berühren, zu sabotieren – aber es kann nicht von Dauer sein, man hat sich in der Person geirrt.

So, jetzt ist es gesagt. Alles, oder beinahe alles. Ich schweige aus Sauerstoffmangel. Ich glaube, noch nie so lange an einem Stück geredet zu haben, seit … Seit immer schon. Jetzt bist du dran, und wenn du dich in der Person geirrt hast, so sag es gleich, dann gehe ich.

Er richtet sich wieder über mir auf, einen Arm auf der einen, den anderen auf der anderen Seite. Es missfällt mir gar nicht, dass dieses Ungeheuergesicht ein bisschen verbraucht ist, dass man darin die Ermüdung der Jahre lesen kann, denn, wissen Sie, ich und die jungen Männer …

»Und wenn ich nur liebe, was von Dauer ist?«, knurrt er. »Wenn ich dich liebte wie das Meer, einschließlich der Stürme?«

Ein umwerfendes Argument!

Das imstande ist, den Baas in Scarlett O'Hara zu verwandeln, in eine Konzertdiva.
In eine Frau.
Ich bin es, die den Krawattenknoten löst. Was für eine Idee, im Bett seine Krawatte anzubehalten! Ich habe das Hemd aufgeknöpft und eine heiße, behaarte Brust freigelegt, nach Überprüfung ebenfalls nicht salzig, nicht einmal die kleinen, strammen Knöpfchen, die an *fias* erinnerten, diese kleinen beigefarbenen Muscheln mit rosa Enden, die sich an den Lippen so zart anfühlen.
Und er hat mir das Kleid ausgezogen: »Heb die Arme und mach die Augen zu!«
Augenscheinlich hat ihm das, was er darunter fand, nicht missfallen.
Es fließen die heimlichen Flüsse, es türmen sich brennende Berge. Ich habe vor nichts mehr Angst.

7

Es war ein harter Tag, das Meer zänkisch, Wind und Regen in Böen und am Ende nicht viel im Netz, überwiegend minderwertige Fische und Quallen, zum Glück ein paar Seeteufel und ein bisschen zum Trocknen geeigneter Fisch. Alain hatte angeboten, Trèsfrais zu beliefern, und ich eilte zu meinem Lieferwagen, als der Kapitän mich einholte.

»Ich muss mit dir reden, Marie!«

Die Stimme verhieß nichts Gutes. Ich hatte keine Lust, es zu hören, ich hatte es eilig, heimzukommen: eine heiße Dusche, trockene Kleider und vor allem der Anruf von Yann, der für zwei Tage zu einem Kongress über Nahrungsalgen nach Roscoff gefahren war. Ich hatte Yann etwas Wichtiges zu sagen.

»Weißt du, wo dein Junge die letzte Nacht verbracht hat?«

»In seinem Bett, nehme ich an. Warum?«

»Nimmst du es an, oder bist du sicher?«

»Ich bin sicher, dass er zu Hause gegessen hat. Aber ich habe nicht unter seinen Laken nachgeschaut. Das gehört nicht zu meinen Gewohnheiten. Stell dir vor, ich finde ein Mädchen drunter …«

Mein Scherz kam nicht an. Jeder wusste, dass Quentin die Mädchen nur aus der Ferne anschaute. Ich hatte meine Beunruhigung deswegen sogar André gegenüber geäußert, der mir lachend geantwortet hatte, dass Pierre früher genauso gewesen sei … Bis er einer gewissen Marie begegnet war.

»Was ist los, André? Sag schon, ich hab es eilig.«

»Du hast es immer eilig«, hat er protestiert. »Du änderst dich nie. Aber wenn du es wissen willst, der Fischkasten der *Diane* ist jetzt schon mehrere Male geplündert worden. Langusten und Seespinnen sind daraus verschwunden. Man hat Loïk in Verdacht. Man soll ihn gesehen haben, wie er den Touristen die Ware an der Haustüre verkaufte. Das ist schlimm, Marie! Einer der unseren, der den Nachbarn beklaut, das hat es bislang hier noch nie gegeben. Das ist, als ob man sich selber beraubt.«

Zorn ist in mir aufgestiegen, getragen von einer großen Woge Angst.

»Warum erzählst du mir das, André?«

»Weil Loïk und Quentin zurzeit unzertrennlich sind, wie du sehr wohl weißt. Und vom Tauchen versteht er etwas, dein Sohn.«

»So was würde er niemals tun, hörst du, André, niemals!«

Der Kapitän hat geseufzt. Er hat sich umgeschaut, als wolle er lieber nicht mit mir zusammen gesehen werden.

»Ich würde es dir gern glauben, Marie. Nichts lieber als das. Aber sieh zu, dass er heute Abend zu Hause ist. Wenn es sein muss, schau ausnahmsweise mal unter seinen Laken nach.«

Er ist gegangen.

Ich habe gewartet, bis mein Herzklopfen sich beruhigt hat, bevor ich losgelaufen bin. Ich sah die Geldscheine in dem Briefumschlag, ich hörte Quentin: »Kleine Jobs für Loïk …« Hätte er mir das Geld angeboten, wenn es der Erlös eines Diebstahls war? Mit Sicherheit nicht! Unmöglich!

»Sieh zu, dass er heute Nacht zu Hause ist …«
Die Worte des Kapitäns hatten wie eine Warnung geklungen.
Als ich heimkam, war er nicht da. Was war daran verwunderlich? Er nutzte seine allerletzten Ferientage. Und wenn seine Taucherausrüstung nicht im Schuppen war, dann war er in seinen Club gegangen, wie jeden Tag. Er würde zum Abendessen nach Hause kommen. Ich würde ihn nicht wieder fortgehen lassen.
Auf der Memotafel war eine Notiz von Annaïs, sie käme spät heim, ich solle mir keine Sorgen machen.
Ich soll mir keine Sorgen machen …
Wie versprochen hat Yann angerufen. Er hatte einen faszinierenden Vortrag über die Nahrungsalge und die Zukunft gehört.
»Wenn wir keinen Blödsinn mit der Umwelt machen, wird man Millionen von Hunger leidenden Menschen ernähren können.«
Ich wollte ihm die Freude nicht verderben, indem ich von Quentin sprach.
»Dieses Lokal, wo man den ›Wolfsbarsch nach Art Honoré‹ verspeisen wird – kannst du mich für die Besichtigung auf die Liste setzen?«, habe ich gefragt.
Auf Seiten der Befestigungsmauern von Roscoff herrschte Schweigen. Ich bildete mir ein, Yanns Augen aufleuchten zu sehen. Um ehrlich zu sein, war ich selber überrascht. Irgendwann setzt man seinen Gedanken in die Luft, und im Gegensatz zu der Lexikondefinition löst er sich nicht in nichts auf, sondern setzt sich in einem Winkel des Gehirns fest, wartet auf einen großen Kummer, einen Sohn, der Sorgen bereitet, und einen überzeugenden Mann,

wozu sich dann noch ein »Warum auch nicht?« gesellt. Ja! Warum auch nicht?
»Du kannst sicher sein, dass ich nicht unter dem Einfluss von Alkohol stehe«, habe ich hinzugefügt. »Aber vielleicht unter dem der Liebe.«
»Ich sehne mich unsäglich nach dir«, hat er geantwortet.
Die Liebe. Wir haben ein bisschen Liebe per Telefon gemacht. Das war mir noch nie passiert. Ich bin ein ganz kleines bisschen rot geworden.

Quentin war noch immer nicht heimgekommen, und ich war dabei, eine Suppe fürs Abendessen zuzubereiten, als Mama angerufen hat.
»Hast du ein Minütchen, mein Schatz?«
»Jede Menge Zeit.«
Ich habe das Telefon mit in den Salon genommen und es mir bequem gemacht. Wieso hatte André mir vorgeworfen, ich hätte es immer eilig?
Mama hat zunächst nach Abel gefragt. Ich hatte ihn nicht wieder besucht, aber ich erkundigte mich täglich nach ihm. Nach der Untersuchung seiner Augen hatte man ihm vorgeschlagen, seinen grauen Star zu operieren, solange er ohnehin im Krankenhaus war. Es war höchste Zeit. Der Chirurg versprach, dass er sich hinterher wie ein neuer Mensch fühlen würde.
Ein neuer Mensch wofür?
Dann ging es um meinen Vater. Er würde im kommenden Januar in den Ruhestand versetzt, und Mama sorgte sich: Hoffentlich langweilt er sich nicht. Im Klartext: Hoffentlich habe ich ihn dann nicht den ganzen Tag um mich herum.

»Mach dir keine Sorgen. Er gehört nicht zu den Leuten, die tatenlos rumhängen. Er wird sich zu beschäftigen wissen.«
Und obgleich ich gewöhnlich nicht lange am Telefon blieb, klammerte ich mich diesmal förmlich daran fest. Mamina konnte es gar nicht fassen. Aber ihre Stimme hob die Welt wieder in die Angeln: Friede, Freude, Eierkuchen.
Als sie auf Quentins achtzehnten Geburtstag am nächsten Samstag zu sprechen kam, habe ich das wahre Motiv für ihren Anruf verstanden.
»Diese Verbindung von Hauseinweihung und Geburtstag bei Thibaut, was hältst du davon?«
»Warum nicht?«
Bei Thibaut oder anderswo, ich wünschte, es wäre schon so weit! Quentin würde seine Kerzen auspusten und den Blödian mimen wie immer, es wäre fröhlich und ein bisschen langweilig, wunderbar langweilig. Ich würde über meine gegenwärtigen Sorgen lachen.
Mama hat sich geräuspert. Jetzt kommt's.
»Ist dir nichts aufgefallen zwischen Annaïs und Thibaut? Die Kleine redet nur noch von ihm. Er ist ein bisschen alt für sie, aber er gibt ihr Halt. Dein Vater und ich, wir haben gedacht, dass es gar nicht so schlecht wäre.«
Dass er sie heiratet?
Ich muss gestehen, dass das zumindest in diesem Augenblick meine geringste Sorge war.

Ich träume von einem Nebelhorn, aber es klingt nicht so wie sonst. Es ist ein schriller Ton, der sich wiederholt und nicht aufhört. Ich öffne die Augen. Das Telefon. Die Nachttischlampe brennt, meine Schlafzimmertür steht weit offen. Der Wecker zeigt ein Uhr dreißig in der Nacht.

Ich hebe ab.

»Marie, du musst sofort kommen«, befiehlt der Kapitän.

»Kannst du mir sagen ...«

»Absolut gar nichts. Wir erwarten dich bei der *Pastourelle*, beeil dich.«

Er hat schon aufgehängt. Mein Herz hämmert gegen meine Rippen. Die *Pastourelle*, Loïks Schiff. Loïk, Quentin ... »Der Fischkasten der *Diane* ist jetzt schon mehrere Male geplündert worden ...« Quentin ist nicht zum Abendessen gekommen. Ich habe überall herumtelefoniert, ohne ihn zu finden. Kriegsmüde bin ich schließlich eingeschlafen.

Es ist wirklich Krieg und ich fühle mich zu Tode erschöpft.

Der Regen hat aufgehört, verjagt von einem Ostwind. Es ist kalt. Eine Gruppe von Männern in Fischerjacken und Ölzeug hält sich vor der *Pastourelle* auf. Alain Kervélec und der Kapitän sind darunter. Als ich mich nähere, wenden sich mir alle Gesichter zu.

Wie bewege ich mich vorwärts? Ich habe keine Ahnung. Einen Fuß, dann den anderen, ich bewege mich vorwärts. Aber in meinem Kopf weiche ich zurück, ich fliehe, landeinwärts, vielleicht in die Nähe eines Weihers, in den Schutz einer großen Weide, die mit Sicherheit anderes gesehen hat und deswegen dennoch nicht umgestürzt ist.

Der Kapitän kommt mir entgegen.

»Bedaure, Marie. Wir haben Loïk und deinen Jungen

dabei erwischt, wie sie den Fischkasten der *Diane* geplündert haben.«

Ich gebe keine Antwort. Man kann nicht behaupten, ich sei nicht vorgewarnt worden! Abel: »Ich habe ein Wörtchen über deinen Quentin mit dir zu reden.« Und der Kapitän, der so weit gegangen ist, für meine schönen Augen seine Gefährten zu hintergehen: »Sieh zu, dass er heute Nacht zu Hause bleibt.«

Für diese Nacht war eine Spritztour vorgesehen gewesen, um die Plünderer zu schnappen.

Auf Deck der *Pastourelle* der Baas der *Diane*, Albert, und der des Rettungsschiffs, mein Freund Jean-Yves. Am Schiffsrumpf in dem vom Wind geschaukelten Beiboot Loïk und Quentin. Quentin in Taucherausrüstung.

Als er mich sieht, wendet er sich ab. Als Loïk mich sieht, grinst er. Sollte das alles gegen mich gerichtet sein? Das wäre zu viel des Hasses.

»Also«, bellt der Baas der *Diane* zu den jungen Männern. »Worauf wartet ihr noch? Wollt ihr die ganze Nacht dort bleiben? Und du, Loïk, wo ihr schon dabei seid, bring gleich den Sack mit rauf, dann brauche ich ihn nicht zu holen.«

Loïk vorneweg, gefolgt von Quentin, klettert die Strickleiter herauf. Loïk lässt den Jutesack auf Deck fallen, direkt vor Alberts Füße. Er macht das Geräusch von Krustentieren. Ein anderer an seiner Stelle hätte ihn ins Meer geworfen. Albert dreht den Sack um und leert ihn aus. Ein gutes Dutzend Krebse ergießt sich auf Deck.

»Warum habt ihr die Kiste nicht ganz ausgeleert, wo ihr doch schon dort wart?«

»So was unter Fischern zu tun …, es gibt kein Ehrgefühl mehr«, schimpft ein Mann, und die Worte grollen wie Donner in der Stimme dieses Mannes mit von Sturm und Kummer gezeichnetem Gesicht.
»Wir müssen die Gendarmen benachrichtigen«, schlägt eine andere Stimme vor. »Was Besseres haben sie nicht verdient. Einverstanden?«
Zwei andere machen sich schon auf den Weg.
»Wartet!«, befiehlt der Kapitän.
Die Männer bleiben widerwillig stehen.
»Was werden denn die Gendarmen mit ihnen machen?«, fragt André. »Sie werden sie eine Nacht oder auch zwei festhalten und sie dann mit einer Geldstrafe belegen und wieder laufen lassen. Ich schlage vor, dass sie für ihren Schaden aufkommen. Da kommst du besser bei weg, Albert.«
Vor allem komme ich besser dabei weg, das wissen alle, die hier sind. Die von der *Diane*, die an meiner Seite daran teilgenommen haben, als wir die *Lazarillo* zur Vernunft gebracht haben. Die, die vor wenigen Wochen meinen Namen in den Straßen von Guilvinec geschrien hatten. Würden sie das heute auch noch tun? Alle, sogar Alain Kervélec, vermeiden es, mich anzuschauen.
»Ich werde es erstatten«, sage ich. »Ich werde alles bezahlen.«
»Nein, nicht du«, sagt der Kapitän. »Die Schuldigen.«
»Dann *er!*«, erklärt plötzlich Loïk und zeigt dabei auf Quentin.
Es herrscht eine Sekunde lang verblüffte Stille. In seiner Taucherausrüstung, die ihn verrät, das Haar vom Meerwasser verklebt, hat Quentin sich fassungslos zu Loïk umgedreht.

»Er hat die Idee gehabt, er hat das Geld gekriegt, ist also nur normal!«, verkündet Loïk.
»Und ist das vielleicht nicht dein Boot, in dem ihr hingefahren seid?«, donnert Jean-Yves.
»Ich habe nicht die Gewohnheit, einem Freund einen Dienst zu verweigern.«
»Man hat dich gesehen, als du die Beute verkauft hast, es gibt Zeugen. Du kannst nicht das Gegenteil behaupten.«
»Aber alles ist in die Tasche von Delaunay gegangen, er wird auch nicht das Gegenteil behaupten.«
Wie er das gesagt hat: Delaunay ... Vater und Sohn, der gleiche Hass.
Inzwischen sind alle Blicke auf Quentin gerichtet. Er verteidigt sich nicht, er ist wie versteinert. Lang, mager, verwundbar, Waisenkind. Sehen sie denn nicht, dass er das erste Opfer der Angelegenheit ist? Er hat vielleicht Alberts Fischkasten geplündert, aber es ist sein Herz, sein Vertrauen in die Freundschaft, die Loïk zerstört hat.
Hass und Machtlosigkeit ergreifen Besitz von mir, aber vor allem das abgrundtiefe Bedürfnis, meinen Jungen an mich zu drücken. Ich mache einen Schritt auf das Schiff zu, die Pranke des Kapitäns hält mich auf. Auf der Brücke der *Pastourelle* hat Jean-Yves Quentins Arm gepackt.
»Du ziehst dich jetzt um!«
Hinter seinem groben Ton konnte ich das Mitgefühl spüren, und Tränen schossen mir in die Augen. Ja, hilf ihm, Jean-Yves, du bist der Lebensretter, der die Leute aus der Not rettet, und er ist in Not! Sie verschwinden. Albert zerrt Loïk brutal auf den Kai. Ich stoße den Kapitän beiseite. Diesmal kann mich kei-

ner aufhalten. Ich stelle mich direkt vor die Nase von diesem Schuft.
»Und dein Bruder, Loïk Labbé? Meinst du, dein Bruder Antonin wäre stolz auf dich?«
Er erstarrt. Die anderen auch. Ich habe das Gesetz des Schweigens gebrochen. Man schleudert den Leuten nicht den Namen ihrer im Meer Verschollenen ins Gesicht, hüte dich vor den Gespenstern. Und der Name Antonin Labbé, Mann von Madeleine, ist das Tabu der Tabus. Seit seinem Tod war Loïk in diesen Zustand verfallen.
Er fasste sich als Erster wieder. Mit fahlem Gesicht und einem Lachen, das eher wie ein Bellen klingt, zeigt er auf die Fischer.
»Stolz? Frag die lieber, was sie darüber denken, Duchesse.«
Ein Gemurmel wird laut. Aber Quentin kehrt auf Deck der *Pastourelle* zurück, gefolgt von Jean-Yves, der den Taucherkram auf dem Arm hat, und es ist, als würde der Bann gebrochen. Ich will mich meinem Sohn nähern, doch er entwischt mir und stürzt sich auf Loïk und schlägt wild auf ihn ein, wie in größter Verzweiflung. Er prügelt wie ein kleiner Junge, der es nicht mehr erträgt, von einem Großen tyrannisiert zu werden, und diesmal lässt er es sich nicht mehr gefallen, selbst wenn er dabei draufgeht.
Der Große spottet, demütigt ihn.
Ich schreie: »Hör auf, du Drecksack!«
Bevor ich es konnte, haben die anderen sie schon getrennt. Jean-Yves hält Loïk fest.
»Fass mich nicht an! Fass mich nicht an! Du, du hast kein Recht dazu!«, schreit Loïk.
Quentin rennt über den Kai, ohne dass irgendwer ihn

festzuhalten sucht. Ich will hinterher, aber der Kapitän hindert mich noch einmal. Ich hasse dich, André! Ich hasse dich, Meer!

»Marie, Marie, spar dir deine Kraft für die Zeit, wenn er wiederkommt. Er wird dich brauchen.«

8

Schuldig!
Meinem Sohn nicht genug Liebe und Aufmerksamkeit entgegengebracht zu haben, seine Hilferufe nicht erhört zu haben.
Der Vernachlässigung schuldig.
War das etwa kein Hilferuf, dieser mit Geldscheinen voll gestopfte Briefumschlag, der auf meinem hübschen Kleid gelegen hatte? Ein Schrei: »Ich leide, höre mich, mach, dass ich nicht untergehe!« Die Hände auf den Ohren, die Augen verbunden, Yann im Herzen, hatte ich ihm den Umschlag ins Gesicht geschleudert.
Ach ja, und der andere Schrei, am Tag nach Abels Unfall: »Kannst du nicht zufällig einen Maschinisten brauchen?« Was hatte mich daran gehindert »ja« zu sagen? Quentin hatte Ferien, ich hatte einen Platz für ihn. Für vierzehn Tage »ja« sagen und dann weitersehen. Ich habe ihm nicht einmal geantwortet.
Schuld, geschwiegen zu haben.
Annaïs: »Mit dir muss man einen Termin ausmachen.«
Der Kapitän: »Immer in Eile, du änderst dich wohl nie.«
Mama: »Hast du ein Minütchen Zeit?«
Keine Zeit zu sprechen, zuzuhören, zu verstehen, zu betrachten.
All die Worte, die mich verzauberten, wenn sie von Yann kamen, die die Ängste abschafften und der

Liebe die Tore öffneten, die hatte ich Quentin verweigert.
Annaïs hat es sich nicht nehmen lassen, es mir begreiflich zu machen!
Es war kurz nach sieben Uhr, als sie in die Küche gekommen ist. Ich hatte Alain Kervélec benachrichtigt, dass ich heute nicht hinausfahren würde. Wenn er Lust hätte, solle er mit Noël fischen fahren, ich würde auf meinen Sohn warten. Ich hatte mich nicht wieder schlafen gelegt.
»Was ist los, Mama, streikst du?«
Ich habe ihr die ganze Geschichte erzählt.
»Und das wundert dich?«, hat sie gespottet.
Weil ich einen Matrosen im gleichen Alter wie ihr Bruder eingestellt habe, während ich ihn abgelehnt hatte. Weil ich ständig von Noël geredet habe: Noëls hervorragende Arbeit, Noëls Fröhlichkeit, Noëls Mut. Ist mir denn nicht bewusst geworden, dass ich Quentin folterte, Quentin, der so gerne etwas leisten wollte, der den Fehler des Vaters wieder gutmachen wollte, der mir beweisen wollte, dass er ein Mann war?
Ich hatte es ihm nicht erlaubt.
»Und die Krönung! Um deinen Matrosen zu retten, gehst du ins Gefängnis«, hat sie mit einem Lachen geendet. »Mag sein, dass er, als er den Fischkasten der *Diane* plünderte, sehen wollte, ob du dich in gleicher Weise für ihn einsetzen würdest.«
Sie saß mir gegenüber mit ihrem Kakao und ich mit einer Tasse Kaffee. Ich begriff sehr wohl, dass sie, während sie für Quentin plädierte, es auch für sich selber tat.
»Erinnerst du dich nicht, was du immer zu Papa ge-

sagt hast? ›Vergiss das Meer, wenn du zu Hause bist. Stell deinen Sack ab und schau deine Familie an.‹ Für dich gibt es nichts anderes mehr als die Fischerei, das Wetter, den Dorsch und die Langustine. Sie hängt uns zum Hals raus, deine Langustine. Es fehlte nur noch dein Yann, um das Bild vollständig zu machen!«

Mein Herz tat einen Satz.

»Das weißt du?«

Wieder hat sie gelacht.

»Die ganze Welt weiß es, Mama! Alle haben dich auf seinem Schiff gesehen, am Versöhnungsfest. Und alle haben erfahren, dass er dich aus dem Krankenhaus abgeholt hat.«

Schüchtern habe ich gefragt: »Nimmst du es mir übel?«

Trotz meines Kummers und meiner Bestürzung erfüllte das »dein Yann« mein Herz mit einem schmerzlichen Glücksgefühl. Ja, ich hatte Yann. *Meinen* Yann!

»Ich nehme dir verdammt übel, dass du das insgeheim gemacht hast, ohne uns irgendwas zu sagen«, hat sie geantwortet. »Vor allem zu Quentin. Du kannst dir doch denken, dass Loïk es sich zum Vergnügen gemacht hat, ihm zu berichten, dass du mit dem Vater von deinem teuren Noël angebändelt hast. Kannst du dir den Schock vorstellen? Und Quentin hat niemanden. Ich, falls du das noch nicht gemerkt haben solltest, ich habe wenigstens Thibaut.«

Dieser bittere Tonfall … Hatte Annaïs erwartet, dass ich über ihre Liebesgeschichte spreche, dass ich sie ausfrage, mich dafür interessiere? Natürlich, ja! Aber hier hatte ich wenigstens eine gültige Ent-

schuldigung dafür, meinen Job als Mutter nicht erfüllt zu haben.
Kaum hatte ich Scham und Reue geschluckt, schickte ich mich an, meinen Fehler wieder gutzumachen und sie über meinen Liebhaber einer Nacht zu befragen, als der Betroffene anrief.
Quentin war bei ihm.
Thibaut hatte ihn zusammengerollt vor seiner Haustür gefunden. Er weigerte sich, zu sprechen. Nicht ein Wort. Aber er hatte wenigstens einen Kaffee getrunken.
»Kaffee? Aber er trinkt doch nie Kaffee! Er hat einen Horror davor!«, hat Annaïs ausgerufen. »Er muss wirklich am Ende sein. Ich bin sofort da.«
Sie hat aufgehängt. Ich bin aufgestanden. Kaffee oder nicht, ich war ungeheuer erleichtert. Quentin war in Sicherheit.
»Ich komme mit.«
»Damit er wieder abhaut? Hab ein bisschen Geduld, Mama. Die verlorene Zeit holt man nicht in einer Sekunde wieder auf.«
Ich bin auf meinen Stuhl zurückgesunken. Annaïs ist nach oben gegangen, um sich anzuziehen. Bevor sie das Haus verließ, hat sie den Kopf durch die Küchentür gesteckt.
»Auf diese Art ist er für seinen Geburtstag schon am richtigen Ort. Wenn du brav bist, laden wir dich ein.«
In drei Tagen.

Pfannkuchen mit Schinken, Ei und Käse essen, dem Pfarrer gegenüber, dessen Handy einen alle drei Bissen unterbricht – eine moderne Form der Beichte. Und das Telefon ist eigentlich gar nicht so schlecht.

Es erlaubt mir, zwischen dem Geständnis von zwei Sünden tief Luft zu holen!
Wir hatten eine Crêperie ein paar Kilometer von Kersaingilles entfernt ausgewählt, um nicht gestört zu werden. Alles, was ich Benoît über Quentin zu berichten hatte, wusste er schon. Auch er hatte sich Sorgen gemacht, ihn so oft mit Loïk zusammen zu sehen. Aber da ich mich nicht zu beunruhigen schien … Als ich ihn wissen ließ, dass ich die Absicht hegte, Flavie noch heute aufzusuchen und sie zu warnen, dass, falls ihr Sohn von vorn anfinge, ich ihn wegen Brandstiftung auf meinem Schiff bei der Gendarmerie anzeigen würde – ich hatte das Feuerzeug behalten, Noël würde Zeuge sein –, da hat er sein Telefon auf Wartestellung geschaltet.
Natürlich! Man konnte nicht von den Labbés sprechen, ohne dass alle Welt sich auf Wartestellung schaltete.
»Tu das nicht, Marie«, hat er mich gebeten.
»Und warum nicht? Willst du, dass ich warte, bis er mir das Haus anzündet? Oder dass er Annaïs aufs Korn nimmt? Da ist zu viel Hass, ich ertrage es nicht mehr!«
Er hat ein paar Sekunden lang gezögert.
»Dieser Hass ist nicht gegen dich gerichtet.«
Ich habe schallend gelacht. Die Leute haben sich umgedreht.
»Also, wenn er nicht gegen mich gerichtet ist, dann wüsste ich gern, gegen wen. Kannst du mir das bitte sagen?«
»Gegen sich selbst«, hat Benoît düster geantwortet. »Loïk hat sich den Tod seines Bruders nie verziehen. Alle wissen das.«

Mir war die Kehle wie zugeschnürt.
»Ich werde mir Abels Bein nie verzeihen. Aber das ist noch lange kein Grund, mich an den anderen zu rächen.«
»Das ist etwas anderes, Marie. Abel und du, ihr habt euch gut verstanden. Antonin und Loïk konnten sich nicht riechen.«
»Wegen Madeleine?«
Er hat bejaht.
»Sie haben sie gleichzeitig kennen gelernt. Alle beide waren wahnsinnig in sie verliebt. Antonin hat gewonnen, wenn man das so sagen kann. Aber das hat nicht verhindert, dass Loïk auf seinen Bruder eifersüchtig war.«
Oh, ich konnte sie mir gut vorstellen, die Madeleine, mit ihren großen Waisenkinderaugen in ihrem hinreißenden Gesicht, die auf allen Registern spielte! Hatte sie nicht auch Pierre gehabt? Meinen Pierre? Die Wut hat mich gepackt. Wenn man bedenkt, dass ich ihr Fisch brachte, guten Fisch dazu. Dass ich ihr für Maximou Quentins alte Kinderkleider geschenkt hatte. Und in der Zeit hat Loïk …
»Am Tag des Unfalls – ist es Loïk gewesen, der ihn ins Wasser geschmissen hat?«
Benoît ist zusammengeschreckt.
»Das würdest du nicht sagen, wenn du ihn bei der Rückkehr gesehen hättest. Man hat ihn daran hindern müssen, sich selber hineinzustürzen, weil es ihm nicht gelungen war, Antonin zu retten.«
Ich sah die Fischer wieder vor mir, wie sie in der vergangenen Nacht um die *Pastourelle* gestanden hatten, als ich den Namen Antonin erwähnt hatte. Er war eingeschlagen wie eine Bombe.

»Und warum darf man nicht darüber sprechen? Man könnte meinen, dass sie sich alle schämen.«
»Natürlich schämen sie sich«, hat Benoît erklärt. »An jenem Tag hatte Loïk um Hilfe gerufen. Er sagte, Antonin sei verrückt geworden und wolle das Schiff in Brand stecken. Sie haben ihm nicht geglaubt. Es war nicht das erste Mal, dass er sie für nichts und wieder nichts herbeirief. Und außerdem soll er betrunken gewesen sein. Kurzum, diesmal war es nicht falscher Alarm, und sie waren gezwungen, es zu glauben, als Loïk mit der Leiche zurückgekommen ist und sie als Mörder beschimpft hat. Antonin war ins Wasser gefallen, er hatte ihn herausfischen, aber nicht mehr wiederbeleben können.«
»Fass mich nicht an, Jean-Yves. Fass du mich nicht an, du hast kein Recht dazu.«
Der Lebensretter, hatte er auch nicht auf seinen Hilferuf reagiert?
»Und warum habe ich von alledem nie etwas erfahren? Pierre hat mir nur gesagt, dass Antonin beim Fischen ertrunken sei.«
»Pierre war an jenem Tag nicht hinausgefahren. Gott sei Dank hatte er sich in diesem Fall nichts vorzuwerfen. Und niemand hatte große Lust, darüber zu sprechen, er noch weniger als die anderen. Du weißt, warum.«
Er hatte die Witwe getröstet! Vielleicht der Einzige, der das Recht dazu hatte. Wenn man das so sagen kann …
»Ich werde Flavie nicht aufsuchen«, habe ich Benoît versprochen. »Aber wenn Loïk wieder anfängt, gehe ich direkt zur Gendarmerie. Ich habe Freunde dort, die werden mich anhören.«

Der Pfarrer hat ein paar Sekunden die Augen zugemacht. Vor Erleichterung.
»Danke«, hat er gemurmelt.
Zum Abschluss haben wir Crêpes mit Zucker bestellt und die Flasche Cidre ausgetrunken. Jedes Mal, wenn jemand hereinkam oder hinausging, steckte der Wind die Nase herein und blähte die blau-weißkarierten Vorhänge. Es kommt vor, dass man sich in ganz unerwarteten Situationen plötzlich wohl fühlt. Ein Glück, dass der Beruf von Benoît darin bestand, seinem Nächsten zuzuhören. Er hat mich angelächelt.
»Der Sommer war nicht gerade erholsam für dich, Marie!«
»Das kann man wohl sagen. Und sogar das ganze Jahr ...«
Ohne Yann mitzuzählen. Aber von ihm habe ich nicht gesprochen. Die Beichte war beendet, und Yann war keine Sünde, er war mein Licht. Wieder eingeschaltet, hat das Telefon nicht lange gebraucht, um sich zu melden.
»Es scheint, dass man mich überall sucht«, hat Benoît bemerkt.
»Und ich hatte gehofft, deine einzige Kundin zu sein.«
Er hat mich bis zu meinem Lieferwagen begleitet. Bevor ich einstieg, habe ich ihn gefragt: »Und als Buße?«
»Verzeihen«, hat er erklärt. »Sogar seinem Feind.«
»Verzeihen für mich, einverstanden, wegen Quentin, niemals!«
Der Geburtstag fand am Sonntag bei Thibaut statt.

9

Weißer Putz, Schieferdach – das Haus riecht noch immer angenehm nach frischer Farbe, eines von diesen Bauernhäusern, die man, wie man so sagt, »für einen Appel und ein Ei« erwirbt, weil alles daran zu erneuern ist. Außer seiner Seele, die außen herumlungert und auf den neuen Besitzer wartet. Umgeben von Ginster. Ich erinnerte mich, dass Thibaut Ginster liebte. Dieses goldgelbe Augenzwinkern muss ihn bei seiner Wahl beeinflusst haben.
Um nicht allein anzukommen, bin ich in der Roseraie vorbeigefahren und habe meine Eltern abgeholt. Mit Mama brauchte ich kein Schweigen zu fürchten. Für die Gelegenheit, genauer gesagt, für den »Untermieter«, der, seit Annaïs sich für ihn interessiert, Gnade bei ihr gefunden hat, trägt sie eine unmöglichere Frisur denn je. Zum Glück hat der Wind sich gelegt, sonst wären die Haare davongeflogen. Meine Eltern wissen nicht, was Quentin widerfahren ist. Es hat etwas Gutes, dass sie nicht mit den Fischern verkehren.
Der Tisch ist im Garten gedeckt worden. Benoît diskutiert mit Thibaut. Mir war bislang noch nicht bewusst geworden, dass sie ungefähr gleich alt sind. Als der Pfarrer mich zur Begrüßung auf die Wange küsst, flüstert er mir ins Ohr »Courage!«, was endgültig den Boden unter meinen Füßen ins Schwanken bringt. Ich habe Quentin seit jener Nacht, der Falle, in die Loïk ihn gelockt hat, nicht wiederge-

sehen. Er ist blass, mit angespannten Zügen. Diese neue Hose, mit wem hat er sie ausgewählt? Bislang war ich immer dabei gewesen. Courage, davon brauche ich fast ebenso viel wie an dem Tag, als ich die Tür zu Abels Zimmer im Krankenhaus aufmachen musste. In gewissem Sinne ist auch Quentin amputiert worden – von seiner Unschuld, von der für sein Alter natürlichen Naivität. Vielleicht von seiner Fähigkeit, sich zu begeistern. Hoffentlich muss er nicht sein ganzes Leben lang humpeln!
»Herzlichen Glückwunsch zum Geburtstag, mein Schatz.«
»Danke, Mama.«
Annaïs eilt mit zwei Gläsern herbei.
»Champagner?«
Sie wird mir schrecklich fehlen!

Es gibt ein kaltes Büfett. Alles steht auf dem Tisch, Aufschnitt, kalter Braten und verschiedene Salate. Mama hat den Kuchen gebacken. Irgendwann habe ich in ihrem Kochbuch eine Liste der Lieblingsgerichte von jedem gefunden. Ihrer Familie Freude zu machen ist eines der Ziele ihres Lebens. Bravo! Auf Quentins Kuchen gibt es unweigerlich eine doppelte Schicht Schlagsahne. Nicht das Praktischste, wenn es darum geht, Kerzen hineinzustecken.
Achtzehn Kerzen.
Der Held des Festes hat dafür gesorgt, dass eine Einzige brennen bleibt. Die seiner Volljährigkeit? Als er die anderen siebzehn ausbläst, kommt mir die Idee, dass er die Vergangenheit löscht. Keine albernen Witze diesmal. Eine beinahe andächtige Stille.
Annaïs hat den Kaffee abgewartet, um ihre Absicht,

in Brest Theater zu studieren, bekannt zu geben. Zur allgemeinen Verwunderung hat Mamina die Nachricht nicht schlecht aufgenommen. Brest ist nur eine knappe Stunde entfernt, die Familie, wo sie als Au-pair-Mädchen arbeiten würde, ist von Thibaut empfohlen worden. Ihr Blick auf ihn und ihre Enkelin gibt zu verstehen, dass sie von dieser Seite Seriöses erwartet; dieser Blick sagt sogar ein wenig zu deutlich, dass sie nichts dagegen hätte, die Urgroßmutterrolle zu übernehmen.

Ein wenig später hat mir Quentin ein Zeichen gemacht, ihm in sein Zimmer zu folgen. Das Gästezimmer. Ein Bett, ein Stuhl, ein paar Regale voller Bücher und auf dem Boden seine Taucherausrüstung.

Er hat sich auf den Bettrand gesetzt und ich mich ihm gegenüber auf den Stuhl. Ich versuchte zu atmen, wie man es beim Yoga lernt, aber da ich nie Unterricht genommen, sondern nur darüber gelesen hatte, erreichte ich das Gegenteil, ich bekam überhaupt keine Luft mehr. Aber ich war entschlossen, so lange zu bleiben, wie nötig war, um meinem Sohn zuzuhören. Zur Not sogar die ganze Nacht.

Er hat mir zunächst gesagt, wo ich das Geld von der Plünderung finden würde, die vollständige Summe, er hatte keinen Pfennig ausgegeben.

Unten in der Truhe seines Vaters.

Wenn das nicht auch ein Hilferuf war!

»Es stimmt nicht, dass es meine Idee war. Loïk war es, der sie mir in den Kopf gesetzt hat.«

»Meinst du, ich hätte auch nur eine Sekunde lang daran gezweifelt?«, habe ich mit zitternder Stimme gefragt. »Und das eine musst du unbedingt wissen:

Niemals hätte ich zugelassen, dass du ins Gefängnis kommst. Lieber wäre ich selber wieder hineingegangen.«

»Das Dumme ist nur, dass deine Freunde diesmal demonstriert hätten, damit man mich dort festhält«, hat er mit einem bleichen Lächeln bemerkt.

Und dann hat er mir berichtet, dass er sich als Freiwilliger in Lorient in der Schule der Marine-Infanterie eingeschrieben hat. Abfahrt in etwa zwei Wochen. Ich habe den Sinn der achtzehnten Kerze verstanden, die er hatte brennen lassen, bis Annaïs protestierte, Kuchen mit Kerzenwachs – nein danke!

Die Kerze des Aufbruchs in ein neues Leben.

In der Marine-Infanterie-Schule bildet man Kampfschwimmer aus. In Kriegszeiten, aber auch im Frieden – wegen des Terrorismus – vertraut man ihnen gefährliche Missionen an. Man erwartet von diesen Männern Mut, Zähigkeit, Mannschaftsgeist und Charakterstärke. Ich sah Quentin wieder vor mir, wie er Loïk tollpatschig mit seinen Fäusten bearbeitete. Er würde kämpfen lernen.

»Du kannst mich nicht daran hindern, ich bin volljährig!«, hat er meinem Schweigen entgegengeschleudert.

Daran hatte ich nicht gedacht. Aber ich konnte mich darauf gefasst machen, erneut um meinen Sohn zu bangen. Außer, dass es diesmal für eine gute Sache war.

Er denkt schon seit vielen Monaten an diese Schule. Er fühlt in seinem tiefsten Inneren das Bedürfnis, fortzugehen, Abstand zu gewinnen. Kersaingilles war auch zu sehr sein Vater für ihn. Zu sehr ich? Er hatte die Anmeldeformulare im vergangenen Ja-

nuar ausgefüllt. Sein Gymnasium hat seine Kandidatur unterstützt.
Und ich habe nichts davon gewusst.
Lang, schlank, verletzlich, Waisenkind … Indem ich ihn so anschaute, indem ich ihn so behandelte, habe ich ihm nicht erlaubt, ein Mann zu werden, und er hatte zum äußersten Mittel gegriffen: friss oder stirb. Und ich musste ihm heute, obwohl ich Zweifel hatte, obwohl mich der Gedanke, es könnte »stirb« sein, mein Vertrauen ausdrücken.
Aber wie? Auf welche Weise sollte ich ihm meine Reue mitteilen, ihn nicht besser zu lieben gewusst zu haben?
»Man kann die verlorene Zeit nicht mit einem Schlag einholen«, hatte seine Schwester gesagt.
Also habe ich ihm, um einen neuen Anfang zu machen, als Ersten darüber informiert, dass ich beschlossen hatte, den Fischfang aufzugeben.

10

»Schau her«, sagt Yann, »das hier ist das Zimmer, wo alles stattfand. Zunächst das Essen, das Wichtigste, wenn man nicht sicher ist, jeden Tag etwas auf dem Teller zu haben. Meine Großmutter bereitete die Mahlzeiten aus dem, was es gerade gab, zu, und wenn es nichts gab, blieb noch immer das *carrageen*, die roten Haare der Felsen, die bei Ebbe freigelegt wurden. Das *carrageen* für die Suppe und den Salat, an guten Tagen für den Kuchen. ›Morvan, der Tangfresser‹, spotteten die Kameraden meines Vaters! Dieses Zimmer war auch das Schlafzimmer, denn es war das Einzige, das geheizt wurde. Die Betten standen zu beiden Seiten des Kamins, bretonische Schrankbetten, die mein Vater ausrangiert hat, als er die Schlafzimmer im ersten Stock einrichtete, jedes mit einem Holzofen. Ein Jammer! Aber für den kleinen Feriengast, der jeden Sommer hierher zu Oma und Opa kam, war es in erster Linie das Märchenzimmer. Die Feen, der Zauberer Merlin, die Glocken, die du abends im Meer hörst, wenn der Wind schweigt, die Gespenster und das alles. Der Honoré hatte den Kopf voll davon.«
Es ist ein schöner Raum, das Zimmer für alles in dem Haus des Großvaters, mit dem großen Kamin, auf den der Blick immer wieder instinktiv zurückkehrt wie zum Leben. Und hier, in diesem Haus, das seit dem Tod des Tangfressers unbewohnt ist, möchte Yann, dass ich mein Restaurant aufmache.

Ich, niemand sonst!
Sonntag. Zuerst habe ich die Fabrik besichtigt, ein kleines, weißes, sauberes Gebäude, wo Yann mit zwei Angestellten die Algen zubereitet, einsalzt und trocknet, bevor sie in Tüten oder Gläser verpackt werden. Erst danach durfte ich das Lokal sehen.
»Mach die Augen zu«, hat Yann befohlen, als wir von der großen Straße abbogen.
Nach ein paar Schlaglöchern und heftigem Holpern ist der Wagen stehen geblieben, und Yann hat mit aufgeregter Stimme verkündet: »Wir sind da.«
Ungefähr zehn Kilometer von Kersaingilles entfernt, ein langgestrecktes Gebäude aus graurotem Stein und mit einem alten Schieferdach, vor einem großen Hof mit einem Brunnen. Und dazu Apfelbäume und Ulmen. Und Yanns leuchtendes Gesicht. Indem er mir diesen Ort seiner Kindheit offenbart, macht er mir das Kostbarste zum Geschenk. Wie an dem Tag, als er mir seinen Algenwald vorgeführt hat, das Herz seines Herzens.
Ich lasse meine Finger über die Eichenholztischplatte wandern: Platz für zwanzig Gedecke ... Keine Ahnung, wie sie diesen Tisch hier hereingebracht haben.
»Eine Wirtstafel?«, schlägt Yann vor. »Ohne dich drängen zu wollen ...«
Zur Antwort drücke ich mich ein wenig stärker gegen seine Hüfte. Er braucht mich gar nicht zu drängen, die Idee bahnt sich auch so ihren Weg in meinen Kopf. Aber wenn ich entschlossen bin, den Fischfang wirklich an den Nagel zu hängen, wie soll ich da ein Restaurant aufmachen, ohne die entscheidende Frage angeschnitten zu haben: das Geld!

Diese Teller auf der Wirtstafel, womit soll ich sie füllen? Und zudem gibt es nicht einmal Teller.
Yann zerrt mich in ein angrenzendes Zimmer, etwas kleiner, aber noch immer von angenehmer Größe. Auch hier gibt es einen Kamin. Abgesehen von dem an die Wand gelehnten Kopf- und Fußende eines Bettes, ist der Raum leer. Yann macht die beiden Fenster auf. Wind und Sonne drängeln sich herein.
»Das war das Schlafzimmer meiner Großeltern. An dieser Wand stand der schöne Aussteuerschrank von Katrina. Er knarrte und war voller Laken, die kratzten. Außerdem stand hier der Sessel des Familienoberhaupts. Ich habe sämtliche Möbel, die noch gut in Schuss waren, zu mir nach Hause geholt, damit die Feuchtigkeit sie nicht zerstört. Ich hätte mich gerne hier niedergelassen, aber Anne hatte nichts davon wissen wollen. Sie behauptete, es rieche nach Kühen und Seetang.«
Unruhig drehte er sich zu mir um.
»Findest du das auch?«
Ich sauge meine Lunge voll.
»Komisch, ich rieche nur die Feen und den Zauberer Merlin. Sag mal, rochen die vielleicht nach Kühen?«
Yann lacht wie ein glückliches Kind. Er nimmt meine Hand.
»Komm mit nach oben.«
Wir steigen die Treppe zu dem ehemaligen Dachboden hinauf, wie er mir berichtet.
»Sobald mein Vater ein bisschen Geld hatte, hat er angefangen, ihn auszubauen. Das hier ist sein Zimmer gewesen.«
Es ist geräumig, mit Stoff ausgeschlagen, der Holz-

boden versiegelt. Daran schließt sich ein modernes Badezimmer an. Luxus.

»Ich verstehe das nicht, Yann. Warum hat der Sohn des Algenhändlers, als er reich geworden ist, nicht lieber eine elegante Villa bewohnt. Hier oder anderswo?«

»Die Scham des kleinen Jungen hatte sich in Rachegelüste verwandelt«, erläutert Yann. »Wenn Papa sich anderswo niedergelassen hätte, hätte er seine früheren Freunde nicht beeindrucken können. Es war Honorés Hof, der, einst verachtet, der allerschönste werden sollte. Wenn man ihn gelassen hätte, hätte er zwei Türmchen angebaut und das Ganze einen Herrensitz getauft. So, wie er auch seine früheren Freunde in den Duc de Keroualle einlud. Der typische Neureiche.«

Mit gerunzelter Stirn streicht er mit dem Finger über die Wandbespannung.

»Ein bisschen einfach, über die Neureichen zu lästern, wenn man schon als solcher geboren ist, nicht wahr?«

Ich lachte.

»Da ich weder das eine noch das andere bin, kann ich dazu nichts sagen … Und was meinte deine Mutter zu alledem?«

»Ganz und gar nichts«, antwortet Yann. »Mama hatte ihr erstes Kind, ein hinreißendes kleines Mädchen von drei Jahren, verloren, es war auf der Straße überfahren worden. Danach war es, als hätte sie uns verlassen. Der Arzt hat gesagt, dass der Brustkrebs, der sie dahingerafft hat, zweifellos seine Ursache in dem Kummer gehabt hat.«

Gestorben: Honoré und Katrina, gestorben: das hin-

reißende kleine Mädchen, gestorben: Yanns Eltern. Ich umarme ihn. Gewiss, so was sagt man nicht, aber es ist mir unmöglich, die Worte zurückzuhalten.
»Bitte, geh du nicht auch fort! Bitte bleib!«
Kurzum, ich verbiete ihm zu sterben. Und dieser Schuft lacht. Ja, dieser Schuft! Und er bringt es fertig zu antworten: »Einverstanden ... Wenn es dazu dient, Marguerites Kochkünste auszuprobieren. Ohne dich drängen zu wollen.«
Wenn das nicht Erpressung ist!
Noch zwei Mansardenzimmer zu besichtigen, dann kehren wir in den Hof zurück. Hier nimmt er Abstand, um mir das Gebäude als Ganzes zu zeigen.
»Dach und Mauern sind in ausgezeichnetem Zustand, keine Auslagen in dieser Hinsicht. Ich glaube, auch die Elektrizität ist in Ordnung. Es bleiben die Klempnerarbeit, Anstrich und ein paar Kleinigkeiten.«
»Ohne mich drängen zu wollen?«
Er lacht. Ich nicht mehr. Es ist diesmal der Moment gekommen, zu ernsten Dingen überzugehen.
»Yann, womit soll ich denn mein Restaurant eröffnen? Ich besitze keinen Pfennig. Ich bin weder neureich noch altreich, das weißt du. Gerade genug zum Leben, mehr nicht.«
»Für wen hält sie mich, diese Frau?«, ruft er aus. »Glaubt sie wirklich, ich würde sie in dieses Abenteuer stürzen, wenn ich mich nicht längst umgehört hätte? Ich habe schon vor einiger Zeit eine Studie anfertigen lassen. Ein Restaurant ›Fisch-Meeresfrüchte‹ hat Chancen in der Umgebung, unter der Bedingung, nicht zu teuer zu sein. Die Leute sind

gierig auf frische Ware und Authentizität. Und die Neuheit bringst du ihnen mit den Algen.«
Er hat mir den Arm um die Schultern gelegt. Seine Stimme bebt.
»Ich habe nur auf dich gewartet, um es Wirklichkeit werden zu lassen! Ich kann leider nicht mehr tun, als dir das Lokal anzubieten, weil ich alles, was ich hatte, in mein Unternehmen und mein Haus gesteckt habe. Aber es stimmt nicht, dass du nichts besitzt. Du hast deine *Sonate*. Und dein Bankier müsste dir einen Kredit bewilligen. Wenn du willst, kann ich dir helfen, die nötigen Schritte zu unternehmen.«
Ich habe Lust … Ich habe Angst … Was ist stärker? Ich löse mich von Yann und gehe ein paar Schritte. Die Brise spielt ihre Musik in den gezahnten Blättern der Ulmen. Dort oben zieht ein Schwarm Seeschwalben vorüber. Sammeln sie sich schon für ihre Reise in wärmere Zonen? Man kann den Tag nicht voraussagen, an dem sie einen verlassen, weder bei den Vögeln noch bei den Kindern. Nachher, wenn ich nach Hause komme, wird das Haus leer sein. Annaïs hat Anfang September in Brest ihren Job als Aupair-Mädchen angetreten. Quentin ist bei der Marine-Infanterie. Selbstverständlich hat Mama mir angeboten, mich in der Roseraie niederzulassen. Der übliche Refrain: Ich habe meine Freiheit und eine ganze Etage für mich.
Meine Freiheit! Ich bin neununddreißig, ich gebe die Fischerei auf. Ich kann nicht untätig sein.
Die Angst.
Ein bisschen weiter, ebenfalls zum Hof hin, gibt es ein kleines Nebengebäude. Yann hat es mir nicht gezeigt. Wenn man die Fenster in Betracht zieht, muss

es mindestens zwei Zimmer haben. Das könnte nützlich sein.
Die Lust.
Ich gehe zu Yann zurück.
»Dein Restaurant …«
»Nicht meines«, unterbricht er mich. »Dein Restaurant. Ganz allein deines.«
»Ich allein?« Die Angst …
»Ich werde nur der Hoflieferant Ihrer Majestät sein«, fährt Yann fort. »Aber nichts ist dringend, mein Schatz.«
»Mein Schatz.« Die Lust …
Ich strecke die Hand aus.
»Deine Autoschlüssel, sei so lieb.«
Mit weit aufgerissenen Augen reicht er sie mir.
»Ich fahre Marguerite holen. Wenn sie ›ja‹ sagt, dann ist es ›ja‹!«

11

Marguerite, selbstverständlich! Wo doch alles mit ihr angefangen hat. Mit einer Idee, die sozusagen in der Luft lag. Bei einem Kaffee im Hafen. Marguerite, ohne die ich diesen Traum nie geträumt hätte, den Yann nach und nach in Wirklichkeit verwandelte. Traum oder Wirklichkeit?
Sie würde es wissen!
Als die *Joyeuse* noch nicht am Meeresboden schlummerte, als ihr Jean-Louis einer der tapfersten Baase der Umgebung war, jederzeit bereit, auszufahren, egal, welche Laune der Himmel hatte, da war sie es, die die Konten des Fischbetriebs führte. Keine Kleinigkeit, was ich nur allzugut wusste, denn ich hatte diese Arbeit meinem Vater anvertraut. Steuern, Versicherungen, Unterhaltskosten, Dieselöl … all das, noch ehe man wusste, was man aus dem Wasser ziehen würde! Und heute, wo das Geld nur dank Alain regelmäßig hereinkam, wo sie die Monatsenden überbrückte, indem sie bei den anderen arbeiten ging, und nicht nur zum Kochen, wenn der Sommer vorüber war, da ist sie es noch immer, die die Schnüre des Geldbeutels kontrolliert.
Marguerite, die mit beiden Füßen auf dem Boden steht!
Würde sie mir mit schallendem Gelächter antworten? »Ein Restaurant, was ist denn in dich gefahren, Marie?« Oder würde ihr der Gedanke, o Wunder, zusagen? Traum, Wunder … da hatte ich etwas angefangen.

Der Hof der Familie Kervélec lag etwa zwanzig Kilometer von der des Honoré entfernt. Mit Sicherheit waren sich die Großväter begegnet. Ob der von Marguerite wohl auch den Tangfresser verspottet hatte?

Es war schon nach drei, als ich dort ankam. Das Wetter war noch mild, und die Kinder spielten auf dem Hof. Vom Haus aus überwachten Marguerite und Denise ihr Spiel, während sie das Geschirr vom Mittagessen spülten.

»Was für eine nette Überraschung!«, hat meine Freundin ausgerufen.

Wir haben uns umarmt, aber bei Denise war das Herz nicht dabei. Dann bin ich Jean-Louis begrüßen gegangen, der nahe dem Fenster saß. Mit seiner Schiffermütze auf dem Kopf, die Hände flach auf den Knien, starrte er ins Leere. Ich musste an jenen stürmischen Tag denken, als er mich in so brutaler Weise vom Rettungsboot gewiesen hatte.

»Dir fehlen die Eier!«

Und heute?

Ich habe mich an sein Ohr gebeugt.

»Jean-Louis, ich bin Marie …«

Er hat nicht geantwortet. Hat er mich überhaupt erkannt? Seit dem Versöhnungsfest, als er sich ins Meer hatte stürzen wollen, gab man ihm wieder hoch dosierte Beruhigungsmittel. Wäre es nicht besser gewesen, ihn mit seiner *Joyeuse* sinken zu lassen? Er war so oder so untergegangen.

»Können wir dir einen Kaffee anbieten?«

»Wenn es möglich ist, würde ich dich lieber mitnehmen. Ich möchte dir etwas zeigen.«

Die Schwägerinnen haben neugierig auf die Fortset-

zung gewartet. Ich habe mich darauf beschränkt, zu lächeln. Kommt überhaupt nicht in Frage, hier, und vor allem in Gegenwart von Denise, irgendetwas zu verraten. Weniger freundlich, weniger rundlich als Marguerite, war sie mir dankbar, ihren Alain angeheuert zu haben, aber sie war auch neidisch. Angeblich ist ihr in der Markthalle jede Gelegenheit recht, mich zu kritisieren.
»Du kümmerst dich um Jean-Louis, Denise«, hat Marguerite entschieden und ihre Schürze ausgezogen.
Sie hat ihre Schlappen gegen ein Paar Sandalen vertauscht. Denise ist brummig ans Spülbecken zurückgekehrt; die Teller haben laut gescheppert.
Auf dem Weg hatten sich die Kinder um Yanns Auto versammelt, eine Karosse im Vergleich zu meinem Lieferwagen.
»Du hast mir gar nicht gesagt, dass du ein neues Auto hast!«, hat Marguerite ausgerufen, obwohl sie ganz genau wusste, dass das nicht der Fall war. »Wenn ich das geahnt hätte, hätte ich mir auch mein schönes Kleid angezogen.«
»Der Wagen gehört Yann Morvan«, habe ich geantwortet. »Und wenn du nichts dagegen hast, treffen wir ihn auf dem Hof von Honoré.«
»Wer etwas dagegen haben könnte, sind die bösen Zungen!«, hat sie humorvoll erwidert, bevor sie die Kinder verscheuchte und sich neben mich setzte.
Wir sind zunächst schweigend losgefahren. Jede andere außer Marguerite hätte es sich nicht verkneifen können, Fragen zu stellen. Sie hat nur bemerkt: »Jean-Louis hätte mir seinen Wagen nie geliehen. Angeblich habe ich ihn zerkratzt.«

»Yann hat Vertrauen. Er ist so.«

Und zwar »blindes« Vertrauen, wie man es von der Liebe sagt. Sie würde es bald zu sehen bekommen. Statt einer Antwort hat sie sich damit begnügt, zu lächeln, mit einem Fünkchen Ironie.

Die Landschaft rundum verfärbte sich schon. Manche Bäume begannen ihr Laub zu verlieren. Der Herbst brachte ein Gefühl von Überdruss, von Resignation.

»Es muss traurig sein bei dir zu Hause ohne die Kinder«, hat Marguerite gesagt. »Plötzlich auf einen Schlag allein zu sein!«

Mir haben die Augen gebrannt. Ja, es war traurig! Und es war unerträglich still ohne Annaïs.

»Auf diese Weise kann Loïk wenigstens Quentin nicht mehr wehtun«, habe ich mit erstickter Stimme geantwortet.

»Loïk ist vorgestern ins Krankenhaus gekommen«, hat sie erwidert.

Ich habe den Fuß vom Gaspedal genommen.

»Ins Krankenhaus? Was ist passiert?«

»Der Alkohol und die Depression, das hat dazu geführt, dass er sich in den Kopf gesetzt hat, Schluss zu machen.«

Ich empfinde nicht das geringste Mitleid. Beinahe Erleichterung. Im Krankenhaus macht er uns keinen Ärger mehr. Das Leiden macht hart! »Er hasst sich selber«, hatte Benoît gesagt, und ich hatte es ihm nicht geglaubt. Vielleicht hat er doch Recht.

»Benoît hat mir die Sache mit Antonin erzählt. Ich hatte keine Ahnung, wie das passiert ist.«

»Wie denn?«, hat Marguerite mit einer gewissen Aggressivität gefragt. »Niemand hat je erfahren, wie es

wirklich passiert ist. Sicher ist nur, dass es ihm noch immer im Kopf herumspukt.«
Sie hat mich mit ihren guten Augen, deren Blau mit dem Alter immer blasser wurde, angeschaut.
»Hüte dich vor Flavie«, hat sie mir geraten. »Sie hat nicht verdaut, dass du Loïk bei Madeleine rausgeschmissen hast.«
»Das habe ich nicht für Madeleine gemacht, sondern für den Kleinen.«
Und ich würde mir mein Leben nicht mehr von den Labbés verderben lassen! Ich hatte an anderes zu denken, vielleicht sogar anderes zu erschaffen. Und im Augenblick waren es weder Loïk noch seine Mutter, die mich beschäftigten, sondern Marguerite. Stürzt man sich mit über fünfzig in solch ein Abenteuer?
Ich bin ganz sicher, dass sie es abschlagen wird!

Yann hatte sämtliche Fenster des Langhauses geöffnet. Es kam mir vor, als atme es, seine Seele hatte nicht gezögert, zurückzukommen. Yann erwartete uns. Er saß auf dem Brunnenrand, schön und solide in seinem roten Rollkragenpullover, seiner Lederjacke und den Cordhosen. Ein gewisses Verlangen überkam mich. Marguerite hat ihm die Wangen hingehalten. Ihre Art, uns zu sagen, dass sie uns zusammen akzeptierte?
»Geht es deinem Jean-Louis einigermaßen?«, hat er sich erkundigt.
»Solange er seine Fischermütze auf dem Kopf hat! Er zieht sie sogar zum Schlafen nicht mehr aus. Für den Fall, dass man ihn für eine Rettungsaktion holen kommt.«

Ihr Lachen klang unecht. Auch bei ihr musste es sehr still geworden sein. Sie hatte sich einen Ruck gegeben und ihren Blick herumwandern lassen.
»Als ich das letzte Mal hier war, wuchsen überall Blumen: große Büsche von Rittersporn, blauviolett wie Katrinas Augen, und viele Margeriten.«
»Wenn du einverstanden bist, pflanzen wir im nächsten Frühjahr welche, vor allem Margueriten!«
Sie hat die Augen weit aufgerissen.
»Wenn ich einverstanden bin?«
Ich habe meinen Arm unter den ihren geschoben.
»Komm schauen.«
Yann ist uns nicht gefolgt. Es sei mein Restaurant, hatte er gesagt. Nein! Das von Marguerite und mir. Oder gar nichts.
Auf der Schwelle zu dem großen Zimmer sind wir stehen geblieben.
Mein Herz klopfte zum Zerspringen. Ich hielt es nicht mehr aus und habe es ihr gesagt: »Ich habe beschlossen, den Fischfang aufzugeben, Marguerite. Ich möchte hier ein Restaurant aufmachen. Ich brauche dich als Küchenchef.«
Sie ist erstarrt. Kein Lachen, das war schon etwas. Mit den Augen ist sie durch das Zimmer gewandert.
»Ich hatte nicht in Erinnerung, dass es so groß ist. Damals standen wahrscheinlich noch die Betten hier.«
Dann ist ihr Blick auf mir haften geblieben. Streng.
»Und das Geld? Bist du plötzlich reich geworden? Hast du im Lotto gewonnen?«
Ich war es, die jetzt Lust hatte zu lachen. Sie hatte nicht lange gebraucht, um mich an die Wand zu drü-

cken! Aber hatte ich sie nicht genau deswegen geholt?
»Ich habe nicht im Lotto gewonnen, Marguerite. Aber ich höre mit dem Fischfang auf, und ich muss irgendetwas anderes tun. Und ein Restaurant fehlt hier in der Gegend. Yann bietet uns seinen Hof an. Er denkt, ich könne einen Kredit von der Bank bekommen.«
»Er denkt … er denkt …«, hat Marguerite mit einem kurzen Lachen wiederholt. »Und du, hast du an Alain gedacht? Was wird aus ihm, wenn du aufhörst?«
»Du weißt sehr wohl, dass Alain in sechs Monaten in den Ruhestand geht. In der Zwischenzeit kann er auf der *Sonate* weitermachen, so viel er will. Mit mir oder ohne mich.«
Marguerite ist auf den Hof zurückgegangen. Yann, noch immer bei dem Brunnen, hat mir einen fragenden Blick zugeworfen, auf den ich keine Antwort geben konnte. Als meine Freundin Abstand nahm, um das Gebäude zu betrachten, hat er gelächelt. Ein wahrer Profi! Dann ist sie direkt auf ihn zugegangen.
»So, und du bietest uns einfach deinen Hof an, ja?«
»Es gibt eine kleine Bedingung«, hat er eingeschränkt.
»Eine Bedingung … Davon hat Marie mir nichts gesagt. Man stellt jetzt Bedingungen, wenn man ein gutes Werk tut?«
»Ihr seid es, die das gute Werk tun werdet, indem ihr meine Algen bekannt macht. Ihr werdet in gewisser Weise mein Schaufenster sein.«
»Sein Schaufenster … Hast du das gehört, Marie? Sein Schaufenster!«, hat Marguerite ausgerufen.

In ihrer Stimme lag ein Funken Fröhlichkeit. In meiner Furcht, sie könne ablehnen, hatte ich ein Detail vergessen – ihre Leidenschaft für die Küche. Vielleicht träumte sie schon seit langer Zeit von einem Restaurant, in dem sie ihre Talente ausleben konnte und diese anerkannt würden.

Die Hoffnung überkam mich so heftig, dass ich redselig wurde.

»Im Schaufenster gibt es nicht nur ein Produkt … Du wirst weiterhin alles andere auch zubereiten. Das muss sogar sein! Deine Aufläufe, deine Soufflés, deine Torten … Und außerdem, weißt du was, ich habe die Algen gekostet, und ich muss sagen, sie sind eher wohlschmeckend.«

»Muss sagen … genauer genommen … schließlich und endlich …«, hat mein Ingenieur sich indigniert gegeben.

Marguerite hat ironisch von einem zum anderen geschaut.

»Was bildet ihr euch denn ein, Kinder? Dass ich auf euch gewartet habe, um Algen zuzubereiten? Die gehören zur Diät in der Thalassotherapie. Meine Kunden dort haben alle davon gegessen. Das Feinste vom Feinen, heißt es. Ich würde eher sagen, das Snobistischste vom Snobistischen!«

»Hurra!«, hat Yann gejubelt. »Das setzen wir auf die Werbung: Das snobistischste Restaurant der Gegend. Tunfisch mit Meeresfarn, Ozeansalat mit fünf Algen … Porphyra-Aufguss …«

»Und selbstverständlich«, habe ich hinzugefügt, »kommen sämtliche Produkte aus der Halle. Und da angeblich die Küstenfischerei zum Tode verurteilt ist, finden wir einen anderen Ausweg. Wir fangen

vielleicht weniger Fisch, aber wir verkaufen ihn besser.«
Marguerite hat den Blick zum Himmel gerichtet.
»Jetzt klingst du genauso wie die in Brüssel.«
Ich habe gelacht. Nervös.
»Den Hafen, den kann ich von hier aus hören«, hat sie gesagt. »Das wird niemals laufen … Wo wollen die denn ihre Kunden herkriegen … Für wen halten die sich denn? Das wird ein allgemeines Gezeter geben! Und die Frauen werden nicht die Letzten sein, die meckern. Angefangen mit diesem Biest von Denise.«
»Als ich die *Sonate* übernommen habe, hat alle Welt gemeckert. Ich habe es trotzdem getan, und es hat geklappt«, habe ich zu bedenken gegeben.
Sie hat den Kopf gesenkt. Sie war nicht stolz darauf, gegen mich gewesen zu sein, vielleicht sogar eine der heftigsten Gegnerinnen. Bis zu dem Tag, als ich ihren Jean-Louis aus Seenot gerettet und Alain angeheuert habe.
Dann ging sie wieder zum Haus zurück, aber sehr langsam, als zähle sie ihre Schritte. Jetzt war meine einzige Angst, dass sie ablehnen könnte. Hätte ich ihr nicht auch sagen sollen, dass ich sie wie eine Schwester betrachtete?
Sie ist hereingekommen.
»Die Tasse Kaffee steht offenbar noch nicht auf der Speisekarte«, hat sie bemerkt.
Yann gab sich beschämt.
»Wir hatten beschlossen, mit einem Glas Champagner zu beginnen.«
Sie hat die Schultern gezuckt und ist mit kleinen Schritten durch den Raum gegangen. Sie hat ebenfalls mit dem Finger über das braune Holz der Tisch-

platte gestrichen. Die Gedecke gezählt? Dann ist sie an den Kamin getreten und hat den Kopf hineingesteckt.

»Zieht er wenigstens anständig?«

»Ein Traum zum Grillen«, hat Yann geantwortet.

Ohne Kommentar ist sie ins Nebenzimmer gegangen und hat es abgeschätzt. Yann ist ihr auf den Fersen geblieben.

»Wir hatten gedacht, dieses Zimmer ist ideal für deine Kochherde ...«

Sie hat sich abrupt umgedreht.

»Die Kochherde des snobistischsten Restaurants der Gegend in Honorés Schlafzimmer! Ich frage mich, was er davon halten würde.«

»Er hat schon ja gesagt«, hat Yann behauptet. »Er hat sogar hinzugefügt, dass er mit der Aussicht auf dein Kommen schon damals alle die Margeriten im Hof gepflanzt hat.«

Die Köchin hat den Ingenieur mit dem Blick gemessen.

»Also, wenn du so lieb bist, dann lass ihm sagen: Ich bin dabei, wenn der Hafen mitspielt. Ich mache mit, wenn das Meer einverstanden ist.«

12

»So etwas nennt man eine ›Genossenschaft‹«, sagt mein Vater. »Jeder steckt, was er kann, in das Geschäft, und alle Teilhaber sind am Gewinn beteiligt. Und natürlich auch am Verlust.«

»Sprich nicht von Verlust, bevor wir überhaupt angefangen haben!«

Ich bin unangemeldet in die Konservenfabrik gekommen.

»Madame Delaunay! Wir haben Sie in der Zeitung gesehen!«, hat die Sekretärin ausgerufen, als sie mich empfing. »Ich sage Ihrem Papa Bescheid, dass Sie da sind.«

Es kommt vor, dass man vergisst, wie berühmt man ist …

Mein Papa sitzt neben mir auf dem kleinen, hellbraunen Ledersofa – die Wahl seiner Frau. Mama war es, die vor ungefähr einem Vierteljahrhundert das Büro des neuen Direktors ausgestattet hat, nüchtern und mit Geschmack. Man erkennt ihre Hand an den Stores, die eine unerwartet intime Note in ein Arbeitszimmer bringen. Dahinter ergießt sich ein ekliger, stetiger Regen. Der Nordwestwind, der ihn begleitet, hat dafür gesorgt, dass heute kein einziges Schiff ausgelaufen ist.

»Was genau erwartest du von mir, Marie?« Fragend schaut mich mein Vater an.

»Zunächst, dass du mir sagst, dass ich vollständig verrückt geworden bin …«

»Und wenn ich dir das sage, ändert das irgendetwas?«
Ich unterdrücke ein Lächeln.
»Ich fürchte, nein.«
»Also, dann erzähl bitte weiter.«
»Ich erwarte von dir, dass du mich in … meiner Verrücktheit aufklärst. Ich weiß nicht recht, wo ich anfangen soll. Ich habe ein fabelhaftes Lokal und wahrscheinlich eine ebenso fabelhafte Köchin. Und nun, was ist zu tun?«
Der Herr Direktor steht auf und setzt sich hinter seinen Schreibtisch. Wir sind auf einem Foto zu sehen: Mama, ich, seine Enkel. Vielleicht hätte er sich gefreut, wenn ich ihn hin und wieder in Fleisch und Blut besucht hätte. Daran hatte ich nie gedacht. Erst jetzt, wo ich ihn brauche, kurz vor seiner Pensionierung.
»Der fabelhafte Ort ist, wenn ich recht verstanden habe, der Hof von Yann Morvan?«
»Von seinem Großvater. Er hat ihn geerbt.«
Papa räuspert sich.
»Annaïs hat mir das mit euch beiden gesagt.«
»Also wirklich, was für eine Klatschtante sie ist!«
Ich habe meinen Ausruf nicht zurückhalten können. Und dabei dürfte ich es meiner Tochter nicht übel nehmen. Es ist eher zu meinem Vorteil, dass sie meinen Vater in Kenntnis gesetzt hat, so brauche ich es nicht selber zu tun.
»Nimm es ihr nicht übel. Ich machte mir Sorgen, dass du jetzt so allein bist, und sie wollte mich nur beruhigen.«
»Hat sie Mama auch beruhigt?«
»So weit ist sie nicht gegangen … wir haben gedacht,

dass du das tun solltest«, antwortet Papa. »Zögere es nicht zu lange hinaus, ich mag es nicht, wenn ich etwas vor ihr verbergen muss.«

Und ich bin glücklich, ihn das sagen zu hören! Mama mag zwar eine Nervensäge sein, aber sie sind trotzdem ein Paar. Und so was ist selten.

»Yann ist ein anständiger Mann, Papa!«

Als ganz junges Mädchen muss ich ihm ungefähr das Gleiche gesagt haben, als ich ihm hier in diesem Büro mitgeteilt habe, dass ich einen Fischer heiraten würde. Ich hatte seine Besorgnis gespürt.

Genau wie heute.

»Ich zweifle nicht daran, dass er ein anständiger Mann ist. Aber er ist noch immer verheiratet.«

»Das ist vorbei. Seine Frau hat sich aus dem Staub gemacht. Sie hat ihn sitzen lassen.«

»Aber er hat sich trotzdem nicht scheiden lassen, so viel ich weiß. Meinst du, er hat die Absicht, das zu tun?«

Verärgerung steigt in mir auf. Wieso mischt er sich da ein?

»Keine Ahnung. Aber das geht mich nichts an.«

Papa steht auf und kommt zu mir.

»Du hast mich gebeten, dich aufzuklären, Marie, und das ist, was ich zu tun versuche. Dass dein … Freund dir anbietet, seinen Hof zu benutzen, ist eine Sache. Ich nehme an, dass er ihm allein gehört. Darüber hinaus, wenn er die Absicht hat, Geld in die Sache zu stecken, dann Vorsicht! Es könnte sich um gemeinschaftliches Geld handeln. Stell dir mal vor, seine Frau kommt zurück und verlangt eine Abrechnung von ihm …«

Das ist es also, was ihn beunruhigt!

»Yann steckt keinen Pfennig in das Restaurant. Er hat alles in sein Unternehmen und in sein Haus gesteckt.«
»Gut, dann reden wir nicht mehr darüber.«
Er ist gut, mein Papa! »Dann reden wir nicht mehr darüber …« Nachdem er diese schreckliche Sorge in meinen Kopf gepflanzt hat. »Stell dir mal vor, sie kommt zurück …« Der Gedanke war mir noch nicht gekommen. Und außerdem bin *ich* jetzt seine Frau!
Er geht wieder hinter seinen Schreibtisch und nimmt Papier und Füllhalter zur Hand. Wenn ich nicht wusste, was ich ihm zum Namenstag schenken sollte, war ein Füller immer die letzte Rettung. Er behauptete, sie hoch zu schätzen, Hauptsache, sie wurden mit Patronen geladen. Pensioniert oder nicht, wenn er einverstanden ist, werde ich ihm die Gelegenheit geben, seine Füller hervorzuholen.
»Habt ihr die anfallenden Kosten schon ermittelt?«
»Noch nicht. Ich wollte abwarten, ob Marguerite mitmacht.«
Er kennt sie natürlich. Mama hat ihre Dienste schon in Anspruch genommen.
»Nun, da sie nicht nein gesagt hat, ist zuerst eine Kostenaufstellung zu machen. Anschließend wirst du sehen, was deine Freunde bereit sind, in die Genossenschaft einzubringen. Dann heißt es, von deinem Bankier einen Kredit zu bekommen. Du hast einen Trumpf in der Hand, deine *Sonate*. Eventuell kann er sie als Sicherheit nehmen.«
Meine *Sonate* als Pfand? Mein Herz verkrampft sich. Aber war sie das nicht schon bei diesen verdammten Raten, die abzuzahlen waren? Ich bezahlte für Ma-

deleines Dach, und ich werde es für das des Restaurants auch tun. Immerhin ein Fortschritt.

Über sein Papier gebeugt, schreibt Papa – ich weiß nicht, was. Ich betrachte sein weißes Haar. Ich habe Gewissensbisse. Was für Sorgen ich ihm bereitet habe! Und Freude? Seine Enkelkinder, trotz allem. Auch wenn sie alle beide weit weg sind, zweifellos durch meine Schuld. Eine zärtliche Anwandlung droht, mich zu ersticken. Ich habe Lust, ihm wie Yann zu sagen: »Stirb nicht.«

»Papa?«

Er hebt den Kopf, rückt seine Brille zurecht und schaut mich fragend an.

»Angenommen, du bist bereit, mir zu helfen, tust du es, weil du Lust dazu hast, oder um zu verhindern, dass ich untergehe?«

»Warum musst du die Dinge so kompliziert machen? Vielleicht habe ich einfach nur Lust, meiner Tochter dabei zu helfen, Erfolg zu haben.«

Ich springe auf, gehe auf die Direktorenseite des Schreibtischs und küsse ihn.

»Also, ich habe eine ausgezeichnete Neuigkeit für dich! Du bist als Geschäftsführer eingestellt. Du hast mir doch gesagt, dass jede Genossenschaft einen braucht, nicht wahr? Wenn du dich weigerst, lasse ich das Ganze fallen.«

Man könnte sie schon jetzt das »Restaurant der Erpressung« nennen, unsere Herberge! Yann nicht ohne mich, Marguerite nicht ohne den Hafen, ich nicht ohne Marguerite und Papino …«

»Da brauche ich erst noch die Zustimmung deiner Mutter.«

Papino nicht ohne Mamina!

»Sie wird natürlich zuerst wettern, aber im Grunde ihres Herzens wird sie selig sein. Sie stirbt vor Angst, sie könnte ihren Rentner ständig um die Beine haben.«

Wir lachen. Die Furcht verfliegt, das Leben wird leichter, der Regen ist weniger heftig, Papa wird niemals sterben.

»Und du?«, fragt er. »Du hast mir noch nicht gesagt, wo du dich in der Geschichte siehst. An der Kasse? Als Bedienung?«

»Am Empfang! Ich werde unsere unzähligen Kunden bei ihrer Wahl beraten. Ich werde Englisch, Deutsch, Japanisch und Önologie lernen. Ich werde die Bestellungen entgegennehmen und darüber wachen, dass jedermann zufrieden ist.«

»Und du wirst natürlich in Schwarz und Weiß gekleidet sein?«

»Was für ein Gedanke! Warum denn das?«

»Weil du mir, abgesehen vom Japanisch, einen perfekten Oberkellner beschrieben hast.«

Er lächelt.

»Noch ein Beruf, der in der französischen Sprache keine weibliche Form kennt.«

»Du weißt doch, dass das meine Spezialität ist – dem Lexikon zu trotzen«, hat der Schiffsherr, Fischer und Reeder geantwortet.

Monsieur Baudoin, mein Bankier, war ziemlich überrascht, als er uns in seinem Büro auftauchen sah: Papa, Yann und mich. Als ich den Termin ausmachte, hatte ich nur mich als seine Kundin angekündigt.

Er war noch immer der Gleiche, streng und zivilisiert. Diesmal kam noch das Lächeln hinzu. Er hatte mir zu gratulieren.

»In drei Wochen gehört die *Sonate* Ihnen, Madame. Bravo!«

»Bravo!«, haben meine Männer eingestimmt, und ich konnte nicht umhin, an Abel zu denken. Würde mich wundern, wenn er sich dem Chor angeschlossen hätte.

»Sie können jetzt erleichtert in See stechen«, hat der Bankier sich gefreut.

»Ich gebe die Seefahrt auf und eröffne ein Restaurant«, habe ich verkündet. »Ich bin hergekommen, um Sie um einen Kredit zu bitten.«

Von Backbord, wo Yann sich befand, konnte ich das Geräusch unterdrückten Lachens wahrnehmen. An Steuerbord eher eine Windbö der Bestürzung. Mein Vater hatte mir geraten, behutsam vorzugehen, schrittweise. Aber wenn ich wegen des Ergebnisses nicht sicher bin, stürme ich los, so habe ich immer funktioniert. Und zwischen meinen Schutzengeln wuchsen mir die Flügel.

»Ein Restaurant?«, hat Baudoin ungläubig wiederholt.

»In Zusammenarbeit mit den Fischern von Kersaingilles. Spezialität Fisch und Meeresfrüchte. Sie sind herzlich eingeladen.«

Ich habe auf Yann gewiesen.

»Monsieur Morvan stellt das Lokal zur Verfügung und liefert die Algen.«

Dann habe ich mich zu meinem Vater umgedreht.

»Hier stelle ich Ihnen den Geschäftsführer der zukünftigen Genossenschaft vor.«

Ohne dem armen Mann Zeit zu lassen, wieder zu

Atem zu kommen, hat Yann die Unterlagen aus seiner Aktentasche geholt. Wir hatten fast drei Wochen gebraucht, um sie zusammenzustellen, sogar unter Hinzuziehung eines Architektenfreundes, an den Yann sich gewandt hatte. Arbeits- und Materialkosten waren aufgelistet. Die Summe hatte mich zusammenschrecken lassen.
Baudoin hat die Seiten mit seinen langen, weißen Fingern umgeblättert. Obwohl er einen Ehering trug, stand auf seinem Schreibtisch kein einziges Familienfoto. Nichts als Elektronik. Man vermischt die Dinge nicht miteinander? Ich dagegen habe eine Vorliebe dafür, die Dinge miteinander zu vermischen, das Klavier, die Fischerei, die Liebe, die Algen, die Gastwirtschaft … Als ich an mein Klavier dachte, wurde mir das Herz schwer. Noch immer nicht verkauft! Ich hatte plötzlich Lust, die Tasten unter meinen Fingern zu fühlen. Ob ich wohl noch spielen konnte?
»Es handelt sich um eine große Summe!«, hat der Bankier festgestellt.
Die Reaktion war eingeplant.
»Ich biete Ihnen mein Schiff als Sicherheit.«
»Ich bin doch kein Pfandverleiher!«, hat er sich entrüstet.
»Das haben wir auch nie angenommen, Monsieur«, hat mein Vater scharf dazwischen geworfen. »Banken wie die Ihre mit einer überwiegend maritimen Kundschaft haben eine Solidaritätsverpflichtung gegenüber ihren Partnern. Und wenn diese Partner heute überleben wollen, müssen sie Neuerungen schaffen, das wissen Sie besser als irgendjemand sonst. Neuschaffung zu ermutigen ist der vornehmste Teil Ihres Berufs …«

Er hat sich für ein paar Sekunden unterbrochen. Zornesröte war ihm ins Gesicht gestiegen.
»Und ich möchte hinzufügen, dass die Schöpferin sich bewährt hat!«
Mein Vater, der aufbraust ... so was ist noch nie da gewesen! Wenn doch Mama hier wäre! Und Annaïs ebenfalls, die ihrem Großvater manchmal vorwarf, zu sanft zu sein. Und warum nicht auch gleich Quentin, dem es trotz aller Anstrengungen niemals gelungen war, ihn wütend zu machen. Und außerdem für mich!
Baudoin hat resigniert geseufzt.
»Wie viele Mitglieder wird Ihre Genossenschaft umfassen?«
»Im Augenblick haben wir noch keine Ahnung.«
Der Bankier hat die Brauen hochgezogen.
»Keine Ahnung? Sie sollten zumindest eine Ahnung haben, welche Summe von Ihren Freunden eingebracht werden wird.«
»Genauso wenig, sie wissen noch nichts davon.«
»Sie wollen sagen« – der Bankier schluckte – »Sie haben ihnen noch nichts von Ihrem Vorhaben gesagt?«
Wieder spürte ich ein Lachen zu meiner Linken. Besorgnis zu meiner Rechten.
»Ich wollte abwarten, ob die Sache durchführbar ist. Verstehen Sie, die Fischer brauchen etwas Konkretes, Schwarz auf Weiß, um mal was anderes als Marineblau zu sehen. Und Träume haben sie jeden Morgen, wenn sie ihren Motor anwerfen.«
Niedergeschmettert hat Baudoin Hilfe bei meinen Schutzengeln gesucht. Letztere hatten vorsichtshalber ihre Flügel zusammengefaltet. Er hat sich wieder an mich gewandt.

»Und wann haben Sie die Absicht, sie um ihre Mitarbeit zu bitten?«

»Gleich morgen, wenn ich Ihr Einverständnis habe«, habe ich mit meinem schönsten Lächeln erwidert.

»Das ist wirklich die verkehrte Welt!«, hat Baudoin ausgerufen.

»Leider hat es sich meine Tochter zur Gewohnheit gemacht, die Welt umzukehren«, hat mein Vater mit vorgetäuscht trauriger Stimme eingeworfen. »Was nicht immer schlecht ist, wenn die Welt einzuschlafen droht.«

Der Bankier hat den Industriellen wie einen Verräter angeschaut; ich war einem Lachkrampf nahe.

»Also gut, wir werden die Unterlagen überprüfen«, hat er kapituliert. »Ich werde das Lokal besichtigen müssen, wenn es wirklich existiert. Anschließend prüfen wir die Möglichkeiten eines Kredits und seine Modalitäten. Ich werde selbstverständlich meinen Vorgesetzten hinzuziehen müssen. In der Zwischenzeit werden Sie Ihre Freunde in Kenntnis gesetzt haben, Madame.«

»Selbstverständlich, Monsieur. Und ich bin sicher, dass sie Ihnen volles Vertrauen schenken werden. Übrigens, sind sie nicht ohnehin alle Kunden Ihrer Bank?«

»Bist du dir im Klaren, dass du zu einer echten Erpressung gegriffen hast, indem du angedeutet hast, die besagten Kunden könnten sich im Falle einer negativen Entscheidung anderswohin wenden?«, hat mich mein Vater etwas später gefragt.

Wie dem auch sei, Baudoin hat, als er mir die Hand gab, mit einem großen Seufzer erklärt: »Sie haben aber auch vor gar nichts Angst.«

»O doch, Monsieur«, habe ich geantwortet. »Manchmal raubt es mir sogar den Schlaf. Aber auf See habe ich gelernt, dass man, wenn man der Angst nachgibt, im besten Fall auf der Stelle bleibt, im schlimmsten ertrinkt.«

13

»Und wenn sie sich weigern? Marguerite ist sicher, dass sie als Allererstes erst einmal nein sagen, ein dickes Misstrauensnein. Verstehst du, ihr Geld, da haben sie solche Mühe gehabt, es zu verdienen, und dann sollen sie es uns anvertrauen … Und zudem werden sie sagen, dass sei eine typische Idee von einer Frau. Sogar die Frauen werden sagen, das sei eine typische Frauenidee.«
»Willst du, dass der typische Mann dich begleitet?«, schlägt Yann vor.
Die Versammlung findet heute, am Sonntagabend um achtzehn Uhr bei Marguerite statt. Nur Alain ist auf dem Laufenden; das musste sein, wegen der *Sonate*.
»Auf gar keinen Fall! Das ist eine Angelegenheit unter Seeleuten.«
»Dann bin ich also kein Seemann?«, fragt Yann und tut so, als sei er gekränkt.
Meine Lippen wandern über seine Schulter, zart, kraftvoll.
»Doch, aber nicht so einer wie wir.«
Und außerdem weiß ich nicht, was sie über Yann und mich denken. Yann und ich zusammen. Später, wenn ich von dem Hof und den Algen spreche, werde ich es in gewisser Weise offiziell machen. Wie werden sie reagieren? Es ist gerade ein Jahr seit Pierres Tod vergangen. Und er war ein waschechter Seemann …
Die Hand meines Ingenieurs liebkost mich unter

dem dicken Daunenbett, einem echten, mit altrosa Satin bezogen, nicht eine Steppdecke, die Laken und Decke überflüssig macht. Obwohl das ganze Bett nagelneu ist und wir, wie Yann versichert, Honorés Segen haben, kommt es mir seltsam vor, das Holzgestell seines Bettes zu benutzen. Auf welcher Seite schlief Katrina? Auf der, die ich übernommen habe? Denn in Honorés Schlafzimmer, beheizt von einem elektrischen Ofen, treffen wir uns jetzt, um uns zu lieben. Das genaue Gegenteil des Motels: Düfte von Wurzeln, die einen ein Jahrhundert zurücktragen, Erinnerungen in jeder Tapetenblume, und selbst wenn er nicht mehr da ist, kann ich nicht umhin, Katrinas Schrank mit den »kratzigen Laken« knarren zu hören.

Das Hundewetter hat sich festgesetzt. Der Regen prasselt, vom Wind gepeitscht, gegen die Fensterscheiben. Wir werden Vorhänge davor hängen müssen. Vorhänge? Was denke ich? Hier wird Marguerites Kochherd stehen.

Wenn der Hafen zustimmt.

In zwei Stunden.

»Hör auf, dir Sorgen zu machen«, befiehlt Yann. »Du wirst sehen, es klappt. Und außerdem – wer könnte meiner Fischerin etwas abschlagen …«

Eher der Sünderin, die sich ihm eben rückhaltlos und schamlos hingegeben hat und nun staunt, dass die Lust so lange gedauert hat und in kleinen Wellen unter seinen Fingern noch immer andauert …

Es ist ganz neu für mich, so lange in der feuchten Wärme und den Düften der Umarmung zu verweilen. So ganz anders als mit meinem Pierre, der, kaum war die Liebe vollzogen, aufsprang, hastig seine

Nacktheit verbarg und ans Fenster rannte und misstrauisch den Himmel betrachtete: es könnte ja sein, dass dieser Dummheiten gemacht hatte, während er den Kopf bei anderen Dingen hatte? Und wenn ich ein Stückchen Busen oder Schenkel oder gar etwas Intimeres unbedeckt gelassen hatte, deckte er mich mit dem Laken zu, bevor er das Zimmer verließ. Und um nicht zu sagen: »Wirst du das bitte verstecken«, gab er sich fürsorglich: »Du wirst dich noch erkälten.«

Es mussten in seinem Kopf noch Reste von bretonischen Hauben, schwarzen Röcken und Spitzen übrig geblieben sein.

»Gibt es auf der Welt etwas Zarteres als diese vor den Unbillen der Witterung geschützten Zonen?«, amüsiert sich Yann, als er seine Hand über die Innenseite meiner Schenkel wandern lässt. »Es ist streng verboten, sie der Sonne auszusetzen. Ich möchte sie ganz für mich allein, weiß und bebend haben.«

Er schlägt die Daunendecke zurück, und sein Blick auf den intimsten Körperteil der »Sünderin« lässt in der Tiefe meines Bauches die Reste eines Begehrens wieder aufleben, das ich schon gesättigt geglaubt hatte. Es sind auch seine Worte, die von dem zärtlichsten Poeten und dem wilden Mann kommen.

Pierre und ich liebten uns schweigend. Ein »Ich liebe dich« und alles war gesagt. Er misstraute den Wörtern, fürchtete, nicht die richtigen zu kennen. Wenn »unser Stück« ihn so berührte, hieß das nicht, dass es etwas ausdrückte, das er mir nicht zu sagen vermochte? Er hatte sein Schiff die *Sonate* genannt, und auf See war er der Komponist.

Ist es ungehörig, in Yanns Armen an ihn zu denken? Aber wie soll ich mich am Denken hindern? Ungehörig wäre es, seinen Namen auszusprechen.
»Schau mal«, sagt der wilde Mann, »siehst du, wie ich dich schon wieder begehre?«
Und er zeigt es mir, indem er in mich dringt. Ich schließe die Augen, ich fühle, ich begleite ihn, ich reise, ich verliere mich …
»Gleichzeitig«, flüstert er rau. »Zusammen …«
Ja.
Ich werde Yann niemals sagen, dass Pierres Frau, schamhaft und schweigend, dabei ist, einer anderen zu weichen, reif für das Licht, die Worte und die Zeit, zu lieben.

Das große Zimmer bei den Kervélecs ist voller Leute. Alle Frauen haben ihre Männer begleitet. Es fehlt nur Jean-Yves. Und dabei weiß er ganz genau, dass er und der Kapitän meine beiden Stützpfeiler sind. Sein Neffe behauptet, nicht zu wissen, wo er steckt, er müsse jeden Moment eintreffen.
Man hat die Kinder zum Spielen nach draußen geschickt. Das Eintreffen der vielen Leute brachte sie völlig aus dem Häuschen. Sie spürten sehr wohl, dass die Erwachsenen irgendetwas vorhatten. Hinter der Tür hört man manchmal Geflüster, und manchmal dreht sich der Türknauf. Das ist alles.
Marguerite und Denise haben Kaffee und Cidre serviert. Auf dem Tisch stehen außerdem zwei prachtvolle Pflaumenkuchen. Bislang sind es vor allem die Frauen, die sich bedient haben. Meine Kehle ist zu trocken. Ich könnte nichts schlucken.
Ich ergreife als Erste das Wort und erläutere meine

Idee für das Restaurant mit Marguerite als Küchenchefin. Als ich den Ort verraten habe, wo ich es zu eröffnen gedenke, lächelten die Frauen, und bei den Männern spürte man eine gewisse Verlegenheit.
Marguerite hat mich abgelöst und ihrerseits von der Genossenschaft gesprochen, ein Wort, das hier alle kennen. Sie hat gesagt, das Wichtigste sei nicht die Summe, die ein jeder einbrachte, sondern dass wir gemeinsame Sache machen. Und wären wir nicht sowieso beteiligt, da sämtliche Produkte aus unseren Netzen kämen?
Ich betrachte Marguerites auf dem Tisch gefalteten Hände, Hände, die niemals wirklich irgendetwas Eigenes besessen haben. Alles, was hier und auf dem Meer ist, ist das Kervélec-Erbe. Unser Restaurant wäre ihr erstes persönliches Eigentum.
»Wenn ihr mitmacht, werden wir versuchen, zu Ostern zu eröffnen«, schließt sie. »Das müsste zu machen sein. Wenn ihr keine Lust habt, lassen wir die Idee auf der Stelle fallen.«
Und dann fügt sie mit ein wenig belegter Stimme hinzu: »Ich würde es gern versuchen. Ich arbeite nicht so gern bei den anderen.«
Man hört nur noch das Geräusch der Löffel, die sich in den Tassen drehen, und verlegenes Husten. Ich schaue in Richtung des Kapitäns. Nimmt er mir übel, dass ich ihn nicht vor den anderen in Kenntnis gesetzt habe? Aber wir hatten beschlossen, es so zu machen.
»Wir dürfen ihnen keine Zeit lassen, sich umzudrehen. Wir müssen sie im Fluge fangen.«
Ich nehme es Jean-Yves übel, dass er nicht gekommen ist.

»Und Morvan überlässt euch einfach so seinen Hof?«
»Er stellt ihn uns allen zur Verfügung, unter der Bedingung, dass wir seine Algen bekannt machen.«
»Aber nicht in allen Gerichten, keine Sorge!«, wirft Marguerite dazwischen.
Ich bin die Einzige, die lacht. Schweigen stellt sich ein. Es macht mir Angst. Ich frage: »Wisst ihr, wie viel ein Tourist für sein Dutzend Langustinen mit Mayonnaise im Duc de Kerovalle hinblättern muss?«
»Wundert euch nicht«, sagt Marguerite ein wenig gequetscht. »Die Langustinen vom Duc sind eine Marotte von Marie.«
Was aber nicht verhindert, dass mir, als ich den Preis nenne, keiner glauben will. Ich fahre fort.
»Angeblich liegt das an den Zwischenhändlern. In unserem Fall werden wir selber die Zwischenhändler sein. Also selbst wenn wir den Preis halbieren, gewinnen wir noch. Das Gleiche gilt für den Fisch. Und da die Fischreserven knapp sind und man uns von Brüssel aus mit Plänen und Quoten erdrosselt, sind wir besser dran, wenn wir ihnen zuvorkommen. Wir fischen weniger und verkaufen besser.«
»Das ist die andere Marotte von Marie: Brüssel!«, sagt Marguerite und versucht zu lachen.
»Du willst wohl gar den Hafen retten?«, spöttelt jemand.
Der Kapitän funkelt ihn an.
»Wenn du ›wir‹ sagst, von wem sprichst du da?«, fragt plötzlich Catherine.
Catherine ist Alberts Frau, der Baas der *Diane*, dem Schiff, dessen Fischkasten Quentin geplündert hat. Ihre Stimme klang feindselig; wie der Sohn, so die Mutter? Wir haben lange Zeit nebeneinander in der

Halle verkauft. Sie war eifersüchtig, dass Le Duc vorzugsweise bei mir einkaufte.

»Wir, das heißt natürlich wir alle!«

»So sicher ist das nicht«, gibt sie zurück. »Ich will gern glauben, dass die Bank für dein Restaurant unser Geld braucht, aber darüber hinaus mit deiner *Sonate*, mit Alain darauf, und Marguerite in der Küche, ohne die Morvans mitzuzählen, ist das alles in allem eine Familienangelegenheit. Wir kommen nur zur Ergänzung hinzu, wenn ihr mal nicht genug reingebracht habt.«

Was wirft sie uns vor? Uns als Erste bedienen zu wollen? Neben mir fühle ich, wie Marguerite kocht. Biester, diese Weibsbilder! Sie hatte Recht gehabt. Aber Catherine hat tatsächlich eine gewisse Beunruhigung ausgelöst. Gemurmel wird laut.

»Die *Sonate* wird im Frühjahr den Fischfang einstellen!«

Ich habe es mit meiner lautesten Stimme gesagt, und augenblicklich stellt sich verblüffte Stille ein.

»Die *Sonate* hört auf?«

»Ich habe beschlossen aufzuhören, und Alain geht in sechs Monaten in den Ruhestand. Wie ihr seht, können wir das Restaurant ohne euch nicht eröffnen.«

»Du hast doch nicht etwa vor, dein Schiff zu verkaufen?«, protestiert der Kapitän.

»Niemals!«

Und jetzt versteht es keiner mehr. In meinem Aufschrei haben sie gehört »Pierre …« Und was ist dann mit Yann? Man kann Treuegefühle haben …

»Alain und ich haben uns überlegt, mit der *Sonate* anders weiterzumachen: zum Beispiel für Ausflugsfahrten.«

Eine Idee meines Vaters. Einführung in das Fischen mit dem Schleppnetz. So etwas wird schon hier und da mit großem Erfolg angeboten. Und im Restaurant machen wir die Werbung dafür.
Die Blicke sind jetzt alle auf Alain gerichtet.
»Du willst also die Greise spazieren fahren?«, spöttelt jemand.
»Warte nur, bis ich einen in meinem Netz fange«, gibt er zurück.
Gelächter läuft um den Tisch. Endlich! Die Gesichter hellen sich auf. Ich begegne dem Blick des Kapitäns, einem Blick, den ich auswendig kenne: »Marie, Marie, was hast du jetzt schon wieder ausgeheckt?«, sagt er. Aber er sagt es mit einem Lächeln und mit zur Seite geneigtem Kopf. Macht er mit? Plötzlich habe ich Hunger. Ich strecke die Hand nach dem Pflaumenkuchen aus.
»Wann lasst ihr uns also euer neues Fresslokal besichtigen?«, fragt Albert.
Ein zweites Ja? Mein Herz explodiert. Die Worte quellen daraus hervor, ohne dass ich sie geplant hätte. Und auch das, was Catherine vorhin gesagt hat, diese boshafte Bemerkung über die Familienangelegenheit, die noch immer nachglüht.
»Wann du willst, Albert, und je eher, desto besser. Und da ist noch etwas, das ich dir sagen wollte. Es hat geklappt, Quentin ist in der Marine-Infanterie-Schule aufgenommen worden. Du hast dich wie ein Bruder verhalten, da du ihn nicht angezeigt hast, denn davon hätte er sich nie wieder erholt.«
Meine Stimme hat sich überschlagen. Ich schaue sie alle an, verweile etwas länger bei Catherine. »Meine Familie, das seid ihr!«

Die Katastrophe! Das Lachen erstickt unter einer Nebelwolke aus betretenem Schweigen. Tut man das, sein Herz einfach so ausschütten? Warum habe ich nicht gleich dazugesagt, dass ich sie alle liebe, trotz ihres Misstrauens, ihres Charakters, ihrer Angst um ihre Groschen … dass ich mich nur hier in ihrem Sektor wohl fühlte? Ja, das ist es, was sie sind: mein Sektor, meine Zone, mein Kanton. Du, Albert, der Großherzige, der Treue, und mein Kapitän mit dem goldenen Herzen. Und selbst dieser Schuft von Jean-Yves, dem es tatsächlich gelingt, mich an einem solchen Tag sitzen zu lassen.
Sitzen lassen?
Im Gegenteil. Er ist es, der mich retten wird!
Die Nebelwolke löst sich auf, als die Tür weit aufschwingt und er mit Abel und Louise im Türrahmen erscheint. Abel mit seiner regentriefenden Mütze, der mit einer seiner Krücken auf Marguerite und mich zeigt.
»Wie ich sehe, sind alle außer mir eingeladen worden!«
Der Kapitän ist aufgestanden, die anderen haben es ihm gleichgetan.
»Wir wähnten dich im Krankenhaus. Wann bist du denn rausgekommen?«
»Man kommt raus, wenn man abgeholt wird, vor allem, wenn man nur noch ein Bein hat!«
Er schleudert seine Mütze fort. Die Frauen umringen Louise, es hagelt Fragen. Die Kinder hatten nur auf das Signal gewartet, um hereinzukommen, ein wildes Durcheinander. Alains beschämter Blick bedeutet mir, dass Abel von ihm unterrichtet worden ist. Wie kann ich es ihm verübeln? Auf der *Sonate* haben

meine beiden Knurrhähne einander schätzen gelernt.
»Schaut mal her!«, donnert der Bootsmann.
Alle verstummen.
In aller Ruhe nimmt er seine Brille ab und vertraut sie Louise an. Mit einer Hand hält er sich ein Auge zu und lässt nur das andere frei, das nach der Staroperation noch ganz rot ist. Er zeigt mit dem Finger auf den Kamin am anderen Ende des großen Zimmers.
»Das Foto rechts, das ist das Hochzeitsbild von dem armen Jean-Louis«, beginnt er. »Direkt daneben die Heilige Jungfrau: Sie hätte ihn auch ein bisschen besser beschützen können.«
Lachen greift um sich, ein wenig zitternd. Es steigert sich, als Abel fortfährt, einen Gegenstand nach dem anderen aufzuzählen, die er dank seines nagelneuen Kristallkörpers jetzt sehen kann.
»Und dort eine Porzellankatze und eine Vase mit Buchsbaumzweigen und dort … und dort …«
»Schaut mal her …« Dieser Mut!
Als Abel mit der Aufzählung zu Ende ist, dreht er sich zu mir um. Ich glaube, ich weine, und ich bin nicht die Einzige.
»Das andere Auge macht man mir in drei Monaten«, verkündet er. »Angeblich kann ich dann wieder sehen wie ein junger Mann. Ich melde mich für den Ausflug auf der *Sonate* an, Baas. Irgendwer muss ja den Touristen beibringen, was man nicht tun darf, wenn man heil bleiben will.«

14

Zu Weihnachten hat mir Yann eine dicke rot- und orangenfarbene Kugel geschenkt, so leuchtend wie eine Sonne. Diese »Kugel der Versöhnung«, die Honoré am Tag des gleichen Namens gekauft und Katrina geschenkt hatte, als sie begannen, miteinander zu gehen. Ein Verlobungsgeschenk. Ich habe darin ein Zeichen sehen wollen.

Wir haben beschlossen, sie an der Decke unseres »Chez le Bosco« – Beim Bootsmann – aufzuhängen. So haben wir unser zukünftiges Restaurant genannt. Niemand wusste etwas dagegen einzuwenden. Nicht einmal Abel, dem es ausnahmsweise an Worten fehlte, um zu protestieren.

Von den acht Trawlern, die es noch in Kersaingilles gab – zu Zeiten, als die Sardine unsere Küste noch besuchte, waren es ein Dutzend gewesen –, sind sechs an der Genossenschaft beteiligt. Jean-Yves' *Sarcelle* und die *Intrépide* des Kapitäns waren die Ersten, die sich eingeschrieben haben. Ein Fischer hat es vorgezogen, sich zu enthalten. Blieb noch Loïks *Pastourelle*. Ihm haben wir es nicht angeboten.

Ehe sie ihr Einverständnis erklärten, sind die einen und die anderen gekommen, um den Hof zu besichtigen. Yann war dort, diskret und lächelnd. Der Kontakt war gut. Selbst wenn an jenem Tag der Himmel nicht auf unserer Seite stand. Der Regen ließ nicht nach und verwandelte den Weg, der zu dem Langhaus führte, in eine Schlammspur. Jeder, der Honorés Haus betrat, wo Marguerite und ich ein Großreinemachen veranstaltet hatten, ließ seine Fußabdrücke auf den Bodenkacheln.

»Wie die Stars in Hollywood«, hat Jean-Yves bemerkt.

»Man könnte meinen, dass er dort gewesen ist«, spottete André.

Jedes Lachen kam mir vor wie ein »Ja« unter dem Vertrag.

Als der Kapitän die Ausmaße des Lokals wahrnahm, meinte er scherzend: »Da ist sogar genug Platz für ein Klavier. Was haltet ihr Frauen davon, Tanztees zu organisieren?«

Apropos Klavier …

Wir hatten die Summe, die Baudoin für die Genossenschaft festgesetzt hatte, nicht ganz beisammen. Papa hatte angeboten, den Rest dazuzugeben, aber das wollte ich nicht. Vorsicht, »Familienangelegenheit«, um Catherine zu zitieren. Und da erhielt ich einen Anruf aus Brest: Das Geschäft, dem ich mein Klavier anvertraut hatte, hatte endlich einen Liebhaber gefunden. Ich habe das Angebot angenommen, nicht ohne einen schmerzlichen Stich im Herzen. Anaïs hatte nicht Unrecht: Ich hatte nicht wirklich Lust, das Klavier zu verkaufen. Aber es würde helfen, den Vertrag zu unterschreiben. Der Käufer, ein Privatmann, wollte es für seine Tochter haben. Das Instrument würde aus seinem Schweigen erwachen, und das war ein Trost.

Am Tag der Vertragsunterzeichnung in der Bank hat Yann uns alle zum Champagner zu Honoré eingeladen. Als Marguerite meinen Ingenieur auf beide

Wangen geküsst hat und alle applaudiert haben, da habe ich gewusst, dass er akzeptiert war. Und ich meinerseits hatte das Anrecht auf einen dicken Kuss von meinem Indianer, der von dem Projekt von Anfang an begeistert war. Und da die *Sonate* aufhören würde zu fischen, hatte Yann die Hoffnung, dass er sein Studium zum Schulbeginn im Herbst wieder aufnehmen würde.

Annaïs und Quentin sind zu Silvester gekommen. Weihnachten hatte in der Roseraie stattgefunden. Thibaut war zum Mittagessen dabei gewesen. Annaïs, städtischer gekleidet und mit einer klassischeren Frisur, strahlte vor Zufriedenheit. Sie sah wirklich gut aus und wurde nicht müde, von der Familie zu schwärmen, bei der sie in Brest arbeitete: Vater: Anwalt, Mutter: Arztsekretärin. Ihre Aufgabe bestand darin, die beiden Kinder in die Schule zu bringen und sich am Abend bis zur Heimkehr der Eltern um sie zu kümmern. Es schien ihr wirklich Freude zu bereiten. Der Schauspielunterricht begeisterte sie.

Sie war glücklich!

Wenn meine Tochter einst lauthals beteuert hatte, sie würde Kersaingilles mit seinem Hafen, seinen Möwen und seinen Fischern verlassen, so wollte ich darin nichts als eine vorübergehende Rebellion sehen. Jetzt musste ich mich den Tatsachen beugen. Annaïs fühlte sich in ihrer Bürgerfamilie in Brest wohler als in unserem bescheidenen Häuschen. Im Grunde war sie ihrer Großmutter ähnlicher als mir. Und warum auch nicht?

Was meinen Sohn betrifft, so hatte sein Gesicht das Leuchten der Kindheit verloren. Ich fand, dass er härter geworden war. Er versicherte mir, dass es ihm

bei der Marine-Infanterie gefiele und dass er einen Freund gefunden habe.
Ich habe ihnen das zukünftige Restaurant gezeigt. Die großen Renovierungsarbeiten waren in vollem Gange: Wasserleitungen und Heizungssystem.
»Hier kann man ja sogar Vorstellungen geben, es ist riesig!«, hat Annaïs begeistert ausgerufen.
Das passte zu dem Klavier des Kapitäns ... Am Ende eröffnen wir ein Café-Theater.
Quentin hat keinen Kommentar abgegeben. Er wusste, wem der Hof gehört. Wenn er in Kersaingilles geblieben wäre, hätte ich Yanns Angebot mit Sicherheit nicht annehmen können. Es klingt abgedroschen, wenn man sagt, dass aus einem Unglück ein Glück entstehen kann, und trotzdem stimmt es.

Mein Vater, der seit dem 24. Dezember im Ruhestand ist, überwacht zusammen mit dem Architekten die Baustelle. Gleichzeitig kümmert er sich um sämtliche Finanzen. Mama beklagt sich, dass sie ihren Mann überhaupt nicht mehr zu sehen bekommt.
Sie hat sich in den Kopf gesetzt, die Tischwäsche zu übernehmen. Ich hatte Tischdecken und Servietten aus Papier vorgesehen, wenigstens für den Anfang. Sie hat laut protestiert und ihre Nähmaschine vom Dachboden geholt. Abgesehen von der »Wirtstafel«, die wir auf ein Dutzend Gedecke festgelegt haben, haben wir drei weitere Tische vorgesehen. Voll besetzt haben wir zwanzig Gedecke. Bei schönem Wetter mehr, wenn wir den Hof benutzen können. Zu diesem Zweck sind schon Sonnenschirme bestellt worden.

Die Genossenschaftsmitglieder sind mit dem Anstreichen beauftragt. Bei Sturm haben wir manchmal zu viele hilfreiche Hände. Glücklicherweise ist weißer Kalk für alle Wände beschlossen worden, sonst wäre der gesamte Regenbogen repräsentiert gewesen.
Ein junges Ehepaar ist für die Bedienung und die Hilfe in der Küche eingestellt worden, Yasmina und Renaud. Sie werden an Ort und Stelle wohnen und gleichzeitig als Hausmeister fungieren. Sie waren bislang arbeitslos, und es macht Freude, ihr Glück zu sehen.
Und ich bin die Gastgeberin! Ein Wort, das im Lexikon weiblich ist. Es gefällt mir besser als Oberkellner. Ich verwalte gleichzeitig die Kasse, was meinen Geschäftsführer zittern lässt. Ich habe bisher noch keine Zeit gehabt, Japanisch zu lernen, aber Yann führt mich in die Önologie ein. Wenigstens kenne ich dann die Weine, die wir anbieten werden.
Honorés Holzbett ist in den ersten Stock transportiert worden, in das Schlafzimmer von Yanns Eltern. Dort treffe ich mich mit meinem Ingenieur; manchmal bleiben wir auch über Nacht. Noël hat uns eines Abends mit der liebevollen Bitte überrascht, bei uns auf dem Hof zu übernachten. Er hat in dem Zimmer seines Vaters geschlafen, direkt neben unserem.
Ganz einfach: Aus Angst, ihn zu verwirren, haben wir kaum zu atmen gewagt.
Es ist schon März! Und meine letzten Fänge stehen bevor. Die Tage kommen mir viel härter vor, seit ich weiß, dass es bald zu Ende ist. Manchmal frage ich mich sogar, wie ich es alle diese Monate durchgehalten habe. Kein Beruf für eine Frau? Alain Kervélec

stellt sich selber auch die Frage. Aber er hat fünfunddreißig Jahre durchgehalten.
»Man mag es ableugnen, aber man hat jeden Tag den Schatz im Auge«, erklärt er.
Der Fischfang hat mir Yann gebracht. Er ist mir sozusagen ins Netz gegangen.
Von der Gemeinde haben wir Zuschüsse bekommen, um die Zufahrt zu erneuern. Unser Restaurant wird am Leben des Hafens beteiligt sein. Abel hat den ganzen Weg entlang Ginster angepflanzt. Und er hat sich auch um die Margeriten gekümmert. Er erklärt jedem, der es hören will, dass er drei Prothesen hat, eine für sein Bein und die beiden anderen in seinen Augen in Form seiner künstlichen Kristallkörper. Das hindert ihn aber nicht, großartig zurechtzukommen.
Eröffnung in drei Wochen.
Ich spüre den Sturm nicht herannahen.

15

An diesem Samstagmorgen scheint die Sonne strahlend auf das Langhaus, wo wir bei den letzten Vorbereitungen sind.
Marguerite organisiert sich in ihrer Küche, glücklich und aufgeregt vor ihrem altmodischen Kochherd, ihrer Batterie von Kupfertöpfen, der Schmorpfanne und dem Fischbräter aus ihrer Familie, die sie dem Bosco zum Geschenk gemacht hat.
»Was man in schönen Geräten zubereitet, ist einfach besser«, behauptet sie.
»Und das Beste, auf feinem Geschirr serviert, ist einfach unvergleichlich«, übertreffe ich sie noch angesichts der brandneuen Teller.
Yann und ich sind dabei, den Schaukasten zu gestalten, in dem seine Algen ausgestellt sind: grün sind Meerlattich und Meeresbohnen, rot die d*ulce* und das *carrageen*, braun das sehr teure *wakamé*, als ein heulender keiner Junge hereingestürmt kommt und sich an meine Knie klammert.
Ihm folgt seine Mutter, Madeleine, mit einem prall gefüllten Seesack. Bevor sie hereinkommt, schaut sie sich um, als fürchte sie, dass man ihr gefolgt sei, dann macht sie die Tür hinter sich zu.
»Der Briefträger hat mich mitgenommen«, stammelt sie aufgeregt. Richtig gehetzt sieht sie aus. »Ich kann dort nicht mehr bleiben.«
Was für ein schönes Geschenk! In mir ist ein einziger Schrei: Nein!

Der kleine Junge versucht, auf meinen Arm zu klettern. Seine Mutter lässt sich auf einen Stuhl fallen. »Ich gehe da nicht mehr hin, nie, nie, nie«, wiederholt sie unter Schluchzen.
Yann kannte Madeleine nur von dem, was ich ihm erzählt habe, ein Minimum. Er sieht zum ersten Mal ihr hinreißendes, von Tränen verschmiertes Gesicht, den flehenden Blick, den Schmollmund eines kleinen Mädchens, das sicherlich nie erwachsen werden wird. Er kann es nicht glauben.
Das ist die Wirkung, die Madeleine auslöst: Ungläubigkeit. Man fragt sich: »Wo kommt sie bloß her?« So hübsch und so zart in einer für sie zu ordinären Umgebung.
Widerwillig nähere ich mich.
»Was ist denn nun schon wieder los?«
»Loïk kommt jede Nacht«, schluchzt sie und streicht sich das Haar aus dem Gesicht. »Ich weigere mich, ihm aufzumachen, also heult er. Oder er brüllt, dass er sich umbringen wird. Oder uns. Er ist krank. Warum haben sie ihn nicht im Krankenhaus behalten?«
Die Küchentür geht auf, und Marguerite kommt dazu. Sie trocknet sich nervös die Hände an ihrer Schürze ab. Ihr Gesicht ist verschlossen, sie ist genauso wenig bereit wie ich, sich das Fest verderben zu lassen. Ich habe den Kleinen schließlich doch auf den Arm genommen. Außer dem Fisch, den ich seiner Mutter zweimal in der Woche bringe, habe ich immer ein paar Süßigkeiten für ihn, und das ist das Ergebnis! Er quengelt auch schon: »Bonbon … Bonbon …« Wenigstens einer, der den Nordpol nicht verliert.
»Und Flavie?«, fragt Marguerite barsch. »Sie küm-

mert sich also nicht um ihren Sohn? Sie passt nicht auf, was er in der Nacht tut?«

»Flavie ist böse«, erklärt Madeleine. »Sie sagt, es sei alles meine Schuld. Sie sagt, ich hätte Antonin umgebracht, und jetzt würde ich es mit Loïk genauso machen. Sie will, dass ich ihn wieder im Haus aufnehme.«

Wieder aufnehmen? Sie hatte ihn also aufgenommen gehabt? Bei dem Gedanken, dass Flavie die Witwe ihres Ältesten für ihren Jüngsten will, werde ich von Ekel gepackt.

»Also gut, ich werde mir Flavie vorknöpfen. Zur Not gehe ich auch zur Gendarmerie.«

Ich hätte niemals auf Benoît hören dürfen. Von Anfang an, bei dem Feuer auf meiner *Sonate*, hätte ich die Gendarmen einschalten und Loïk eine Lektion erteilen müssen. Ungestraft nutzt er das schlechte Gewissen des Hafens aus und glaubt, sich alles erlauben zu können. Antonin oder nicht, ich habe die Nase gestrichen voll.

»Es hat überhaupt keinen Sinn, die Gendarmen zu rufen«, erklärte Madeleine Schulter zuckend. »Ich habe sie in der vergangenen Nacht angerufen. Ich hatte Angst, Loïk würde die Fensterläden zerschlagen. Er brüllte, er hätte ein Gewehr. Als sie angekommen sind, war er weg, und sie haben mir nicht geglaubt. Sie haben gesagt, sie hätten anderes zu tun, als meinen Fantasien zuzuhören.«

»Mich werden sie anhören!«

Ohne zu antworten, schaut sie sich um. Ein schüchternes Lächeln erhellt kurz ihr Gesicht.

»Es ist schön hier. Kann ich hier bleiben?«

»Kommt überhaupt nicht in Frage!«, wettert Margue-

rite. »Ausgeschlossen! Du bist hier nicht in einem Asyl, sondern in einem Restaurant, stell dir vor!«
»Ich arbeite auch«, verspricht Madeleine. »Ihr braucht mir nichts zu bezahlen. Ich tue alles, was ihr wollt.«
Wieder fließen die Tränen, echte Tränen aus echter Verzweiflung, denn wohin kann sie gehen? Abgesehen von den Labbés, hat sie keine Familie, keine Zuflucht. Gerührt konsultiert mich Yann mit einem Blick. Maximou sieht seine Mutter weinen und fängt auch wieder an. Und außerdem hat er sein Bonbon nicht bekommen.
»Jedenfalls gehe ich nie wieder nach Hause. Lieber will ich sterben.«
Sie zeigt auf den Kleinen.
»Und er kommt ins Waisenhaus wie seine Mutter.«
»Sagt man solche Sachen vor seinem Kind?«, entrüstet sich Marguerite. »Jetzt erpresst sie uns auch noch!«
Sie nimmt mich am Arm.
»Komm mit.«
Wir überlassen Yann das Geschenk der Post und gehen in die Küche. Auf dem Holztisch steht die Schmorpfanne, die Marguerite gerade geputzt hat. Die Sonne, die durch die geöffneten Fenster dringt, lässt sie glänzen. Wenn die Kunden mit Genehmigung der Köchin ihre Nase hereinstecken, können sie sie beim Arbeiten sehen. Das wird eine Freude sein. Sie beruhigt sich mit ein paar tiefen Atemzügen und kommt zu mir zurück.
»Behalte sie auch nur eine Stunde hier, und wir haben Loïk auf dem Hals.«
Ich habe die Küchentür zugemacht, damit uns der Kleine nicht hören kann.

»Ich habe ebenso wenig Lust wie du, sie hier zu behalten, Marguerite. Ich habe die Nase gestrichen voll von den Labbés. Aber Maximou ist immerhin Pierres Sohn.«

»Er hätte ihn ja nicht zu machen brauchen.«

»Da widerspreche ich dir nicht. Aber es gibt ihn nun mal.«

Ich zeige auf das Nebengebäude, das ebenfalls renoviert worden ist. In einem der beiden Zimmer haben wir beschlossen, die Waschmaschine und die Gefriertruhe unterzubringen. Das andere dient zum Trocknen und zum Bügeln.

»Können wir sie nicht erst einmal dort bleiben lassen und abwarten?«

»Was willst du denn abwarten? Dass der Verrückte hier auftaucht und alles zerschlägt?«, wütet Marguerite. »Sie kann vielleicht nichts dafür, aber sie macht die Männer wahnsinnig, dieses Mädchen.« Flavie hat nicht ganz Unrecht. Sehr wahrscheinlich wäre Antonin noch da, wenn er nicht auf sie gestoßen wäre, und Loïk hätte weniger von einem tollwütigen Hund. »Hast du sie gesehen? Sie braucht sich nicht einmal zu waschen, um die Männer völlig durcheinander zu bringen. Man braucht sie nur anzuschauen.«

Ich antworte nicht. Die Schönheit des Teufels, ich weiß! Aber ich fühle noch immer Maximous Arme, die mein Knie umklammern. Ich sehe seinen blonden Schopf, seine flehenden Augen.

»Ich werde Flavie aufsuchen und ...«

»Du fängst doch nicht schon wieder an?«, unterbricht mich Marguerite mit eiskalter Stimme.

Mein Herz verkrampft sich. Was wirft sie mir vor?

»Anfangen womit?«
»Alles ganz allein zu entscheiden ... Dich nicht um die Meinung der anderen zu kümmern. Ich dachte, dies sei unser Restaurant, von uns allen ...«
»Aber selbstverständlich!«
Sie hat die Wunde wieder aufgerissen. Annaïs und Quentin – habe ich sie um ihre Meinung gefragt, als ich die Fischerei angefangen habe?
»Eines musst du wissen: Wenn Madeleine bleibt, gehe ich.«
Noch ehe ich ihr antworten konnte, dass ohne sie gar nichts läuft und dass ich mich ihrem Willen beuge, ist ein altes Auto auf dem Weg zu hören; es hält auf dem Hof. Wir stürzen ans Fenster.
»Da haben wir's«, seufzt Marguerite. »Es geht schon los. Und du wolltest mit ihr reden ...«
Flavie, ganz in Schwarz mit einem Kopftuch auf dem Kopf, steigt aus einem uralten Lieferwagen. Sie lässt die Wagentür offen und geht mit entschlossenem Schritt auf das Haus zu. Wir kommen gerade in den Speisesaal zurück, als sie eintritt. Madeleine kauert auf dem Stuhl wie ein kleines Mädchen, das Schläge fürchtet. Hinter ihr stehend, hält Yann den Kleinen auf dem Arm. Ich kann nicht behaupten, dass der Anblick mir Freude macht.
»Ich wusste ja, dass ich dich hier finden würde!«, triumphiert Flavie und schaut ihre Schwiegertochter finster an.
Sie ignoriert uns und geht zu Madeleine.
»Du kommst jetzt sofort mit dem da wieder nach Hause. Und zwar schnell.«
»Der da« hat sein Gesicht an Yanns Schulter vergraben. Der Kleine scheint Flavie auch nicht zu mögen.

Madeleine schaut uns flehend an. »Ihr seht ja, wie böse sie ist«, steht darin geschrieben.
»Wenn du deinen Sohn ein bisschen besser überwachen würdest, dann wäre sie noch zu Hause«, greift Marguerite an.
Wie eine Schlange schnellt Flavie zu ihr herum. Dann zeigt sie auf den Saal.
»Und du, wenn du dich ein bisschen mehr um deinen Jean-Louis kümmern würdest, statt den Größenwahn zu kriegen …«
Marguerite ist erstarrt. Mit einem einzigen Satz hat Flavie ihren Traum besudelt. Jean-Louis ist ihr schlechtes Gewissen. Sie nimmt es sich übel, ihn allein zu lassen. Sie nimmt es sich übel, dass unser Projekt für sie ein so großes Glück bedeutet, während er nur dasitzt und aufs Meer hinausstarrt – ein Verzweifelter.
Flavie packt Madeleine am Arm.
»Komm jetzt. Wenn nicht, dann weißt du, was ich der Sozialhelferin sagen werde: dass du unfähig bist, dich um den Kleinen zu kümmern.«
»Könnten wir nicht in Ruhe darüber sprechen?«, mischt Yann sich ein.
Er hat sich Flavie genähert und lächelt sie an. Letztere lässt Madeleines Arm los und dreht sich zu ihm.
»Sie, Monsieur Morvan, mischen sich da nicht ein. Das geht Sie nichts an.«
Sie haben miteinander gesprochen, als kennten sie sich. Und das ist tatsächlich der Fall, wie ich später herausfinden soll. Als Yanns Frau noch da war, kümmerte sich Flavie um die Wäsche des Hauses. Sie hatten sich mehrere Male getroffen, wenn sie die Wäsche holte oder zurückbrachte. Yann, der ihren

Namen nicht kannte, hatte nie die Verbindung zwischen diesem schwarzen Schatten und Loïk und Madeleine gesehen, von denen ich sprach.
Dieser schwarze Schatten …
»Ich komme nicht zurück«, entscheidet Madeleine. »Ich komme niemals mehr zurück. Ich will von Loïk nichts mehr wissen. Sogar Maximou hat Angst vor ihm. Sobald er das Mofa hört, fängt er an zu weinen.«
»Und wovon wollt ihr leben?«, zischt Flavie. »Wer soll euch zu essen geben? Du hast noch nie was zustande gebracht, du bist nie länger als einen Monat in einer Stellung geblieben.«
Madeleine hat sich zu Marguerite gedreht, als ahne sie, dass ihre Rettung von dort kommen würde.
»Ich werde mir Mühe geben, Madame«, verspricht sie wie ein kleines Mädchen. »Ich kann Gemüse schälen, Geschirr waschen, den Fußboden putzen und alles.«
Marguerite schweigt, wie erschlagen von Flavies heimtückischem Angriff. Inzwischen hat sich Madeleine zu Yann und mir gedreht. Zulassen, dass Flavie sie mitnimmt, heißt, sie Loïk auszuliefern. Flavie kann ihre Schwiegertochter nicht ausstehen, aber sie will sie für ihren Sohn, von dem jedermann weiß, dass er verrückt nach ihr ist. Yann sucht meinen Blick und weist mit dem Kinn auf das Nebengebäude. Wir haben beide die gleiche Idee gehabt.
Ohne zu ahnen, dass sie tödlich ist. Das Wort ist nicht übertrieben.
»Du kannst bleiben«, gibt Marguerite mit finsterer Stimme plötzlich nach. »Aber du musst dich anders anziehen, und es kommt überhaupt nicht in Frage, dich im Saal zu zeigen. Nur für die Zeit, bis ein Platz

für dich gefunden wird. Bilde dir ja nicht ein, es sei für immer.«
Jetzt wendet sie sich an Flavie. Ihr Blick ist erbarmungslos, ihre Stimme zittert vor Wut, als sie droht: »Das hier ist kein Größenwahn. Es ist ein Restaurant, das allen Fischern gehört, denen, die nicht die Fischkästen der anderen ausplündern, denen, die ihre Arbeit tun, das ist alles. Also, du kannst deinem Sohn ausrichten, dass wir, wenn wir ihn auch nur ein einziges Mal hier zu sehen kriegen, sofort die Gendarmen benachrichtigen. Wir haben ihnen sehr viel zu erzählen.«
Flavie ist bleich geworden. Sie ist einen Moment sprachlos, ihr zahnloser Mund steht offen. Hat Marguerite in ihrem »viel zu erzählen« auch Antonins Tod angesprochen? »Man hat nie genau erfahren, was wirklich passiert ist«, hatte sie mir anvertraut.
Der Blick der schwarz gekleideten Frau wandert durch den Saal und bleibt auf Yann und mir haften. Ein Schauder läuft mir über den Rücken. Yann hat mir die Hand auf die Schulter gelegt. Flavie lächelt boshaft.
»Ich weiß, was mir zu tun bleibt.«

16

Sie trug ein leichtes, zart beigefarbenes Kostüm, Leinen, glaube ich. Um den Hals ein Tuch, unter dem ein feines Goldkettchen zu sehen war. An den Füßen marineblaue Sandalen, die gepflegte Fußnägel sehen ließen, rosig wie eine Reihe von Muscheln. Ihr aschblondes Haar reicht bis knapp auf die Schultern.
Schlank, groß, perfekt.
Beim Eintreten in den Speisesaal hat sie die Sonnenbrille abgenommen. Ich war allein und bewunderte das Werk: Die Bilder an den Wänden stammten von Künstlern aus der Umgebung, auf den drei Tischen die von Mama genähten Tischdecken und der »Clou«, unsere Wirtstafel, gedeckt mit goldenen Strohsets, die das Eichenholz besonders schön zur Geltung brachten. Yann war wie jeden Tag nach der Arbeit gekommen, um mir zu helfen. Wir hatten vor, Noël zum Abendessen in ein Gasthaus in der Nachbarschaft mitzunehmen.
Ich wusste auf der Stelle, dass sie es war.
Als sie mich sah, kam sie mit einem breiten Lächeln auf mich zu.
»Sind Sie Marie?«, hat sie mit heller Stimme gefragt. »Ich bin Anne Morvan. Man hat mir gesagt, dass ich Yann hier antreffen würde.«
Ich habe mechanisch die Hand gedrückt, die sie mir hinstreckte. Die Situation kam mir völlig unwirklich vor, es konnte ganz einfach nicht sein. Yanns Frau konnte mir hier nicht gegenüberstehen.

Er hat gerufen: »Wer ist es? Habe ich nicht ein Auto gehört?«
Ich konnte ihm nicht antworten.
Das Badehandtuch um den Hals, das Hemd über dem zarten Wald seiner noch feuchten Brust geöffnet, ist er oben auf der Treppe erschienen. Er hatte sich die Haare gewaschen, und sie waren noch immer ganz zerzaust.
Als er Anne entdeckte, ist er stehen geblieben.
»Guten Tag, Yann!«, hat sie gesagt.
»Was tust du hier?«, hat er mit veränderter Stimme gefragt.
»Ich habe schon seit einiger Zeit nichts mehr von Noël gehört. Da habe ich beschlossen, mich persönlich zu erkundigen.«
Er ist ganz langsam die Treppe heruntergekommen und hat sich dabei das Hemd zugeknöpft. Ich hatte Lust, ihm die Haare glatt zu streichen.
»Und um ganz ehrlich zu sein«, fuhr Anne fort, »war ich neugierig auf dein berühmtes Restaurant.«
»Das ist nicht mein Restaurant«, hat Yann sie mit scharfer Stimme korrigiert. »Es ist das von Marie. Woher weißt du davon?«
»Gerüchte …«
Sie hat mit einem Lächeln auf den von innen beleuchteten Schaukasten gezeigt, in dem die Algen ausgestellt waren. Sie wirkten wie ein Augenzwinkern des Meeres.
»Natürlich musste es hier sein, das Restaurant, von dem du immer geträumt hast! Komisch, daran habe ich nie gedacht.«
»Es roch zu sehr nach Kühen und Seetang?«, habe ich gefragt. Der Ungläubigkeit war Wut gefolgt. Das

große Eröffnungsfest fand in fünf Tagen statt, und ich hatte das Gefühl, sie war gekommen, um es uns zu verderben. Yann hat mir die Hand auf die Schulter gelegt. Sie hat uns beide angeschaut.
»Wie auch immer, ich wünsche euch großen Erfolg.«
»Wir rechnen ganz fest damit«, hat Yann geantwortet und das »wir« besonders betont.
Er hat sein Handtuch über einen Stuhl geworfen. Ich hatte Mühe gehabt, diese Stühle zu finden. Ich wollte, dass sie bequem, aber nicht zu modern sind, und war mir meiner Wahl nicht sicher. Als ich mich erinnerte, dass Anne Innendekorateurin ist, kamen sie mir plötzlich richtig hässlich vor.
»Und was hast du jetzt vor?«, hat Yann in dem gleichen scharfen Ton gefragt.
»Meinen Sohn sehen, natürlich, was denktst du denn? Ich habe vorhin im Haus vorbeigeschaut, aber er war nicht da. Er wohnt doch noch immer mit dir zusammen, oder?«
»Was meinst du denn, mit wem er sonst zusammenleben sollte?«, hat Yann gespottet.
Er hat auf seine Uhr geschaut.
»Er dürfte gleich nach Hause kommen. Geh hin. Ich komme nach.«
Das war ein Befehl. Wenn wir Liebe machten, kam es vor, dass er mir Befehle gab, und ich mochte das. Es passte zu dem wilden Mann. Aber ich kann mich nicht erinnern, dass er mir sonst je etwas aufgezwungen hätte.
Anne hatte sich mir zugewandt. Sie lächelte. Wenn sie sich wenigstens unfreundlich gegeben hätte, wenn sie eifersüchtig gewesen wäre. Hatte sie ihren Mann nicht halb ausgezogen auftauchen sehen? Sah

sie nicht seine Hand auf meiner Schulter? Ihre Ruhe machte mich klein. Ich zählte nicht.
»Bis später«, hat sie gesagt.
Ich bin ihr mit den Augen gefolgt, als sie über den Hof ging. Sie hatte einen elastischen, harmonischen Gang, wie jemand, der in jeder Situation unbefangen ist, vor dem sich niemals eine Tür geschlossen hat. Nicht der Gang einer Neureichen, habe ich gedacht. Und Yann war auch so. Er war in dem Prunk des Duc de Keroualle ebenso zu Hause wie in dem bescheidenen Häuschen eines Fischers.
Das niedrige rote Kabriolett ist gestartet. Yann hat mich in die Arme genommen.
»Ich liebe dich, Marie, ich liebe dich.«
Ich habe mein Gesicht an seiner Schulter verborgen. Schluchzen verschloss mir die Kehle, es stieg bis in meinen Bauch hinunter.
»Warum ist sie wiedergekommen?«
»Ich habe nicht die geringste Ahnung«, hat er düster geantwortet. »Vielleicht wirklich nur, um Noël zu sehen, wie sie gesagt hat.«
»Sie hat gesagt ›bis später‹. Und wenn sie vorhat zu bleiben?«
»Mit Sicherheit nicht«, hat Yann protestiert. »Anne hat das Leben hier gehasst. Sie stand kurz vor einer Depression, als sie fortgegangen ist.«
Ich habe mich von ihm losgerissen. Mein Körper wog eine Tonne. Ich trug Jeans, T-Shirt, Tennisschuhe. Ich hatte mir noch nie die Fußnägel lackiert. Mein zu langes Haar hatte ich zum Pferdeschwanz gebunden, wie wenn ich zum Fischen hinausfuhr.
»Warum hast du nie die Scheidung eingereicht?«
Hundertmal hatte mir die Frage auf der Zunge ge-

brannt, aber ich hatte Angst, dass Yann, falls ich sie ihm stellte, darin einen Heiratsantrag sehen könnte. Ich habe immer Angst, die Leute zu irgendwas zu zwingen, und mich aufzudrängen. Dieser berühmte Virus aus der Kindheit.

»Es wird dir sicher seltsam erscheinen, aber wir haben das Thema nie angeschnitten. Anne schien nicht daran gelegen zu sein. Und ich habe es laufen lassen, um Noël einen zusätzlichen Schock zu ersparen. Vergiss nicht … bis vor gar nicht langer Zeit hoffte er noch auf ihre Rückkehr.«

»Jetzt wird er zufrieden sein. Sie ist wieder da!«

»Ich bin ganz und gar nicht sicher, dass er zufrieden sein wird«, hat Yann gesagt.

Es klopfte an der Tür, und ohne auf Antwort zu warten, kam Maximou in einem alten Schlafanzug von Quentin zu uns gerannt. Zeit zum Gutenachtsagen. Seit Madeleine in dem Nebengebäude wohnte, verhielt sie sich sehr diskret. Wir sahen sie so gut wie nie. Sie brachte den Kleinen auf dem von Annaïs zurückgelassenen Mofa in die Schule. Ich gab ihr ein bisschen Geld zum Einkaufen. Marguerite suchte eifrig nach einer Stellung für sie, aber das Kind machte die Sache schwieriger. Ich hatte die Idee gehabt, sie die Bügelarbeit erledigen zu lassen, wenn das Restaurant eröffnet war. Seit ihrer Ankunft schliefen Yann und ich hier, aus Furcht, sie wegen Loïk allein zu lassen.

»Samstag sind Ferien«, hat das Kind glückselig gekräht. »Dann gehe ich mit Mama an den Strand.«

»Da hast du aber Glück«, hat Yann gemeint.

»Ja«, hat er gestrahlt.

Dann hat er sich zu mir umgedreht.

»Danach Zähne putzen«, hat er ernsthaft erklärt. Damit versprach er, sich nach dem Gutenachtbonbon die Zähne zu putzen. Er hat sich lange nicht entscheiden können. Er zögerte zwischen den Farben, tat so, als habe er eines ausgewählt, um sich, wenn ich den Deckel zumachen wollte, anders zu entscheiden.

Heute Abend hatte die Frau mit der Bonbondose keine Lust zu spielen.

»Weißt du, was ich gerade gedacht habe?«, hat Yann gefragt, sobald Maximou zu seiner Mutter zurückgekehrt war. »Es kann ganz gut dieses Biest von Flavie gewesen sein, die Anne vom Restaurant erzählt hat. Ich weiß nicht, wer es sonst gewesen sein könnte.«

»Daran habe ich auch gedacht.«

»Ich weiß, was ich zu tun habe«, hatte sie hasserfüllt gesagt. Den Ort vergiften, wo Madeleine Zuflucht gesucht hatte?

Wieder hat Yann auf seine Uhr geschaut. Wir hatten vorgehabt, Noël ungefähr um diese Zeit abzuholen. Anne musste gleich dort ankommen. Wie würde ihr Sohn reagieren? Bereuen, dass er das Holzscheit verbrannt hat? Oder würde er sie ablehnen, weil sie seinen Vater und ihn im Stich gelassen hatte?

»Beeil dich. Fahr hin. Noël wird dich vielleicht brauchen.«

Er schien erleichtert, hatte nur auf mein Zeichen gewartet.

»Ich bin zurück, sobald ich kann«, hat er versprochen.

Er hat mich wieder in die Arme genommen und ausgiebig geküsst. Mir wäre es lieber gewesen, wenn er mir noch einmal gesagt hätte, dass er mich liebt, wieder und wieder und wieder. Aber selbst wenn er es hundertmal wiederholt hätte, hätte mir das meine Angst nicht genommen.

Anne und er gehörten der gleichen Welt an. Einer Welt, die nicht die meine war.

Das Auto ist verschwunden. Ich bin auf einen Stuhl gesunken. Warum nahm ich es meinem Ingenieur übel? War er nicht perfekt gewesen? Klar, präzise, solide. Er hatte nicht versucht, unsere Verbindung zu verheimlichen, ganz im Gegenteil. Konnte er Anne verjagen, ohne sie anzuhören? »Ich will dich nicht mehr sehen, geh zurück nach Rennes, ich liebe Marie …« Ich wusste sehr wohl, dass das unmöglich war. Das Haus gehörte ihnen beiden. Sie war noch immer seine Frau.

Und da war Noël.

»Bis später …«

War sie wirklich wegen ihres Sohnes hergekommen oder weil ihr wegen der Geschichte mit dem Restaurant bewusst geworden war, dass sie Gefahr lief, ihren Mann endgültig zu verlieren?

»Sie hat nie den Wunsch geäußert, sich scheiden zu lassen.«

Warum?

Und wenn sie ihn noch immer liebte?

Er wird mich gegen zwanzig Uhr dreißig anrufen. Die Lippen an den Hörer gepresst, wird er mir mit ganz leiser Stimme sagen, dass es recht gut gegangen ist zwischen Noël und seiner Mutter, aber dass es ganz offensichtlich ein gewaltiger Schock für seinen Sohn gewesen ist. Letzterer wechselte von Lachen zu Tränen, vom Vorwurf zur Demonstration der Zuneigung.

Er hatte ein bisschen übertrieben mit dem Aperitif. Unter diesen Umständen erschien es ihm schwierig, sie allein zu lassen. Ob es mir sehr ungelegen käme, wenn er heute Abend nicht zurückkam? Er würde morgen früh vor der Arbeit vorbeikommen.
Er würde vorbeikommen.
»Ich nehme an, du findest etwas zu essen?«, versuchte er zu scherzen.
Kühlschrank und Gefriertruhe waren voll mit Vorräten für die bevorstehende Eröffnung.
Ich werde nicht zu Abend essen. Ich werde ein Stück Käse zu einem Glas Cidre knabbern, in dem indirekten Licht des Algenschaukastens, und mich an einen Film erinnern, wo eine junge Frau an einer prachtvoll gedeckten Hochzeitstafel vergeblich auf ihren Bräutigam wartet. Später werde ich in unser Schlafzimmer hinaufgehen, das Yann unseren Zweitwohnsitz zu nennen pflegte, worauf ich zur Antwort gab, dass es, was mich betraf, demnächst mein Hauptwohnsitz sein würde. Er hatte ein kleines Fernsehgerät aufgestellt, das ich einschalten werde, um gegen die Stille anzukämpfen, was mir die Einsamkeit noch größer erscheinen lassen wird.
Ich werde den Eindruck haben, die ganze Nacht kein Auge zugetan zu haben.
Yann wird, wie versprochen, vor der Arbeit vorbeikommen. Er wird mir sagen, dass Anne mit einem Koffer gekommen ist und dass, als sie gefragt hat, ob sie ein wenig bleiben könne, Noël angefangen hat zu lachen, ohne aufhören zu können, ein Lachen, das Furcht einflößte, da man wusste, was es verbarg. Sie hat sich im Gästezimmer eingerichtet.
Hatte ich einen einzigen Augenblick geglaubt, dass

mein Indianer seine Mutter ablehnen würde? Ich, ich wusste, was ein Lachen bedeutete. Ein so großes Glück, dass es einem das Herz zerreißt, wie zu viel Nahrung auf einmal für einen halb Verhungerten. Ich kannte das.

Wir werden Liebe machen. Zum ersten Mal schweigend. Man hätte meinen können, dass Annes Ankunft die Situation verändert hatte, und wenn wir die Worte von gestern gesagt hätten, hätten wir uns nur selber nachgeäfft. Um uns zu trösten? Ich weiß es nicht. Alles, was ich weiß, ist, dass die Lust sich nicht eingestellt hat, nur eine blasse Hitze dort unten, ein paar schwache Strahlen, die das, was ich oben im Kopf hatte, in die Sonne zu verwandeln sich weigerten. Als ob ich es nicht mehr verdient hätte.

Yann hat mich lange an sich gedrückt, um mir zu sagen, dass er es verstanden hatte.

Später beim Fortgehen hat er versucht, mich zu beruhigen.

»Es ist eine Angelegenheit von wenigen Tagen. Anne wird sehr schnell erkennen, dass es hier mehr und mehr nach Seetang riecht. Ich habe ihr gesagt, dass ich dich liebe.«

Kaum ist er fort, wird Marguerite erscheinen, als hätte sie auf der Landstraße gelauert. Sie wird mir berichten, dass seit gestern Abend ganz Kersaingilles auf dem Laufenden ist: das bekannte rote Kabriolett.

Yanns Frau ist wieder da, die arme Marie!

Sie werden sich die Mäuler zerreißen, die Klatschbasen! Sie werden sich in falschem Mitleid räkeln, jene, für die in der Wüste ihres Lebens das Unglück der anderen wie gesegnetes Brot schmeckt.

»Sag mal, wir machen trotzdem weiter, nicht wahr?«, sorgt sich Marguerite. »Für uns ändert das doch nichts?«
»Was soll das denn ändern? Meinst du, ich lasse euch so einfach sitzen?«
Neulich hatte sie mir vorgeworfen, nur an mich zu denken. Seit gestern zwinge ich mich, an nichts als den Hafen zu denken. Und als sie gesagt hat, ich träfe alle Entscheidungen allein, nun, jedenfalls nicht in der Liebe! In der Liebe entscheidet man nie allein.
Als sie sah, dass ich mit den Tränen kämpfte, hat sie versucht, mich zu trösten.
»Sie wird so schnell wieder verschwinden, wie sie gekommen ist. Sie ist keine Frau für Yann!«
Das hatte sie aber nicht gehindert, zwanzig Jahre zusammenzuleben.
Ich werde wieder in meinem Häuschen leben.
Es nähert sich der Sonntag der Eröffnung.

17

Vierzehn Tage zuvor hatte ich mir für den großen Tag ein Kleid gekauft. Ich hatte Mama gebeten, mich zu begleiten. Ich wollte in meiner Wahl keinen Fehler machen. Ich musste Yann und Honoré Ehre machen. Wir waren bis nach Brest gefahren, eine Gelegenheit, Annaïs zum Mittagessen einzuladen. Und dann hatten wir uns in einer kleinen Boutique mit dem Namen »Couture« für ein Kleid mit feinen blauweißen Streifen entschieden.

»Wie schlank du bist!«, hatte Mama, deren Taille von Jahr zu Jahr umfangreicher wurde, bemerkt.

Das hatte mir gut getan.

Was mir ebenfalls gut getan hatte, war, dass sie ganz und gar einverstanden war mit dem Restaurant, auch wenn ich den wahren Grund dafür ahnte: Alles war besser für ihre Tochter als der Beruf des Fischers! Yann, den sie kennen gelernt hatte, als sie die Tische abgemessen hatte, um ihre Tischtücher zu fertigen, war ihr als ein ausgezeichneter Partner erschienen. Typisch Mama! Partner klang besser als Liebhaber. Und hatte er ihr nicht die Hand geküsst?

An diesem Palmsonntag ist der Himmel wolkenlos. Ein leichter Wind frischt die Atmosphäre auf, ein Südwestwind, der im Allgemeinen gutes Wetter für den Tag garantiert.

Das Fest beginnt um zwölf Uhr im Hof von Honoré, wo das Wirtshausschild enthüllt wird, bevor wir den Champagner trinken. Der Herr Bürgermeister

hat versprochen, vorbeizukommen. Mir war daran gelegen, den Gendarmeriebrigadier und seine Gattin einzuladen. Selbstverständlich werden meine Eltern und Benoît dabei sein, aber weder Annaïs noch Quentin, sie hat Verpflichtungen in Brest, er in Lorient. Gestern hatte ich das noch bedauert. Heute bin ich eher erleichtert. Anne ist noch immer da; es sind jetzt schon fünf Tage.
Nach reiflicher Überlegung haben Yann und ich beschlossen, dass er nur auf ein Glas Champagner vorbeikommt. Seine Anwesenheit beim Essen, auch ohne seine Frau, könnte die Leute irritieren, das Fest verderben.
Welches Fest?

»Marie, du siehst hinreißend aus!«
Unter dem Vorwand, dass mein Lieferwagen nicht fein genug ist, hat Jean-Yves mich in seinem schönen ausländischen Wagen abgeholt. Er bewundert mein Kleid. Ich habe den Gürtel enger gezurrt, weil er ein wenig um meine Taille schlackerte. In den letzten Tagen hatte mir der Appetit gefehlt.
»Und diese Frisur … man kann dich für ein junges Mädchen halten!«
»Sind Sie wirklich sicher, dass Sie sie abschneiden wollen?«, hat der Friseur bedauernd insistiert, als ich ihn darum gebeten hatte.
Absolut sicher. Das dringende Bedürfnis, mich zu verändern. Darum habe ich mich auch geschminkt. Annaïs würde ihre Mutter nicht wiedererkennen.
»Du bist es, der fabelhaft aussieht, Jean-Yves.«
Blauer Blazer, weiße Hosen, echt ein Prominenter! Wir steigen in sein Auto.

Ich befehle mit etwas rauer Stimme: »Kommt nicht in Frage, dass du heute den Rettungskahn rausfährst, du bleibst bei uns.«
Das bedeutet: »Du lässt mich nicht allein.« Während er startet, wirft er einen Blick auf den Himmel.
»Der erste Ferientag, Sonntag, und dazu noch Sonnenschein … Die Pariser werden alle hinausfahren wollen. Hoffentlich kommt kein Sturm auf.«
Als »Pariser« gelten jene, die das Meer ausleihen, ausschließlich zum Vergnügen und oft, ohne sich ernsthaft um den Wetterbericht zu scheren. Es kommt vor, dass jene »Pariser« kein einziges Wort Französisch sprechen.
Abels Ginsterbüsche entlang des neu gemachten Wegs beginnen zu blühen. Der Parkplatz ist hinter dem Langhaus auf einem ehemaligen Kartoffelacker angelegt worden. Unter den zahlreichen Autos entdecke ich das von Yann, und mein Herz verkrampft sich.
Wir hätten zusammen ankommen sollen.
Viele Leute hatten sich schon auf dem Hof versammelt, Leute, die alles wissen und sich nichts anmerken lassen. Ich habe mir geschworen zu lächeln. Was mich nicht davor bewahrt, mich sozusagen an den Blazer meines Lebensretterkollegen geklammert vorwärts zu bewegen. Keine weibliche Eifersucht zu befürchten, seine Frau ist die *Hirondelle*.
»Schaffst du es, Marie?«, murmelt er.
»Ein bisschen zusätzlicher Sauerstoff wäre nicht schlecht.«
Er drückt ganz kurz meinen Ellbogen.
Das Wirtshausschild über der Eingangstür ist verhängt. Champagnerkübel und -schalen stehen auf-

gereiht auf dem Tisch, der für diese Gelegenheit vor dem Küchenfenster aufgestellt worden ist. Mein Vater stürmt auf mich zu, sobald er meiner ansichtig wird, und flüstert mir ins Ohr: »Wir denken an dich, Marie«, was mir die Beine absägt. Hör auf, Papa, sonst klappe ich zusammen. Meine Mutter begnügt sich damit, meinen Kragen, der es nicht nötig hat, zurechtzuzupfen. Sie riecht angenehm nach Puder Ich möchte wieder klein sein, Mama! Yann hält sich mit Noël ein wenig abseits. Aber es freut mich trotzdem. Also los! Von allen Blicken verfolgt, nähere ich mich meinen Morvans.

»Danke, dass du gekommen bist, Noël. Du fehlst mir.«

Er senkt den Kopf, als schäme er sich dafür, mir seine Mutter vorgezogen zu haben, seine richtige, die, die ihn in ihrem Bauch getragen hat, aber nicht für ihn ins Gefängnis gegangen ist.

Das letzte Mal, dass ich ihm einen Kuss gegeben habe, das war kurz vor dem Moment gewesen, als er das Holzscheit in Flammen gesetzt hat. Das letzte Mal, dass Yann mich geküsst hat, das war nicht auf die Wangen gewesen wie dieses Mal.

»Was hast du denn mit deinem Haar gemacht?«, fragt er fassungslos.

»Gefällt es dir nicht?«

Diese Spur von Aggressivität in meiner Stimme, die kommt von der Sorge, die ich mit den Tränen hinter meinen Augen habe … Da erscheint zu meiner Rettung mein Gendarmeriebrigadier. Er stellt mir seine Frau vor, die sanft und schüchtern wirkt. Sie würde nicht versuchen, auf die Spanier zu schießen. Guten Tag, Nostalgie! Alles in allem war es eine gute Zeit in

Ihrem Käfig, Monsieur Gendarmeriebrigadier. Meine Kinder waren noch nicht ausgezogen, ich hatte alle meine Freunde hinter mir, und ich sollte in Ihrem Büro einen wundervollen Ingenieur mit dem Gesicht eines Seemanns kennen lernen.

An diesem Morgen bin ich die Einzige, die das Nebelhorn betätigt.

Marguerite zieht mich beiseite.

»Madeleine wollte auch kommen, aber ich dachte, dir wäre es lieber, wenn nicht. Ich habe ihr geraten, mit dem Kleinen an den Strand zu gehen.«

Auch sie vermutet, dass es Flavie war, die Anne Morvan alarmiert hat.

Ich entdecke Maximou, der sein Näschen an die Scheibe eines der Fenster des Nebengebäudes drückt. Und plötzlich entschließe ich mich, ihnen die Tür zu öffnen. Ganz weit.

»Worauf wartet ihr noch?«

Madeleine lässt sich nicht zweimal bitten. Sie muss die Einladung im letzen Moment vorausgesehen haben. Sie trägt einen Rock bis an die Knöchel und ein sorgfältig zugeknöpftes Oberteil. Bei ihr ist es alles oder nichts! Und der Kleine trägt seine berühmte »Buckingham-Palast«-Aufmachung.

Und was tut er als Erstes? Er stürzt sich auf Benoît mit einem unüberhörbaren »Papa!«, was zunächst Verwirrung und dann ein allgemeines Gelächter auslöst. Niemand braucht zu wissen, dass für Maximou alle Männer Papa heißen.

Der große Augenblick ist gekommen. Abel und ich enthüllen das Schild. Und als ein wunderschönes »Chez le Bosco« sichtbar wird, von einem hiesigen

Künstler auf den Rumpf eines Trawlers gemalt, erschallt heftiger Beifall. Der Held hat Tränen in den Augen. Die Heldin könnte ihrerseits Tränen in den Augen haben, ohne dass man etwas anderes als Freundschaft vermuten würde. Aber ein Gelübde ist ein Gelübde: Meine Augen bleiben trocken. Bis heute Nacht.

Und es knallen die Champagnerkorken. Und es klingen die Gläser auf das bevorstehende Abenteuer. Eine kräftige Windbö bläht die Röcke. »Die Flut«, bemerken die Männer, den Blick in die Ferne gerichtet. Und außerdem ist heute Nacht Vollmond.

Marguerite bringt das Buch mit den Reservierungen in Umlauf. Für die Eröffnung sind schon mehrere Plätze belegt, und, Wind oder nicht, die Fischer sind gebeten worden, morgen Schönes und Gutes einzubringen. Yann und Noël haben sich schon verkrümelt. Anne erwartet sie zu Hause. Bitte, noch ein Glas Champagner.

Und dann hat Marguerite vom Küchenfenster aus angekündigt, dass die Fischsuppe bereit sei. Ich weiß nicht, warum man die Tür zum Speisesaal abgeschlossen hat, sodass bisher niemand hineingehen konnte.

Der Kapitän ist zu mir gekommen.

»Du gehst als Erste hinein, Marie«, hat er angeordnet.

Plötzlich hatte sich eine sonderbare Stille eingestellt. Er hat die Tür geöffnet, und ich bin eingetreten. Die anderen drängten hinterher und hielten den Atem an. Was braute man mir jetzt schon wieder für eine Überraschung?

Alle Tische waren mit Blumen geschmückt. Der Saal

war von einem angenehmen Licht durchflutet, und das blonde Holz, das rote Kupfer und die Algen schillerten. Der Ort war des Honoré, der Feen und des Zauberers Merlin wirklich würdig!
Und da habe ich es entdeckt.
Dort hinten, wo Annaïs gerne eine Vorführung gegeben hätte.
Und als ich es erkannte, als ich mein Klavier erkannte, überkam mich so etwas wie eine Ohnmacht, das war zu viel, es brachte mich fast um.
»Von uns allen«, hat der Kapitän gesagt. »Von allen, die du deine Brüder nennst.«
Ich bin gegen seine Brust gefallen und habe sie mit Fäusten und Tränen bearbeitet.
»Das war also der Privatmann, der es für seine Tochter kaufen wollte?«
»Und die Privatleute haben es sogar stimmen lassen«, hat der Kapitän mit einer Stimme geantwortet, die ihrerseits nichts verloren hätte, wenn man sie ebenfalls gestimmt hätte. »Hast du Lust, es gleich auszuprobieren?«
Ich habe ihm gezeigt, wie meine Hände zitterten.
»Wie soll ich denn, André? Später, bitte, ein bisschen später.«
Erst als ich vor meinem Teller saß, ist mir bewusst geworden, dass ich nicht einmal danke gesagt hatte. Es kann passieren, dass die Tränen, die man sich geschworen hat, nicht zu vergießen, diesem Zweck dienen.
Das Mittagessen hat bis nach vier Uhr gedauert. Mein Brigadier ist ziemlich bald gegangen: die Pflicht. Es ist albern, aber ich mag das Wort. Maximou ließ nicht mehr von Mama ab und nannte jetzt

Papa »Papa«! Manch einer hat ein Liedchen geträllert.
Wir waren bei dem Verdauungsschnäpschen angelangt, als ein junges Paar eingetreten ist, allerhöchstens fünfundzwanzig Jahre alt und mit großer Wahrscheinlichkeit nicht verheiratet. Der Junge hat gefragt: »Haben Sie auch Zimmer?«
Ich bin sicher, es wird eine Weile dauern, bis er sich von dem Gelächter erholt hat, mit dem man ihm geantwortet hat, und er wird sein Anliegen nicht so bald woanders vortragen. Pech für die Konkurrenz.

Gegen achtzehn Uhr ist Alain Kervélec, der bei Jean-Louis Wache gehalten hatte, wieder zurückgekommen. Er hat Jean-Yves etwas ins Ohr geflüstert, der daraufhin die Stirn runzelte und sofort aufgestanden ist. Nachdem er mit dem Kapitän gesprochen hatte, sind sie alle drei hinausgegangen.
»Offenbar treibt sich Loïk in der Umgebung herum«, hat Marguerite mich unterrichtet. »Diesmal, so haben sie beschlossen, wollen sie ihm eine Lektion erteilen.«
Kurz darauf waren sie wieder zurück. Auftrag erledigt?
»Na, Marie, wann bist du so weit?«
Der Kapitän hat auf das Klavier gezeigt. Ich hatte keine Ausrede mehr. Niemand hier kann auch nur ahnen, dass ich seit Pierres Tod kein Klavier mehr angerührt habe.
»Wie wäre es, wenn du uns etwas spielen würdest?«, pflegte mein Fischer zu fragen, wenn wir Besuch hatten.

Ich habe das Gefühl, es ist eine andere, als ich die ersten Akkorde der Mondscheinsonate anschlage, eine reifere Frau, die nicht mehr so große Lust hat, die Welt auf den Kopf zu stellen. Denn am Ende läuft alles auf dasselbe hinaus: Tränen, Lachen, Hoffnung und Verzweiflung.

Und während diese Frau für den Hafen von Kersaingilles spielt, torkelt auf dem Kai desselben Hafens ein wahrer Schuft hin und her, ein völlig Verzweifelter, betrunken und nach Rache dürstend auf die *Hirondelle* zu.

Loïk Labbé war niemals in die Rettungsmannschaft von Jean-Yves aufgenommen worden. Jean-Yves hat ihm soeben versprochen, dass er ihn den Gendarmen ausliefern wird, falls er noch einmal um den Hof herumstreunt, wo sich jene aufhält, von der er besessen ist, die Frau seines Lebens, wie man so sagt, in Wahrheit aber die seiner Agonie. Dieser so genannte Lebensretter, der an dem Tag, wo Antonin ins Wasser fiel, nicht gekommen ist, um ihm zu helfen, ihn wiederzubeleben, vielleicht, um ihn zu retten, sondern er hat ihn, Loïk, dazu verdammt, Tag und Nacht zu vertauschen.

Loïk Labbé holt ein Messer aus der Tasche.

Hier zu Lande nennt man den Vollmond die »Sonne der Wölfe«. Ich erkenne, während ich spiele, sein bleiches Gesicht hinter den Scheiben des Chez le Bosco. Ich kann auch das Gesicht von Jean-Yves sehen, der sich plötzlich besorgt zum Hafen umdreht, wo der Südwestwind inzwischen zum Sturm geworden ist.

Mit einer scharfen Bewegung trennt Loïk Labbé die Trosse durch, die die *Hirondelle* am Kai fest halten.

Das Schiff zögert, der Liebling des Lebensretters schwankt wie ein betrunkener Seemann.
»Hau ab, du Schlampe!«, grölt der Wolf.
Ein kräftiger Windstoß, und die *Hirondelle* entschließt sich. Von einer Bö zur anderen, von einer Ohrfeige zur anderen, macht sie sich auf den Weg in die offene See.
»Achtet darauf, dass das Meerwasser nie den Geschmack von Tränen hat«, sagen die Lebensretter.
Meine Tränen haben, während unter meinen Fingern die Musik der Erinnerung dahinperlt, den Geschmack von Meerwasser. Es gibt kein »Vorher« und kein »Nachher«, nur das »Immer« ist da. Um mich daran zu hindern, den Strich zu ziehen, bindet es mich an die alten Saiten des Vergangenen. Meine ganze Liebe zu Pierre ist wieder lebendig. Meine Liebe zu Yann zerreißt mir das Herz.
Während die letzten Akkorde der Sonate erklingen, zerbricht die *Hirondelle* an den Felsen.

VIERTER TEIL

1

Sie war nur noch ein großer, zerfetzter Vogel mit bloßgelegten Eingeweiden. Das Boot, das sich seiner Aufgabe gemäß geweigert hatte, unter den groben Angriffen der See unterzugehen, war sozusagen aufrecht gestorben.

Rettungsschiffe dieser Größe, das heißt, vierzehn oder fünfzehn Meter lang, sah man so gut wie nie in kleinen Häfen wie Kersaingilles. Eine Greisin unter den Alten, die Jean-Yves, der Baas und Direktor der Lebensrettungsstation, komme was wolle funktionsfähig hielt.

Wenn man Jean-Yves schimpfen hören wollte, dann brauchte man nur zu erwähnen, dass die *Hirondelle* reif für den Ruhestand sei. Da musste er sich zurückhalten, einen nicht ins Wasser zu werfen, um einen dann wieder herauszufischen, nur um es zu beweisen. Aber an dem Tag, wo der Seefahrtsinspektor kam, verhielt er sich ganz bescheiden, denn es war tatsächlich nicht ausgeschlossen, dass man sein Schiff für dienstuntauglich erklärte. Und an jenem Tag standen alle bösen Mäuler hinter ihm, den Blick auf den aus der Hauptstadt angereisten Mann gerichtet, den niemand einen »Pariser« zu nennen gewagt hätte, da er das Meer kannte, und der das Recht über Leben und Tod eines Hafens verkörperte: über seine Lebensrettungsstation.

Der von der SNSM gesandte Inspektor ist ein paar Tage nach der Katastrophe eingetroffen. Jean-Yves hat ihn am Bahnhof abgeholt und direkt zu dem Wrack gebracht. Ein Mann um die fünfzig, der allen anwesenden Seeleuten die Hand gedrückt hat. Ein paar Segler waren ebenfalls anwesend, die sich, ohne genau zu wissen, warum, verwaist fühlten, seit der Hafen sein Rettungsschiff verloren hatte.

Die beiden Männer, der eine mit Krawatte und Aktentasche, der andere im Seemannspullover und mit leeren Händen, haben das Wrack schweigend betrachtet. Jean-Yves kannte jede Wunde seiner *Hirondelle* auswendig. Er hatte mit seinem Finger jedes Loch im Holz befühlt. Er brauchte keine Inspektion, um zu wissen, dass es nie wieder aufs Meer hinausfahren würde, um Seelen in Not zu retten.

»Wie weit sind die Nachforschungen gediehen?«, hat der Inspektor gefragt.

»Es handelt sich tatsächlich um eine kriminelle Tat«, hat Jean-Yves mit zusammengebissenen Zähnen geantwortet. »Man hat die Enden der Trossen an den Pollern gefunden, aber niemand hat irgendetwas gesehen.«

An jenem Tag hatte das Fest im Chez le Bosco stattgefunden.

Den Namen des Verbrechers, den hatten alle auf der Zunge, und noch am Abend des Mordes hatten die Gendarmen, begleitet von Jean-Yves, die Labbés aufgesucht. Sie fanden Flavie aufrecht dasitzend und Loïk im Bett, unfähig zu sprechen und vollständig betrunken. Auf Grund von Jean-Yves' Anzeige war er am nächsten Tag vorgeladen worden und hatte nicht abgestritten, eine Auseinandersetzung mit Jean-Yves gehabt zu haben, aber, so schwor er, er sei direkt danach nach Hause gegangen und habe

sich nicht mehr von der Stelle gerührt. Seine Mutter hat es bestätigt. Selbstverständlich hat er ein Messer. Alle Männer hier haben ein Messer in der Tasche, um Brot oder ein Tau zu schneiden. So also auch er.
Was tun?
Es sei denn, vor Wut, vor Schmerz, vor Machtlosigkeit zu schäumen.
Der Inspektor hat sich mit Paris in Verbindung gesetzt. Er hat Jean-Yves wissen lassen, dass die SNSM dem Hafen Kersaingilles ein Küstenschnellboot zur Verfügung stellen würde, bis die Entscheidung gefallen wäre, ob die *Hirondelle* ersetzt werden würde oder nicht. Falls die Entscheidung negativ ausfiele, würde die Station von Kersaingilles geschlossen werden.
»Ausgeschlossen!«, hat Jean-Yves erwidert.
»Sie können sich darauf verlassen, dass ich mich für Sie einsetzen werde«, hat der Inspektor versprochen, als er Jean-Yves' Augen funkeln sah.

Das Unglück der einen …
Die lokale Presse hat von dem Unfall gesprochen. Das Wort »Sabotage« war im Radio erwähnt worden. Das hat die Neugierigen in den Hafen gelockt. Und damit auch Gäste zum Chez le Bosco.
Das Restaurant läuft gut. Sogar besser, als wir zu hoffen gewagt hatten, nachdem die Osterferien zu Ende sind. Es gelingt mir nicht, mich darüber zu freuen. Es sind nun schon drei Wochen vergangen, seit Anne Morvan zurückgekommen ist. Yann schafft es, jeden Tag vorbeizukommen. Er hat mir sogar eine Nacht gewährt. Um bei Tagesanbruch zu verschwin-

den wie ein Dieb. Wenn er beteuert, dass seine Frau nicht bleiben wird – glaubt er es noch?
»Spricht sie davon? Sagt sie, wann sie wieder geht?«
»Sie sagt gar nichts. Sie hat ihre Palette wieder hervorgeholt. Sie hat immer gerne gemalt.«
»Und du? Du sagst auch nichts? Du fragst sie nicht, was ihre Absichten sind? Sie lässt euch einfach sitzen und kommt zurück, als ob nichts gewesen wäre, und du findest das normal?«
»Nein, natürlich nicht, aber …«
Aber Noël! Noël, wie umgewandelt, seit seine Mutter wieder da ist. Kann Yann ihm denn sein Glück verderben, indem er von ihrer Abreise spricht? Er hat solche Angst gehabt, dass er Dummheiten machen könnte, als Anne sie sitzen gelassen hat: Drogen. Er war haarscharf auf der Kippe gewesen.
Er nimmt meine Hände in die seinen.
»Versetz dich an meine Stelle, Marie. Stell dir vor, es sei dein Quentin … Würdest du das Risiko eingehen, ihn wieder untergehen zu lassen?«
Nein!
Es ist noch gar nicht so lange her, dass ich mir gesagt hatte, dass ich, wenn mein Sohn in Kersaingilles geblieben wäre, wenn er mir nicht in gewissem Sinne meine Freiheit wiedergegeben hätte, indem er zur Marine-Infanterie gegangen ist, wahrscheinlich dieses Restaurant nie eröffnet hätte. Auf dem Hof des Großvaters meines Liebhabers …
Aber ich würde mir lieber die Lippen zerbeißen, ehe ich es zugäbe.
Ich kann Yann verstehen, aber ich nehme es ihm gleichzeitig übel, und ich nehme mir übel, dass ich es ihm übel nehme. Was für ein Schlamassel! »Ich

mag, was dauerhaft ist«, hatte er mir am ersten Abend gesagt, in dem grässlichen Motel, das für mich der Palast der tausendundeinen Wonne geworden war. Ich fühle, wie das schöne Werk zerbröselt, das sich zwischen uns gesponnen hatte, gewirkt aus gemeisterten Prüfungen, wieder gefundenem Frieden, einem gemeinsamen Ziel.

Und zu beschützenden Söhnen.

»Sie hat niemanden in Rennes?«

»So weit ich weiß, lebt sie allein.«

Er drückt mich an sich.

»Meine Frau, das bist du!«

»Dann beweis es mir!«, schreit eine Stimme in mir.

Er versucht es. Auf Männerart, durch sein Begehren. Aber sein Begehren, das will ich zu dem ganzen Rest, zu der Gewissheit, dass ich die Erste in seinem Kopf und in seinem Herzen bin. Ist das der Grund, warum mein Körper mir Streiche spielt? Seine Liebkosungen erzeugen in mir nur noch ein kleines Feuer, das nicht auflodern will. Manchmal ist es beinahe da, es glimmt, ich warte, ich hoffe. Und dann erlischt es, der Fluss versiegt, der Augenblick ist verstrichen.

Dann sage ich: »Lass sein«, und er lässt mich auf halbem Wege, er, der es so liebte, wenn wir gleichzeitig davonflogen. Und dann hält er mich lange in den Armen, um mich um Verzeihung zu bitten, dass er ohne mich glücklich gewesen ist. Aber kann man das »glücklich« nennen?

Die Pfingstferien nähern sich. Wenn man dem Wetterbericht glaubt, so ist es ein Monat Mai, wie man ihn schon seit Jahren nicht mehr erlebt hat. An manchen Tagen glaubt man sich im Sommer, die Strände bevölkern sich mit Rentnern und jungen Müttern.

Segelboote in allen Farben bringen das Meer zum Singen. Das Reserveküstenschnellboot ist gestern über die Landstraße eingetroffen. Es heißt *Espérance*. Jean-Yves war angewidert. Ein drittklassiges Schnellboot, acht Meter lang, Platz für nur drei Mann Besatzung.

»Gerade gut genug, um die Windsurfer einzusammeln«, hat er geknurrt.

Die Entscheidung, ein neues Rettungsschiff zu bauen, ist an höchster Stelle noch nicht getroffen worden.

Man ist kein Seemann, wenn man nicht ein Lebensretter ist.

Wie soll man Schiffbrüchige retten, wenn man kein Schiff hat?

Kersaingilles hält den Atem an.

2

An diesem Samstag, dem 15. Mai, dem Pfingstwochenende, haben wir, obwohl strahlendes Wetter herrschte, die Tische nicht draußen aufstellen können, denn der Wind hätte die Tischtücher fortgeblasen.
Wir sind ausgebucht. Es sieht so aus, als ob die Mundpropaganda in Bezug auf den Ort und die moderaten Preise großartig funktioniert. Sie bringt uns junge Leute, die von der Wirtstafel profitieren, um sich kennen zu lernen. Sie sind es, die am geneigtesten sind, die Nahrungsalgen zu probieren. Bei den Älteren spürt man Misstrauen: liebe Gewohnheiten, ihr seid uns teuer! Und was ist schmackhafter als eine Kartoffel in ihrer Haut, von Marguerite zubereitet in der Glut von Honorés Herd, gefüllt mit Sahne und Schnittlauch aus dem Garten? Und bitte die Schale mitessen! Und was die Krustentiere angeht, vergewissert sie sich sogar persönlich bei dem Kunden, ob er sie in der richtigen Weise verzehrt. Man muss mit den Scheren anfangen und den schmackhaftesten Teil bis zum Schluss aufbewahren.
Der Erfolg hat unsere Köchin nachsichtig gemacht: Sie hat Madeleine angestellt, ihr in der Küche zu helfen. Wenn das Unglück schon da ist, so soll es wenigstens für etwas gut sein. Aber es kommt nicht in Frage, dass sie den Speisesaal betritt, und ihre Aufmachung unterliegt strenger Kontrolle. Madeleine ist brav. Und was Loïk angeht – keine Nachricht.

Seine *Pastourelle* schläft im Hafen. Nicht so sehr die Angst vor den Gendarmen, sondern vor Jean-Yves muss der Grund für seine Diskretion sein.
Heute sind meine Eltern mit Freunden zum Mittagessen gekommen. Allein oder in Begleitung sehen wir sie mindestens zweimal die Woche. Kaum entdeckt Maximou die »schöne Frau«, stürzt er sich auf sie. Die Inbrunst, die er an den Tag legt, hat Mama weich gestimmt. Aber ihn als echten Enkel zu betrachten … Und sie ist stolz auf den Beruf ihrer Tochter! Wo kommen wir hin, wenn sie sich einmischt, die Welt auf den Kopf zu stellen?
Es ist fast drei Uhr, die meisten Kunden sind beim Kaffee angelangt, als das Telefon klingelt: eine Reservierung für heute Abend? Seit dem Morgen höre ich nicht auf, abzulehnen. Wir haben nicht ein Plätzchen für das ganze Wochenende frei.
Es ist die Stimme des Lebensretters.
»Kannst du kommen, Marie? Wir brauchen dich.«
Mehr braucht er nicht zu sagen.
Ich kenne den Tonfall, gleichzeitig ernst und gebieterisch. Instinktiv gilt mein Blick dem Himmel. Klares, hartes Blau. Trotz des Windes muss es auf dem Meer wimmeln.
»Sofort, Jean-Yves. Ich bin gleich da.«
Eine plötzliche Freude bläht mir die Brust. Ich stürme zu meinem Vater, der seinen Nachtisch kostet, eine Torte »Honoré« aus roten *carrageen*-Algen mit Vanilleeis.
»Papa, kannst du mich vertreten?«
Er ist schon aufgestanden.
»Na, hör mal«, protestiert Mama. »Dein Vater ist hergekommen, um sich zu entspannen. Meinst du nicht,

dass du ihn schon genug ausnützt? Kannst du ihn nicht in Ruhe zu Ende essen lassen?«
»Jean-Yves braucht mich auf der *Espérance!*«
Sie verdreht die Augen himmelwärts und wendet sich halb stolz, halb indigniert zu ihren Freunden.
»Habt ihr das gesehen? Jetzt mischen sich die Wirtinnen auch noch in die Rettung Schiffbrüchiger ein!«
Ich habe mir den Teller meines Geschäftsführers geschnappt, der mir zu dem Stapel von Rechnungen folgt. Ich habe einen Vater, der nur darauf gewartet hat, zum Komplizen zu werden. Ich stelle seinen Nachtisch auf die Kasse und zeige auf das Vanilleeis, das auf das *carrageen* tropft.
»Iss, bevor es schmilzt ... Und könntest du Marguerite Bescheid sagen? Ich habe keine Lust, mich beschimpfen zu lassen.«
Und vor allem keine Zeit.

Der Motor der *Espérance* läuft, als ich ankomme. Alan Kervélec und Albert sind schon an Bord. Ich springe auf Deck.
»Umziehen, Baas!«, ruft Jean-Yves mir zu, als er ablegt.
Ich schlüpfe hastig in das Ölzeug.
»Um was geht es?«
»Das CROSS hat einen Anruf von einem Handy erhalten. Ein Segelboot in Schwierigkeiten bei der Teufelskralle.«
So werden vier Felsbrocken genannt, die herausragen aus einer Untiefe etwa drei Meilen vor der Küste.
Die Sicht ist gut, aber der Nordwind hat sich ver-

stärkt, fünfundzwanzig bis dreißig Knoten. In einer knappen halben Stunde müssten wir dort sein. Ich betrachte Jean-Yves' Gesicht. Habe ich ihn seit dem Massaker seiner *Hirondelle* wirklich lächeln sehen? Das ändert nichts an der Freundschaft. Und da er mich statt eines anderen gerufen hat, hat er sie mir beweisen wollen. Solidarität der gequälten Seelen? In diesem Moment auf dieser teilnahmslos blauen See zählen für uns nur noch jene Unbekannten, die wir ihr entreißen werden. Wir werden sehen, wer gewinnt, meine Schöne! Ich habe Lust auf Risiko, auf Taten, darauf, mich selbst zu übertreffen. Ist das nicht für manch einen der Mut? Eine Herausforderung der Verzweiflung? Wie der Humor.

Albert ist zu uns in die Kabine gekommen. Mit hochmütiger Geste zeigt er auf die rote Boje, die die Gefahrenzone signalisiert.

»Himmel noch mal, was haben die dort zu suchen? Als ob sie nicht auch so genug Platz hätten!«

Kein Segel in der unmittelbaren Umgebung der Seezeichen. Sollte man uns gar umsonst gestört haben? Jean-Yves nimmt das Fernglas und richtet es auf ein Boot, das auf die hohe See hinaussteuert, dann lässt er es mit beunruhigter Miene sinken.

»Marie, übernimmst du einen Moment?«

Ich übernehme das Ruder. Er geht auf Deck und reicht Albert das Fernglas.

»Ich kann niemanden auf dem Boot entdecken. Es sieht so aus, als ob es sich selber steuert.«

Albert schaut durchs Glas. Segelboote sind sein Hobby. Er nimmt jedes Jahr an den Regatten der Fischer teil und versichert, er wäre lieber Segler geworden statt Matrose.

»Ein Mietboot«, verkündet er. »Neun Meter fünfzig, neuestes Modell.«
Für dreißigtausend Francs die Woche! Der Kerl, der diese Summe aus der Tasche gezogen hat, hat Lust, sie zu amortisieren. Also segelt er los, egal, welches Wetter herrscht, und oft auch ohne die notwendigen Qualifikationen.
»Dort drüben!«, ruft plötzlich Alain. »Schaut mal.«
Etwas Orangenfarbenes schaukelt auf den Wellen. Ein Mann fuchtelt mit den Armen. Zweifellos schreit er auch, aber wir können ihn nicht hören. Wir machen ihm Zeichen, dass wir ihn gesehen haben. Jean-Yves übernimmt wieder das Steuer und ändert den Kurs. »Halt durch, wir sind da!«, brummt er.
Das ist sie, die Devise des Retters, Tag oder Nacht, Sturm oder Flaute, egal für was einen Kunden, manchmal mit Wut im Bauch – wir sind da!
Alain bereitet das Tau vor. Ob der Schiffbrüchige die Kraft hat, es zu packen? Albert zieht seinen Taucheranzug an. Da ist außerdem das Schlauchboot, das wir zu Wasser lassen können, falls es nötig ist.
An der Rettungsboje kann man jetzt ein nicht mehr ganz junges Gesicht erkennen. Jean-Yves nähert sich, so nah es geht, das Boot unter dem Wind. Alain wirft das Tau. Dem Mann gelingt es, es zu packen. Man zieht ihn bis an den Rumpf und lenkt ihn bis zu der Lotsenleiter. Die Männer fassen ihn und hieven ihn an Bord. Um die fünfzig, ziemlich füllig, Shorts und Hemd, ein Schuh, der andere Fuß bloß, starr vor Kälte, erschöpft, Blut in seinem grauen Haar. Seine Hände haben die meinen gepackt und drücken sie so fest, dass sich der Siegelring, den er am kleinen Finger trägt, in mein Fleisch bohrt.

»Mein Sohn…«, stammelt er. »Mein Sohn, dort …«
Er zeigt auf das Segelschiff.
»Wir fahren hin«, tröstet ihn Jean-Yves.
Unser Baas hütet sich, zu sagen, dass wir niemanden an Bord ausmachen konnten. Das Schnellboot schießt, der Motor auf Hochtouren, davon. Wir machen uns Sorgen: Wo bist du geblieben, Sohn?
Alain hilft dem Vater, seine Schwimmweste auszuziehen, und stützt ihn bis in die Kabine. Das Blut mischt sich mit dem Wasser auf seinem Gesicht.
»Überlass ihn mir.«
Ihm zunächst trockene Kleider anziehen. Wir haben das Nötige an Bord. Ihn in eine Wolldecke wickeln. Das alles ohne mit dem Sprechen aufzuhören, zu beruhigen, die Pupillen zu prüfen – normal. Dann nachsehen, wo er sich unter den Haaren verletzt hat. Die Wunde ist tief. Ein Schlag mit dem Holm! Ich reinige die Wunde und lege ein Druckpflaster an. Jetzt ein heißes Getränk. Die Kaffeemaschine einschalten.
»Geht es?«, erkundigt sich Jean-Yves.
»Nicht allzu schlecht. Muss im Krankenhaus überprüft werden.«
Sobald der Baas den Schiffbrüchigen in seiner Schwimmweste entdeckt hatte, hat er den Krankenwagen bestellt. Sein Blick blieb auf mir haften, als ich einen Teebeutel in den Becher hänge.
»Und du, Marie? Bist du sicher, dass du in Ordnung bist? Du bist ganz bleich.«
Mein Lachen klingt unecht.
»Ich weiß nicht, was mit mir los ist. Mir ist übel wie einem Schiffsjungen. Das muss der Anblick von Blut sein. Seit Abel, weißt du …«

Ich stecke den Kopf ins Freie und atme die frische Luft ein. Es geht sofort besser. Ich bin sauer. Ich hatte gedacht, ich sei lebenslänglich seefest! Bei dem Geretteten hat die Wärme ihre Wirkung getan. In zerhackten Sätzen berichtet er sein Abenteuer. Zusammen mit seinem Sohn sind sie am frühen Nachmittag von Guilvinec zu einer Tour losgesegelt und haben plötzlich die Boje vor sich gesehen. Er hat daraufhin den Kurs geändert, die Automatiksteuerung eingeschaltet und seinen Sohn beauftragt, sie zu regulieren, während er die Seekarte geholt hat. Er hat keine Ahnung, was sein Sohn angestellt hat, aber wenige Sekunden später treibt das Boot über Steuerbord, der Schlag mit dem Holm, Sturz ins Wasser. Der Junge war geistesgegenwärtig genug, ihm die Rettungsboje zuzuwerfen.

Er richtet sich ein wenig auf, um das Segelboot sehen zu können, dem sich das Schnellboot nach und nach nähert. Zum Glück hat der Wind nachgelassen, sonst hätten wir den Hubschrauber zu Hilfe rufen müssen.

»Sie werden ihn einholen, nicht wahr? Allein kann er das niemals schaffen. Sie werden ihn doch retten?«

»Dafür sind wir da.«

Unter der Bedingung, dass er nicht auch ins Wasser gefallen ist. Man kann sich nicht daran hindern, das Blau abzusuchen. Dieses Blau, das mir meinen Pierre nicht zurückgegeben hat.

Er war nur von Angst fast gestorben und kauerte mit dem Kopf zwischen den Knien im Cockpit. Als wir seinen Haarschopf entdeckten, haben wir vor Er-

leichterung gelacht. Der Vater weinte aus dem gleichen Grund.
Jean-Yves hat die *Espérance* an das Segelboot manövriert, gerade lang genug, damit Albert hinüberspringen konnte. Unser Rettungschef mag zwar sein Ersatzboot mit Verachtung strafen, aber die fünfzehn Meter seiner *Hirondelle* hätten das Manöver weit schwieriger gemacht.
Albert hat sofort einige Segel eingeholt und sich dann über den Jungen gebeugt. Der Wind machte ein Umsteigen unmöglich, und er hat uns Zeichen gemacht, dass es klappen würde, und hat sofort Kurs auf den Hafen genommen. Der Nordwind trieb ihn schneller voran als uns unser Motor. Wir konnten sehen, wie er mit dem Sohn sprach, während er das Ruder hielt. Der Junge hatte sein Gesicht noch nicht gezeigt, und der Vater, der das Fernglas nicht losließ, machte sich Sorgen. War er vielleicht ebenfalls verletzt?
»Wenn das der Fall wäre, hätte Albert es uns gesagt. Er steht nur unter Schock. Der Krankenwagen ist schon benachrichtigt. Machen Sie sich keine Sorgen.«
Der Krankenwagen hat ihn nicht wirklich beruhigt. Er bot ein Bild des Jammers.
»Wie heißt er?«, habe ich gefragt.
»Arthur«, hat er mit zitternder Stimme geantwortet. »Seine Mutter nennt ihn Arturo.«
Seine Mutter nannte ihn Maximou …
In der Kabine hörte das Funkgerät nicht auf: das CROSS, die Kollegen, der Kapitän, wütend, nicht geholt worden zu sein.
Sobald er die Bucht erreicht und nachdem er die

Segel gerafft hatte, hat Albert angerufen, damit wir ihn einholen konnten.

»Nichts zu machen. Er will nicht glauben, dass sein Papa am Leben ist. Es fehlt nicht viel, und er springt selber ins Wasser.«

»Das werden wir ändern«, hat Jean-Yves entschieden.

Er hat das Schnellboot so nah wie möglich an den Segler gelenkt, und der Vater hat den Sohn gerufen. Da das nicht ausreichte, hat Albert den Kopf des Jungen gepackt und gewaltsam in seine Richtung gedreht.

Daraufhin hallte das ganze Meer von dem Erleichterungsschrei wider. Er war sicher gewesen, seinen Papa getötet zu haben.

Wie alt ist Arturo? Achtzehn, zwanzig? Im gleichen Alter wie zwei, die ich kenne, das Alter, wo, ob man will oder nicht, Vater und Sohn verkoppelt sind. Wenn der eine schwach wird, zieht der andere mit. Ist es das, Yann? Verdammter Drückeberger, mein Schatz …

Als wir ankamen, wurden wir von mehreren Segelbooten eskortiert. Einem von ihnen machte unser Passagier große Zeichen. Das Drama war dabei, zum Abenteuer zu werden. Eines Tages würde er, da es ein gutes Ende genommen hatte, zweifellos mit einem nicht allzu unangenehmen Schauder darüber berichten. Dann waren die Angst, die Tränen und mit Sicherheit auch jene vergessen, die ihm und seinem Sohn aus der bösen Lage geholfen hatten.

»Na, haben Sie sich gut amüsiert?«

Meine Stimme hat wie eine Peitsche geknallt. Der

Monsieur mit dem Siegelring schaut mich verständnislos an.
»Hat Sie das erregt, mit Ihrem Sohn in dem Gebiet herumzuschippern, das verboten ist? Wollten Sie das Gruseln lernen? Haben Sie es erlebt? Sind Sie jetzt zufrieden?«
Schweigen und verlegener Blick von meinem Kervélec. »Rette deinen Bruder und halt's Maul?« Keine Lust, das Maul zu halten. Die Nase gestrichen voll von Leichtsinn und Unüberlegtheit einiger Leute. Und auch von Vätern und Söhnen habe ich die Nase gestrichen voll!
»Es war ein Fehler«, gibt der Mann zu. »Ich habe die Boje zu spät gesehen.«
»Und dabei ist sie auf der Karte eingezeichnet. Sie trägt sogar einen Namen: die Teufelskralle. Sie hat schon mehr als einen erwischt.«
Er senkt den Kopf.
»Ich habe es nicht gewusst«, murmelt er.
Ich ignoriere Alains Blick und rede weiter.
»Und den Wind, den spürten Sie auch nicht? Sie haben sich nicht erkundigt, bevor Sie losgefahren sind? Nordwind, Windstärke sechs. Sie haben sich nicht gesagt, dass es mit einem jungen Grünschnabel vielleicht nicht angebracht ist, hinauszufahren? Weder für Sie noch für die, die Sie dann einsammeln müssen? Das Meer, das ist nicht nur Blau mit Sonne darüber und Fischen darin. Es bedeutet auch Gefahr. Sogar auf dem allerteuersten Segelboot.«
Na endlich! Jean-Yves hat gelächelt. Allein dafür hat sich die Ausfahrt gelohnt. Der Gerettete macht sich ganz klein. Bald werden wir erfahren, dass er ein dicker Industrieboss ist, eher daran gewöhnt, die an-

deren anzubrüllen, als selbst zur Ordnung gerufen zu werden.
Ein guter Grund mehr.
Jetzt sind wir da. Das Blaulicht des Krankenwagens dreht sich, die Feuerwehr ist ebenfalls da, die Kollegen, eine kleine Menschenmenge. Arme strecken sich Arturo entgegen, um ihm an Land zu helfen. Eine Frau stürzt auf ihn zu. Die Mutter? Schön, groß, schlank und in Tränen aufgelöst. Der Vater steigt ohne Hilfe aus, nachdem er uns die Hände gedrückt hat. Er geht zu ihnen. Sie bilden ein hübsches Trio. Fehlen nur die Kameras. Aber nein, nicht einmal die fehlen! Touristen machen die Szene unsterblich. Andere applaudieren, als wir an Land gehen. Überflüssig. Wir haben nur unsere Arbeit getan. Jeder von uns wird achtzig Francs für die Ausfahrt erhalten.
Jean-Yves wird jetzt den Papierkram erledigen. Der Kapitän wird ihm dabei wütend zuschauen, nicht bereit, ihm zu verzeihen, dass er ihn versetzt hat. Während die beiden Freunde ins Hafenbüro gehen, hört man sie streiten.
»Aber Colette hat mir gesagt, dass du schläfst, André. Dein Mittagsschlaf!«
»Du weißt genau, dass du nie auf Colette hören sollst. Wenn es nach ihr ginge, würde ich mein ganzes Leben damit verbringen, Mittagsschlaf zu halten. Das ist doch kein Leben!«
Alain wird zur *Sonate* zurückkehren, die er zusammen mit Abel herrichtet, damit sie den Normen für die bevorstehenden Ausflugsfahrten entspricht.
Albert wird sich um seine Fischkästen kümmern. Die Krustentiere gehen sehr gut seit der Eröffnung des

Chez le Bosco. Er hat sich neue Kästen zugelegt, perfektionierter und weniger leicht zu plündern.
Und ich kehre auf Honorés Hof zurück, um mich von meiner Köchin beschimpfen zu lassen.

3

Die Tochter unseres Bäckers in Rennes war mit mir in einer Klasse. Wenn ich mit Mama nach der Schule meine Schokoladenbrötchen oder meine Apfeltasche kaufte und sie auf der anderen Seite des Ladentischs thronen sah, erstickte ich fast vor Neid. Sie brauchte nur die Hand auszustrecken und sich zu bedienen! Und ohne zu bezahlen!
Mama lachte: »Sie hat zu viel davon, sie hat nicht einmal mehr Lust darauf.«
Ich hatte im Chez le Bosco alles Salzige und Süße, was man nur begehren konnte, greifbar, und vom Besten. Ich hatte keine Lust mehr darauf. Die einzige Mahlzeit, die ich einigermaßen genießen konnte, war mein Frühstück: Butterbrot und Milchkaffee.
Zu Hause.
Inzwischen fuhr ich jeden Abend zum Schlafen nach Hause. Yann war darüber gekränkt.
»Magst du unser Zimmer nicht mehr?«
»Unser« Zimmer? Er kam nur heimlich für ein paar Stunden, die er Anne stahl.
Sie war schon seit fast zwei Monaten da.
Ich hatte geglaubt, seine Frau zu sein – ich war nur seine Geliebte. Von der Einzigen war ich zur Zweiten abgestiegen, wie so viele andere.
»Aber ich rühre sie doch gar nicht an. Ich könnte sie nie wieder anfassen. Das käme mir wie Hochverrat vor«, wehrte er sich.
Ich hatte diesen Mann einmal an mich gedrückt und

ihn angefleht, nicht zu sterben. Er erwürgte mein Herz und wunderte sich, dass ich nicht mehr normal atmen konnte.

»Dich liebe ich, nur dich.«

Daran hatte ich keinen Zweifel. Und ich kannte alle die guten Gründe, warum er Anne mit Samthandschuhen anfassen musste. Aber ich hatte einen wilden Mann kennen gelernt, frei und lebensfroh, und ich konnte es nicht ertragen, mit anzusehen, wie er zu einem an einen Pfosten angebundenen Lamm geworden war, das darauf wartete, befreit zu werden.

Und wenn ich wieder zu Hause eingezogen war, dann deshalb, um nicht mehr mit ihm schweigend Liebe zu machen. Als hätten wir Angst, dass wir uns mit Worten belügen würden.

Für heute Abend, Montag, mein Ruhetag, hatte Jean-Yves uns in den Poisson Bleu bestellt – den Kapitän, Alain, Albert und die anderen. Und vor gar nicht langer Zeit hätte Noël die Versammlung um nichts in der Welt verpassen wollen.

Der Mai neigte sich seinem Ende zu. Der Abend ist mild. Auf der Terrasse unterhält sich fröhlich eine Gruppe junger Ausländer. Sie stammen sicherlich von einem der Segelschiffe, die in jedem Frühjahr beschließen, in unserem Hafen anzulegen. Wir haben uns an unserem gewohnten Tisch im hinteren Saal niedergelassen. Der Wirt kommt persönlich, die Bestellung aufzunehmen.

Zunächst hatte er es uns übel genommen, ein Restaurant zu eröffnen – würde er deswegen nicht Gäste verlieren? Doch hat er sehr schnell festgestellt, dass

das keineswegs der Fall war. Seine Soleier, seine Croque-Monsieur, seine Würstchen und seine Sandwichs liefen ebenso gut wie vorher. Und zusätzliche Gäste würde er außerdem noch bekommen, da die *Sonate* zu den Ausflügen vor seinem Lokal ablegte, ein Geschenk, das wir ihm machten.
Sobald jedermann bedient worden ist, kommt Jean-Yves direkt zur Sache.
»Ich habe heute früh aus Paris die Antwort wegen des neuen Rettungsschiffs bekommen.«
Mit Leichenbitterstimme.
»Das heißt, sie lautet nein?«, fragt Alain.
»Sie lautet ja! Ein zweitklassiges Schnellboot, zehn Meter fünfzig. Sie sind bereit, es in Locmiquélic sofort auf Werft legen zu lassen.«
»Und das gefällt dir nicht?«, wundert sich der Kapitän. »Machst du deswegen so ein Gesicht?«
»Es kostet eins Komma drei Millionen«, antwortet Jean-Yves ruppig, was gar nicht seine Art ist. »Der Staat gibt dreihunderttausend, der Regionalrat und der Nationalrat ebenfalls. Den Rest müssen wir aufbringen.«
Vierhunderttausend Francs! Schweigen breitet sich aus. Eine gewaltige Summe. Und in diesem Fall ist es nicht wie bei dem Restaurant. Wer etwas hineinsteckt, bekommt keinen Pfennig dafür zurück.
»Und die Gemeinde?«, fragt Alain.
»Hat versprochen, sich zu beteiligen. Aber selbst dann sind wir weit von der Endsumme entfernt.«
Der Schluck Cidre gerät mir in die falsche Kehle. In meiner Brust kämpfen zwei entgegengesetzte Winde: Vierhunderttausend Francs, das ist viel zu viel, das kriegen wir nie zusammen! Aber es muss sein!

Ich betrachte die niedergeschmetterten Gesichter. An einem Winterabend an diesem gleichen Tisch, als ich verzweifelt war, hatten mich diese Männer als Baas akzeptiert. Und vor kurzem hatten sie mir wieder ihr Vertrauen geschenkt für das Restaurant. Eine Vertrauensschuld. Das war es, was ich ihnen gegenüber hatte.

»Ich habe eine Idee! Die *Sonate* ist praktisch bereit für die Ausflugsfahrten. Wir warten nur noch auf das grüne Licht der Inspektion. Wir werden versuchen, die Sache zu beschleunigen. Meinen Anteil werde ich für das Rettungsboot einbringen, ich bin nicht darauf angewiesen.«

»Du kannst meinen Teil auch dazutun«, sagt der großzügige Alain. »Jetzt, wo die Rente regelmäßig jeden Monat hereinkommt und Marguerite gut verdient ...«

Das Gehalt unserer Köchin, das mein Vater festgelegt hat, macht das Leben auf dem Hof leichter. Die Einzige, die nicht auf ihre Rechnung kommt, ist die arme Denise, die mit der Überwachung von Jean-Louis beauftragt ist.

»Wir können eine Subskription in Gang setzen«, schlägt der Kapitän vor. »Und es bei den Vereinen, den Clubs und dergleichen versuchen. Bis wann müssen wir das Geld zusammenhaben?«

»Sobald ein Drittel gesichert ist, wird das Schnellboot in Bau gegeben. Es ist bereits genug da, um loszulegen«, erläutert Jean-Yves mit etwas weniger düsterer Stimme. »Wir sind für die letzten Zahlungen dran, in vier oder fünf Monaten.«

Ende September.

»Dann kannst du ›ja‹ sagen. Wir werden es lange vorher zusammenhaben!«

Ich habe alle Überzeugungskraft, derer ich fähig bin, in meine Stimme gelegt. Ich will daran glauben.
Der Lebensrettungsbaas senkt den Kopf.
»Schon geschehen«, gibt er kläglich zu. »Ich habe ihnen gesagt, dass sie loslegen können, dass es von unserer Seite keine Probleme gibt. Aber seither quäle ich mich.«
Ein kurzes Lachen. Das ist also der Grund für seine Leichenbittermiene. Er hat es sich nicht verkneifen können, das Angebot anzunehmen, ohne seine Kollegen gefragt zu haben.
»Wenn wir es nicht zusammenkriegen, kannst du ja noch immer eine Hypothek auf dein Haus aufnehmen«, witzelt der Kapitän, trotz allem ein wenig besorgt.
»Und wann bekommen wir es, das neue Schiff?«, fragt Albert.
»Gegen Weihnachten. Wir müssen uns einen Namen ausdenken.«
Man kann drei Namen vorschlagen, und die SNSM gibt ihre Zustimmung. Aber nicht den Namen eines Lebenden, denn er könnte im Laufe des Jahres umkommen. Als ob das Meer den Paten des Schiffs als Geisel nimmt, um sich für alle diejenigen zu rächen, die es ihm entreißen wird.
»Bei der Taufe wird es nicht heiß sein«, bemerkt Alain.
Jean-Yves' Gesicht ist vollständig entspannt. Von Namen und von der Taufe zu sprechen, das ist schon fast der Sieg. Er trinkt sein Bier mit einem winzigen Lächeln aus.
»Ich habe wenigstens keine Frau zu Hause, die mich für verrückt erklärt!«
»Du bist verrückt«, habe ich gesagt.

Als wir den Poisson Bleu verlassen haben, war die Nacht nicht mehr weit und die jungen Leute auf der Terrasse waren noch zahlreicher geworden. Sie sind unserer Gruppe mit den Blicken gefolgt. Wie hätten sie ahnen können, dass wir soeben für sie eine unmögliche Wette abgeschlossen haben? Zum Beispiel, um den da zu holen, der sich an den Rumpf seines gekenterten Katamarans klammert. Um jenes Segelschiff rauszuholen, das sich zwischen den Klippen verloren hat, oder den dort, Opfer eines Lecks, in Gefahr, zu sinken, mit vor Angst schreienden Kindern an Bord. In dem Wissen, in der Voraussicht, ohne es natürlich zu wünschen – wir konnten nicht umhin, mit erhobenen Köpfen herauszukommen.

Vielleicht bis bald, Freunde. Wir werden da sein!

Die *Sonate* glänzte wie ein Ausstellungsschiff. Trotzdem verkrampfte sich mir das Herz. Bänke, Ölzeug, Schwimmwesten, Feuerlöscher – alles war bereit. Eine ansehnliche Investition. Mein Vater hatte die Summe vorgestreckt und ließ auf seine Kosten die Plakate für die Ausflugsfahrten drucken. Er hatte ja schließlich die Idee gehabt …

Am Horizont gab die Sonne ihr Schauspiel, bevor sie verschwand – alle Farben des Weltuntergangs. Jean-Yves ist stehen geblieben. Er hat sich ganz langsam um die eigene Achse gedreht und seinen Blick wandern lassen, über die Häuser mit der Sicht auf den Hafen, den Hafen mit der Sicht auf das Abenteuer, und sogar über den Parkplatz, wo sich die Touristen nicht schämten, unsere Plätze einzunehmen, und schließlich über das Gelände, wo die *Hirondelle* mit ihren zersplitterten Knochen die Erinnerung der See in den Himmel schrieb.

»Versteht ihr«, hat er mit dumpfer Stimme gesagt, »ein Hafen wie dieser hier, fast zu hübsch, den man von überall her bewundern kommt, was wäre er ohne ein Rettungsschiff? Das Gleiche wie die Mühlen, deren Flügel man ausschließlich für das Foto drehen lässt, ohne Korn und ohne Mehl. Wir würden nicht mehr wirklich existieren.«
Das Korn, das Brot, das Leben, alles.
»Du bist nicht nur verrückt, du bist auch noch ein Dichter«, habe ich bemerkt, um die Rührung zu brechen. »Aber am Ende gehört das alles zusammen.«
»Marie, Marie«, hat der Kapitän mit einem etwas rauen Lachen protestiert, »siehst du nicht, dass du ihn rot werden lässt?«
Nicht ganz so rot wie die Sonne da drüben. Aber fast.

4

Es hat soeben sieben Uhr geläutet, und ich will gerade aufstehen, auch wenn ich heute ein bisschen faul bin, als ein Mofa auf dem Weg zu hören ist. Es hat im Hof angehalten.

Annaïs? Quentin? Vor wenigen Monaten hätte es nur die eine oder der andere sein können, nach einem Fest bei Freunden, wo sie die Nacht beendet hatten.

Es war Noël.

Ich habe einen Morgenrock übergezogen und bin nach unten gegangen, um ihm aufzumachen.

»Entschuldigen Sie, dass ich Sie aufwecke«, hat er gesagt.

Er strahlte diese Mischung aus Schüchternheit und Entschlossenheit aus, die ich so gut kannte, die bedeutete: »Ich weiß, was ich will«, um zu verbergen, dass er nicht wirklich sicher war, es zu wissen, noch, es zu wollen.

Ich hatte meinen Indianer seit der Eröffnung des Restaurants nicht wiedergesehen, es sei denn aus der Ferne, und niemals, nicht einmal zu der Zeit, als wir zusammen gefischt haben, ist er ins Haus gekommen. Es war ja nicht nötig, Quentin zu begegnen …

»Ich habe nicht mehr geschlafen«, habe ich ihn beruhigt. »Hast du schon gefrühstückt?«

Er hat den Kopf geschüttelt.

»Na, dann komm rein. Ich lade dich ein.«

Er ist mir in die Küche gefolgt. Sein Gesicht war entspannt. Hatte er befürchtet, dass ich ihn rauswerfe? Er musste sich denken, dass er mit der Tatsache, dass ich das Zimmer, das ich mit seinem Vater im Hof seines Großvaters teilte, verlassen hatte, irgendetwas zu tun hatte.

»Kaffee?«

»Ja, gern.«

Im Gegensatz zu Quentin trank er gern Kaffee. In der Zeit, als wir zusammen fischten, tranken er und Abel auf der *Sonate* literweise Kaffee. Das war ihre Art gewesen, miteinander zu kommunizieren. »Zu der Zeit, als wir zusammen fischten …« Wir haben gute Zeiten erlebt. Das Meer fehlt mir.

Während ich die Kaffeemaschine in Gang setzte, schaute Noël sich neugierig um. Es war hier sicher weniger schön und weniger raffiniert eingerichtet als im Haus seiner Mutter. Ich war keine Innendekorateurin, und ich hatte auch nicht die gleichen Mittel zur Verfügung gehabt, als wir das Haus übernommen haben.

Ich habe auf den Küchenschrank gezeigt.

»Such dir eine Schale aus, und hol auch meine heraus, sie heißt Marie.«

»Ich heiße Annaïs«, hat er gelacht, nachdem er zwischen den anderen Männernamen gezögert hatte.

Seinem Kaffee hat er Milch und mehrere Stücke Zucker hinzugefügt.

»Magst du etwas Brot?«

»Nein, danke.«

Er hat abgewartet, bis ich mich bedient hatte und ihm gegenübersaß, um zur Sache zu kommen. Ich wusste, was er mich fragen würde, Abel hatte mich vorgewarnt.

»Es sieht so aus, als ob die Ausflugsfahrten bald losgehen. Ist es möglich, dass Sie mich nehmen? Ich kann den Leuten erklären, wie es geht.«
»Wie man zum Beispiel Spanier abknallt? Peng, peng, peng?«
Er hat mich vorwurfsvoll angeschaut. Ich habe ihn angelächelt.
»Natürlich nehme ich dich! Du hast nur ein bisschen lange gebraucht, um mich zu fragen. Du weißt doch, dass es drei Mann an Bord braucht. Wolltest du, dass ich jemand anderen anheuere?«
»Sie brauchen mich nicht zu bezahlen«, hat er glücklich erklärt. »Dann wird es ein bisschen mehr für das Rettungsschiff von Jean-Yves.«
»Einverstanden«, habe ich gesagt. »Das wirst du ihm selber sagen. Er schätzt dich sehr, weißt du das?«
Er hat ein paar Schluck Kaffee getrunken. Ich sah sehr wohl, dass er noch etwas auf dem Herzen hatte, aber ich wusste nicht, was.
»Ich habe beschlossen, zu studieren«, hat er angekündigt. »Gestern bin ich mit Papa zu einer Schule für Informatik gefahren und habe mich eingeschrieben.«
»Na, das ist ja fabelhaft! Nichts könnte mir mehr Freude machen.«
Meine Begeisterung war ehrlich. Mit dem Abitur aufhören, wenn man ein glänzender Schüler war, bedeutete reine Verschwendung, und Yann war darüber sehr unglücklich gewesen. Er musste selig sein.
»Sie müssen wissen, dass Papa keine blasse Ahnung von Informatik hat. Wenn er sein Unternehmen vergrößert, muss er sich ausrüsten, und dabei werde ich ihm helfen können. Ihnen übrigens auch, Ihnen

werde ich auch helfen können, wenn Sie mich eines Tages brauchen.«
»Ich brauche dich immer, Noël, aber nicht für das Internet, das mag ich nicht besonders. Eines Tages wird man uns mit den Augen essen lassen.«
Er hat herzlich gelacht. Als ich ihn auf der *Sonate* angeheuert hatte, war seine Mutter gerade fortgegangen, und ich hatte Tage gebraucht, bis ich ihn lachen hörte. Und das erste Mal hatte ich wie einen persönlichen Sieg verbucht.
»Also, ich mag das Internet«, hat er getönt. »Das ist wie segeln, nur auf anderen Wellen. Und in gewissem Sinne ist es ebenfalls ein Abenteuer. Ohne sich nass zu machen …«
»Und wo befindet sich diese Schule, die aus dir einen großen Informatiker machen wird?«
»In Brest.«
»Also so was! Dann habe ich zwei Kinder in Brest!«
Der Ausruf war mir völlig spontan entschlüpft. Noëls Augen haben aufgeleuchtet. Das war noch besser als ein Lachen.
»Ich glaube, ich werde doch ein Stück Brot essen«, hat er erklärt und die Serviette hochgehoben, die mein Brot bedeckte. »Normalerweise kriege ich am Morgen keinen Bissen runter, aber heute …«
»Nimm dir, was du magst.«
Ich habe die Butter herausgestellt, und da ich schon dabei war, auch die Aprikosenmarmelade von Anaïs und den Blütenhonig von Quentin. Er hat sich eine dicke Scheibe abgeschnitten. Ich habe ihm vielleicht trotz allem ein bisschen gefehlt! Man sagt, das Ideale für viele Männer sei es, zwei Frauen zu haben. Warum nicht zwei Mütter für ihn?

»Die Schule wird mich nicht hindern, die Ausflugsfahrten zu machen«, hat er versprochen und kräftig in sein Butterbrot gebissen. »Ich komme jedes Wochenende und natürlich während der Ferien wieder her. Und im Winter werden wir sowieso aufhören müssen.«

Annaïs hatte ebenfalls gesagt, dass sie häufig kommen würde, und ich sah sie so gut wie nie. Ich habe meinen Kaffee ausgetrunken. Diese leichte Übelkeit, das war, als ob auch ich segelte, aber weder auf dem Meer noch auf anderen Wellen, sondern zwischen widersprüchlichen Gefühlen: die Freude, zu hören, dass Noël sein Studium wieder aufnehmen würde, trotz der Enttäuschung, dass diese Entscheidung Annes Rückkehr zu verdanken war; der Kummer, dass Yann mich nicht über die Fahrt nach Brest unterrichtet hatte … War das nicht der Beweis, dass der Dialog zwischen uns abgerissen war? Er hatte befürchten müssen, dass ich es übel nehmen könnte.

Die Zuneigung, die ich Noël gegenüber empfand, sprenkelte den Schatten mit Sonnenstrahlen, wie unter einem Laubdach, wo man von Kälte zu Wärme wechselt.

»Meinen Sie, ich sollte mir die Haare abschneiden?«, hat er plötzlich gefragt und dabei an seinem Pferdeschwanz gezogen.

»Warum denn das? Es steht dir sehr gut. Und wenn du ihn abschneidest, erkenne ich ja meinen Indianer nicht mehr.«

Er lächelt hämisch.

»Meine Mutter ist da anderer Meinung.«

»Die Meinung deiner Mutter ist mir egal.«

Wie bitte?
Im Badezimmer betrachte ich den Gegenstand, von dem sich ein Fenster, das vor wenigen Sekunden noch farblos war, blau gefärbt hat, ein schönes, klares Blau, unbestreitbar.
Das ist also oder Grund für meine morgendliche Übelkeit, dieses übermäßige Schlafbedürfnis, für den empfindlich gewordenen Busen.
Ich bin schwanger.
Da mir die Pille nicht bekommt, haben Yann und ich uns damit begnügt, vorsichtig zu sein. Acht Tage Verspätung bei meiner Periode hatten mich nicht beunruhigt; nach Pierres Tod und auch nach Abels Unfall war das auch schon vorgekommen. Die ungewohnte Übelkeit auf der *Espérance* hatte einen ersten Zweifel geweckt. Daher der Test. Und nun? Positiv!
Wann ist es passiert?
In meinem Kopf laufen Bilder ab. Liebe in dem Holzbett von Honoré und Katrina. Ist es an jenem Abend passiert, nachdem wir zur Feier der Genossenschaftsgründung Champagner getrunken hatten und unsere Wachsamkeit deswegen nachgelassen hatte? Oder an jenem anderen Abend, als die Farbe noch frisch war und wir uns im Speisesaal unter der Versöhnungskugel geliebt haben, auf die Gesundheit der zukünftigen Gäste?
Aber wer sagt denn, dass das Kind nicht nach Annes Rückkehr gezeugt worden ist? Bevor ich hierher geflüchtet bin? Die große Frage: Ist es die Frucht der Begeisterung, der geteilten Lust oder die von Kummer und Zweifel?
Irgendwann hatte Yann mir mal anvertraut, dass er

sich für Noël einen Bruder oder eine Schwester gewünscht hätte, aber dass Anne sich geweigert hatte. Sie hatte gerade begonnen, sich als Dekorateurin einen Namen zu machen, und behauptete, eine Schwangerschaft würde ihrem Erfolg schaden. In Wahrheit fand sie keinerlei Geschmack an der Mutterschaft. »Wenn, dann müssen wir beide ein Kind machen«, hatte er gelacht.

Ist geschehen!

Ich werfe den Test in den Mülleimer des Badezimmers. Werde ich mich in gleicher Weise von dem Kind entledigen? Es kann bisher nichts als ein unscheinbar winziges Ei sein. Ich sage es laut, um es besser ablehnen zu können. Abtreiben? Kommt nicht in Frage. Es ist das Kind des Mannes, den ich liebe, selbst wenn ich ihn manchmal hasse.

Also?

Also telefonieren? Yann anrufen und ihm alles sagen? Ich bin sicher, dass er sofort die Entscheidung treffen wird. Er wird Anne rauswerfen oder zu mir ziehen. »Ich liebe dich, meine Frau, die bist du.« Er hat es so oft wiederholt. Aber damit würde ich ihn unter Druck setzen.

Und Noël? Noël, dessen Lachen noch in meinen Ohren nachhallt, der sein Studium fortsetzen will. Würde eine erneute Trennung nicht seine Entscheidung gefährden?

Ich beschließe also, vorerst zu schweigen und einen Arzt aufzusuchen. Nicht die Frauenärztin von Guilvinec, zu der alle Fischerfrauen gehen, sondern eine in Brest, wo doch die Familie sich auf Brest fixiert hat!

Hören, dass ich ein anderthalb Monate altes Baby

trage. Es ist also Mitte April passiert, als Anne gerade angekommen war und Yann mich täglich im Chez le Bosco besuchen kam: »Sie wird nicht bleiben, sie wird in den nächsten Tagen wieder abreisen.«

Ich habe es geglaubt. Liebe in der Ungewissheit, dem Unbehagen, aber noch nicht in der Qual.

Hören, wie man mich fragt: »Dieses Kind, Madame, haben Sie es gewollt? Wo die beiden anderen doch schon groß sind …« Ein Lächeln zustande bringen und antworten, dass es sich vielmehr um einen Unfall handelt. »Ist Ihr Mann im Bilde?« Und daraufhin das Herz in der Kehle stecken haben, nur den Kopf schütteln und flüchten.

Untersuchungen sind vorgesehen. Das Kind dürfte Anfang des Jahres geboren werden. Wie das Rettungsschiff von Jean-Yves.

5

»Na, ich gratuliere!«, ruft Annaïs aus. »Jetzt bettelt meine Mutter auch noch!«
Mit spöttischer Miene zeigt sie auf das schwarze Brett, das neben der Kasse an der Wand hängt. Darauf steht die Summe, die für das Rettungsschiff benötigt wird, vierhunderttausend Francs, und darunter das, was man die »Einnahmen« nennen könnte: fünfzigtausend Francs, bewilligt von der Gemeinde, die Gelder von den Ausflügen der *Sonate* und schließlich die Spenden der Gäste, die wir jeden Abend in der dicken Spardose mit einem Foto eines dem unseren vergleichbaren Schnellbootes finden.
»Alle Mittel sind recht, wenn es einem edlen Zweck dient!«
»Corneille?«, lacht meine Tochter.
Sie lässt den Blick durch den Saal wandern und rechnet.
»Man könnte gut vierzig Leute hier unterbringen. Was würdest du zu einem Kabarettabend zu Gunsten eures teuren Rettungsschiffs sagen?«
»Ausgeschlossen, in der Hochsaison das Restaurant zu schließen, weil dann die Fischer nicht auf ihre Kosten kommen würden.«
»Wer redet denn von Schließen? Ihr bietet einfach nur ein einziges Gericht an dem Abend an, weiter nichts. Wenn du es lieber hast, nennen wir es ein ›Theaterdiner‹.«
»Und was für ein Theater hast du im Sinn?«

»Wir sollen für die Schule etwas schreiben. Ich arbeite zusammen mit zwei Freunden an einer netten Komödie. Thibaut hilft uns. Wir sind fast fertig. Eine Superpremiere hier, was denkst du?«
Ich denke, dass es gut tut, meine Tochter wieder zu sehen, ein fabelhafter frischer Lufthauch in dem Augenblick, als ich anfing zu ersticken. Wie habe ich nur ohne sie auskommen können?
»Vierzig Francs pro Person, der Preis für eine Vorspeise«, fährt sie fort. »Wir fangen um neun Uhr an, damit das Essen serviert ist. Wer später kommt, hat Anspruch auf ein Getränk. Stell dir die Einnahmen vor …«
Vorsichtshalber zeige ich zur Küche.
»Das musst du mit den Autoritäten besprechen.«
»Die Autoritäten übernehme ich, keine Sorge.«
Zierlich, in ihrem kurzen Rock, tanzt sie bis zum Klavier. Seit dem Tag der Eröffnung habe ich das Geschenk meiner Freunde nicht mehr angerührt. Die beiden letzten Male, als ich gespielt habe, ist ein Unglück geschehen. Ich habe einfach Angst, das ist alles. Wenn Annaïs mich bittet, ihr Stück zu begleiten, dann sage ich nein!
Sie sagt nichts dergleichen, sondern steuert auf die Algenvitrine zu. Sie weiß von Annes Rückkehr. Wer weiß es nicht?
»Wann wird die sich endlich aus dem Staub machen?«, schimpft sie. »Ist es nicht zu schlimm für dich, Mama?«
Instinktiv hat sich meine Hand auf meinen Leib gelegt. Oh, doch, es ist schlimm! Es ist fast drei Monate her, die Übelkeit hat sich gelegt, aber meine Brüste schwellen an, und ich habe Mühe, meine Hose zuzu-

knöpfen. Es passiert, dass ich mich neben das Telefon setze und die Hand auf den Hörer lege. Yanns Nummer brennt mir in den Fingern. Und dann denke ich an Noël und sage mir: »Warte noch ein bisschen.« Und ich sage mir auch und untersage es mir gleichzeitig: »Irgendwann wird sie sich ja aus dem Staub machen!«

»Willst du, dass ich hingehe und sage, was ich denke?«, schlägt meine Tochter vor.

Sie schaut genießerisch drein. Und sie wäre dazu wirklich fähig!

»Auf keinen Fall. Sie ist ja schließlich Yanns Frau.«

»Irrtum. Seine Frau bist du.«

Sie zeigt auf die Algen.

»Und du teilst ihn mit diesen Damen hier.«

An jenem Abend war die Wirtstafel von einem Herrn Lalonde reserviert worden. Sechzehn Gedecke, sechzehn Hummer auf einen Schlag. Ein Glück, dass die Fischkästen voll sind!

Um einundzwanzig Uhr noch immer keine Spur von ihnen, und wir haben aufgehört, Leute abzuweisen. Marguerite wird ärgerlich. Endlich, eine Viertelstunde später sind sie da. Acht Paare um die vierzig bis fünfzig, ohne jeden Zweifel »Pariser« und eher von der Sorte, Sternelokale zu besuchen als den Bosco. Wo habe ich bloß diesen Mann schon mal gesehen, der mit einem riesigen Lächeln und ausgestreckten Händen direkt auf mich zukommt? An seiner Linken erkenne ich ihn, oder besser gesagt, an dem Siegelring an seinem kleinen Finger. Mein Schiffbrüchiger! Ich hatte den Namen auf der Liste nicht mit ihm in Verbindung gebracht.

Mit trockenem, glattem Haar, den Bauch in einer gut sitzenden Hose versteckt, die Rosette der Ehrenlegion im Knopfloch, aber er ist es tatsächlich. Ich hatte ihn schon aufgegeben. Noch einer, der sich dazu zwang, zu vergessen, dass er eines Tages um Hilfe gerufen, geheult und sich im wahrsten Sinne »nackt« gezeigt hatte.
»Madame, meine Retterin.«
Keine Komplexe. Er stellt mich seinen Begleitern vor, und ich bin es, die errötet. Ein Glück, dass ich das elegante Kostüm trage, das Mama mich zu kaufen gezwungen hat und das ich zu ihrer großen Enttäuschung allein ausgewählt habe, um ihrem wachsamen Blick auf meinen Taillenumfang zu entgehen. Es wird mir vor allem im nächsten Jahr nützlich sein.
»Ich soll Ihnen Grüße vom Duc de Keroualle bestellen. Der Küchenchef war es, der mir gesagt hat, dass Sie mein guter Engel gewesen sind.«
Seine Frau kommt hinzu und drückt mir mit einem strahlenden Lächeln die Hand.
»Wenn ich denke, dass ich Ihnen nicht einmal gedankt habe.«
»Wissen Sie, ich habe ja nicht alles ganz allein gemacht! Und wie geht es Arturo?«
»Wir zweifeln, dass er je wieder auf ein Boot steigen wird«, antwortet die Frau und legt dabei kurz ihren Kopf an die Schulter ihres Mannes. »Nicht wahr, mein Schatz?«
Sie haben Champagner bestellt und darauf bestanden, dass ich ein Glas mit ihnen trank. Sie waren von dem Hummer und von der Köchin begeistert, die gekommen war, um ihnen zu erklären, dass die Algen für den Fisch sind, was die Trüffel für das Rührei

sind; dazu gedacht, ihren Geschmack zu wecken und zu intensivieren. Sie wollten wissen, was die Zahlen auf der Tafel bedeuteten.
Ich habe es ihnen erklärt.
Beim Fortgehen hat Lalonde mich beiseite genommen.
»Ich habe von Ihrem Mann erfahren … Bitte verzeihen Sie mir. Die Strafpredigt war mehr als verdient.«

Später, sehr spät – ich hatte meine Mitarbeiter schlafen geschickt – habe ich, als ich die Sparbüchse leerte, einen Scheck darin gefunden.
Fünfzigtausend Francs.
Die Visitenkarte von Lalonde mit den Unterschriften aller seiner Gäste lag dabei.
Und da brach ich unter Honorés Holzbalken in Tränen aus. So etwas gibt es also – Dankbarkeit, Großzügigkeit? Und das gibt es auch: Zuneigung – Annaïs mit ihrem Theaterprojekt? Und die Freundschaft des Meeres? Das alles ist großartig, aber mir ist es egal. Ich will Yann. Ich will sagen: »Nicht wahr, mein Schatz?«, und dabei meinen Kopf an die Schulter des Mannes legen, den ich liebe.
Glaubt denn dieser Schuft wirklich, dass ich bereit gewesen wäre, drei Viertel meines Lebens mit der Nase in seinen Kindheitserinnerungen zu verbringen, wenn ich gewusst hätte, dass er nur noch zu Besuch und als Lieferant herkommen würde? Glaubt er, dass es mir Freude macht, diese Versöhnungskugel an der Decke, das Verlobungsgeschenk des Seetanghändlers an Katrina, zu betrachten? Zudem wollen alle wissen, woher sie stammt, ein Antiquitätenhändler wollte sie sogar zu einem hohen Preis

kaufen, weil er nie eine so große und leuchtende gesehen hatte!
»Was ist denn los, Marie?«
Marguerite! Ich dachte, sie sei schon längst heimgegangen. Aber solange noch ein Tröpfchen Soße in einem Topf oder eine Gräte auf ihrer Arbeitsfläche ist, würde sie sich entehrt fühlen, das Schlachtfeld zu verlassen.
Sie setzt sich direkt neben mich, müde, schwer, beruhigend. Ich schiebe ihr den Scheck hin.
»Schau mal ... das ist für das Schiff.«
»Fünfzigtausend ...!«, flüstert sie. »Na ... man würde meinen, dass ihnen mein Hummer geschmeckt hat! Und das bringt dich zum Weinen, Marie?«
»Sie wird nie mehr gehen, Marguerite. Ich habe keine Hoffnung mehr.«
Außer, dass man das, was sich in meinem Bauch abspielt, »guter Hoffnung« nennt, wie ein zukünftiges Erbe. Was für ein schönes Erbe!
»Natürlich wird sie wieder gehen! Aber sie gehört zu den Leuten, die sich nicht drängen lassen, also lässt sie sich Zeit.«
Ich schaue ihr in die Augen, die von der Brille vergrößert werden.
»Marguerite ... Ich erwarte ein Kind.«
Das Kind hat noch größere Wirkung auf sie als der Scheck. Sie ist völlig sprachlos, was ich nutze, um auszupacken – Daten, Übelkeit und Seelenschmerz.
»Du willst mir doch nicht erzählen, dass Yann nichts davon weiß!«
»Er weiß es nicht.«
»Und worauf wartest du?«
»Dass er diese Ziege rausschmeißt.«

»Das gibt ihm doch einen Grund, sie rauszuschmeißen.«
»Ich weiß, aber das wäre unter Zwang.«
»Und was ändert das? Er liebt dich, Marie. Wenn du ihn sehen würdest, wenn er liefert und du nie da bist.«
»Ich wäre da, wenn er den Mut hätte, sich zu entscheiden.«
Marguerite schweigt. Mit der Handkante schiebt sie große Brotbrocken zusammen und lässt sie auf einen Teller fallen – für ihre Tiere. Was für Verschwender, diese Touristen! Mit dem, was sie jeden Tag auf den Hof bringt, könnte man eine ganze Seetanghändlerfamilie ernähren.
»So sind die Männer«, erklärt sie. »Sie haben Mühe, sich zu trennen. Man muss fast immer nachhelfen.«
»Nicht ich. Niemals.«
»Du bist hochmütig.«
Sie hat es ohne Bosheit gesagt; er ist für sie eine selbstverständliche Tatsache. Wie an jenem Tag, als sie mich darauf hingewiesen hatte, dass ich alles ganz allein entschied, ohne an die anderen zu denken. Aber hier irrst du dich, Marguerite. Es ist nicht aus Hochmut, dass ich den Mund halte, im Gegenteil. Aber wenn ich Yann zwinge, sich von Anne zu trennen, wird er es mit Sicherheit eines Tages bereuen und mir übel nehmen.
Ich habe die nötigen Voraussetzungen nicht, ich bin ihm nicht gewachsen.
»Gib mir dein Ehrenwort, dass du ihm nichts sagst, Marguerite, es muss ein Geheimnis bleiben.«
»Ein Geheimnis, das du nicht mehr lange wirst wahren können, mein armes Kind.«

Meine Tränen haben wieder zu fließen begonnen. Es tut so unheimlich gut, zu spüren, dass jemand sich um einen sorgt. Sie schiebt den Scheck zur Seite. »Wenn du zu sehr darauf heulst, löschst du uns womöglich noch eine Null.«

6

Die Dinge kommen nie so, wie man gedacht hat, weder die guten noch die schlechten. Die Sterne warnen uns nur vor einem großen Mysterium, das wir mit blinden Augen zu durchdringen versuchen und das sich Zukunft nennt, was wir aber als Schicksal bezeichnen. Am Abend legt man sich schlafen, ohne eine Sekunde lang zu ahnen, dass am nächsten Tag unser Leben einen plötzlichen Fieberanfall erleben wird. Es ist besser so. Denn wer würde sich sonst schlafen legen?

Als ich an diesem Vortag des 14. Juli aufwachte, war das Haus voll. Annaïs war schon seit Monatsanfang da. Ein paar Tage später waren ihre beiden Freunde angekommen, die an dem »Theaterdiner« mitwirkten, auch sie Schüler der Schauspielschule. Und Höhepunkt der Freude: Quentin war für einen längeren Urlaub heimgekommen.

Was sich in den zehn Monaten, seit er bei der Marine-Infanterie war, am meisten verändert hatte, war sein Auftreten. Vor seiner Abreise bewegte er sich fast widerwillig vorwärts, im Voraus schon müde, mit hängenden Schultern und schleppenden Schritten. Er hatte sich im wahrsten Sinne des Wortes »entfaltet«. Seine Bürstenfrisur verlieh ihm ein entschlosseneres Gesicht. Und jetzt gockelt er vor einer Freundin von Annaïs, ebenfalls aus Kersaingilles, die pompös als »Regieassistentin« des Stücks bezeichnet wird. Und sie scheint nicht unempfänglich

für den männlichen Charme des zukünftigen Kampftauchers zu sein
Was es nicht alles gibt.
Die Aufführung, so hieß es, »stand«. Ich hatte nichts davon sehen dürfen und kannte nur den Titel »ACH SO? oder die Lebenskunst«.
Während der Proben, an denen Thibaut – zum Spielleiter erhoben – meistens teilnahm, schallten Lachsalven aus dem Salon. Blieb zu hoffen, dass es im Bosco ebenso werden würde.

Um vierzehn Uhr hat Anne Morvan den Speisesaal des Restaurants betreten. Wir hatten nur wenige Gäste. Mittags ziehen die Leute es vor, falls das Wetter es erlaubt, am Strand zu picknicken; oder sie begnügen sich mit einem Sandwich im Café. Dafür sind wir am Abend meistens ausgebucht.
Sie trug das gleiche Leinenkostüm wie bei ihrem ersten Besuch und die gleichen blauen Sandalen. Sie hatten sich in meine Erinnerung eingebrannt.
Ich bin ihr entgegengetreten, wie ich es bei allen Gästen tue. Ich trug eine weite Seidenbluse, die mir erlaubte, den obersten Hosenknopf offen zu lassen.
»Ist es möglich, jetzt noch etwas zu essen?«, wollte sie wissen. »So oder so möchte ich nur eine Kleinigkeit.«
»Das lässt sich machen.«
Ich habe sie an einen Tisch in der Nähe eines Fensters geführt. Ich bewegte mich wie ein Automat. Yasmina hat die überflüssigen Gedecke abgeräumt, während ich die Speisekarte geholt habe. Ich fühlte mich ungewöhnlich ruhig. Narkotisiert? Es war mir

absolut nicht in den Sinn gekommen, meine Rivalin abzuweisen. Seit über drei Monaten stand sie im Mittelpunkt meiner Gedanken, meines Unglücks. Sie schließlich vor mir zu haben war fast eine Erleichterung. Aber auch eine beängstigende Ungewissheit. Warum war sie hergekommen? Wusste Yann, dass sie hier war?
Sie hat die Speisekarte ausgiebig studiert, und ich hatte den Eindruck, dass ihr kein einziges Gericht entging. Mehrere trugen den Namen von Honoré. Sie hat mit dem Finger auf den »Salat Ouessane« gezeigt, warme Langustinen, Venusmuscheln, Tomaten, Avocodo und *wakamé*.
»Ich werde nur den Salat nehmen«, hat sie entschieden. »Und wenn möglich, ohne Algen. Und dazu ein bisschen Champagner.«
Sie hatte das Wort Algen voller Verachtung ausgesprochen.
»Wir führen keinen Champagner in halben Flaschen«, habe ich geantwortet und meine Stimme unter Kontrolle gehalten.
»Nun, dann eben eine ganze.«
Ich habe Renaud die Bestellung gegeben, der sie in die Küche getragen hat. Hatte Marguerite gesehen, dass Anne gekommen war? Sie lässt den Hof nie ganz aus den Augen, weil sie Spaß daran hat, die Esser abzuschätzen. Es kommt vor, dass sie erklärt: »Denen da, denen könnte man auch Katzenfutter vorsetzen, sie würden den Unterschied nicht merken.«
Die Gäste zweier Tische waren schon beim Kaffee angelangt. Nach ihnen blieben nur noch vier Gäste, ohne die Neuangekommene mitzuzählen. Renaud hat den Champagnerkübel auf ihren Tisch gestellt.

Yann hatte mich gelehrt, wie man Champagner entkorkt. Zu Anfang machte es mir höllische Angst. Er behauptete, ich müsse eine besondere Selbstsicherheit entwickeln, für den Fall, dass ich einem Kunden ein Auge ausschoss. Wie oft haben wir zusammen lachen können!

Ich habe ohne Schwierigkeiten die Flasche entkorkt, die seine Frau bestellt hatte, und habe ihr eingeschenkt.

»Trinken Sie ein Glas mit mir?«

»Ich danke Ihnen, aber es die Zeit der Abrechnungen.«

»Die Zeit der Abrechnungen, na so was …«, hat sie voller Ironie wiederholt.

Ich bin zu Marguerite in die Küche gegangen. Selbstverständlich hatte sie Anne ankommen sehen. Sie schien besorgt zu sein.

»Was will sie denn schon wieder hier?«, hat sie gemurrt. »Meine Soßen gerinnen lassen?«

»Wenn ich das wüsste! Du hättest sie nicht reingelassen, oder?«

Sie hat, ohne zu antworten, nur die Schultern gezuckt.

Ich bin wieder in den Speisesaal gegangen. Die Klappstühle für die Vorführung waren neben dem Klavier aufgestapelt. Das erste Mal, dass Anne sich hierher »eingeladen« hatte, war direkt vor der Eröffnung gewesen. Und diesmal vor der Aufführung von Annaïs und ihren Freunden. Als geschähe es mit Absicht.

Um uns das Fest zu verderben?

Die letzten Gäste verlangten ihre Rechnungen. Man machte mir Komplimente. Naiverweise hoffte ich,

dass Anne sie hören würde. Bald waren wir allein im Saal.
»Marie!«, hat sie mich gerufen.
Ich bin an ihren Tisch gegangen. Sie hatte nur in ihrem Salat herumgepickt und ihre Lippen mit Champagner benetzt. Renaud hatte ihr nicht nachzuschenken brauchen.
»Ich habe fertig gegessen«, hat sie gesagt und den Teller von sich geschoben. »Sie trinken doch eine Tasse Kaffee mit mir?«
Ich habe Yasmina ein Zeichen gemacht, abzudecken, und den Kaffee bestellt. Dann habe ich mich ihr gegenüber hingesetzt. Mir klopfte das Herz. Ahnte sie es? Mit Sicherheit.
Sie hat den Blick zu den Deckenbalken gehoben.
»Die berühmte Versöhnungskugel von Katrina...«, hat sie mit einem kurzen Lachen bemerkt. »Yann hatte sie mir für das Haus geschenkt, aber sie passte nirgendwohin. Ich sehe, dass sie einen Platz gefunden hat.«
»Wenn sie Ihnen gehört, können Sie sie wiederhaben«, habe ich angeboten. »Die Antiquitätenhändler interessieren sich dafür.«
Ihr Blick hat sich wieder mir zugewandt.
»Nein, danke, Sie können sie behalten. Und Yann ebenfalls, ich gehe. Mein Gepäck ist im Auto.«
Mein Atem ist stehen geblieben. Das war unmöglich. So konnte das nicht gehen. Ich hatte ihre Abreise so sehr herbeigewünscht, dass ich es nicht glauben konnte. Das war zu einfach, zu simpel.
»Ich überlasse ihn Ihnen«, hat sie wiederholt.
Dieser Tonfall, dieser Blick ... Ich habe verstanden, dass sie nur deswegen gekommen war, um mir zu be-

weisen, dass sie es war, die entschied, nicht Yann und auch nicht ich. Dass es nur von ihr abhing, wenn sie hätte bleiben wollen.
Sie hatte den gleichen Blick wie meine Mitschülerinnen damals in Rennes, in der schicken Privatschule, wo meine Mutter mich eingeschrieben hatte. Sie ahnten auf der Stelle meinen Mangel an Selbstsicherheit, meine Schüchternheit und gegenüber einigen, die siegessicher und stolz waren, auch meine Angst.
Anne weckte den Virus wieder auf. Anne *war* der Virus.
Und ich, die ich gekämpft hatte, wie sie es niemals nötig hatte, die Sturm und manchmal dem Tod die Stirn bot, ich wurde wieder zu dem kleinen Mädchen von damals, das gegenüber dieser Frau mit keinen anderen Attributen, als schön, selbstsicher und wahrscheinlich eine gute Dekorateurin zu sein, keine Worte fand, um sich zu verteidigen.
Die Rebellion ist in mir aufgestiegen. Jetzt nicht mehr! Nicht heute. Ich habe meinerseits auf die Versöhnungskugel gezeigt.
»Sie als jemand, der die Sprache der Dinge kennt, begehen einen Fehler, wenn Sie sie zurückweisen. Sie erzählt von Liebe.«
Eine wütende Flamme ist in ihren Augen aufgeleuchtet. Ich besaß die Kühnheit, mich zu verteidigen? Sie lachte verächtlich.
»Daran zweifle ich kein bisschen«, hat sie zugestimmt. »Und wenn Sie es wissen wollen, was die Liebe angeht, so ist Yann – sogar im Bett – nicht mehr ganz dabei. Und was mich betrifft, so sind mir Dreierbeziehungen ...«

»Sogar im Bett.« Mir wurde schwarz vor Augen, ich bekam keine Luft.
»Ist Madame zufrieden gewesen?«, hat Marguerites tiefe Stimme gefragt.
Sie hatte sich wie ein Leibwächter hinter mir aufgepflanzt. Ihr Ton war so voller Ironie, so überlegen, dass Yanns Frau den Blick abgewendet hat.
»Es war ausgezeichnet. Ich werde Ihnen Kunden schicken«, hat sie schließlich nach langem Zögern geantwortet.
»Kunden brauchen wir hier nicht, sondern Freunde«, hat Marguerite ihr ins Gesicht geschleudert.
Anne hat heftig ihren Stuhl zurückgeschoben und sich an mich gewandt.
»Die Rechnung, bitte.«
Ich habe ihrem Blick standgehalten.
»Sie sind mein Gast.«
Wir haben ihr nachgeschaut. Sie hat die Tür nicht hinter sich zugemacht, und ein Windstoß hat die Tischtücher hochgeweht. Es roch nach Regen.
»Sie geht weg«, habe ich gestammelt. »Sie geht nach Rennes zurück …«
Marguerite ist auf einen Stuhl gesunken.
»Bring uns doch zwei Gläser«, hat sie Renaud gebeten.
Sie hat sie persönlich mit dem Champagner von »Madame« gefüllt. Marguerite, der niemand etwas vormachen konnte, war stolz auf das, was sie war: Seemannstochter, Fischerfrau und eine ausgezeichnete Köchin.
Sie hat ihr Glas erhoben.
»Darauf, dass wir sie endlich vom Hals haben!«
Ich habe nicht geantwortet. Ich sank immer tiefer.

»Sie anzurühren wäre Hochverrat«, hatte Yann gesagt. Er hatte Verrat begangen.
»Was ist mit dir los?«, hat sich Marguerite gewundert. »Ich dachte, sie wäre endgültig weg? Bist du denn nicht zufrieden?«
Sie hat auf meinen Bauch gezeigt.
»Jetzt kannst du es ihm endlich sagen mit dem Kind!«
Ich habe tief eingeatmet.
»Im Augenblick noch nicht. Ich muss nachdenken.«
Meine Freundin hat ganz große Augen gemacht.
»Nachdenken, worüber? Hast du nicht schon lange genug gewartet? Alle anderen werden es noch vor ihm wissen.«
Ich bin aufgestanden. Um nichts in der Welt hätte ich diesen Champagner getrunken. Er feierte meine Niederlage.
»Ich habe meine Gründe, Marguerite«, habe ich geschrien. »Und du mischst dich da bitte nicht ein. Wenn du dich einmischst, schmeiße ich alles hin.«
Und ich habe die Tür hinter mir zugeknallt. Der Wind hatte Recht gehabt, es fing an zu regnen.

7

Er hat gegen fünf Uhr, der Zeit meiner Ruhepause, wie er wusste, bei mir geläutet.
Ich war bereit.
Ich habe ihn im Salon empfangen, der seit der Ankunft der Kinder in eine Theaterbühne verwandelt worden war, eine wahre Rumpelkammer! Aber nur allzu bald würde alles wieder ordentlich an seinem Platz stehen. Und ich war wieder eine allein lebende Frau.
Ich habe ihm etwas zu trinken angeboten. Er hat es »im Moment« abgelehnt. Ganz offensichtlich drängte es ihn, zu sprechen. Er hat meine Hände genommen.
»Anne ist heute Morgen abgereist. Sie kommt nicht mehr zurück.«
Ich habe mich befreit.
»Ich weiß. Sie ist ins Restaurant gekommen, um sich zu verabschieden.«
Er ist erstarrt. Ich hatte sogar den Eindruck, dass er blass geworden war.
»Sie ist zu dir gekommen?«, hat er ungläubig wiederholt. »Warum denn das? Was wollte sie denn von dir?«
»Sie wollte mir sagen, dass ich dich zurückhaben kann.«
Er hat verkrampft gelacht.
»Das ist typisch für sie, die Dinge so darzustellen! Mein armer Schatz, das war wohl nicht gerade angenehm für dich.«

Nicht »angenehm« – das Wort war schwach. Er hat versucht, mich aufs Sofa zu ziehen. Ich habe mich gewehrt.
»Sie hat beschlossen, die Scheidung einzureichen«, hat er mir berichtet. »Ich werde sehr bald das Haus zum Verkauf anbieten.«
»Und wo wirst du wohnen?«
Er schaute mich verständnislos an. Was hatte er vorgehabt? Im Chez le Bosco? Hier?
»Und wie hat Noël es aufgenommen?«, habe ich beklommen gefragt.
Sein Gesicht hat sich ein bisschen aufgehellt.
»Anne hat ihm vorgeschlagen, bei ihr in Rennes zu wohnen und dort sein Studium zu beginnen. Er hat abgelehnt. Daraufhin ist sie stinkwütend geworden. Sie ist es nicht gewöhnt, dass man sich ihr widersetzt.«
Diese Erfahrung hatte ich auch gemacht. Wenn man sich ihr widersetzte, wurde sie boshaft, beinahe vulgär.
»Ich freue mich über Noëls Entscheidung«, habe ich gesagt. »Stell dir vor, er wäre mit seiner Mutter gegangen und hätte dich sitzen lassen, nach allem, was du für ihn getan hast.«
Hat er die Ironie in meiner Stimme gespürt? Ich hatte auch noch sagen wollen: »Nachdem du mich geopfert hast. Und verraten.«
»Aber es ist dir zu verdanken, dass er geblieben ist, Marie! Er hat den Unterschied zwischen einer guten und einer schlechten Mutter sehen können.«
»So gut war ich auch wieder nicht. Du schmeichelst mir.«
Seine ungläubige Miene hat mir wehgetan.

»Marie, was ist los? Sie ist doch weg … Kannst du nicht zu verstehen versuchen? Wenn ich sie rausgeworfen hätte, wie ich es hundertmal versucht habe, hätte Noël sich nie entschlossen, zu studieren. Und er wäre ihr zweifellos nach Rennes gefolgt. Die drei Monate haben ihm die Zeit gegeben, die er brauchte, um zu erkennen, wer Anne ist. Er konnte also wählen. Verstehst du, Marie?«
Er hat einen tiefen Seufzer ausgestoßen.
»Aber das alles war natürlich schrecklich ungerecht dir gegenüber.«
Alles, was er gesagt hatte, stimmte. Es stimmte, was Noël anging, und es stimmte, was die Ungerechtigkeit betraf. Blieb noch, was er mir verheimlichte. Er hatte Anne in sein Bett genommen, trotz seines Versprechens. Worauf wartete er, um es mir zu gestehen? Dann hätte ich versuchen können, es zu verstehen, zu verzeihen. Wie konnte er planen, auf der Basis einer solchen Lüge etwas Authentisches zwischen uns wieder aufzubauen? Ich werde jedes Mal daran denken, wenn wir Liebe machen. Die »Dreierbeziehung« würde andauern.
Er hat sich mir genähert und versucht, mich in die Arme zu nehmen.
»Warum sagst du nichts? Willst du nichts mehr von mir wissen?«
Ich habe nicht geantwortet. Er war völlig niedergeschmettert. Gleichzeitig wirkte er plötzlich sehr, sehr alt und schaute drein wie ein verirrter kleiner Junge. Der kleine Junge brach mir das Herz. Ich habe mich abgewandt, um nicht zu kapitulieren, und er hat die Arme sinken lassen. Ein Mann, der die Arme sinken lässt? Mir wäre es lieber gewesen, wenn er

geschrien, wenn er sich gewehrt hätte, dann wäre die Wahrheit vielleicht herausgekommen.
Annaïs' Ente kommt mit großem Getöse in den Hof gefahren. Die Wagentür schlägt zu.
»Mama, bist du da?«
Ich habe mich zu Yann gewandt.
»Lass mir ein bisschen Zeit. Ich muss nachdenken.«
Annaïs ist in den Salon gestürmt gekommen. Sie schwenkte das Plakat für die Aufführung »ACH SO? oder die Lebenskunst«.
»Wir haben sie überall aufgehängt. Was hältst du davon? Springt ins Auge, nicht wahr?«
Als sie Yann entdeckte, strahlte sie.
»Das trifft sich gut, wir wollten Sie auch einladen. Das Lokal, das sind ja schließlich Sie! Freitag Punkt acht Uhr, einverstanden? Freitag, der Dreizehnte, wenn das kein Glück bringt! Und Noël natürlich auch!«
Sie hatte es eleganter Weise unterlassen, Anne einzuladen. Sie ahnte noch nicht, dass »die da sich aus dem Staub gemacht hatte«. Nachdem sie das Gelände unterminiert hatte.
»Sehr gern, Annaïs. Wenn Marie einverstanden ist«, hat er mit erloschener Stimme geantwortet.
»Marie hat den Künstlern noch nie etwas verweigert«, hat meine Tochter erklärt.
Später habe ich bemerkt, dass Thibauts Name neben denen der Autoren auf dem Plakat verzeichnet war!
Verheimlichte ich Yann nicht auch etwas Wesentliches?
Ein Geheimnis, das ich nie verraten werde.

8

Eine alte bretonische Bäuerin, Corentine, ist durch ein Wunder von den Veränderungen der Welt unberührt geblieben. Sehr jung verwitwet und ohne Kinder, hat sie zwischen ihrer Kuh, ihren Hühnern und ihrem Kartoffelacker gelebt. Das Fernsehen? Das tut ihr in den Augen weh, und sie bewundert lieber die Landschaft. So oder so geht sie mit der Sonne schlafen und kümmert sich nicht um die Zeitumstellung. Um ihr äußerst bescheidenes Leben ein wenig aufzubessern, hat ihr ein Nachbar geraten, ein Schild »Zimmer zu vermieten« in eines der Fenster ihres Hauses zu hängen. Das scheint zu funktionieren, und an Zimmern mangelt es ihr nicht.

Zwei junge Trödler in nietenbesetzten Blousons, ausgefransten Shorts und Cowboystiefeln sind vor ihrem Schild stehen geblieben. Die Aufführung beginnt, als sie dreimal kräftig an die Tür des Chez le Bosco klopfen.

Der Saal ist voll. Obwohl wir die Tische der Terrasse dazugestellt haben, sind wir gezwungen gewesen, Leute abzuweisen. Das Tagesgericht ist eine Platte mit Meeresfrüchten.

Meine Eltern sind natürlich da. Und Benoît, den man in dieser Zeit, wo seine Pfarreien stark bevölkert sind, nur selten zu sehen bekommt. Ich hatte die Ehre, Baudoin, unseren Bankier, mit seiner Frau zu empfangen. Yann und Noël sind wie vorgesehen ebenfalls erschienen.

Die Bühne befindet sich vor dem Kamin, in dem ein Feuer lodert. Corentine wird von Annaïs gespielt. Sie hat weißes Haar, trägt eine hohe Spitzenhaube und schwarze Röcke, die ihr bis an die Knöchel reichen.

Die »schwulen« Trödler sind zwei hinreißende junge Männer, die bei mir wohnen … in getrennten Zimmern.

»Kommen Sie herein, Gott segne Sie«, meckert die alte Bäuerin, als sie ihren Besuchern die Tür aufmacht.

Ihre Aufmachung lässt sie erstarren. Wie sind diese komischen Vögel bei ihr gelandet? Auf der Lederjacke von einem von ihnen kann sie »Hell's Angels« lesen. Ist es der liebe Gott oder der Teufel, der sie ihr geschickt hat? Aber sie lässt sie eintreten. Falls sie Banditen sind – bei ihr gibt es nichts zu stehlen.

Unsere Trödler holen zwei quicklebendige Hummer aus ihrem Sack und bitten Corentine, sie ihnen zum Abendessen zu kochen. Herzlich gern! Das Stück dauert so lange, wie das Garen der Hummer und die Zubereitung der Soße in Honorés Kamin, an dem die Alte sich zu schaffen macht, während ihre Gäste, die Stiefel auf dem Tisch, auf ihre Mahlzeit warten.

In dem Zimmer, das zur Verfügung steht, gibt es nur ein großes Doppelbett, teilt Corentine ihnen mit, während sie das Gemüse für ihren Sud für die Hummer putzt. Sie hatte ein Paar erwartet. Wenn sie es wünschen, kann sie ein zweites Zimmer fertig machen.

»Das ist ganz und gar nicht nötig, das große Bett ist genau richtig!«, erwidern die jungen Männer, die in

keiner Weise versuchen, ihre Homosexualität zu verheimlichen. Sie seien ja ein Paar.
Und sie küssen sich direkt auf den Mund, um ihrer Wirtin alle Zweifel zu nehmen.
»Ach so?«, ruft unsere Bretonin aus. »Das ist also heutzutage erlaubt, dass zwei Jungs sich lieben?«
»Erlaubt, akzeptiert und im Gesetz verankert. Sozialversicherung, Beihilfe, Ermäßigung für ›Paare‹ bei der Eisenbahn und bald sogar in den Flugzeugen. Man macht keinen Unterschied mehr zu den so genannten ›normalen‹ Paaren«, erklären unsere Trödler.
»Und die Kinder?«, erkundigt sich die Alte.
Sie haben demnächst das Recht, welche zu adoptieren.
»Ach so? Aber zu wem wird der kleine Engel ›Mama‹ sagen, das Wort, das die Kleinen kennen, noch ehe sie sprechen können?«, fragt Corentine und schaut ihre Gäste mit großen Augen an.
Und so weiter …
Leidenschaftlich neugierig und gleichzeitig naiv und gerissen, erlaubt sich die Alte nie ein Urteil. Ihr erstes »Ach so?«, hat Gelächter ausgelöst. Es ist unnachahmlich. Das ist Annaïs. Und jetzt wirft sie, ohne zu zögern, die Hummer in den kochenden Sud. Das Gelächter verwandelt sich in kleine, entsetzte Schreie, in die die »Höllenengel« einstimmen, obwohl ihre Lederjacken mit Schädeln und Knochen verziert sind.
»Ach so? Wollten Sie sie vielleicht essen, ohne sie zu kochen?«, fragt die Alte nicht ohne Spott.
Jetzt widmet sie sich der Soße, in die sie zur großen Freude des Publikums alle möglichen Zutaten

mischt, die den Saal parfümieren. Für diesen Teil der Inszenierung hat Marguerite ihnen mit Rat und Tat zur Seite gestanden.
Und während die Hummer gar werden und die Soße köchelt, geht der Austausch zwischen Vergangenheit und Gegenwart weiter.
Ach so? Gut und Böse gibt es nicht, und die Bösen sind mehr zu beklagen als die Guten? Ach so? Der liebe Gott ist durch die Psy-irgendwas ersetzt worden und der Beichtstuhl durch ein Sofa?
Ach so? Man kann in zehn Minuten in die Nachbarstadt gelangen, während sie einen ganzen Tag braucht?
Und wozu soll das alles gut sein, wo doch die Sonne für alle zur gleichen Zeit untergeht und die Früchte auf den Bäumen auch nicht schneller reif werden?
Poetisch oder scharfzüngig, zärtlich oder frech – der Text kommt an. Die Autoren haben nicht versucht, eine Lehre zu erteilen, aber nach und nach zeichnet sich eine Frage ab: Auf welcher Seite findet sich die Lebenskunst?
Jedem ist es überlassen, eine eigene Antwort zu geben.
Die Hummer sind gar und werden von Corentine fingerfertig entschalt, auf die Teller gelegt und mit sämiger Soße beträufelt. Den Zuschauern läuft das Wasser im Mund zusammen, und ein allgemeiner Entrüstungsschrei ist zu hören, als die beiden Untermieter ihr Festmahl üppig mit Ketchup begießen, das sie aus ihrem Sack geholt haben.
»Ach so? Schmeckt das so besser? Das muss ich probieren«, schließt die Alte.
Ende. Es prasselt Applaus, die Künstler verneigen

sich tief. Als Annaïs ihre Haube und Perücke auszieht und ihr junges Gesicht zum Vorschein kommt, bricht der Sturm los. Für einen Augenblick scheint es, dass Vergangenheit und Gegenwart sich in der gleichen Weisheit versöhnen.
Die bewundernden Blicke meiner Eltern auf ihre Enkelin muss man gesehen haben. Auf Maminas Schoß fuchtelt Maximou mit den Armen. Benoît ist selig. Über Marguerites Wangen kullern Lachtränen. Auf die Bühne gerufen, verneigt sich Thibaut, Hand in Hand mit dem Star des Abends.

Irgendwann, als ich im Geiste die Anwesenden – und die Einnahmen für das Rettungsschiff – zählte, ist mein Blick an Madeleine hängen geblieben. Sie stand in einer Ecke und betrachtete ihren Sohn in Mamas Armen. Etwas Neues lag in ihrem Gesicht, wie ein zusätzliches Leuchten. Früher war sie einfach nur hübsch gewesen. Heute Abend fand ich sie schön. Ein alberner Gedanke ist mir durch den Kopf gegangen: Sie ist verliebt. Doch ich habe mich nicht damit aufgehalten. Madeleine ging sozusagen nie von hier, wo sie unter guter Überwachung stand, fort. Sie musste sich ganz einfach nur in Sicherheit fühlen. Und in Frieden.

»Nun, Marie, es soll ja fabelhaft gelaufen sein, oder?«
»Besser als das, Jean-Yves. So gut, dass wir es wiederholen werden. Und diesmal wirst du in der ersten Reihe sitzen.«
Ich habe den Umschlag mit den Einnahmen auf den Küchentisch des Lebensretters gelegt: zweitausend und sechshundert Francs! Ich war ziemlich stolz da-

rauf und bin gleich heute Morgen um acht Uhr zu ihm geeilt, um ihn noch anzutreffen. Er bewohnt ein Haus am Hafen, kaum größer als das von Benoît, aber viel hübscher. Wohnzimmer und Küche im Erdgeschoss, Schlafzimmer und Bad oben drüber.
Er zeigt auf die Kaffeekanne auf dem Gasherd.
»Eine Tasse?«
»Lieber ein Glas Wasser, bitte.«
Wir setzen uns einander gegenüber an den Tisch. Der Himmel ist schön, blau, aber es ist ziemlich kühl. Trotzdem hat Jean-Yves das Fenster weit aufgerissen, und die Passanten können unsere Zweisamkeit bewundern. Um meinen Ruf zu schützen? Kein Wind ist so schnell wie die Zungen hier zu Lande.
Er zeigt auf den Umschlag.
»Warum tust du das alles, Marie?«
»Damit, wie du neulich gesagt hast, Kersaingilles nicht nur eine Postkarte ist.«
Er seufzt und runzelt die Stirn.
»Glaubst du, es wird uns gelingen? Der Sommer schreitet voran, und wir haben noch lange nicht genug Geld zusammen.«
Auf der Tafel stehen noch fast zweihundertfünfzigtausend Francs.
»Die Saison hat gerade erst angefangen, Jean-Yves. Zwei oder drei großzügige Spender wie Lalonde, dann brauchen wir uns keine Sorgen mehr zu machen.«
Mein Scherz heitert ihn auf.
»Apropos Lalonde … wenn ich dich nicht mehr auf die *Espérance* rufe, nimmst du mir das doch nicht übel, oder?«, fragt er mit einer gewissen Verlegenheit.

»Und warum willst du mich nicht mehr rufen?«
Er räuspert sich. Es fällt ihm offensichtlich sehr schwer, es über die Lippen zu bringen.
»Ich habe drei Schwägerinnen«, entschließt er sich endlich zu sagen. »Und jede von ihnen hat vier Gören gemacht, eine sogar fünf. Und zu Anfang ihrer Schwangerschaft machten sie alle das gleiche Gesicht wie du neulich auf dem Schiff mit Lalonde.«
Er zeigt auf mein Glas Wasser.
»Und obwohl sie normalerweise literweise Kaffee tranken, konnten sie ihn plötzlich nicht mehr sehen.«
Ich antworte nicht. Es kommt einem Geständnis gleich. Er hat es also erraten? Was für einen Scharfblick er hat, mein Freund!
Er räuspert sich noch einmal. Mein Rücken wird steif.
»Und wenn Yann Morvan nichts davon wissen will, von deinem Kind, ich, ich nehme euch beide«, verkündet er.
Und schaut woanders hin.
Vor Verblüffung verschlägt es mir die Sprache. So hat er also die Tatsache interpretiert, dass ich nach der Abreise von Anne nicht zu Yann zurückgekehrt bin? Eine Ablehnung des Kindes? Und als guter Lebensretter streckt er die Hand nach mir aus.
Ich betrachte seine Hand auf dem Tisch, diese Hand, die so viele aus dem Wasser gezogen hat. Sie hat sich der meinen ein Stückchen genähert, ohne sich ans Ziel zu wagen.
»Wenn ich euch habe, ist es gut möglich, dass ich mir wegen des verdammten Schiffs weniger Kummer mache«, brummt er.

Rührung schnürt mir die Kehle zu. Ich schaue ihm tief in seine Augen, eine Mischung aus Himmel und Wasser. Ich habe nicht das Recht, ihn träumen zu lassen.
»Ich danke dir, Jean-Yves. Aber Yann weiß noch nicht, dass ich schwanger bin. Ich habe es vorgezogen, den Mund zu halten, solange seine Frau hier war. Ich bin sicher, dass er glücklich sein wird, wenn er es erfährt. Und er ist mit Sicherheit für das Kind.«
»Aber seine Frau ist doch weg, oder etwa nicht?«, donnert er plötzlich.
Das Blut ist mir ins Gesicht gestiegen, ich schäme mich.
»Er hat sie drei Monate dabehalten, also habe ich auch das Recht, ihn ein paar Tage schmoren zu lassen!«
»Ich weiß nicht«, antwortet Jean-Yves. »Wenn man liebt, dann liebt man, das ist alles.«
Das Korn, das Brot, das Leben, die Liebe. Wenn nicht Liebe, dann Tod. Ich nehme seine Hand in meine, jetzt kann ich es tun.
»Du hast Recht, Jean-Yves. Die Dichter haben übrigens immer Recht.«
Er lässt den Kopf sinken. Hatte er gehofft, dass ich annehmen würde? Ist er insgeheim erleichtert über meine Ablehnung? Wie soll man im Herzen eines alten Junggesellen lesen können! Manch einer im Hafen lässt es sich nicht nehmen, über sein Junggesellendasein Witze zu machen. Man erzählt, dass einst diejenige, die er liebte, einen anderen vorgezogen habe. Andere flüstern, dass er sich mit einer Geschäftsfrau in Quimper getröstet habe, aber es war

nicht zur Diskussion gestanden, dass sie sich in Kersaingilles vergräbt oder dass er den Hafen verlässt. Und sein Schiff.

»Sag mal, Jean-Yves, warum bist du allein geblieben? Du bist ein … wunderbarer Mann.«

Das hat ihn zunächst aus der Fassung gebracht. So etwas fragt man nicht, jedenfalls nicht so. Hätte ich den übelsten Fluch von mir gegeben, hätte ihn das weniger schockiert. Seine Wangen sind ganz rosig. Aber nicht aus dem Grund, den ich vermute.

»Weißt du, was man hier zu Lande über einen Mann sagt, der zu hoch hinauswill? Man sagt, er bilde sich ein, die Sonne aufgehen zu lassen. Ich hätte eine gebraucht, die so mutig wie ein Seemann und so sanft wie eine Frau ist. Vielleicht eine, die Klavier spielt und einen Trawler steuert. Eine, die es nur in einem einzigen Exemplar gibt.«

Ich bin tief gerührt. Gibt es eine schönere Liebeserklärung? Er steht auf und schaut aufs Meer hinaus, aber es ist sein Leben, das er betrachtet.

»Und man kann wohl sagen, dass auch heute die Sonne ohne mein Zutun aufgegangen ist«, schließt er.

9

Wenn man liebt, dann liebt man, das ist alles.
Und ich, wie liebte ich?
Seit über vier Monaten trug ich Yanns Kind und hatte es ihm verschwiegen. Und dabei wäre er für das Kind gewesen. Aber Anne … Eine Liebe ohne Schwung, verschleudert.
Und jetzt, wo sie weg ist: ohne Großzügigkeit, ohne Seelengröße, nichtig! Die wahre Liebe, war das nicht das Verzeihen?
Yann hatte mit Anne geschlafen? Na und? Hatte ich es nicht in gewisser Weise provoziert, indem ich mich ihm verweigerte, indem ich mich nach Hause geflüchtet hatte, um ihn nicht mehr umarmen zu müssen? Und hätte er es getan, wenn er gewusst hätte, dass ich sein Kind trage?
Wenn man liebt, dann liebt man.
Marguerite hatte Recht. Mein Stolz war größer als meine Liebe. Ich wollte die Erste und die Einzige sein, oder gar nichts.
Ich bin nach Hause gerannt und habe, ohne mir die Zeit zu nehmen, meine Jacke auszuziehen, Yann in seinem Büro angerufen. Ich wollte ihn bitten, heute Abend hierher zu kommen. Ich wollte ihm alles sagen. Alles aufklären.
»Monsieur Morvan ist nicht da. Er ist zum Tauchen gegangen«, hat mir die Sekretärin berichtet. »Kann ich ihm etwas ausrichten?«
»Nein danke, ich rufe später wieder an.«

Ich habe aufgehängt. Meine Enttäuschung entsprach der Zeit, die ich durch mein Schweigen verloren hatte. Jetzt, wo ich beschlossen hatte zu reden, hatte ich das Gefühl, keine Minute länger warten zu können. Ich war wahnsinnig gewesen! Ich verstand mich nicht mehr. Und was das Schweigen betrifft, hatte ich es nicht in Bezug auf Thibaut ebenfalls gewahrt?

Das Kind hat sich in meinem Bauch bewegt; es fühlte sich an wie kleine Wellen. Ich würde die Hand meines Geliebten nehmen und auf dieses Wunder legen. Ob er es wohl sofort verstehen würde?

Elf Uhr. Höchste Zeit, zur Arbeit zu gehen. Yann war also beim Tauchen? Die *undaria*, ein anderer Name für das *wakamé*, wird zunächst im Labor gezüchtet und dann ins Meer auf eine Struktur aus Seilen umgepflanzt, wo sie sehr schnell wächst. Nach vier Monaten kann die Alge geerntet werden. Zwei oder dreimal im Jahr taucht mein Seetangzüchter hinunter, um seine Pflanzungen zu besuchen und auf seinem Unterwasserfeld etwas Ordnung zu schaffen.

Von meinem Fenster aus habe ich ihm zugelächelt. Wenn es doch schon Abend wäre!

Heute Abend? Wenn ich das Meer zu lesen verstanden hätte …

Heute früh um neun Uhr, als ich bei Jean-Yves war, ist Yann in den Tauchclub gegangen und hat gefragt, ob jemand mit ihm tauchen würde, wie er es immer zu tun pflegt. Eine Hand hatte sich sofort gehoben. Die von Quentin.

Gegen zehn Uhr waren sie mit der *Honoré*, Yanns schönem Schiff, das er mir an einem Versöhnungstag vorgeführt hatte, aufs Meer hinausgefahren. Das Wetter war bestens geeignet, sehr hell und ohne Wind, sonst hätten sie für die Arbeit nicht genug Licht gehabt. Die Temperatur dagegen war kühl. Hatte ich das bei Jean-Yves nicht bemerkt? Und die Kälte erhöht die Risiken beim Tauchen.

Yanns Konzession, drei Hektar, die von gelben und orangenfarbenen Bojen angezeigt wird, befindet sich etwas über eine Meile von der Fahrtrinne. Sie hatten den Anker geworfen und ihre Taucheranzüge angelegt. Yann hatte eine Flasche, Quentin hatte zwei.

Die *undaria* wächst an Trossen in anderthalb Metern Tiefe. Ihre Verankerungen dagegen reichen bis fünfzehn Meter tief. Und dort gab es Arbeit: Trossen, die sich verheddert hatten oder von Trauben von Miesmuscheln oder dicken Parasitenalgen zu befreien waren. Yann hatte Quentin ein Messer gegeben.

Jeder Taucher muss die Zeichensprache beherrschen, das einzige Kommunikationsmittel in der Welt der Stille. Es gibt Zeichen für jede Situation. Die beiden Männer arbeiteten seit etwas mehr als einer Stunde, als Yann Quentins Aufmerksamkeit auf sich gelenkt hat. Er zeigte nacheinander auf seine Lungen, um zu sagen, dass er Atembeschwerden hatte, und auf seinen Kopf, weil es ihm zu schaffen machte.

Quentin wusste, was er zu tun hatte. Er hat sich seinem Gefährten genähert und ihm das Mundstück seines Druckventils gereicht, damit er Luft holen konnte. Während Yann einatmete, hat er ihm fest in die Augen geschaut, um ihm zu bedeuten, dass er die Ruhe bewahren müsse, und ihm mit der ganzen Kraft seines Blicks befohlen, sich nicht mehr zu

bewegen, dass alles in Ordnung kommen würde und dass es keinen Grund zur Beunruhigung gebe.
Der Blick ist neben der Zeichensprache die andere Form der Kommunikation unter Wasser, um, wenn nötig, eine aufkommende Panik auszuschalten. Wenn man keine Luft mehr bekommt, ist da nicht der erste Reflex, aufzutauchen? Das Allerletzte, was man tun darf! Auftauchen, ohne die Etappen zu respektieren – obligatorische Pausen –, heißt, dass man riskiert, kleine Luftbläschen ins Blut zu bekommen, die den Kreislauf beeinträchtigen und bis ins Gehirn geraten können.
Yann hat Quentin Zeichen gemacht, dass er bereit war.
Er hat die erste Etappe berücksichtigt, neun Meter unter der Oberfläche. Im Wasser einander gegenüber, haben die beiden Männer die nötigen Minuten abgewartet, während derer Quentin Yann weiterhin Sauerstoff zugeführt hat.
Was ist anschließend passiert? Ja, das Meer war kalt, und wahrscheinlich hat Yann einen Krampf gehabt, denn er hat erneut Zeichen gemacht, dass etwas nicht in Ordnung war, diesmal, indem er auf sein Bein gezeigt hat. Und noch ehe Quentin reagieren konnte, ist er überstürzt aufgetaucht, wobei er die zweite Etappe, drei Meter unter der Oberfläche übersprungen hat.
Um ihm zu helfen, sich auf die Leiter zu hieven und an Bord zu kommen, hat Quentin sämtliche Energie der Hoffnung gebraucht, die man in diesem Alter, ohne zu rechnen, aufbringen kann. Yann spürte ein Kribbeln in den Beinen, er zitterte, seine Bewegungen waren unkontrolliert. Er hatte, was man einen

»Druckverminderungsunfall« nennt. Zeit zu verlieren konnte fatal sein.
Im Hafen war es die Zeit für den Aperitif. Der Himmel, der am Morgen, als ich Jean-Yves besucht hatte, so klar gewesen war, begann sich zu bedecken, und Wind kam auf.
Mein Lebensretter, der Kapitän und ein paar Fischer im Ruhestand hatten sich gerade im Poisson Bleu eingefunden, als der Beeper von Jean-Yves sich gemeldet hatte. Wenn man nicht einmal mehr seinen Muskateller in Ruhe trinken kann!
Die *Espérance* mit seinem Baas, André und zwei anderen, die aus ihrem Kartenspiel gerissen worden waren, an Bord, hat nicht einmal fünfzehn Minuten gebraucht, um zur *Honoré* zu gelangen.
Quentin hatte das Unfallopfer aus dem Taucheranzug befreit, in eine Thermodecke gewickelt und mit Sauerstoff aus einer kleinen, an Bord befindlichen Flasche versorgt.
Dreißig Minuten später in Kersaingilles löste der SAMU die *Espérance* ab.

10

Als ich im Chez le Bosco ankam, hatte ich die Schauspieler vorgefunden, die dabei waren, wieder Ordnung zu schaffen. Anschließend hatte Thibaut die Truppe zu einem Ausflug irgendwohin mitgenommen. Annaïs strahlte.

Zu meiner großen Befriedigung hatte sich das Mittagessen ruhig angelassen, doch der Himmel bewölkte sich, und ein beginnender Regen hatte die Strände leer gefegt und die Leute zu uns getrieben.

Eine Tischrunde von sechs fröhlichen Männern und Frauen hatte sich bis fast vier Uhr aufgehalten, und ich hatte nicht aufgehört, auf die Uhr zu schauen.

Ich brannte darauf, Yann anzurufen. Sobald die Abrechnungen erledigt waren, würde ich ihn bitten, so schnell wie möglich zu mir nach Hause zu kommen.

Wie eilig ich es jetzt hatte, ihm in die Arme zu fallen! Sogar hier auf meinem Hocker hinter der Kasse drängte mich die Begierde! Na so was! Was dachte wohl unser Kleines davon?

»Man könnte meinen, Sie sind heute in Hochform«, hat der reizende Renaud, unser Kellner, bemerkt.

Ich habe es mit einem Lachen bestätigt.

Endlich waren sie alle fort. Marguerite war nach Hause gegangen. Statt Yann anzurufen, überlegte ich, ob ich ihn nicht direkt von seinem Büro abholen sollte, als André und Quentin in den Speisesaal gekommen sind.

André und Quentin! Zusammen?

Mein Sohn hatte ein aschfahles Gesicht und wirkte wie erstarrt. Unter seiner Mütze schnitt der Kapitän ein Gesicht wie an den schrecklichsten Tagen.
»Es ist etwas passiert«, hat Quentin angekündigt.
»Annaïs?«
Sie hat einen Autounfall gehabt ... Thibaut und sie hatten die Ente genommen, deren Bremsen nicht in Ordnung waren.
Er mochte noch so sehr ein zukünftiger Kampftaucher und ein Soldat sein, mein Schrei hat Quentin völlig gelähmt. André hat weitergesprochen.
»Nein! Nicht deine Tochter, Marie, sondern Yann! Er hat ein Problem beim Tauchen gehabt. Er ist ...«
»Er ist tot?«, habe ich wieder geschrien.
»Aber wer sagt denn so was?«, hat André protestiert. »Wenn du mich ausreden ließest? Er ist im Krankenhaus in der Dekompressionskiste, das ist alles. Und wir haben uns gedacht, wenn wir es dir nicht sagen, dann bringst du uns um.«
Ich bin auf einen Stuhl gesackt. Ich hatte Lust, mich selber umzubringen. Quentin hat mir die Hand auf die Schulter gelegt.
»Er wird durchkommen, Mama. Er kommt durch, das verspreche ich dir.«
Was weiß er denn schon?
Ich habe ihn zurückgestoßen.
»Wo ist er? In welchem Krankenhaus?«
»In Brest.«
»Wir fahren hin.«
»Natürlich fahren wir hin«, hat André geknurrt. »Was meinst du denn, wozu wir hergekommen sind? Ich habe unterwegs voll getankt, damit wir uns nicht mehr aufhalten müssen.«

Ich habe Marguerite angerufen. Ich brachte kaum ein Wort heraus. Meine Freundin wusste von dem Kind und konnte verstehen, dass die Stolze völlig niedergeschmettert war. Und da Alain Taucher war, wusste sie auch, dass ein Druckunfall zu allem führen konnte, zur Lähmung, sogar zum Infarkt. Ich mußte also nicht mehr viel sagen.
»Bleib so lange du willst bei ihm, Kleinchen, ich kümmere mich um alles.«
Ich hatte nicht die Kraft, ihr zu danken. Quentin hat den Hörer für mich aufgelegt.
Der Regen war stärker geworden. Die Sonne, die ohne Jean-Yves' Hilfe aufgegangen war, hatte nur den Vormittag durchgehalten.
»Wir nehmen die Autobahn«, hat der Kapitän beschlossen, als er mir die Wagentüre aufmachte. »Da ist vielleicht weniger Verkehr.«
Zunächst haben wir geschwiegen. Es herrschte tatsächlich starker Verkehr. Wenn es regnet, stürzen sich die Urlauber auf die Straßen, um Besichtigungen zu machen oder einzukaufen.
Ich habe meine Hand nach hinten gestreckt. Quentin hat sie sofort ergriffen.
»Gut, dass du mitgekommen bist«, habe ich gesagt.
»Was er dir nicht erzählt hat, ist, dass Yann ohne ihn vielleicht nicht mehr da wäre«, hat André dazwischen geworfen.
Verständnislos habe ich mich zu meinem Sohn umgedreht.
»Wir sind zusammen getaucht«, hat er mich aufgeklärt. »Heute früh ist Yann in den Club gekommen, weil er jemanden dabei haben wollte. Wo ich doch schon so lange Lust habe, eure Algen zu sehen!«

Ich habe die Augen zugemacht. Das war wirklich der Moment, um mir zu sagen, dass er uns akzeptierte.
»Erzähl mir, was passiert ist, aber ohne mir irgendwas zu verheimlichen, bitte.«
Er hat erzählt, wie sie getaucht sind, Seite an Seite gearbeitet haben, Yanns Zeichen von Atemnot, die übersprungene Etappe. Ich sah nichts mehr von der Umgebung. Ich erstickte unter Wasser mit meinem Geliebten. Ich rettete ihn mit meinem Sohn.
»Ich habe sofort gesehen, dass er nicht in Form war«, hat Quentin berichtet. »Aber er hatte beschlossen, zu tauchen, und es hätte nichts genützt, darüber zu diskutieren.«
Zum Tauchen ist es unabdingbar, körperlich und seelisch in guter Verfassung zu sein. Seit vier Monaten – und zum Teil durch meine Schuld – lebte Yann unter Stress und Angst.
»Dein Junge hat ihn hochgeholt und sofort Jean-Yves gerufen«, hat der Kapitän weiter berichtet. »Du kannst dir denken, dass wir nicht getrödelt haben. Jean-Yves war außer sich.«
Der Lebensretter, mit dem ich wenige Stunden zuvor über Yann und die Liebe gesprochen hatte.
»Und als wir angekommen sind, hatte dein Sohn alles genauso gemacht, wie es sein muss, und außerdem, ohne die Ruhe zu verlieren. Lass es dir sagen, Marie, du hast einen Prachtkerl zum Sohn.«
Ich habe die Hand meines Fischkastenplünderers ganz fest gedrückt.
»Daran habe ich nie gezweifelt.«

Die Einfahrt nach Brest war höllisch. Diesmal hatte ich Lust, alle Bummelfritzen umzubringen.

Es war schon nach sieben, als wir im Krankenhaus angekommen sind, und wir haben außerdem noch Zeit verloren, bis wir die richtige Station gefunden hatten. Dort hat uns die Krankenschwester in Kenntnis gesetzt.

»Monsieur Morvan ist vor zwei Stunden aus der Druckkammer gekommen. Er ruht sich aus. Sein Sohn ist bei ihm.«

Noël stand vor der Tür Nummer fünfzehn Wache.

»Jean-Yves hat mich hergefahren, ich habe mit Papa sprechen können, es geht«, hat er uns sofort beruhigt. »Sie haben ihm was zum Schlafen gegeben. Er muss ziemlich kaputt sein.«

Er hat sich zu Quentin umgedreht und ihm die Hand gereicht.

»Danke.«

»Nichts zu danken«, hat der Idiot geantwortet.

Warum nicht: »Nicht der Rede wert«?

»Können wir ihn sehen?«, habe ich gefragt.

Noël hat mich düster angeschaut. Sein Blick gab die Antwort: »Es wird wirklich langsam Zeit!« Er hatte ja so Recht, es mir übel zu nehmen! Hatte ich denn an ihn gedacht, als ich seinen Vater abgewiesen habe? Und dabei war es vielleicht zum Teil auch meinetwegen, dass er seiner Mutter nicht gefolgt ist.

»Wir dürfen ihn nicht anstrengen«, hat er mit dumpfer Stimme erklärt.

Ich habe mich umgeschaut. Nirgendwo ein weißer Kittel in Sicht, also bin ich in das Zimmer gegangen. Nur das eine der beiden Betten war belegt. Braun gebranntes Gesicht auf dem Krankenhausweiß, das kannte ich. Yann atmete tief und ruhig. Ich habe mich ihm genähert.

»Warum wollen Sie nichts mehr von uns wissen?«, hat Noël hinter mir gefragt.
Ich habe das Gitter des Betts so fest umklammert, dass es wehtat. Aus der Tiefe der Angst zur Erleichterung, aus der Hoffnung zu Gewissensbissen, übersprang ich die Etappen, und ich erstickte fast.
»O doch«, habe ich gestammelt. »Ich will euch! Und du wirst dich noch wundern!«
Noël hat so etwas wie ein Schluchzen von sich gegeben. Yann hat sich bewegt. Er hat im Schlaf etwas gemurmelt. Wir sind wieder hinausgegangen.
»Geht es?«, hat André gefragt.
»Unheimlich hart, der Druckabfall«, hat Noël geantwortet und sich die Augen gewischt.
Die Stationsschwester saß in ihrem Büro. Ich habe den Kopf durch die Tür gesteckt.
»Kann ich den Arzt sprechen, der Monsieur Morvan behandelt?«
»Das dürfte schwierig sein«, hat sie scharf erwidert. »Er hat mehrere Notfälle. Er wird sicher noch mal vorbeikommen, aber wann, das weiß ich nicht.«
Ich bin zu den anderen zurückgegangen und habe ihnen gesagt, dass ich auf den Arzt warten wolle. Es könnte lange dauern. Es war nicht nötig, dass wir alle hier blieben.
»Und wie kommst du dann wieder zurück?«, hat sich der Kapitän gesorgt.
Ich sah sehr wohl, dass er keine Lust hatte, hier zu bleiben. Er hasste diese Umgebung, seine Welt war das Meer. Punktum.
»Mach dir meinetwegen keine Sorgen, André. Ich komme schon zurecht.«
Ich habe mich meinen Jungs zugewandt.

»Fahrt mit ihm mit, ich möchte mit Yann allein sein.«
Noël hat gelächelt.
Der Arzt hat seine Visite erst eine gute Stunde später gemacht. Ich wartete in einem kleinen Zimmer mit einer armen Frau, deren Mann Opfer eines Herzanfalls gewesen war. Doktor Bassoud war um die vierzig und rollte wundervoll das »R«.
»Er hat sich sehr schnell wieder erholt«, hat er berichtet. »Aber wir werden ihn trotzdem ein paar Tage hier behalten. Er hat über Kopfschmerzen geklagt, als er eingeliefert wurde. Das müssen wir überwachen. Und außerdem …«
Er stockte, als wäre es ihm peinlich.
»Und außerdem?«
Die Aggressivität in meiner Stimme hat ihn lächeln lassen. Das war die Angst. Er kannte das.
»Und außerdem scheint Ihr Mann seelisch nicht in allzuguter Verfassung zu sein. Wenn er sich erholen soll, dann muss er uns helfen.«
Mein Mann … Ein wenig Luft ist wieder in meine Lungen gedrungen.
»Herr Doktor, kann ich Sie um einen Gefallen bitten?«
»Wenn es in meiner Macht steht, ihn zu erfüllen …«
»Ich würde gern heute Nacht bei ihm bleiben. Das zweite Bett steht leer. Ich werde keinen Lärm machen, und ich werde ihn nicht ermüden. Nur, damit er mich findet, wenn er aufwacht.«
Er hat gezögert. Das verstieß gegen die Vorschriften, und ich habe schon das kratzbürstige Gesicht der Stationsschwester vor mir gesehen.
»Ich flehe Sie an, Herr Doktor. Was seine seelische Verfassung betrifft, so weiß ich, wie ich sie verbessern kann.«

»Ich werde die Nachtschwester benachrichtigen«, hat er eingewilligt. »Sie ist sehr nett. Aber morgen früh, wenn Sie gehen, verhalten Sie sich so diskret wie möglich.«

11

Die Turmuhr der Saint-Louis-Kirche schlägt zehn. Im Chez le Bosco muss es hoch hergehen. Seit meinem hastigen Aufbruch habe ich nicht ein einziges Mal an das Restaurant gedacht. Die arme Marguerite, sie hat es nicht leicht mit mir.
Das Einzige, was für mich zählt, ist dieser Mann, der auf dem Bett neben dem meinen ausgestreckt liegt, und das, was ich ihm mitteilen werde, wenn er aufwacht.
Die Nachtschwester von der Insel Martinique, eine sehr nette Frau, in der Tat, hat mir ein Handtuch gebracht, damit ich mich ein bisschen waschen kann. Und als sie hört, dass ich noch nichts gegessen habe, hat sie mir auch ein paar trockene Kekse angeboten. Ich habe keinen Hunger. Aber Durst, der, so kommt es mir vor, andauern wird, bis der Mann im Nachbarbett mich in seine Arme nimmt.
Mein Bauch ist mir lästig. Er hat mich in Andrés Auto ein bisschen gequält, als wir nicht vorankamen; eine Art Stechen. Niemand kann mir die Überzeugung nehmen, dass das Baby meine Angst gespürt hat. Es ist wirklich höchste Zeit, dass ich deine Anwesenheit bekannt gebe, Kleines. Wenn ich die lockeren Hemden ausziehe, die ich seit ein paar Wochen trage, kann man dich nicht mehr ignorieren. Wie idiotisch ich gewesen bin! Marguerite, Jean-Yves … Wollte ich, dass dein Vater es als Letzter erfährt?

Unter der Tür ist ein Lichtstreifen zu sehen. Von Zeit zu Zeit öffne ich meine schweren, schweren Augenlider, um mich zu vergewissern, dass er wirklich da ist. Ich habe das Licht unter der Tür, die verhuschten Geräusche auf dem Flur und die gedämpften Stimmen immer gern gehabt, denn sie sagen mir, dass die Welt noch da ist.
Und ich bin neben dem Mann, den ich liebe.
»Marie?«
Tageslicht schimmert durch die Stores. Habe ich so lange geschlafen? Auf einen Ellbogen gestützt, schaut Yann mich verstört an. Ich stehe auf, trete zu ihm und drücke meine Lippen auf seine Stirn.
»Mein Liebster, wie fühlst du dich?«
Er braucht einen Moment, um das »mein Liebster« zu verdauen, dann deutet er ein blasses Lächeln an.
»Besser. Viel besser. Aber was tust du hier?«
»Das fragst du mich? Ich habe solche Angst ausgestanden, Yann!«
Sein Kopf sackt auf das Kissen zurück.
»Dein Quentin hat mich gerettet«, sagt er.
»Ich weiß.«
»Nein, du weißt gar nichts. Ich hatte wirklich die Nase voll, keine Lust mehr, zu leben. Er hat mich gezwungen. Mit seinem verdammten Blick.«
Tränen verzerren meinen Blick. Auf dem Gang ist ein Rollwagen zu hören. Ist es schon Zeit für das Fieber- und Blutdruckmessen? Die liebe Nachtschwester muss bereits von der Tagesschwester abgelöst worden sein. »Seien Sie diskret, wenn Sie fortgehen«, hatte der Arzt mir geraten. Ist es schon Zeit zu gehen? Laufe ich Gefahr, dass man mich vor die Tür setzt, bevor ich reden konnte?

Ich nehme Yanns Hand und lege sie auf meinen Bauch. Mein Herz klopft zum Zerspringen.
»Du hattest keine Lust mehr zu leben, sagst du? Nun, du tust aber gut daran, deine Meinung zu ändern. Für unser Kind …«
Er runzelt die Stirn.
»Unser Kind?«, fragt er ungläubig.
»Ich bin schwanger, Yann.«
Er schüttelt den Kopf.
»Das ist unmöglich, Marie. Du musst dich irren.«
Ich hatte einen Freudenschrei erwartet, ich Idiot! Wie unüberlegt! Er kann es doch gar nicht verstehen. Wir haben seit drei Monaten nicht mehr Liebe gemacht. Und beinahe beschämt gestehe ich: »Das Baby ist im April gezeugt worden.«
Yanns Gesicht ist hart geworden. Er zieht seine Hand zurück.
»Und du hast mir nichts gesagt?«
»Ich habe gewartet, dass Anne abreist.«
»Aber dazu hattest du kein Recht! Wie konntest du?«
»Ich wollte alles nicht noch komplizierter machen.«
Sein Lachen ist von tiefer Traurigkeit. Es zerreißt mir das Herz.
»Es noch komplizierter machen? Also, ich bin der Meinung, es hätte mir alles erleichtert.«
Und dann schweigt er. Ich weiß, was er sagen wird. Und er sagt es.
»Und als sie fortgegangen ist? Als ich zu dir nach Hause gekommen bin? ›Ich muss nachdenken …‹ Und du hast mir verschwiegen, dass du unser Kind trägst. Das ist abscheulich, Marie!«
»Und du, du hast mir nie etwas verschwiegen?«
Ich habe meinen Aufschrei nicht unterdrücken kön-

nen. Ich kann meine Tränen nicht zurückhalten. Gewiss, ich habe Fehler gemacht, aber er auch. Er hat mich verraten. Wieder schaut er mich verständnislos an.
»Dir etwas verschwiegen? Nein, ich glaube nicht. Ich glaube, im Gegenteil, immer ganz und gar offen gewesen zu sein. Zu offen, sogar. Auch auf die Gefahr hin, dass du mich nicht mehr liebst.«
»Aber ich liebe dich doch!«
Er zeigt auf meinen Bauch und schüttelt den Kopf. Ich drücke mir die Fingernägel in die Handfläche und schlucke meinen Stolz hinunter.
»Anne hat mir gesagt, dass ihr miteinander geschlafen habt.«
»Das hat Anne gesagt?«
Er lässt seinen Kopf resigniert aufs Kopfkissen zurücksinken. Er streicht sich über die Stirn, schaut traurig ins Leere. Und dabei hatte ich doch versprochen, ihn nicht anzustrengen. Und was die Gemütsverfassung angeht, bravo!
»Yann, es ist mir egal, es ist vergessen, ich liebe dich.«
Hat er mich gehört? Ein Jahrhundert verstreicht. Er will nichts mehr von mir wissen. Ich weiß nicht, ob ich die Kraft habe, weiterzuleben.
»Komm her!«, befiehlt er.
Er schlägt die Bettdecke zurück. Er rückt zur Seite. Ist es wirklich, was er will? Dass ich mich neben ihn lege?
Auf dem Gang nehmen die Geräusche zu. Es gibt Leute, die eine sonderbare Überraschung erleben werden, wenn sie in das Zimmer des Unfallopfers kommen. Na und? Er streckt den Arm aus, damit ich

meinen Kopf darauf lege. Die Wange des wilden Mannes piekst wundervoll an meiner Stirn.

»Mir ist es nicht egal«, knurrt er. »Und eines bin ich nicht bereit zu vergessen! Nämlich, dass du diesem Miststück auch nur eine Sekunde lang geglaubt hast.«

12

Erste Familienversammlung: Yann, Noël und ich.
Bei meinem Ingenieur.
Yann zu Noël: »Eine kleine Schwester, was hältst du davon?«
Noël: »Nur eine? Warum nicht zwei?«
Zweite Familienversammlung, gleicher Tag, so bald wie möglich nach der ersten, aus Furcht vor Indiskretionen: Annaïs, Quentin, Yann und ich.
Zu Hause.
»Ich: »Hm, also … ihr müsst wissen … Wir bekommen eine kleine Tochter.«
Annaïs: »Ein Mädchen? Du hast also das Echogramm gemacht? Das hat Marguerite mir nicht gesagt.«
Quentin: »Ein guter Grund, Yann an die Oberfläche geschafft zu haben.«
Vertraut den Freunden!
Dritte Familienversammlung: alle schon erwähnten Personen plus Benoît, meine Eltern und Thibaut.
In der Roseraie.
Annaïs: »Über Mama und Yann ist wohl jedermann im Bilde. Also, die Preisfrage: Junge oder Mädchen?«
Papa: perplexes Schweigen.
Mama: »Kannst du mir noch mal sagen, wie alt du bist, Marie?«
Benoît: »Eine kleine Schwester für Maximou!«
Wieder Annaïs: »So was nennt man eine ›Patchwork-Familie‹.«

Sie nimmt Thibauts Hand: »Ich stelle euch meinen zukünftigen ersten Ehemann vor.«
Champagner.

Ich schlafe jede Nacht in Yanns Armen. Manchmal bei ihm in dem Bett, wo er, wie er mir erzählt hat, mehrmals Anne vorgefunden hatte, die auf ihn wartete. Dann ist er mit seinem Kopfkissen in den Salon gezogen, was sie in rasende Wut versetzte. Manchmal auch auf dem Hof Chez le Bosco. Aber nie zu Hause, wo das Doppelbett gegenüber einer heiligen Truhe stand.
Das Wochenende des 15. August ist erfolgreich vergangen: das Restaurant voll besetzt, die *Sonate* voll ausgelastet. Geschäftsführer und Bankier reiben sich die Hände.
Jean-Yves hat Probleme.
Es müssen noch hundertachtzigtausend Francs für sein Schiff gesammelt werden, und nach Mariä Himmelfahrt leeren sich die Strände, und die Häuser der Sommergäste werden eins nach dem anderen zugemacht. Kein Problem für die erste Rate Anfang Oktober. Große Probleme für die beiden letzten. Wir haben in allen Geschäften Spardosen aufgestellt.
Ich mache mir nicht wirklich Sorgen. Wie mir mein Lebensretter vorwirft, warte ich auf ein Wunder. Aber es tut so gut, endlich aufzuatmen! Es ist mir sogar gelungen, Loïk aus meinem Kopf zu verjagen. Man sieht ihn übrigens nie mehr: Depressionen, Alkohol – er verbringt ebenso viel Zeit im Krankenhaus wie bei seiner Mutter. Die *Pastourelle* rostet schon seit über einem Monat vor sich hin.

Ich vergesse.
Wenn manche die Lebenskunst kultivieren, so kultivieren andere die Kunst der Zerstörung …
Quentins Urlaub ist zu Ende, und er kehrt zur Marine-Infanterie zurück. Mir war es wichtig gewesen, die letzte Nacht mit ihm zu Hause zu verbringen. Es ist acht Uhr dreißig. Wir haben gemeinsam ein üppiges Frühstück verzehrt, dann ist er in seinen Club gegangen, um sich von seinen Freunden zu verabschieden. Ich bin glücklich, weil er glücklich ist. Und wenn ich jetzt ein Klavier unter den Fingern hätte, würde ich gerne einen kleinen Walzer spielen. Da ich aber keines habe, tanze ich einen.
Das Telefon unterbricht meine Elefantenpirouetten. Marguerite.
»Dieses Biest hat uns schön reingelegt!«, bellt sie ohne Vorrede. »Sie ist mit Renaud abgehauen. Und hat uns natürlich den Kleinen dagelassen. Yasmina ist völlig außer sich. Kommst du?«
Nein! Mein ganzes Sein schreit es, während ich mich in aller Hast ankleide. Nein! Ich kann dieses autoritäre »Komm her!« nicht mehr ertragen, diese Befehle ohne Einspruchsmöglichkeit. Und wie habe ich die Gefahr ignorieren können? So viele Zeichen deuteten doch darauf hin! Die Leichenbittermiene von Yasmina, die Sticheleien ihrem Freund gegenüber. Und Madeleine! Dieses Strahlen in ihrem Gesicht am Abend der Theateraufführung. Ich hatte mir gesagt: »Sie ist verliebt.« Ich hatte den Gedanken verscheucht, es konnte nicht sein, sie ging ja nie aus.
Klar! Sie hatte alles, was sie brauchte, an Ort und Stelle.

Die Schönheit des Teufels. Die Kunst des Zerstörens. Ein kümmerlicher Trost, dass Marguerite auch nichts bemerkt hat.
Sie erwarten mich beide in dem von einer zauberhaft lächelnden Sonne liebkosten Hof, Yasmina mit einem fertig gepackten Sack vor den Füßen. Ich gehe zu ihr und umarme sie. Er ist das erste Mal, und es soll heißen, dass ich um Verzeihung bitte. Für ein paar Sekunden lehnt sie sich an meine Schulter.
»Ich habe es kommen sehen«, schluchzt sie. »Er war nicht mehr der Gleiche, der Renaud. Er wollte keine Pläne mehr machen. Und wie er sie angeschaut hat!«
»Warum hast du uns nichts gesagt?«
»Er hat mir versprochen, da sei nichts. Und er hat gesagt, wenn ich reden würde, würde er gehen. Und ich wollte ihn nicht verlieren.«
Marguerite starrt rachsüchtig auf ihre Füße. So wie ich sie kenne, wird sie es sich nicht so schnell verzeihen, dass sie nichts bemerkt hat.
Ich frage: »Was willst du denn machen, Yasmina? Willst du nicht noch ein bisschen hier bleiben?«
Sie schaut finster auf das Nebengebäude. Wenn man bedenkt, dass wir es »Madeleines Haus« nannten … Zeigen Sie sich großzügig …
»Ich will nach Hause.«
Ein heruntergekommener Bauernhof in einem Weiler in der Nähe von Guilvinec, eine Familie von Arbeitslosen. Es war fabelhaft für sie, dass die Kleine Arbeit gefunden hatte.
»Zahl ihr den Monat aus, dann fahre ich sie«, entscheidet Marguerite.
Den ganzen Monat natürlich, obwohl sie nicht bis

zum Ende da gewesen war. Und noch etwas dazu, als ob man mit Geld die Gleichgültigkeit wieder gutmachen könnte. Der Wagen verschwindet.
»Wo ist meine Mama?«
Den da, den hatte ich vergessen. Barfuß, in seinem gestreiften Schlafanzug, trabt er auf mich zu. Fünf Jahre alt, ein großer Junge inzwischen, sehr unabhängig und manchmal schwer zu bändigen. Er hat drei Leidenschaften im Leben: eine Mama so hübsch wie eine Fee, die »schöne Frau« und die Schiffe, am liebsten solche mit lautem Motor. Es ist vorgekommen, dass Noël ihn während der Ferien mit auf die *Sonate* genommen hat.
Ich hocke mich nieder und lege die Arme um ihn. Yanns Kind umarmt Pierres Kind. Patchwork-Familie … Manchmal wäre es mir lieber, sie wäre einfarbig.
»Deine Mutter ist spazieren gefahren. Jetzt wirst du erst einmal frühstücken, und vielleicht kannst du nachher zu Mamina gehen.«
Seine Augen leuchten: »darf ich fernsehen, mit einer Cola und Popcorn?«, fragt er erwartungsvoll.
Das ist also der Trick, womit sie ihn zähmt?

Als ich sie angerufen habe, hat meine Geschichte sie nicht sonderlich erstaunt. In ihrer Stimme lag sogar eine leichte Nuance von: »Ich habe es dir doch schon früher gesagt.« Sie hatte Madeleine nie getraut.
Und wer hatte am Ende Recht behalten?
»Kannst du mir Maximou abnehmen?«
»Aber ich habe doch Quentin zum Mittagessen«, hat sie mich erinnert. »Er kommt uns Adieu sagen.«

»Du brauchst nur einen Teller dazuzustellen. Und sprich nicht von Adieu, ich hasse das.«
»Und heute Nachmittag habe ich einen Termin beim Friseur zum Färben!«
»Dann nimm den Kleinen mit. Er wird hingerissen sein.«
Mama hat kapituliert. Ich hatte keine Sekunde an ihrem Ja gezweifelt, aber sie lässt sich gerne bitten. Vor allem, wenn die Situation ihr nicht ganz koscher erscheint. Nun, da ist sie gut bedient!
»Ich schicke deinen Vater, um ihn abzuholen. Aber pack ihm wenigstens einen ordentlichen Sack zusammen. Ich nehme an, er wird über Nacht bleiben.«
Papa ist wie der Wind angekommen.
»Bewundert den aktivsten Rentner der Region«, habe ich zu scherzen versucht. »Hast du nicht zufällig Lust, Renaud im Saal zu ersetzen?«
Es hat ihn nicht zum Lachen gebracht. Bei meinem Vater behält die besorgte Liebe immer die Oberhand über den Humor.
»Wie wirst du ohne Hilfe zurechtkommen?«
»Die Saison ist sowieso fast zu Ende. Wir hätten gar nicht beide behalten können. Wir werden schon eine Lösung finden.«
Marguerite hatte sie zum Teil schon gefunden. Sie ist mit ihrer jüngsten Tochter Mathilde gekommen, die Friseuse lernt und ihre Ferien auf dem Hof verbringt. Mathilde hatte bereits an dem Theaterabend ausgeholfen, und es hatte ihr gut gefallen.
»In der Küche werde ich zurechtkommen«, hat meine Köchin erklärt. »Wenn du ihr im Saal ein bisschen hilfst, müssten wir es hinkriegen.«

Für das Mittagessen haben wir es mühelos hingekriegt.
Als ich nach Hause kam, wartete Flavie auf mich.

13

Sie saß mit offener Tür auf dem Beifahrersitz ihrer alten Klapperkiste. Sie ist herausgesprungen, noch ehe ich den Motor meines Lieferwagens abgestellt hatte, und ist herbeigerannt, um den Rücksitz zu inspizieren. Enttäuscht ist sie zurückgewichen.

»Ich will den Kleinen holen«, hat sie verkündet.

Mein Herz hat Sprünge gemacht.

»Er ist nicht da. Er ist bei meinen Eltern, bis seine Mutter zurückkommt.«

Sie hat höhnisch gelacht.

»Und du glaubst das wirklich, ja? Du glaubst, dass sie wiederkommt?«

Ich habe nicht geantwortet. Um ehrlich zu sein, hatte ich keine Ahnung. Madeleine liebte ihren Sohn, aber weniger als sich selbst und eher wie eine große Schwester.

Flavie ging ein paar Schritte über den Hof. Von wem hatte sie so schnell von dem Verschwinden ihrer Schwiegertochter erfahren? Vermutlich von Denise. Marguerites Schwägerin, die auf alles, was unser Restaurant betraf, eifersüchtig war, musste ihre Zunge in Gang gesetzt haben, nur zu glücklich über unsere Schwierigkeiten. Und Flavie hatte sich gehütet, zum Chez le Bosco zu kommen, weil sie vor Marguerite mehr Angst hatte als vor mir.

In den dicken schwarzen Strümpfen sahen ihre Beine aus wie altes Holz. Ihr Gesicht war wächsern,

und sie hatte tiefe Ringe unter den Augen. Für einen kurzen Moment hatte ich Mitleid mit ihr.
»Loïk ist gestern aus dem Krankenhaus gekommen«, hat sie mir mit düsterer Stimme mitgeteilt. »Er weiß noch nicht, dass Madeleine fortgegangen ist. Und dazu noch mit einem anderen! Wenn er es erfährt …«
Die Angst! Ich las sie in ihrem Blick wie das Zittern eines schwarzen Flügels. Instinktiv habe ich die Hand auf meinen Bauch gelegt.
»Du musst mir den Kleinen geben, Marie«, hat sie mir mit herrischem Ton erklärt. »Wenn Loïk ihn hat, dann hat er wenigstens etwas von ihr.«
Das Mitleid hat sich so schnell verflüchtigt, wie es gekommen war.
»Ausgeschlossen, Flavie. Madeleine hat ihn mir anvertraut, mir und meiner Mutter. Du weißt, wie meine Mutter an ihm hängt.«
Nur eine halbe Lüge: Madeleines Blick auf ihren Sohn in den Armen meiner Mutter am Theaterabend erschien mir jetzt wie ein Abschiedsblick.
»Aber Loïk hängt doch auch an ihm!«, hat Flavie entrüstet ausgerufen. »Er wollte sogar, dass der Kleine ihn Papa nennt.«
»Was ihn aber nicht daran gehindert hat, ihn zu schlagen.«
»Nur ein Mal, ich schwör's dir, ein einziges Mal. Er wollte ihn sogar anerkennen.«
Ich bin zusammengeschreckt. Ihn anerkennen? Sonst noch was? Und wenn Flavie ihn haben wollte, dann ausschließlich für ihren Sohn, so wie sie Madeleine hatte haben wollen, koste es, was es wolle. Ich wusste, dass ich ihn ihr nie überlassen würde. Koste es, was es wolle.

Das Geräusch eines Mofas auf dem Weg: Quentin kam zurück. Er hatte mit Maximou in der Roseraie zu Mittag gegessen und war daher genau im Bilde. Wie würde er Flavie gegenüber reagieren? Er hatte das Kind seines Vaters lange Zeit als eine Art von Dieb angesehen.

Er hat sein Fahrzeug an meines gelehnt und ist zu uns gekommen. Flavie verschlang ihn staunend mit den Augen. Es stimmt, dass mein Sohn sich sehr verändert hatte. Nichts mehr von dem beschämten Knaben, der am Abend der geplünderten Fischkästen mit den Fäusten gegen die Brust eines triumphierenden Loïk getrommelt hatte.

Am Ende war er es, der den Sieg davongetragen hatte.

»Flavie ist gekommen, Maximou zu holen«, habe ich ihn wissen lassen, ohne meine Stimme am Zittern hindern zu können.

»Er ist ein Labbé!«, hat sie herausfordernd ausgestoßen.

»Er ist ein Delaunay«, hat Quentin in dem ruhigsten Tonfall der Welt widersprochen, und ich habe die Augen geschlossen, um dem Himmel zu danken.

»Das werden wir mit Hilfe der Frau vom Sozialamt sehen«, hat Flavie gedroht.

»Sehr gut. Wir haben ihr auch einiges zu erzählen«, habe ich meinerseits angegriffen, gestärkt durch die Unterstützung meines Sohnes. »Du kannst sie zu uns schicken, sobald du mit ihr fertig bist.«

Sie ist wie zu Stein erstarrt. Was hatte ich da Schreckliches gesagt? Sie hat sich zu Quentin gewandt. Ihr Kinn zitterte.

»Du darfst nicht glauben, was er dir erzählt hat«, hat

sie gestottert. »Das sind die ganzen Medikamente, die man ihm verpasst. Er ist nicht mehr ganz richtig im Kopf. Er erzählt dummes Zeug.«

Quentin hat sich abgewandt, ohne zu antworten. Flavie hat mich angeschaut. Sie war nur noch eine armselige alte Frau.

»Und du, denk dran«, hat sie mich gewarnt. »Denk dran, ehe du nein sagst.«

Sie ist in ihr Auto gestiegen und hat das Getriebe knirschen lassen, als sie losfuhr. Wir haben ihr hinterher geschaut, bis sie außer Sicht war.

»Wenn man mir das vorhergesagt hätte«, hat Quentin lachend erklärt. »Wenn man mir vorhergesagt hätte, dass ich eines Tages Papas Bastard verteidigen würde …«

Schweiß rann ihm über das Gesicht. Ich habe seine Hand genommen und an meine Wange gedrückt. »Papa.« Das war das erste Mal, dass ich das Wort aus seinem Mund gehört habe, seit er von Pierre und Madeleine erfahren hatte. Bis heute war es »der Schuft« oder »er« oder gar nichts gewesen.

»Ich muss gleich meinen Papa anrufen«, habe ich gesagt. »Stell dir vor, Flavie erscheint in der Roseraie.«

»Das soll sie mal versuchen! Ich kenne eine, die sie mit einem Happen verschlingen wird.«

Mein Vater hat mich getröstet. Falls Flavie auftauchen sollte, würde er sie nicht ins Haus lassen. Abgesehen davon hatte Mama Quentins Anwesenheit beim Mittagessen genutzt, einen ganzen Haufen Spielsachen vom Dachboden zu holen, und der Kleine war selig. Er hatte praktisch nicht nach seiner Mutter verlangt. Papa hat mich nicht gefragt, wie lange sie ihn behalten müssten. Er wusste, dass ich ihm nicht antworten konnte.

Mein Quentin, mein großherziger Sohn, erwartete mich in der Küche. Er hatte sein Gesicht unter kaltes Wasser gehalten. Sein Hemd war ganz nass. Er hat einen Fruchtsaft für mich und ein Bier für sich selber aus dem Kühlschrank geholt. Nur noch eine Stunde, bis ich ihn zum Bus bringen musste. Wie er mir fehlen wird! So sehr wie Annaïs.

»Diese Geschichte mit der Sozialhelferin … Wenn Madeleine nicht wiederkommt, kann Flavie den Jungen dann wirklich zu sich nehmen?«

»Keine Ahnung. Alles, was ich weiß, ist, dass Pierre ihn nicht anerkannt hat.«

Er hat einen Schluck Bier getrunken, und das hat ein seltsames Geräusch in seiner Kehle gemacht.

»Meinst du, er hätte es getan, er hätte ihn anerkannt, wenn er nicht umgekommen wäre?«

»Eines Tages, vielleicht. Ohne es sich anmerken zu lassen, gehörte er eher zu den verantwortungsbewussten Leuten, dein Vater.«

»Ach so?«

Er hatte es im gleichen Ton gesagt wie Annaïs in ihrem Theaterstück. Sein Humor hätte mich zum Lachen bringen sollen. Ich habe nur eine Grimasse zustande gekriegt. Meine Hände zitterten, als ich das Glas zum Mund hob.

»Geht es dir nicht gut, Mama?«, hat er besorgt gefragt.

»Nicht besonders«, habe ich zugegeben. »Flavie, die solche Angst hat, zu sehen … das hat mich … entsetzt.«

»Sie hat allen Grund«, hat Quentin finster erwidert.

Ich habe mich an ihren kurzen Wortwechsel erinnert.
»Was hat Loïk dir denn erzählt, das du nicht glauben sollst?«, habe ich gefragt.
Er hat gezögert, ehe er eine Antwort gab.
»Was jedermann weiß, Mama. Und was keiner laut zu sagen wagt: Loïk hat Antonin ins Wasser gestoßen, um Madeleine zu kriegen. Und selbst, wenn er anschließend versucht hat, ihn zu retten, weiß er ganz genau, durch wen er umgekommen ist.«
Quentins Blick ist auf einer Fotografie von Pierre, seinem Vater, haften geblieben, den er in gewisser Weise heute Abend anerkannt hat.
»Und das Schlimmste ist, dass er ihn umsonst ermordet hat.«

14

Weil Pierre ihm Madeleine weggenommen hat.
Damit ich ihm Maximou wegnehme.
»Du musst es dir überlegen«, hatte Flavie wiederholt.
»Du musst es dir überlegen, bevor du nein sagst.«
Dass Loïk in seiner Verzweiflung zu allem fähig ist?
Die *Sonate* in Brand gesteckt, die Angriffe gegen meine Kinder, das Massaker der *Hirondelle* – ich hatte das Gefühl, dass wir zum Abschluss der Geschichte kamen, die die Labbés und die Delaunays miteinander verband, und auch mit dem Hafen. Und der Hafen mit dem Meer.
Zwei Tage sind verstrichen.
Loïk war im Poisson Bleu gesehen worden. Man hatte gesehen, wie er um seine *Pastourelle* herumstrich. Er musste von Madeleines Verschwinden erfahren haben. Die Sorge ließ mich nicht los. Meine einzige Erleichterung: Meine Kinder waren nicht mehr hier.
»Hör doch auf, dich zu quälen«, flehte Yann mich an.
»Was soll denn passieren? Alle haben sie Loïk im Auge, einschließlich deiner Freunde, der Gendarmen. Und Flavie wird ihn keine neue Dummheit machen lassen.«
»Überleg es dir gut, bevor du nein sagst …«
Weitere acht Tage sind vergangen. Madeleine hatte geschrieben, um sich zu entschuldigen und anzukündigen, dass sie Maximou holen käme, sobald sie könne. Sie gab keine Adresse an. Trotzdem war das

eine gute Nachricht. Die Fensterläden der Ferienhäuser waren praktisch alle geschlossen, und ich konnte nicht umhin zu denken, dass die Zuschauer das Theater verlassen hatten, um uns allein den letzten Akt des Dramas erleben zu lassen.

Er begann, als Mama mich angerufen hat.

Es war elf Uhr vormittags, und ich war gerade im Restaurant angekommen. Sie weinte so heftig, dass ich eine Weile gebraucht habe, um ihre Stimme zu erkennen.

»So red doch, Mama, sag mir, was los ist, ich flehe ich dich an. Was ist passiert?«

»Maximou«, hat sie geschluchzt. »Ich habe ihn verloren.«

Angst hat sich in meiner Brust ausgebreitet. Ich habe mir die Fingernägel in die Handfläche gebohrt, um nicht zu schreien.

»Wie denn das, du hast ihn verloren? Sag schon.«

»Wir waren im Supermarkt. Er ist verschwunden. Wir suchen ihn seit einer halben Stunde.«

»In welchem Supermarkt, Mama?«

Sie hat den Namen eines großen Einkaufszentrums im Vorort von Guilvinec genannt.

»Rühr dich nicht von der Stelle. Ich komme.«

Diesmal brauchte es mir keiner zu befehlen.

Eine Stimme schallte aus den Lautsprechern, als die Glastüren vor mir aufgingen.

»Der fünfjährige Maxime Labbé wird von seiner Großmutter im Informationsbüro erwartet. Er trägt ein T-Shirt mit rosa Elefanten, blaue Shorts und weiße Tennisschuhe.«

Die Leute füllten ihre Einkaufswagen und kümmerten sich nicht darum. Im Informationsbüro –

einem großen verglasten Raum im Hintergrund des Ladens – stand der Direktor, ein Mann um die fünfzig, neben Mama, die auf einem Stuhl zusammengesunken war. Als er meinen runden Bauch sah, hat er einen mitfühlenden Seufzer ausgestoßen: Mama, die Großmutter, ich die Mutter? Er hat berichtet.

Nachdem Mama an der Kasse bezahlt hatte, hatte sie Maximou auf ein Schaukelpferd steigen lassen, um schnell in der zwei Schritte entfernten Bäckerei des Supermarkts etwas zu kaufen. Sie hatte anstehen müssen. Als sie zurückkam, saß das Kind nicht mehr auf dem Pferd. Zunächst hatte sie geglaubt, er habe ihr einen Streich gespielt. Der Himmel weiß, was es ihm für einen Spaß machte, ihr Streiche zu spielen! Als sie ihn nicht finden konnte, hat sie es mit der Angst zu tun bekommen. Die alle fünf Minuten wiederholten Aufrufe hatten nichts ergeben. Eine Runde in der Umgebung auch nicht.

»Es ist meine Schuld«, hat sie unter Tränen erklärt. »Es ist meine Schuld. Ich hätte ihn nicht allein lassen dürfen. Aber es war so nah.«

Auf dem Schoß hielt sie ein Stangenbrot und ein kleines Päckchen mit Keksen. Für Maximou, die Kekse?

»Kann ich bitte telefonieren?«, habe ich gefragt.

Der Direktor hat mir den Apparat hingeschoben, und ich habe die Nummer der Gendarmerie gewählt. Ich wusste sie auswendig. Mein Brigadier war nicht da. Ich habe darauf bestanden, dass man ihn so schnell wie möglich darüber informierte, dass Maximou verschwunden war, und habe die Telefonnummer der Roseraie hinterlassen. Das Schwierigste war, Mama meine Panik nicht zu zeigen und den Namen

nicht zu nennen, der mich folterte. Wenn Loïk hergekommen war und Maximou angeboten hatte, ihn zu seiner Mutter zu bringen, war ihm das Kind mit großer Wahrscheinlichkeit gefolgt.
»Wissen Sie«, versuchte der Direktor uns zu beruhigen, »es kommt hier ständig vor, dass eine Mutter ihr Kind verliert, vor allem am Samstag, wenn es voll ist. Es reicht, dass ein Freund vorbeikommt und der andere ihm folgt, ohne Bescheid zu sagen. Das letzte Mal haben wir zwei Sechsjährige gefunden, die sich im Lager versteckt hatten.«
Hätte ich dem Direktor Loïks Personenbeschreibung geben sollen? Aber wozu ... Falls es sich um ihn handelte, war er schon längst über alle Berge. Ich habe Mama die Hand hingestreckt. Wir mussten uns beeilen.
»Komm, du musst zu Hause sein, wenn die Gendarmen anrufen.«
Sie ist schwerfällig aufgestanden. Die Maske der »schönen Frau« war rissig geworden, sie war nur noch eine arme, todunglückliche Großmutter. Der Direktor hat uns bis an den Ausgang des Geschäfts begleitet. Ein Kind schaukelte auf dem Schaukelpferd. Kein Knirps mit blonden Haaren, in einem T-Shirt mit rosa Elefanten war zu entdecken. Wir sind zu Mamas Auto gegangen.
»Fühlst du dich in der Lage, zu fahren?«
Sie hat genickt.
»Papa muss inzwischen zu Hause sein«, habe ich gesagt. »Wir müssen ihn schnell informieren. Eventuell kommt er hierher.«
Sie ist in ihren Wagen gestiegen. Auf dem Rücksitz lag eine kleine Jacke, die ich nicht kannte. Aus hüb-

schem, goldenem Samt. Mama kleidete Maximou wie einen Prinzen.
»Wo kann er denn bloß hingegangen sein?«, hat sie gestöhnt. »Man wird ihn ja schließlich nicht entführt haben!«
Ich habe nicht geantwortet. Sie ist gestartet.
Schnell!
Ich bin zu meinem Wagen gerannt. Pech für Stoppschilder und rote Ampeln! Schnell! Schnell! Die Garage an Flavies Haus steht leer. Auf dem Hof liegen die Scherben einer Fensterscheibe. Die Tür steht offen. Flavie ist im Wohnzimmer. Es ist völlig verwüstet. Möbel, Gegenstände, Papiere, alles liegt auf dem Boden. Sie steht im Morgenmantel mit zerzaustem Haar und roten Augen aufrecht da. Sie ist nicht überrascht, mich zu sehen.
»Wo ist Loïk?«
»Weg.«
»Wann?«
»Heute früh gegen acht.«
»In deinem Wagen?«
Sie hat genickt. Hatte er vor der Roseraie gelauert? War er Mama bis zum Supermarkt gefolgt?
Ich habe auf den Schaden gezeigt.
»Und das?«
»Diese Nacht. Er wusste nicht mehr, was er tat.«
»Er wusste es aber, als er Maximou entführt hat«, habe ich sie angeschrien.
Flavie hat sich die Hand vor den Mund geschlagen.
»Er hat Maximou entführt?«
»Der Kleine war mit Mama einkaufen. Er ist seit über einer Stunde verschwunden.«
Sie hat die Augen geschlossen.

»Ich hatte dich gewarnt, Marie. Ich hatte dich doch gewarnt.«
Ich musste mir fast Gewalt antun, um sie nicht bei den Schultern zu packen und zu schütteln. Wir würden sie vielleicht noch brauchen.
»Falls Loïk Maximou hierher bringt, rufst du die Gendarmen an? Sie wissen Bescheid.«
Sie hat »ja« genickt. Ich habe mich auf die Lehne eines Stuhls, der noch aufrecht stand, gestützt. Mir drehte sich der Kopf. Mein Bauch wog schwer.
»Willst du dich setzen?«
»Ich muss gehen«, habe ich geantwortet.
Als ich auf dem Weg war, hat sie mich eingeholt.
»Er hat das Gewehr seines Vaters mitgenommen«, hat sie gemurmelt.
Es war halb eins, als ich im Hafen angekommen bin. Die Gendarmen würde ich vom Schiff aus anrufen und dann die Freunde benachrichtigen.
Alle Trawler waren hinausgefahren.
Mein Herz tat einen Satz: *alle?*
Ja, auch die *Pastourelle*.
Auf der *Sonate* war Abel mit den letzten Vorbereitungen für einen Picknickausflug mit einer Gruppe von Senioren beschäftigt. Es war ein wunderschöner Septembertag, kein Wind, glatte See, ideal! Ein Kasten mit Sandwichs und Getränken stand auf einer der Bänke. Es hieß, die Senioren hätten großen Appetit.
»Na, du bist hier, Marie?«
»Hast du die *Pastourelle* ablegen sehen?«, habe ich gefragt.
»Wir alle haben sie gesehen«, hat er gesagt.
»Und wie lange ist das her?«

»Gegen elf oder halb zwölf, ich weiß es nicht mehr genau. Ich wollte gerade das Picknick an Bord bringen.«
Die Uhrzeit konnte passen. Maximou war gegen halb elf verschwunden. Die Zeit, die es dauert, um herzukommen und das Schiff startklar zu machen …
»War Loïk allein?«
Abel hat mich verwirrt angeschaut.
»Mit wem kann er denn zusammen gewesen sein? Du weißt genau, dass keiner mehr mit ihm spricht. Wer also könnte schon bei ihm gewesen sein?«
Das war vielleicht auch ein Unglück!
Noël und Alain sind aus dem Laderaum an Deck gekommen.
»Maximou ist verschwunden«, habe ich ihnen zugerufen. »Ich habe Angst, dass Loïk ihn mit auf die *Pastourelle* genommen hat. Er hat bei sich zu Hause alles zerschlagen.«
Sie sind erstarrt. Meine Stimme hat sich überschlagen. Es ist ja schön und gut, wenn man sich das Heulen verkneift! Mit Mama war es mir mehr oder weniger geglückt. Mit Flavie hatte die Wut mir geholfen … Aber hier mit meinen Freunden, meinen Männern …
»Wir haben gesehen, wie sie rausgefahren ist«, hat Alain gesagt. »Wir haben sogar darüber gesprochen, dass es höchste Zeit sei, dass Loïk sich wieder dranmacht. Der Kleine war nicht bei ihm, Marie.«
»Habt ihr Loïk gesehen, als er im Hafen angekommen ist?«
»Nein«, hat Noël gesagt.
»Dann fahren wir hin.«
Alle drei sind erstarrt. Abel hat auf die Senioren-

gruppe gedeutet, die am Treffpunkt vor dem Poisson Bleu wartete.
»Und die da, was machen wir mit denen?«
»Die sind mir egal!«, habe ich geschrien. »Ich bin der Baas, und ich sage: Wir fahren ihm nach!«
»Okay, okay«, hat Noël geantwortet.
Dann ist er auf den Kai gesprungen, um mir an Bord zu helfen. Meine Aufmachung machte die Sache nicht leichter. Und das, was sie verdeckte, ebenso wenig. Ohne Kommentar ist Alain nach unten gestiegen und hat die Motoren angelassen. Der Bootsmann starrte mich an, als ob ich den Verstand verloren hätte. Ich habe seine Hand ergriffen. Sie fühlte sich an wie raue Erde.
»Abel, du bleibst hier. Du musst die Ausflügler informieren. Anschließend finde den Brigadier. Sag ihm, dass Loïk bewaffnet ist. Gib mir ein kleines bisschen Vorsprung, bevor du Jean-Yves und die anderen alarmierst.«
Ich wusste nur zu gut, dass mein Lebensretter mir verbieten würde, hinauszufahren. Die Gendarmen ebenfalls. Und Yann auch, alle.
Abel zögerte.
»Es ist der Sohn deines Freundes. Und er ist in den Händen eines Wahnsinnigen.«

15

»Glauben Sie das wirklich? Glauben Sie wirklich, dass Loïk das Gör entführt hat?«, fragt Noël ungläubig.
»Wenn auch nur die geringste Chance besteht, dass er es getan hat, dann müssen wir hin!«
Ich habe die Sachen angezogen, die ich in der Kabine gefunden habe: viel zu große Stiefel, eine Latzhose, die ich um die Taille herum nicht zuknöpfen konnte, und einen Pullover von ich weiß nicht wem. Ich finde die Gerüche meines Schiffs wieder, das gute alte Holz meines Ruders. Ich finde mich selbst wieder.
»Zwei Jungs genügen Ihnen also nicht?«, bemerkt Noël mit einem Lachen. »Sie brauchen noch einen dritten?«
»Zwei Jungs wie Quentin und dich, davon kann ich noch mehr gebrauchen. Aber, wenn du es wissen willst, der da, um den habe ich mich vor allem um Pierres Willen gekümmert. Ich war nicht sicher, ob ich ihn lieb hatte. Jetzt weiß ich es!«
Ich sehe ihn wieder vor mir, wie er in meinen Armen liegt und fragt: »Darf ich fernsehen, mit einer Cola und Popcorn?«
Ein Abenteuer wie im Fernsehen, wenn auch ohne Cola und Popcorn, das ist er vielleicht gerade dabei zu erleben.
Wir passieren die Hafeneinfahrt, und wie jedes Mal kommt es mir vor, als betreten wir die Bühne. Heute

ist sie leer, ein friedliches Bild aus Moiré und Seide, herbstlichen Farben und großem Kummer.
»Und die Kleine?«, fragt Noël besorgt mit dem Blick auf meinen Sechsmonatsbauch. »Schadet ihr das nicht?«
»Sie wird sich an das Leben auf dem Meer gewöhnen müssen ...«
Der Tonfall war falsch. Er runzelt die Stirn. Nimmt er mir übel, dass ich seinen Vater nicht benachrichtigt habe? Ich nehme es mir selber auch übel. Aber Yann hätte alles getan, um mich davon abzuhalten, und ich wäre trotzdem losgefahren. Wenigstens machte er sich in diesem Moment noch keine Sorgen.
Ich bemühe mich zu scherzen, aber der Tonfall stimmt noch immer nicht.
»Ich kenne einen, der ganz schön große Augen machen würde, wenn er uns beide hier sehen könnte.«
»Und ich kenne zwei, die ganz schön was auf den Deckel kriegen werden, wenn sie heimkommen«, seufzt Noël.
Aber wenn ich mich nicht täusche, klingt in diesem Seufzer der Stolz durch, dieses Abenteuer mit mir zusammen zu erleben.
In der Ferne sind die Trawler zu erkennen. Welche Richtung sollen wir einschlagen? Welche hat die *Pastourelle* gewählt? Es ist ja ganz schön, »wir müssen hinterher« zu schreien, aber wohin? Ich schalte mein Funkgerät ein.
»Hier die *Sonate. Diane,* bist du da?«
Albert antwortet sofort.
»Marie? Was tust du denn hier?«
Ich berichte ihm, warum ich nicht dabei bin, die Gäste im Restaurant zu empfangen. Nein, er hat die

Pastourelle nicht vorbeikommen sehen, aber er wird die anderen alarmieren, und falls Loïk gesichtet wurde, würde er es mich sofort wissen lassen.

»Pass auf dich auf, Marie.«

Das werde ich noch oft zu hören kriegen.

Ich habe kaum aufgelegt, schallt eine unbekannte Stimme aus dem Funkgerät. Sie kommt von einem Segelboot. War eben die Rede von der *Pastourelle?*, fragt der Skipper. Vor etwa zwanzig Minuten hat der Trawler ihn beinahe gerammt.

Ich habe mich beeilt, die Kommunikation zu übernehmen.

»Hier die *Sonate*, bitte antworten Sie, wo ist das passiert?«

Die Verbindung ist miserabel, man muss wirklich die Ohren spitzen. Alain hat sich zu uns gesellt. Der Gesprächspartner gibt uns die Zone an, weit entfernt von der Fischfangzone, nicht weit von den Roches Blanches. Kein Wunder, dass niemand den Trawler gesehen hat.

»Er ist direkt vor meiner Nase vorbeigekommen«, berichtet der Skipper. »Mir steht noch immer der kalte Schweiß auf der Stirn.«

Mit trockener Kehle frage ich: »Wie viele waren an Bord?«

»Das Stärkste ist, dass ich niemanden gesehen habe.«

»Niemanden?«

»Niemanden.«

Ich bedanke mich und lege auf. Meine Beine zittern in meinen Siebenmeilenstiefeln.

»›Niemand‹, das kann nicht sein«, meint Noël.

Ich nehme Kurs auf die von dem Skipper genannte

Zone. Meine Männer holen das Fernglas hervor. Niemand ... Und wenn Maximou nicht mit Loïk zusammen ist? Wenn man ihn schon gefunden hat? Ohne es zu glauben, wähle ich mit zitternder Hand die Nummer der Roseraie.

Man hat ihn nicht gefunden. Papa zwingt sich, ruhig zu sprechen. Zweifellos hört Mama am anderen Hörer mit. Mein Brigadier hat sie angerufen. Er war auf der Suche nach mir. Er hat versprochen, sie auf dem Laufenden zu halten. Aber bislang keine Spur von dem Kind.

»Wie wäre es, wenn du vorbeikämst?«, schlägt Papa vor. »Das würde deiner Mutter gut tun. Sie nimmt es sich sehr übel. Ich kann dich ganz schlecht hören. Wir haben auch nach dir gesucht. Benutzt du ein Handy?«

Ich verspreche, etwas später vorbeizukommen, und hänge auf, ehe er errät, wo ich bin.

Fünfundzwanzig Minuten sind verstrichen, seit wir den Hafen verlassen haben. Abel muss inzwischen den Brigadier, Jean-Yves und alle anderen benachrichtigt haben. In dem Moment, wo ich an den Lebensretter denke, füllt seine Stimme die Kommandobrücke.

»Was ist denn bloß in dich gefahren, Marie? In deinem Zustand! Kannst du uns nicht vertrauen?«

»Ich musste hinter ihm her, Jean-Yves, das ist alles. Und jetzt wissen wir wenigstens, wo er sich befindet; er hat beinahe ein Segelboot gerammt.«

Ich gebe ihm die Informationen weiter, die der Skipper uns durchgegeben hat. Er protestiert nicht, als ich ihm sagte, dass der Mann niemanden an Bord gesehen hat.

»Unternimm nichts ohne uns. Wir sind gleich da.«
»Wir sind gleich da« … Ich liebe diese Stimme, ich liebe sie wirklich. Und natürlich habe ich Vertrauen zu dir. So sehr, dass die Tränen meine Augen überschwemmen. Da ist Noël wieder neben mir.
»Alain und ich haben gedacht, man könnte vielleicht die *Pastourelle* anrufen. Es ist ja nicht ausgeschlossen, dass Loïk alles hört, was gesagt wird.«
Ich habe auch schon daran gedacht. Aber ich bin nicht sicher, ob Loïk zuhört. Wenn ja, würde er, so wie ich ihn kenne, schon längst reagiert haben. Und außerdem ist laut Quentin die gesamte elektronische Anlage des Schiffs völlig verkommen.
»Falls der Kleine an Bord ist, dürfen wir kein Risiko eingehen. Wir warten lieber auf die *Espérance*.«
Ich hielt mich für stark, aber ich bin erschöpft, ohne Ideen und ohne Schwung. Wie habe ich nur einfach so losfahren können? Was wollte ich denn ganz allein gegen einen wahnsinnigen, bewaffneten Mann unternehmen? Stolz, unüberlegt. Wenn ich Yann darum gebeten hätte, wäre er mitgefahren. Dann wäre er jetzt an meiner Seite.
»Da ist sie!«, brüllt plötzlich Alain. »Ich sehe sie.«
Noël stürzt herbei. Ich schalte auf Autopilot und gehe zu ihnen. Der Indianer hat Alain das Fernglas aus der Hand gerissen.
»Er bewegt sich nicht!«, brüllt er. »Er muss eine Treibstoffpanne haben – ein Wunder!«
»Stimmt, niemand hat ihn tanken sehen«, strahlt Alain.
Noël reicht mir das Fernglas.
»Wollen Sie nicht schauen, Baas?«
Ich schüttele den Kopf. Dem Baas fehlt die Kraft.

Kein Wunder, in diesem Fall. Ein zusätzlicher Beweis dafür, dass Loïk Maximou tatsächlich entführt hat. Um nicht mit ihm zusammen gesehen zu werden und damit man ihn ihm nicht wieder wegnimmt, ist er losgefahren, ohne irgendetwas zu kontrollieren.
Losgefahren, wohin? Um was zu tun?
»Schaut mal«, sagt Alain. »Da sind sie.«
Die *Espérance*? Nein. Die Freunde. Alle. Die *Diane* vorneweg, gefolgt von der *Amazone*, der *Intrépide* und den anderen. Sie haben ihre Netze eingeholt, voll oder nicht, um zu uns zu kommen. Zweifellos spüren sie ebenso, dass der Augenblick gekommen ist, mit Loïk abzurechnen. Und mit sich selber. Denn wenn alle wissen, dass er Antonin ins Wasser gestoßen hat, dann wissen sie auch, dass am Tag des Dramas niemand auf die verzweifelten Hilferufe des Mörderbruders gehört hat.
Das Telefon klingelt. Noël hebt hastig ab. Er macht mir Zeichen: die Gendarmerie. Als ich die Stimme meines Brigadierfreundes höre, wird es in meinem Herzen wieder etwas wärmer.
»Keine gute Nachrichten, Madame Delaunay. Wir haben den Wagen von Monsieur Labbé nicht weit vom Kai gefunden. Auf dem Rücksitz lag ein kleines Motorboot, noch in seiner Verpackung. Ihre Mutter bestätigt, dass sie es dem Kind heute früh im Supermarkt gekauft hat. Wir sind in Kontakt mit der *Espérance*. Sie wollen nichts vom Hubschrauber wissen. Wir erwarten Sie im Hafen.«
Es gelingt mir nicht, mich zu bedanken. Ein kleines Motorboot … Arme Mamina! Sie weiß jetzt alles. Und zweifellos auch, wo ich bin. Noël fixiert mich

schweigend. Bis zum Schluss hatte er gehofft, dass Loïk allein an Bord gegangen war.
»Ich habe große Angst«, sage ich.
Ich denke an die Sätze, die man in den Lokalnachrichten zu lesen bekommt. »Ein Wahnsinniger hat einen Mann als Geisel genommen.« Es kommt vor, dass so was mit Toten endet. Ich muss an das Gewehr denken.
»Marie«, ruft der Kapitän. »Hier die *Espérance*. Wir kommen. Kannst du drosseln? Jean-Yves kommt zu dir an Bord.«
Die *Espérance* hat ihr Schlauchboot zu Wasser gelassen. Jean-Yves, begleitet von einem Schiffer, befindet sich darauf. Er klettert die Lotsenleiter der *Sonate* herauf, wechselt ein paar Worte mit Alain, der im Laderaum verschwindet, und kommt zu mir. Er mustert mein Gesicht, legt die Hand auf meine Schulter und drückt sie. Es war neulich so gut mit dir, als wir die Einnahmen von der Theateraufführung gezählt haben.
»Hör zu, Marie«, sagt er, »auch wenn es dir absurd erscheinen mag, sind mehrere von uns der Meinung, dass Loïk wahrscheinlich schläft. Wir haben mit Flavie gesprochen. Nach allem, was er getrunken hat, wäre das nicht verwunderlich. Deswegen wollten wir keinen Hubschrauber. Also, wir haben beschlossen ...«
Er erläutert mir seinen Plan. Hat er behauptet, dass Loïk schläft, um mich zu beruhigen?
Alain erscheint im Taucheranzug. Er besteigt mit Jean-Yves das Schlauchboot. Die Trawler kommen einer nach dem anderen herbei. Der Lebensretter hat beschlossen, dass wir uns alle mit gedrosselter

Geschwindigkeit der *Pastourelle* nähern und steuerbord einen Halbkreis bilden. Auf Deck ist niemand zu sehen. Keinerlei Lebenszeichen. Wenn Loïk schläft, was hat er dann mit dem Kind gemacht?

Ich lege meinen Kopf an Noëls Schulter, während er mit angehaltenem Atem das Manöver beobachtet.

»Versprich mir eins, wenn der Kleine heil davonkommt.«

»Alles, was Sie wollen.«

»Dass du nie, nie wieder Sie zu mir sagst.«

Wie oft habe ich ihn darum gebeten. Er behauptet, es gelinge ihm nicht.

»Maximou duzt mich ja schließlich auch!«, sagte ich mit rauer Stimme.

»Versprochen.«

Das Schlauchboot ist hinter der *Pastourelle* verschwunden. Von überall her machen die Freunde mir Zeichen. Ich fühle mich wie in einem eiskalten Nebel.

»Bist du da, Scheiß-*Sonate?*«

Loïks wütende, lallende Stimme dröhnt in die Kabine, und es ist wirklich vor Erleichterung, dass meine Beine nachzugeben drohen. Was hatte ich mir denn vorgestellt?

Ich hebe mit zitternder Hand den Apparat ab.

»Hier spricht Marie auf der *Sonate*.«

»Mach dir keine Sorgen wegen dem Gör. Er ist happy mit seinem Onkel Loïk.«

Mit meckernder Stimme bitte ich ihn: »Gib ihn mir. Ich möchte mit ihm sprechen.«

Ihn sehen, vor allem!

Er lacht, ein schreckliches, irres Lachen.

»Hättest die anderen nicht rufen sollen, Marie. Warum hast du das getan? Die hätten wir nicht gebraucht.«

Meine Gedanken rasen. Offenbar hat er tatsächlich geschlafen. Dann ist er aufgewacht und hat all die Leute gesehen. Man muss seine Aufmerksamkeit von dem ablenken, was Jean-Yves an Backbord tut. Jean-Yves, der nicht weiß, dass Loïk aufgewacht ist.

»Loïk, hör zu ...«

Aber er hat aufgehängt. Ich schreie vergeblich: »Loïk, Loïk ...« Und plötzlich sehe ich ihn. Wir alle sehen ihn, wie er schwankend an Deck der *Pastourelle* erscheint und mit seinem Gewehr herumfuchtelt.

Er schaut die Trawler an und stößt wieder sein irres Lachen aus.

»Man kann sagen, dass ihr lange gebraucht habt«, grölt er. »Aber es ist zu spät. Es nützt nichts mehr.«

Zu spät für wen? Für Antonin? Für Maximou?

»Bleiben Sie drin, Marie«, befiehlt Noël. »Gehen Sie unter keinen Umständen nach draußen!«

Ich stoße ihn beiseite und steige an Deck. Auf der *Espérance* hält der Kapitän das Sprachrohr in die Höhe.

»Wir wissen, dass du keinen Treibstoff mehr hast. Wir werden dich abschleppen.«

»Ich will mit deinem Arschloch von Baas reden«, brüllt Loïk. »Wo ist er?«

Es ist, als ob das Meer plötzlich schweigt.

Jean-Yves ist eben hinter der *Pastourelle* aufgetaucht.

»Er ist nicht mitgekommen«, lügt der Kapitän lautstark. »Wir haben ihn nicht finden können.«

Und plötzlich kommt aus der Kommandobrücke ein kleiner Junge in einem mit rosa Elefanten geschmückten T-Shirt. Sonst hat er nichts an. Er muss umkommen vor Kälte. Er heult. Von seinen schlaffen Lippen lese ich: »Mama!« Ich schreie seinen Namen, aber wie in einem Albtraum kommt kein Laut über meine Lippen. Maximous Blick bleibt auf der *Sonate* haften. Er hatte sie das Wunderschiff getauft.

Vorsichtig nähert sich Jean-Yves Loïk. Von allen Schiffen schallen Rufe, das ganze Meer schreit, damit er sich nicht umdreht. Ich schwanke. Noël drückt mich an sich.

»Hab keine Angst«, sagt er. »Ich verspreche dir, dass alles gut ausgehen wird.«

Und dann entdeckt Maximou uns, und er schreit und streckt uns die Arme entgegen. Und Loïk dreht sich in dem Moment um, wo Jean-Yves neben dem Kleinen anlangt. Jean-Yves und Loïk erstarren und fixieren einander. Das Meer hält den Atem an. Loïk legt an. Jean-Yves stürzt sich auf Maximou. Der Schuss geht los. Alain stürzt herbei. Loïk wirft seine Waffe ins Wasser, macht eine obszöne Geste, stürzt über die Reling und gesellt sich zu Antonin.

16

Die Hecken fangen schon an, durchsichtig zu werden. Das Meer ist silbergrau, die Farbe des Windes. Der Herbst macht sich breit.
Benoît hat wissen lassen, dass er eine volle Kirche für das Begräbnis von Loïk Labbé – der einem Herzschlag bei einem Sturz in kaltes Wasser erlegen war – sehen wolle. Gesagt, getan. Der ganze Hafen ist versammelt.
Außerdem waren auch die Neugierigen gekommen, und auf die hätte man durchaus verzichten können. Sie waren durch die in der Presse erschienenen Artikel angelockt worden: ein entführtes Kind, ein Verzweifelter, der *in extremis* von einem Taucher aus dem Wasser gefischt worden war, die vergeblichen Versuche, ihn wiederzubeleben ... Man hatte auch im Radio darüber berichtet.
Was die Möwen, diese Klatschbasen, den Bewohnern von Kersaingilles erzählten, während sie um den Kirchturm kreisten, ist, dass die Mund-zu-Mund-Beatmung von Loïk während über einer Stunde von genau jenen vorgenommen worden ist, die einst seinen Hilferufen nicht gefolgt waren. Als wollten sie es wieder gutmachen.
Die Homilie handelte im Wesentlichen von der Vergebung. Vergib deinem Bruder, vergib dir selbst. Zu Recht oder zu Unrecht war dieser Bruder hier das schlechte Gewissen des Hafens gewesen: die Zeit für eine allgemeine Absolution war gekommen. An die-

sem Morgen hat Benoît die notwendige Reinigung der Seelen vorgenommen.

Flavie tat mir Leid. Sie hatte niemanden mehr. Ich trage ein Kind, und ich weigere mich, in den Chor jener einzustimmen, die flüstern, dass sie im Grunde ihres Herzens Erleichterung spüren müsse. Erleichtert ist man, wenn man ein Kind zur Welt bringt, nicht, wenn man den Deckel seines Sarges schließt.

Die Kugel, die Loïk abgeschossen hatte, hatte nur das Ölzeug von Jean-Yves gestreift. Dafür hatte er sich bei seinem Sturz eine schwere Verstauchung zugezogen. Jetzt trug er für geraume Zeit einen Gips. Einen Gehgips, der es ihm erlaubt, seine Freunde im Poisson Bleu zu treffen, aber nicht, seine *Espérance* zu steuern. Alain hat seinen Platz eingenommen.

In Kersaingilles und Umgebung stehen drei Häuser zum Verkauf. Das von Yann und meines, aus deren Erlös wir uns ein neues Dach für uns und unsere große Familie kaufen wollen: für das kleine Mädchen, das unterwegs ist, für Noël, Quentin, Annaïs. Mit oder ohne Thibaut.

Das dritte Haus, das verkauft wird, ist das von Madeleine.

Sie hat ihren Sohn am Vorabend des Schulbeginns abgeholt. Renaud und sie haben Arbeit in einem Schnellrestaurant in Douarnenez gefunden. Als sie von Loïks Tod erfuhr, hat sie nur mit den Schultern gezuckt und gesagt: »Dort wo er ist, ist er besser aufgehoben.«

Mama hat geweint, als sie Maximou hergeben musste, aber ich spüre, dass sie auch erleichtert ist. Sie hat das Alter, ein Kind großzuziehen, überschritten, und trotz der beruhigenden Worte von Benoît hat sie es sich noch nicht verziehen, ihn auf dem Schaukelpferd allein gelassen zu haben. Nach dem Drama hatte der Kleine in jeder Nacht Albträume. Es ist besser für ihn, wieder bei seiner Mutter zu sein.

Die Ausflüge auf der *Sonate* werden nur noch für das Wochenende angeboten, und Noël, der sein Studium in Brest begonnen hat, verbringt, wie versprochen, alle seine Wochenenden bei uns. Im Restaurant ist es ruhig. Auf dem schwarzen Brett bleibt die Summe von dreiundsechzigtausend Francs. Wir können uns noch so sehr den Kopf zerbrechen, wir sehen nicht, wo wir sie auftreiben sollen, und Jean-Yves hängt schwarzen Gedanken nach. Wenn die letzte Rate nicht bezahlt wird, geht das Schnellboot an einen anderen Hafen und unsere Station wird geschlossen.
Am Klavier – ich habe wieder angefangen zu spielen – ist mir die Idee gekommen.
Seit einer Woche spricht man in der Lokalpresse nur noch davon, dass der Minister die Landwirtschaftsausstellung in Quimper eröffnen wird. Der Landwirtschaftsminister ist gleichzeitig auch zuständig für das Meer, und er brüstet sich damit, Bretone zu sein.
Als ich Yann mein Projekt unterbreitet habe, hat er zunächst gelacht: »Eine solche Idee, das bringst nur du zustande!« Und dann sagte er erstaunt: »Du gibst jetzt vorher bekannt, dass du in den Krieg ziehst?« Er hatte mir noch nicht verziehen, dass ich mich ohne sein Wissen auf die Verfolgung von Loïk eingelassen hatte.
»Du hast wirklich vor nichts Angst!«, hat er geschlossen.

O doch, ich habe Angst. Aber es sind vor allem diese unheilbaren Viren, die einen zwingen, sich selbst zu übertreffen.
Bei Jean-Yves und André traf ich auf größeren Widerstand. Sie hatten Angst, wir würden uns lächerlich machen. Und womöglich noch umsonst! Um sie zu überzeugen, musste ich zu drastischen Mitteln greifen: meine tapferen Männer als Feiglinge beschimpfen! Sie haben schließlich eingewilligt, mich zu begleiten, unter der Bedingung, dass sie in gewisser Weise nur als zwei stumme Leibwächter fungierten.
Von meinem Brigadierfreund bekam ich das detaillierte Programm des Ministers. Er würde am späten Vormittag per Hubschrauber ankommen und die Ausstellung eröffnen. Anschließend würde er im Ehrensaal des Rathauses ein paar Orden verleihen. Darauf folgte ein Bankett. Und schließlich würde er, falls sein Zeitplan es erlaubte, auf dem Rückweg eine Landwirtschaftsschule besuchen, an der einer seiner Neffen studierte.
Und da stehen wir, mein Lebensretter, mein Kapitän und ich sowie ein paar hundert Gaffer und kaum weniger Journalisten, eingepfercht hinter den Barrieren vor dem Rathaus. Zweiter Teil des Programms. Es regnet. Mir wäre die Hitze der Ausstellungseröffnung lieber gewesen, aber wir hätten Einladungen dafür haben müssen.
Geräuschvolle Ankunft der Motorradeskorte, dahinter die offiziellen Limousinen. Der Minister entsteigt der ersten, gefolgt vom Bürgermeister. Sie eilen, geschützt von großen, schwarzen Regenschirmen, hastig die Treppe hinauf. Ich hatte mich so nah wie mög-

lich an der Tür aufgestellt, meine Leibwächter direkt hinter mir.

»Herr Minister!«

Sauwetter, Regen und Regenschirme – mein Schrei ist ungehört geblieben. Sie verschwinden in dem Gebäude.

»Siehst du, es ist von vornherein verloren«, seufzt der Kapitän.

Ich könnte ihn erwürgen.

Jean-Yves und er wollen sofort nach Kersaingilles zurückfahren. Na gut, fahrt zurück! Aber ohne mich. Wir finden uns in einem Café vor einer Schlachtplatte wieder. Im Fernsehen wird die Eröffnungsrede des Ministers übertragen. Er spricht vom grünen Europa, von Wirtschaftskrieg, von Unternehmergeist, von Mut.

»Bla, bla, bla, bla, bla!«, spottet Jean-Yves.

»Peng, peng, peng, peng, peng«, hätte ich gerne erwidert.

Und das blaue Europa? Unser Restaurant? Der Mut der Seeleute?

Draußen hat der Regen aufgehört, und sogar ein bisschen Blau schimmert zwischen den Wolken hindurch. Wir haben unseren Kaffee ausgetrunken. Es bleibt eine letzte Chance: die Landwirtschaftsschule, wo der Minister anhalten wird, falls »sein Zeitplan es gestattet«. Der Kapitän ist widerwillig bereit, hinzufahren. Auf dem Rücksitz hört Jean-Yves nicht auf zu schimpfen. Auch wenn er mir hundertmal gesagt hat, dass unser Unterfangen zu nichts nütze sei, ist er enttäuscht. Verflixte Hoffnung!

Die Schule steht mitten auf dem Land zwischen Quimper und dem Flugplatz. Wir verfahren uns aus-

giebig, bevor wir sie finden, aber eine angenehme Überraschung erwartet uns, als wir ankommen: Die offiziellen Limousinen sind da. Ein Bus der Gendarmerie und ein paar Journalisten ebenfalls. Keine Gaffer, keine Barrieren, da der Besuch in der Presse nicht bekannt gegeben worden ist.
Ich habe eine Idee.
»Typisch du!«, würde Yann sagen.
Ich lasse meine Gefährten einen Augenblick stehen und nähere mich einer jungen Frau, die eine große Tasche über der Schulter trägt, aus der ein Mikrofon ragt. Kersaingilles sagt ihr was: Ist das nicht der Ort, wo kürzlich ein Seemann ertrunken ist? Siehst du, Loïk, am Ende hilfst du uns doch noch.
Meine Geschichte scheint die Journalistin zu interessieren. Sie könnte ihrer Reportage ein wenig Salz hinzufügen. Unter der Bedingung, dass wir Erfolg haben.
Ich kehre zu meinen Freunden zurück. Sie folgt mir mit den ihren. Es war höchste Zeit. Geräusche aus den Walkie-Talkies der Gendarmen, die Chauffeure kehren zu ihren Wagen zurück und starten die Motoren. Der Besuch ist beendet.
Die Schultür geht auf. Mein Herz klopft wie hundertzwanzig Schläge pro Sekunde. Jetzt oder nie!
»Herr Minister!«
Der Mann in blauem Anzug und Ehrenlegionsrosette bleibt stehen. Was sieht er? Eine schwangere Frau, ziemlich schwanger sogar, die ihn mit dem Blick anfleht. Nichts von einer aufgebrachten Protestlerin. Er sieht außerdem vor seiner Nase ein kleines Gebüsch aus Mikrofonen, die ihm die Journalisten hinhalten. Und sogar eine Kamera, die läuft.

»Madame?«
»Sie haben vorhin von Mut gesprochen«, sage ich mit zitternder Stimme. »Besteht der größte Mut nicht darin, sein Leben für andere zu riskieren, ohne etwas im Tausch dafür zu verlangen?«
»Aber selbstverständlich!«, antwortet der hohe Beamte voller Überzeugung.
Ich drehe mich zu meinen versteinerten Leibwächtern um.
»Wir sind Schiffbrüchigenretter, Herr Minister. Wären Sie bereit, uns zu helfen?«
Was sieht er jetzt vor sich? Abgesehen von der noch immer schwangeren Frau – einen Einarmigen und ein Gipsbein. Was die Lebensretter betrifft – eher ein Gruselkabinett. Ein amüsiertes Lächeln spielt um seine Lippen. Seinen Humor hätte ich gern! Der Bürgermeister dagegen schaut mich finster an.
»Madame, ich bitte Sie …«
Die Mikrofone rücken ein Stück näher.
»Worum geht es?«, fragt der Minister.
»Um Ehre«, sage ich, »um Selbstlosigkeit, um Tapferkeit … Vokabeln von gestern, ich weiß, aber …«
Die Erregung raubt mir die schönen Phrasen, die ich vorbereitet hatte. Ich ziehe den Brief, den mein Vater aufgesetzt hat, aus der Tasche. Er berichtet von dem Unglück der *Hirondelle*, von der Restsumme für das neue Schiff, die noch zu zahlen ist, von der Lebensrettungsstation, die Gefahr läuft, geschlossen zu werden, dem verlorenen Stolz des Hafens.
Der Bürgermeister streckt die Hand aus.
»Geben Sie mir den Brief, Madame. Ich werde mich darum kümmern. Der Minister hat es eilig.«
Ihm den Brief geben, damit er ihn begräbt? Kommt

gar nicht in Frage. Ich verstecke den Umschlag hinter meinem Rücken. Der Minister zögert. Bittgesuche erhält er in Paris hunderte täglich. Aber hier gibt es keine vergoldete Täfelung, die ihn beschützt. Unter dem grauen bretonischen Himmel in einem abgelegenen Teil Frankreichs, mit beharrlichen Mikrofonen und einer starrsinnigen Kamera …
Und einer Journalistin, die mir zu Hilfe eilt.
»Herr Minister, Sie stammen aus dem Finistère, nicht wahr?«
Er nickt. Und plötzlich fallen mir drei Wörter wieder ein, die die Alten sagen, um die Region zu beschreiben: schön wie ein Traum, hart wie sein Felsen, die Nase der offenen See zugewandt.
»Pen ar bed!«
Und mein Minister übersetzt, stolz, beweisen zu können, dass er wirklich Bretone ist und dass er sogar die Sprache spricht.
»Das Finistère: der Kopf der Welt … lieber nicht zu verlassen, um nicht den seinen zu verlieren«, lässt der Landwirtssohn vernehmen.
»Und für den Seemann der Anfang des Abenteuers, der Suche nach dem Schatz … was wäre diese Welt ohne Lebensretter?«, fragt die Fischersfrau.
Getroffen!
Ich sehe es in seinem Blick. In diesem Moment besiegt das Kind der bretonischen Streiks den Minister. Er streckt die Hand aus, ich reiche ihm den Brief.
Und das ist noch nicht alles!
»Würden Sie mir bis zum Flugplatz Gesellschaft leisten, Madame?«, schlägt er vor. »Ich muss gestehen, dass ich nicht viel von dem verstanden habe,

was Sie mir erzählt haben. Sie werden mir das alles mündlich erklären.«

Und so besteige ich unter dem strahlenden Blick meiner Journalistin, dem staunenden meiner Freunde und dem wutfunkelnden des Bürgermeisters das offizielle Fahrzeug.

Wenn ich es mir recht überlege, so mag es sein, dass Annaïs ihr Schauspielertalent, das heißt, ihre Überzeugungskraft, von ihrer Mutter geerbt hat.

17

Sie knattern im Wind, die Wimpel, mit denen die Schiffe geschmückt sind, die zur Segnung des neuen Lebensrettungsschiffs von Kersaingilles – blau und orange unter der Flaggengala – gekommen sind.
Die anwesenden Persönlichkeiten zittern an diesem 28. Dezember vor Kälte: der Admiral und Präsident der SNSM, der Präfekt der Region, der Bürgermeister.
Der Admiral ergreift als Erster das Wort: »Solange Männer auf die See hinausfahren«, sagt er, »braucht es andere, um sie zu retten. Und wer anderes als der Fischer kennt die Küste und ihre Fallen besser: den Felsen unter der Oberfläche, die Untiefe, die Strömungen? Wer ist fähiger als er, im Sturm aufrecht zu bleiben, der Verzweiflung die Stirn zu bieten, wo er sie doch selber so oft erlebt hat? Seemann und Lebensretter sind aus Berufung ein und derselbe.«
Ich habe mehr als einen gesehen, der Tränen in den Augen hatte. Die anderen beschränkten sich darauf, sich diskret hinter ihren Bauernhänden zu räuspern.
Dann hat der Präfekt die Geschichte eines kleinen bretonischen Dorfes erzählt, das, störrisch wie ein stolzes Pferd, gekämpft hat, um sich weiterhin das Recht zu bewahren, den Tod herauszufordern, um seinen Nächsten zu retten.
Und das den Sieg davongetragen hat.
Dann war der Pfarrer an der Reihe.

In seinem weißen Chorhemd, das ihm Flügel verlieh, sah er aus wie ein bärtiger Friedensengel.
Er hat gesagt, dass die Helden oft Menschen ohne Geschichte und ohne Ansprüche sind und dass dieses Schiff den Namen von einem von ihnen tragen würde. Ihm, der sie aus dem Wasser gezogen hat, sei es zu verdanken, dass Dutzende von Frauen und Männern weiterhin ihre Augen an der Schönheit der Welt erfreuen könnten. Er war ein tapferer Fischer gewesen, fröhlich wie ein Kind, der bis zu dem Tag »hier« gesagt hatte, an dem das Meer ihn behalten hat. Dieser Mann hieß Pierre Delaunay, und er war sein Bruder.
Dann nimmt er die Segnung vor. Gesang erschallte.

Gestirn des Morgens
Leite meinen Kahn ans sichere Ufer
Bewahre mich vor Unheil und Schiffbruch …

Die Stimmen klangen ein bisschen schräg, die rauen, kratzigen der Männer und die manchmal schrillen der Frauen. Marguerite hatte Tränen in den Augen – ihr Jean-Louis.

Man ist so fern und so allein
dort draußen auf der endlosen See
so allein in der Stille
wo die Flut das Leichentuch breitet …

Jetzt war ich als Patin an der Reihe, die Champagnerflasche gegen den Schiffsrumpf zu schleudern. Wie sehr ich mir gewünscht hätte, dass der Held – der Mann, so fröhlich wie ein Kind – das miterleben könnte! Das war töricht, denn wenn er noch da gewesen wäre, hätte er dem Schiff seinen Namen nicht geben können. Der Champagner hat sich ausgebreitet, und ich habe Pierre in mir wie eine wohlwollende, leuchtende Gegenwart gespürt, ein paar von diesen goldenen Bläschen, die mich in eine eher bürgerliche, eher monotone Vergangenheit zurückgetragen haben, die er mit Sternen versehen hat, indem er mir das Meer schenkte.

Anschließend hat Jean-Yves seine Mannschaft vorgestellt: Alain Kervélec, Albert, einen kleinen, vor Stolz ganz rot gewordenen Neuen: Noël Morvan. Als er meinen Namen nannte, wurde gelacht. Das galt dir, meine Tochter. Das Lachen der Männer angesichts unseres Unterschieds, das darfst du später nicht als Schatten empfinden; es kann ein Mittel sein, ihre Zuneigung zu verstecken.

Die Sackpfeifen haben sich entfaltet.

»Dein Minister hätte sich eigentlich hierher bewegen können!«, hat mir der Kapitän ins Ohr geflüstert.

Der neue Witz im Hafen! Was ich »meinem Minister« alles gesagt oder was ich getan haben könnte, auf den Polstern seiner schönen Limousine ... Außer Yann weiß es niemand: Ich habe nur geheult. Er hat mir sein Taschentuch gegeben und versprochen, sich um uns zu kümmern.

Dann hat sich die Parade in Gang gesetzt, die *Pierre-Delaunay* vorneweg. An Bord um den glückstrahlenden Baas herum die Persönlichkeiten, Benoît, der Kapitän und ich.

Meine Eltern sind mit Yann und Noël, Annaïs und Thibaut an Bord der *Honoré*. Quentin hat sich trauri-

gerweise nicht freimachen können. Wie stolz er auf seinen Vater gewesen wäre!
Dann folgen die Lebensrettungsschiffe der Nachbarhäfen und schließlich meine Freunde, die Trawler.
Das Meer hat geflaggt.
Wir passieren die Durchfahrt. Ein paar Schiffe aus Guilvinec eskortieren uns. Alle bilden einen Kreis um uns herum. Es ist der Augenblick, der im Meer umgekommenen Lebensretter und Seeleute zu gedenken.
Der Kranz besteht aus makellosen Lilien, Christrosen und Tulpen, von denen Pierre sagte, es seien Frauen mit geschmeidigen, zarten Hälsen. Pierre, mein Poet, mein Musiker. Benoît und ich werfen den Kranz ins Meer.
Das Meer schmückt sich mit Blüten.
Dann herrscht eine Minute Schweigen. Ich schließe die Augen, um besser zu sehen.
Erinnerst du dich an jenen Abend, Benoît, als ich mit Verzweiflung im Herzen bei dir gestrandet bin? Ein schöner Schuft, dein Bruder! Er hatte mich mit Madeleine betrogen. Er hatte ihr ein Kind gemacht.
Erinnerst du dich an jene eiskalte Nacht, Jean-Yves, als du mich auf deine *Hirondelle* gelassen hast? Aber glaub nur ja nicht, dass ich deine wunderschöne Liebeserklärung je vergessen werde.
Erinnerst du dich an den Tag, du Kapitän, als ich die Fischerei aufgeben wollte und du mir gesagt hast, dass die *Sonate* und ich dem Meer fehlen würden?
Und du, Bootsmann, als du geschrien hast: Ich mag keine Spritzen!, und wir Tränen gelacht haben, obgleich der Tod um dein zermalmtes Bein strich?

Und du Noël, es war gestern, dein strahlendes »du«, das mir die Hoffnung zurückgab.
Und nun bricht ein Sirenenkonzert die Stille. Und ich erinnere mich an eine Nacht im Gefängnis.
Ich mache die Augen auf, um mich an dem Schauspiel zu ergötzen, doch ich mache sie gleich wieder zu.
Aus der tiefsten Tiefe meines Leibes steigt eine majestätische, stechende Woge auf, die mir den Atem raubt und mich in die Knie zwingt, bis sie verklingt und nur ein schmerzhaftes Kräuseln zurücklässt.
Ich mache dem Kapitän ein Zeichen. Er folgt mir auf die Kommandobrücke, wo Jean-Yves das Ruder wieder übernommen hat. Halb lächelnd, halb leidend, signalisiere ich mein SOS.
»Bist du da, Jean-Yves? Was hältst du davon, dein Schiff einzuweihen, indem du es etwas beschleunigst? Ich glaube, meine Tochter hat beschlossen, früher als vorgesehen anzukommen.«
Meine Gefährten schauen mich ungläubig, ja – man könnte sagen – schockiert an. André macht den Mund auf, um etwas zu sagen. Ich lege ihm den Finger auf die Lippen. Sag nichts, ich weiß, was du sagen wolltest: »Marie, Marie, kannst du denn nichts so tun wie alle anderen?«
Meinst du denn, ich hätte mir das ausgesucht?
»Frühestens in zehn Tagen«, hatte mir die Frauenärztin vorgestern versichert. »Aber fahren Sie trotzdem nicht zu weit weg.«
Ein oder zwei Meilen auf dem Meer, ist das zu weit?
Wieder steigt die Woge auf, deutlicher und länger.
Fehlte nur noch, dass ich das Fruchtwasser verliere, mitten auf dem Meer und vor all diesen Leuten!

»André, kannst du bitte Yann anrufen?«
Ich nutze die Ruhepause, um meinem Liebsten anzukündigen, dass Katrina unterwegs ist. Wenn möglich, soll er Mama erst in Kenntnis setzen, wenn wir beide heil im Hafen sind.
Der Baas hat die anderen informiert, dass wir ein wenig beschleunigen würden und dass sie gut daran täten, das Ölzeug zuzuknöpfen und die Mützen auf dem Kopf strammzuziehen.
Mich hat man auf eine Bank gelegt und mit einer nagelneuen Decke zugedeckt, die noch anderes zu sehen bekommen wird. Benoît hält meine Hand. Sei beruhigt, meine Tochter, du kannst kommen, sie sind alle da.
Sie haben den Krankenwagen benachrichtigt. Um nicht zu heulen, machen sie Witze, dass die *Honoré* ihren Motor überhitzen würde. Kann ich den Gestank nicht riechen?
Ich rieche nur den Wind. Und wenn ein Geruch sprechen könnte, so würde er mir Folgendes sagen: Diese ganze lange, schöne und schmerzreiche Reise deshalb, damit ich in den inneren Meeren meines Herzens besser zu lesen verstehe.

Lisa Carey

Das Lied der Insel

Drei Generationen – drei Frauen – und ihre Sehnsucht nach einem kleinen irischen Eiland: eine Sehnsucht, die sie umtreibt auf der Suche nach einem anderen Leben, doch ihre Seele ist erfüllt vom Singen der Meerjungfrauen in den Höhlen der Felsküsten ihrer irischen Heimat.

Ein Roman über starke Frauen mit glaubhaften Charakteren, die wachsen und sich verändern.

Knaur

Barbara Delinsky

Virginias Töchter

Roman

Am Vorabend ihres siebzigsten Geburtstags schickt die reiche, aber einsame Virginia St. Clair einen Brief an ihre drei Töchter, in dem sie sie um Hilfe bittet. Widerwillig beschließen sie, dem Wunsch ihrer Mutter zu folgen – und entdecken plötzlich, dass sie einander viel mehr zu geben fähig sind, als sich jede einzelne je vorstellen konnte.

Knaur